Inger-Maria Mahlke

ARCHIPIÉLAGO

Vegueta Narrativa

Inger-Maria Mahlke (Hamburgo, 1977) pasó su infancia entre Lübeck, en el norte de Alemania, y la isla de Tenerife. Antes de dedicarse por completo a la escritura estudió Derecho en la Universidad Libre de Berlín, donde más adelante trabajó en el Departamento de Criminología.

En 2009 ganó el Open Mike, un premio con el que se reconoce el talento de los escritores noveles. Su primera novela, *Silberfischchen*, publicada en 2010, la hizo merecedora del Premio Klaus-Michael Kühne un año después. En 2012 recibió el Premio Ernst Willner del Festival de Literatura en Lengua Alemana, al que siguió, en 2014, el Premio Karl Arnold de la Academia de Ciencias y Artes de Renania del Norte-Westfalia.

Su novela *Wie Ihr wollt* (2015) fue finalista del Premio Alemán del Libro, que conseguiría tres años más tarde con *Archipiélago* y que la convertiría en una de las voces más reconocidas de las letras alemanas contemporáneas. *Archipiélago* ha sido publicada por primera vez en castellano por Vegueta Ediciones en 2022.

Vegueta Narrativa

Colección dirigida por Eva Moll de Alba

Título original: *Archipel* de Inger-Maria Mahlke

© 2018 by Rowohlt Verlag GmbH, Reinbek bei Hamburg

© de esta edición: Vegueta Ediciones

Roger de Llúria, 82, principal 1ª
08009 Barcelona
www.veguetaediciones.com

La traducción de esta obra ha sido
apoyada por una beca del Goethe-Institut.

Traducción: José Aníbal Campos
Diseño de colección: Sònia Estévez
Fotografía de cubierta: Album / Quagga Media UG /akg-images
Fotografía de Inger-Maria Mahlke: © Arne Dedert / dpa picture alliance / Alamy Foto de stock

Primera edición: septiembre del 2022
ISBN: 978-84-17137-59-5
Depósito Legal: B 13438-2022
IBIC: FA

Impreso en España

Inger-Maria Mahlke

ARCHIPIÉLAGO

Traducción de José Aníbal Campos

Vegueta Narrativa

Para mi abuela

Ya voy llegando a mi casa, donde muero y vivo yo.
Las paredes me conocen, pero los bienes de mi vida, no
(dice mi abuela).

Así es la vida, y no hay otra
(dice también).

PERSONAJES

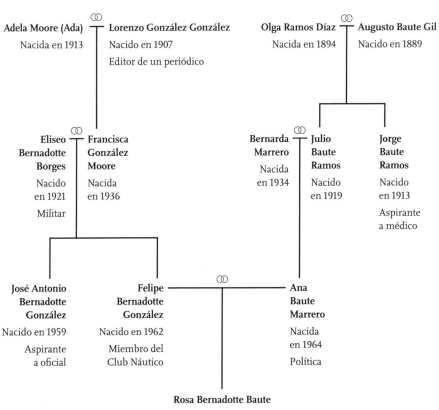

Adela Moore (Ada) ⊚ Lorenzo González González
Nacida en 1913 — Nacido en 1907
Editor de un periódico

Olga Ramos Díaz ⊚ Augusto Baute Gil
Nacida en 1894 — Nacido en 1889

Eliseo ⊚ Francisca
Bernadotte González
Borges Moore
Nacido Nacida
en 1921 en 1936
Militar

Bernarda ⊚ Julio
Marrero Baute
Nacida Ramos
en 1934 Nacido
en 1919

Jorge
Baute
Ramos
Nacido
en 1913
Aspirante
a médico

José Antonio
Bernadotte
González
Nacido en 1959
Aspirante
a oficial

Felipe ⊚ Ana
Bernadotte Baute
González Marrero
Nacido en 1962 Nacida
Miembro del en 1964
Club Náutico Política

Rosa Bernadotte Baute
Nacida en 1994
Profesión relacionada
con el arte

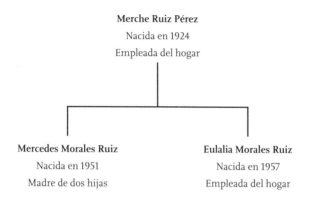

Merche Ruiz Pérez
Nacida en 1924
Empleada del hogar

Mercedes Morales Ruiz
Nacida en 1951
Madre de dos hijas

Eulalia Morales Ruiz
Nacida en 1957
Empleada del hogar

Sidney Fellows
Nacido en 1881
Gerente de Elder, Dempster & Company

2015

SAN BORONDÓN

En el Círculo de Bellas Artes

Es 9 de julio de 2015, son las dos de la tarde, pasados dos o tres mezquinos minutos, en La Laguna, antigua capital del archipiélago. La temperatura del aire es de 29,1 °C, pero a las cinco y veintisiete alcanzará su máximo diario con 31,3 °C. Un cielo luminoso, sin nubes, de un azul tan claro que podría ser blanco.

La idea de visitar la exposición fue de Ana. Felipe accedió para que no lo molestasen; Rosa accedió para que no la molestaran. Hace dos semanas de eso. Ana estaba sentada frente a la encimera, desayunando. Ha abierto la correspondencia apilada entre lo «no tan importante», y los otros dos están en la cocina de pura casualidad: Rosa, porque olvidó poner suficiente leche condensada en el café; Felipe, porque anda buscando unas tijeras, aunque no explica para qué.

Ana coge un sobre, lee en voz alta:

—Ochenta años de surrealismo en Tenerife.

Rosa observa la abertura del envase de leche, donde una terca gota de color blanquecino se va hinchando lentamente pero no cae. Felipe cierra la gaveta de los cubiertos con tal fuerza que su contenido entrechoca y tintinea, a lo que sigue un absoluto silencio; entonces mira a su mujer para ver si se enfada. Ana pincha un trozo de papaya, se lo mete en la boca, saca la tarjeta del sobre y vuelve a leer:

—Ochenta años de surrealismo en Tenerife... Vayamos a verla.

Felipe abre en silencio la gaveta siguiente, Rosa agita el envase para que la gota de leche condensada caiga de una vez, para poder regresar a su habitación y seguir viendo la décima temporada de *Survivor*, el quinto o el sexto episodio. Jeff Probst, el presentador, acababa de llamar al helicóptero, un participante se ha lesionado el hombro durante una competición en la que se lucha por arrojar primero al agua a otro desde un estrecho embarcadero.

Ana continúa:

—En 1935, el afamado surrealista André Breton visitó...

Mira entonces a Rosa, no está segura de haber pronunciado bien el nombre. «Felipe es el experto en cuestiones de arte, yo estudié Administración de Empresas», suele decir Ana como preámbulo a sus raras intervenciones sobre el tema, y si ahora estos dos creen que ella no iba a percatarse de su intercambio de miradas cuando dice que ha encontrado algo interesante, se equivocan.

Rosa remueve el contenido de la taza, contempla cómo se disuelve rápidamente el blanco montoncito en la punta de la cuchara; remueve otra vez el café y lo prueba, deseando que su madre por fin se tranquilice. Alejarse ahora, sin más, daría pie a una discusión, de modo que espera a que Ana, al menos, deje de mirarla mientras sigue leyendo:

—... de la Exposición Internacional del Surrealismo en el Ateneo de Santa Cruz de Tenerife. Para conmemorar el acontecimiento...

Rosa choca con Felipe, que está arrodillado delante del fregadero y tiene el cubo de basura a su lado, sobre las baldosas.

—¡Dios santo, ahí no vas a encontrar ninguna tijera! —se interrumpe Ana.

Felipe detesta ese tonito. Pone el cubo de basura otra vez en su sitio. Está seguro de que en casa hay unas tijeras para cortar pollo. Pero Eulalia tiene el día libre. En la pared del pasillo, delante de su estudio, hay un amasijo de cables sueltos, los cables que llevan hasta la caja de fusibles; los pequeños clavos se han salido de la mampostería. Felipe ha encontrado un pedazo de alambre revestido en la caja de herramientas, se propone recortarlo para atar el cablerío.

«Ya estoy harta, voy a llamar al electricista», dirá Ana si lo descubre, y Felipe tendrá que pasarse horas discutiendo con ella. Felipe se incorpora, se apoya en el fregadero y finge escucharla.

—Estudiantes de la Escuela de Bellas Artes y algunos artistas jóvenes reinterpretan a los clásicos del surrealismo. —Ana vuelve a mirar a Rosa, que ya está junto a la puerta.

Rosa se detiene, asiente. ¿Qué otra cosa va a hacer?

—¿Qué les parece si vamos a verla juntos? Rosa lleva aquí seis meses y lo que se dice juntos no hemos... —Ana hace una pausa, busca la palabra adecuada—: hecho nada —acabará diciendo.

Felipe y Rosa han asentido y luego han salido de la cocina a toda prisa.

Julio, el portero

Julio Baute enciende primero la televisión, luego el ventilador, apoya el bastón en el armario que cubre toda la pared trasera de la portería y acomoda la silla de modo que pueda ver el Tour de Francia sin tener que girar la cabeza y arriesgarse a pillar una tortícolis bajo la racha de aire del ventilador. Cuelga la gorra en el respaldo de la silla y se sienta antes de echar una ojeada al monitor para comprobar si otra vez hay gente ahí fuera, esperando a que él la deje entrar, gente con los brazos cruzados que echa miradas impacientes al reloj. Es la pausa del mediodía, los horarios se indican en el cartel que está junto al timbre.

Se encuentran en una etapa en llano, a los escapados —dos franceses, un holandés y un cuarto que tampoco es español— les quedan apenas dos minutos y medio. El pelotón se acerca, están a cuarenta y siete kilómetros de la meta, los alcanzarán, será una entrada en *sprint*. Julio Baute baja el sonido de la tele. Mañana empiezan por fin las etapas de montaña. Él, de todos modos, prefiere la Vuelta.

Fuera aguardan dos mujeres: una auxiliar de cocina, que hoy llega con demasiado retraso para el turno de la tarde, y una de las familiares. Julio Baute pulsa el timbre zumbador. Más tarde, al anochecer, esperan a un nuevo inquilino. Julio está seguro de que es un hombre. Un error, como comprobará a la mañana siguiente. En realidad, en el asilo no hay plazas vacantes para mujeres. Viven más tiempo y se muestran menos renuentes.

Esa mañana, sor Mari Carmen ha abierto el salón de visitas, una de las voluntarias ha sacado las viejas aves del paraíso que se han marchitado sobre la mesa de centro a causa del calor y de la falta de luz. El agua tiene un vago color naranja; los tallos, pegados al cristal, un aspecto viscoso. El olor flota todavía en el pasillo cuando la puerta de la entrada se abre, el golpe de viento lo arrastra hasta la portería. Julio Baute oye a los que entran murmurar «gracias» a sus espaldas, pero no se gira. Dos minutos y siete segundos les quedan todavía a los tres escapados, treinta y nueve kilómetros hasta la meta.

A su lado, encima de la mesa, se encuentra la centralita telefónica: blanca, rectangular, de casi cuarenta centímetros de largo. A la izquierda, el auricular y, encima, dos teclas, de las cuales solo utiliza una, en la que su dedo ha ido dejando una pátina marrón: es el contestador automático. Lo pulsa. Ningún mensaje nuevo. Debajo hay cinco hileras de diodos luminosos alargados; junto a cada uno, un cartelito de cartulina protegido por un plástico transparente. La mayoría sin inscripción; en algunos casos, en los que sí la tienen, la mitad de los números no coinciden.

Julio, el portero, es la centralita. El punto nodal. La esclusa hacia el mundo. Sin él no hay quien entre ni salga del asilo, a él vienen a parar todos los que llaman, los que no conocen una extensión o los que no consiguen comunicarse con alguien.

Un minuto cuarenta, un minuto treinta y nueve. Uno de los escapados, el holandés, intenta alejarse, pero los demás le dan alcance de inmediato.

Junto al teléfono está el micrófono para los avisos por megafonía. Julio, el portero, los repite todos dos veces. «Sor

Cipriana, diríjase, por favor, al comedor de mujeres. Sor Cipriana, por favor, diríjase al comedor de mujeres». Con voz pausada e inteligible. Los visitantes se burlan. «Como en el aeropuerto», los oye decir al pasar. Julio tiene noventa y cinco años, pero los oídos le funcionan de maravilla. La rodilla, en cambio, no. Pero eso ya es otra historia.

Julio Baute ve cómo disminuyen los números en el borde derecho de la pantalla: un minuto veinte segundos, treinta y dos kilómetros restantes. Oye los carritos de servicio que recorren los pasillos hasta la sala del televisor. Nadie en el monitor. Un verano tranquilo.

El grueso de la faena arranca a mediados de diciembre, continúa en Navidad y Nochevieja y se extiende hasta Reyes. Las bandas de música que llaman al timbre cada noche descargan sus instrumentos sobre los peldaños de la puerta de entrada y atiborran la portería de fundas para luego canturrear una, dos o tres piezas desangeladas por caridad con los residentes del asilo. Por las tardes vienen familias enteras con niños para ver el pesebre expuesto junto a la sala de fisioterapia. Los proveedores traen donativos de los negocios locales, que en temporada alta necesitan espacio en sus almacenes. En otros tiempos, Julio Baute también lo hacía: algunos de los rizadores en la peluquería de la sección de mujeres, cerrada desde la crisis, provienen de Electrodomésticos Marrero.

Las panaderías envían galletas; las cooperativas agrícolas, sacos de papas, cebollas, gofio, cajas de tomates, aguacates y papayas. Bolsas con toda suerte de donativos de las organizaciones caritativas, empresas locales que envían muestras de sus productos, centenares de botes de cremas para el cuerpo, dos mil paquetes de turrón, tres cajas de unicornios de peluche rosados. Y todo eso ha de pasar por su puerta, se apila junto a la rampa, en los escalones, hasta que alguien de la cocina o alguna monja, acompañada de unas voluntarias, lo mete todo dentro. En Reyes acuden siempre más familiares que de costumbre, todos cargados de mala conciencia, con las bolsas repletas de recuerdos infantiles. También abundan los voluntarios, es Nochevieja, toca empezar de nuevo, buscarse una ocupación sensata.

Ana lleva una semana sin pasar por allí, se percata Julio. Anteayer, en la puerta, había una chica muy parecida a Rosa, pero no está seguro. La vio solo un instante en el monitor, que distorsiona la imagen.

—¿Un café? —pregunta, desde la puerta, Carmen, una de las enfermeras.

Julio asiente. Llena hasta la mitad un vaso de plástico de color rojizo con un líquido marrón, lo pone encima de la mesa y le deja al lado dos azucarillos.

—¿Quién gana? —pregunta Carmen, señalando el televisor. La cámara muestra a los escapados, les quedan cuarenta y dos segundos.

—Ninguno —responde Julio. Ella ríe.

Cuando llaman al timbre, él echa un breve vistazo al monitor y pulsa el botón para abrir: es una de las voluntarias. En realidad, su tarea es abrirle a todo el mundo. No tiene otras instrucciones. Ocupa ese puesto para que nadie salga. Con el café todos se espabilan de repente, se enderezan en los sillones y charlan con quien les haya tocado al lado. El manto de voces que recorre el pasillo llega hasta su portería. En cuanto terminan el café, con los vasos de plástico ya apilados en torres coloridas sobre el carrito de servicio, aparecen en las ventanas del patio, frente a la entrada, los primeros residentes del asilo. Se mantienen, en lo posible, a distancia prudencial de la portería. Están al acecho. Pendientes de que Julio, el portero, se despiste para escabullirse fuera. Él sabe quién está autorizado a dar un paseo en solitario y quién no, es otra de sus tareas: no perder de vista esos detalles.

La mujer del monitor empuja la puerta, ríe. Dos de las señoras, Demetria con su bastón y Trini con el papagayo, están ya apoyadas en la ventana del patio.

«Hola, mis niñas», oye Julio decir a las voluntarias, las oye alabar lo guapas que están hoy las dos. Las señoras sueltan unas risitas, pero Julio está seguro de que solo están pendientes del palmo cada vez más angosto de la puerta que se cierra. Augusto se ha retrasado, es el más perseverante. Demencia. Desde el derrame cerebral, no hace más que gruñir.

El pelotón aún no ha alcanzado a los escapados, ha vuelto a reducir velocidad. Julio Baute quiere subir el volumen, pero pulsa el botón equivocado y la imagen se esfuma. En la pantalla aparece «Menú». Pulsa la tecla «Exit». «Menú» es más sencillo. Pero hay botones del nuevo mando a distancia que lo llevan a un infinito viaje a través de anuncios publicitarios y, cuando por fin recupera la imagen, el programa que quería ver está casi siempre a punto de acabarse.

Julio se trajo de casa el viejo televisor, un Blaupunkt de tubo. Llegó a repararlo seis veces, hasta que unas rayas blancas transversales empezaron a titilar, subiendo y bajando en el borde inferior de la pantalla. No ha conseguido repuesto para la antena.

Este es plano, más estrecho que la palma de su mano. De pronto la portería es dos veces más grande, ha dicho bromeando la hermana Juana la mañana de Reyes, cuando el nuevo televisor estaba todavía en una mesilla debajo de la ventana. Donativo de una tienda de electrodomésticos cuyo nombre Julio Baute no ha oído jamás. Las monjas formaron un animado semicírculo a su alrededor, pendientes del menor gesto de su rostro. Claro que, hasta donde pudo, Julio se alegró, pero sin muchos aspavientos, era consciente de ello. Sin embargo, al final, cuando estrechó ambas manos a cada una de ellas, con lágrimas en los ojos por la emoción de verlas tan contentas, todas quedaron satisfechas.

Julio Baute ha intentado abrir el nuevo aparato, a pesar de la pegatina sobre el borde del revestimiento indicando que la garantía caduca si se rompe el sello. Los tornillos son muy pequeños, de cinco por sesenta milímetros, cabeza de cruz, bien apretados. El destornillador se le ha resbalado varias veces, ha dejado diminutas astillas de plástico de color antracita y varios rayones. En algún momento Julio desiste. Desde entonces una pregunta aguarda su respuesta detrás de la imagen del televisor: si aún sería capaz de reconocer y entender cada componente y la función que cumple. Si todavía en su mente el cable y la bobina podrían unirse en un diagrama electrónico sin esfuerzo.

Vendió la tienda antes de que esos aparatos empezaran a volverse tan raros, antes de que los ordenadores los fueran devorando. Durante un tiempo, la madre superiora barajó la idea de cambiar la centralita telefónica. Desde la crisis no se ha vuelto a hablar del asunto. Para tranquilidad de Julio. Ya había intentado, antes de dormir, imaginarse cómo sería estar sentado con los demás viejos en la sala del televisor, salir a fumar un cigarrillo de vez en cuando, comer tres veces al día y tomar café por las tardes, bailar con una cuidadora cuando vinieran a tocar los grupos musicales. Y tal vez, en un instante de descuido, ponerle una mano en el trasero.

Augusto gruñe, alza el bastón. Viene de la fisioterapia, ha ocupado su puesto justo delante de la puerta y tiene el pomo, que no puede accionar —eso solo puede hacerlo Julio, el portero—, en la mano. Todas las mañanas y después de la pausa del mediodía, Augusto presiona y zarandea un rato el pomo de la puerta hasta que se tranquiliza. En ese rato cualquiera que pretenda entrar ha de empujar la puerta muy lentamente y esperar a que Augusto se retire pasito a pasito.

Habrá una auténtica llegada en *sprint*, los escapados están rodeados. Algunos ciclistas aislados tratan de apartarse, avanzan unos pocos metros hasta que el pelotón se los traga de nuevo. Muy juntos, los asistentes de equipo de los esprínteres forman en la parte delantera un angosto cuello de botella que acelera, hace serpentinas cuando varios ciclistas salen disparados simultáneamente, muecas bajo cascos coloridos que cierran una vez más cualquier hueco. Y así seguirá hasta que entren en las callejuelas de cualquier pequeña ciudad francesa, entonces se producirá un instante breve de agitación, cuando los asistentes posicionen a sus esprínteres en la delantera y, como un rayo, sin cabeza, todo habrá terminado.

Las llegadas en *sprint* le recuerdan aquellos momentos de eyaculación precoz de su juventud. Pero mañana vendrán, primero, los Pirineos, luego los Alpes. Julio, el portero, mira el reloj. Poco a poco se va haciendo tarde para el nuevo inquilino, dentro de media hora empieza el rosario, los horarios están en el cartel junto al timbre. Él no se va a quedar allí sentado esperando, ya conoce el asunto. A veces montan escenitas, se niegan a dejar sus viviendas: «¡Pues tendréis que llevarme a rastras, no voy a entrar ahí por mi propio pie!».

«¿Qué puedo hacer?», lloran los parientes al teléfono. «No puedo obligarle, ¿qué puedo hacer?».

Están los que empiezan a desaparecer apenas llegan y han deshecho sus maletas, inmediatamente después de que las monjas hayan escrito sus nombres con rotulador permanente en etiquetas, instrucciones para el aseo, en el reverso de los ojales o bajo los cuellos. Se van encogiendo con cada comida, las blandas redondeces se allanan, aparecen algunas nuevas que no son ya bultos suaves, sino bordes filosos. Los hombros tiran hacia unas rodillas que ya no se enderezan y adoptan un ángulo cuya inclinación se reduce cada vez más. Primero a ritmo semanal, luego a intervalos diarios, hasta llegar a la silla de ruedas. Por un tiempo el proceso se detiene, pero las horas de asiento consumen, la masa muscular se reduce y se aproximan a un ángulo de 90º, e incluso inferior. Entonces, pronto, toca ir hacia arriba. Subir a la primera planta, donde están los postrados en cama, el lugar de los murmurantes rezos agonizantes, los catéteres y los patos para orinar, el reino de los biombos cubiertos de tela clara, tras los cuales unas lucecitas rojas permanecen encendidas en las mesillas de noche, cuando las piernas se estiran de nuevo.

Están también los que se adaptan. Las mujeres se dejan crecer los bigotes, los hombres muestran cañones blancuzcos de barba en los cachetes y el mentón, entre los cuales se extienden islotes de piel arrugada. Julio reside en el asilo desde hace dieciocho años y está estupendamente. Hace dieciocho años que la rodilla se le puso tiesa para siempre: rotura de menisco, un día en que la punta del zapato se le quedó suspendida en un escalón delante del supermercado. Solía hacer la compra cada mañana; cada mañana alzaba la punta del zapato sobre el umbral, medio centímetro, no más. Sus reflejos, perfectos. Las manos salieron disparadas hacia delante y amortiguaron la caída. Solo que la hendidura entre la rótula y la tibia fue a dar contra el carril metálico incrustado en el suelo. Fue tan grande el dolor que pidió que le llamaran un taxi para recorrer las dos manzanas que lo separaban de su casa.

El taxista tuvo que ayudarle a entrar en el ascensor. Una vez arriba, Julio se sentó en el suelo. Avanzó apoyándose en los brazos y la pierna sana hasta la puerta, se sentó en el felpudo y clavó los ojos en la mirilla de las otras puertas de esa planta. Ninguna se oscureció. Él sintió alivio.

«¿Por qué no pediste ayuda?», le había reprochado Ana más tarde.

Al día siguiente la rodilla estaba hinchada, había pasado la noche poniéndose bolsas de hielo, solo al amanecer pudo sumirse en una leve modorra. Cuando logró prepararse un café, llamó a la ambulancia. Esperó en el sofá, a sabiendas de que era el último café que tomaría en su casa.

Ana quiso que se fuera a vivir con ella y su familia. «Eulalia puede ocuparse de ti», le había dicho. «Y, si es demasiado para ella, contratamos a alguien». Fue decisión suya únicamente —decisión de Julio Baute— ingresar en el asilo. Aborrece la Iglesia, pero le caen bien las monjitas.

«Sin cambios», le decía el médico después de cada revisión, cada tres meses. «No hay cambios en los índices».

Antes de quedarse dormido, Julio repasa todavía su lista: a veces se obliga, pero la mayoría no pasa de la quinta, y entonces todo se vuelve débil otra vez, sin que nada haya ocurrido. La quinta es Luisa, la mujer de su empleado Gil.

Rosa decide comprarse un bolso

Oscurece en el campamento. Los participantes comen el arroz restante, distribuyen sus ropas por las varas de bambú que conforman el suelo del refugio. Las cámaras pasan a modo nocturno, la imagen cobra un color azul grisáceo. Algunos se acuestan para dormir, los demás se quedan sentados junto al fuego, hacen sus últimas declaraciones. «Nada ha terminado, solo estoy empezando», dice la rubia, probablemente la siguiente en ser eliminada. Su rostro, en la oscuridad, es del mismo color que su cabello. Sus ojos, las pupilas, el iris..., todo negro, sin diferencias. Un corte. La imagen del cielo nocturno en cámara rápida: las sombras de un pulular de nubes, puntos de luz peregrinos, que pasan y se desvanecen despacio. Otro corte. Una toma de la ensenada, el oleaje royendo los arrecifes, un cielo rosa, el disco del sol que se eleva y, *voilà*, el día. Sin esfuerzo alguno.

Rosa siente el calor de la *tablet* en sus muslos, la tiene apoyada en las piernas recogidas. El borde inferior se le clava en la piel situada entre los huesos ilíacos, le comprime la vejiga, necesita orinar. Se quita un instante los auriculares, escucha. Un cepillo frotando algo. Eulalia está todavía en el baño. Rosa suda, unas estrías de humedad sobre el reverso de la *tablet*. Las limpia con la sábana. No aguantará mucho más.

Los concursantes despiertan, las mujeres van a nadar, luego discuten sobre quién ha sido el responsable de que se apague el fuego. Un corte. *Travelling* de la cámara sobre la ensenada, se oye la melodía que anuncia una competición. La música cesa, la imagen se congela. Los ruidos del cuarto de baño se hacen más intensos, los auriculares de Rosa apenas consiguen atenuarlos. La diminuta esfera gira, indica que el equipo se está cargando. Un fallo en la transmisión. El presentador se detiene. Los brazos abiertos, los ojos fuera de las órbitas, como queriendo decir que él tampoco sabe lo que ocurre.

Rosa carga de nuevo la página. Del baño llega un golpeteo, como si colocaran algo de cristal sobre una superficie dura. Eulalia tarda cada día más en limpiar. Rosa busca la parte del vídeo que vio la última vez. Del agua sobresalen unos postes sobre los cuales están los candidatos, los pies apretujados en dos estrechas muescas talladas a cada lado en el extremo superior de la madera. El último que caiga al agua gana para su equipo un kit con aperos de pesca: cordeles, anzuelos, una red y un arpón de bambú. Todavía son dos equipos. Cuando queden diez participantes, la lucha será de todos contra todos. Amanda es la penúltima en saltar.

«El agua está estupenda», escribe Rosa. «Muy fresca». Sostiene el teléfono en una mano, los concursantes regresan al campamento. No han pescado nada. 2 favoritos, 3 favoritos, 4. Ningún mensaje retuiteado. Ninguno es de Madrid.

Al final eliminan a la rubia. Un adelanto del siguiente episodio.

En febrero, cuando Rosa, inmediatamente después de aterrizar, desactivó el modo avión del teléfono mientras esperaba todavía junto a la cinta del equipaje, oyó durante varios minutos la vibración tranquilizadora. La pantalla estaba aún iluminada cuando la cinta le trajo la primera maleta. No pudo seguir en *stand-by*. Sostiene el móvil en la mano, observa cómo se acumulan las barras horizontales con nuevos mensajes, las cifras que aumentan. Se concentra. Levanta la segunda maleta de la cinta transportadora, medita sobre a quién llamar. O si va a llamar. Ana no se lo cogerá, tendrá el teléfono apagado o en silencio; Felipe estará en el club, son más de las seis y media de la tarde, es poco probable que esté en condiciones de conducir. No va a llamar a nadie, decide. Tomará un taxi, llamará al portón, dejará las maletas a su lado, sobre la acera. Una escena de película mediocre: un fracaso, ha fracasado en la gran ciudad, regreso a la tierra, vuelta a casa, a su habitación de niña. Y cuando se abra el portón: Eulalia. Y entonces vendrán los porqués, qué ha pasado, qué has estado pensando. Si el portón no se abre: la espera en la acera, otra escena de película de medio pelo: Rosa pequeñita, sentada en el bordillo. A ambos lados, un palmo por encima de ella, las maletas. Y luego: «Todos los vecinos te han visto». Sería lo primero que diría Ana.

Felipe contesta tras el primer timbre.

—Tus ancestros te saludan. —Una pausa—. *Morituri te salutant* —añade.

—Estoy en el aeropuerto.

—¿Sabes lo que significa «morituri te...»?

—No —lo interrumpe ella—. Bueno, sí, lo sé.

Se hace el silencio por un momento.

—¿En el aeropuerto de Madrid?

—No.

La cinta del equipaje se detiene, los últimos pasajeros de su vuelo empujan los carritos en dirección a la aduana. El avión estaba casi vacío, el carnaval ha pasado y Rosa ha tenido para ella sola una fila entera de asientos.

—¿De Semana Santa?

—No.

—Tu madre, ¿sabe que...?

—No. Estoy en Los Rodeos, acabo de recoger las maletas.

—Yo no puedo conducir.

—¿Llamas tú a mamá? ¿Sin nada de ancestros ni *morituri*...?

Seis barras blancas en la pantalla: mensajes de texto, fotos, vídeos que Rosa no mira ni siquiera cuando se encuentra en la terminal de llegadas, mientras espera. Tampoco los mira en el asiento trasero del coche, cuando todos callan y Rosa está segura de que Felipe también preferiría estar mirando su móvil en lugar de por la ventanilla. Rosa desliza el pulgar por la pantalla del teléfono, lee una y otra vez las notificaciones, observa satisfecha los números en aumento: diez, once, doce mensajes del chat, dieciocho de Instagram, once de Twitter, dos correos electrónicos de la compañía aérea: «Valore, por favor, su experiencia a bordo».

Los mensajes son para más tarde, cuando llegue el peor momento y esté sola en su habitación. Los guarda para el final, como hace durante la cena con las papas fritas, que va apartando hacia el borde del plato. Sostiene firmemente el teléfono en una mano cuando oye las siguientes palabras: «Solo queremos hablar contigo». Y luego: «Al menos una explicación». Y también: «¿Qué vas a hacer ahora?». Rosa no se atreve a mover el pulgar para ver los números, se limita a sostener con fuerza el teléfono. «Ya pronto», se dice. «Pronto». Piensa en su habitación, cuando su cerebro empiece a responder a esas preguntas: «No». «No». «Nada». Mientras, enciende la lámpara y se tumba en la cama.

Cuando termina de leer y levanta la vista, se da cuenta de que se había olvidado de las hormigas. En Madrid, las moscas aparecen solamente cuando se pasa muchos días sin fregar, raras veces hay mosquitos por las noches, las cucarachas son pequeñísimas y sin alas. Pero aquí los insectos están en permanente estado de avance, marchan al asalto, invaden territorios, aquí todo ha sido fruto de un expolio, un expolio a la naturaleza. La lámpara del techo permanece encendida, la ventana de Rosa está abierta un palmo. Por ahí se cuelan en la habitación. Se dejan arrastrar por la ráfaga de viento, trepan por la pintura desconchada del marco, se tambalean. Son hormigas voladoras, diminutas rayas oscuras. Las que giran alrededor de la lámpara, las posadas en el techo, diminutas rayas oscuras, más concentradas cerca de la ventana, sobre la tela color crema de la cortina que se hincha.

A la mañana siguiente yacen ligeras, con las alas gris claro, sobre las baldosas; se alborotan en cuanto Rosa pone un pie a su lado, se quedan pegadas a las callosidades de las plantas de sus pies.

Por fin silencio en el cuarto de baño. Rosa se levanta, abre la puerta. Su bote de crema, los pintalabios, delineadores a diestra y siniestra, los frasquitos de esmalte de uñas, la jabonera; nada está donde debe estar, en una hilera ordenada sobre la placa de mármol rojizo veteado, todo en su sitio después de la limpieza. No. Está todo en el lavabo. El agua gotea encima.

Catorce temporadas y media con 23 episodios, cada uno de 45 minutos. Rosa emplea la calculadora del móvil. Está sentada en el inodoro. Ha visto algo más de 250 horas de *Survivor* desde que regresó a casa. No es ironía. Son, en total, 23 temporadas. Le quedan todavía 146 625 horas, una cifra, de algún modo, tranquilizadora.

Tira de la cadena. Con ambas manos, saca los cosméticos del lavabo. No tiene ganas de recoger los botes, los frasquitos y delineadores. Pasa el dedo por el mármol, palpa la rajadura que acaba en el grifo, donde la piedra se ha teñido de óxido. Aguza el oído. Entrechocar de vajilla en la cocina.

Una de las primeras mañanas tras su regreso de Madrid, Eulalia, antes de ponerse a limpiar el baño, abrió de par en par la puerta que da a la habitación de Rosa. «Para airearla», alegó. Rosa permaneció acostada, viendo cómo Eulalia se ponía los guantes blancos de usar y tirar, levantaba la tapa del inodoro y hacía un gesto negativo con la cabeza. Al final, Rosa acabó huyendo con la *tablet* hacia el sofá del salón, más tarde al despacho, entre pilas de artículos que databan de varios años. Desde entonces ha estado pensando en cerrar por dentro la puerta que conecta su habitación con el baño.

Se pone las deportivas. Cuando corre las cortinas en el salón y abre la puerta de la terraza, la claridad le cierra los ojos, un calor seco le pasa volando por el lado. Detrás del muro del jardín, por donde discurre la calle, el aire centellea. Los hierbajos que brotan entre las baldosas, a la altura de las pantorrillas, conforman una red. Rosa procura no pisarlos. No quiere rozarlos siquiera, porque luego escuecen como picaduras de insectos que te muerden en un descuido. Una franja de césped amarillento rodea la terraza. Detrás está la mala hierba. A la altura de las caderas, de color marrón casi toda, con bordes filosos y secos en los puntos donde los tallos se han doblado hacia abajo, bordes que te cubren los muslos de arañazos. Rosa avanza unos pasos y se detiene, golpea con los pies un par de veces, espera a que los lagartos dejen de corretear. Prendidas a su camiseta, pequeñas espigas negras: chiratos, también los llaman «amor seco», se le enredan en el pelo. Pegados a las plantas más grandes, racimos de descoloridos caparazones de caracoles, todos vacíos, casi todos picados por un sarampión de agujeritos.

Rosa ha de mirar bien dónde pisa, bajo la maleza se ocultan los bordes de los canteros, acechan surcos que la lluvia no ha eliminado en más de diez años. Nueve años tenía cuando su padre dejó de trabajar en la universidad. Desde entonces no es más que un simple agricultor, como él mismo repite. Intentó cultivar papas. Amontonó largas franjas de tierra, cavó zanjas profundas entre las hileras. Las papas que salieron eran del tamaño de una canica, negras por fuera y muy amarillas por dentro, medio dulzonas, y, al masticarlas, se pegaban de un modo extraño al paladar. Ana las tiró casi todas, a escondidas. La verdura tenía aspecto maltrecho, deforme, estaba llena de manchas, profundos lunares, la piel arrugada, llena de rayones causados por las herramientas con las que Felipe las había sacado de la tierra. En una ocasión, Rosa llegó de la escuela y, cuando se disponía a tomar un yogurt, se encontró la nevera llena de bubangos. Bubangos en cada balda, en cada compartimento de la puerta. Una semana después, lo mismo; pero además una lechuga.

«Una fase», lo llamó su madre. «Se le pasará», dijo, y le regaló las verduras a Eulalia.

Durante el primer semestre en la universidad, en Madrid, Rosa intentó hacer un trabajo sobre eso. Una instalación con el título: «Lo que quedó de mi padre». Fracasó a la hora de materializar el proyecto. La foto, lo documental le parecieron poco interesantes. Los demás, casi todos, habían optado por los vídeos. Hiperrealismo. Rosa había pretendido plantar unos canteros en la sala de exposiciones y dejar que se cubrieran de maleza. Su intención era traer tierra de la isla, semillas, caracoles, insectos. En el techo debían colocarse unas lámparas con lumen suficiente para reemplazar al sol y, si Rosa se lo hubiera pedido, Felipe le habría pagado el envío. Pero no se lo pidió.

La buganvilia, con sus sinuosas ramas enganchadas unas a otras por espinas de varios centímetros de largo, aferradas a la argamasa seca con unos piececitos diminutos parecidos a ventosas, ha terminado invadiendo el gallinero. La puerta tiene una ventanita cubierta por una mosquitera metálica bien tensada y pintada de verde. Las ramas de la buganvilia han separado el fino entramado, han abierto orificios a través de los cuales sigue creciendo dentro de la caseta.

A Rosa le daba asco el gallo y no le permitían tocar a las gallinas, debido a las enfermedades y a los bichos. Su madre insistió para que Felipe las encerrara. Rosa vio cómo su padre construía la cerca con tablas que clavaba torcidas y ladeadas entre dos puntales, con las uñas de los pulgares amoratadas y la nuca achicharrada por el sol, de la que Rosa, por las tardes, podía arrancar las tiras de piel muerta.

Al final, Manchita dio caza a las gallinas. Una de ellas intentó escapar por encima del tablado, pero Manchita, la terrier de la vecina, le clavó los dientes al vuelo y le abrió el buche, del que brotó una papilla húmeda de color amarillento, y cayó a los pies de Rosa. Después de ese incidente, Felipe pidió prestada una escopeta de aire comprimido y se puso a practicar abriendo agujeros en las carnosas hojas de los agaves. Pasó varios días al acecho, pero acabó por dejar sueltas a las gallinas para atraer a Manchita. La perra, sin embargo, solo acudía de noche, cuando todos dormían. Rosa recuerda el alivio que sintió Ana cuando Felipe dejó de ser un simple agricultor y empezó a ir al club por las tardes.

Rosa oye el ruido de la aspiradora antes de abrir la puerta de la terraza. Eulalia está en el salón. Elimina los pequeños restos de cal que han caído de la pared húmeda sobre los cojines del sillón, el último intento de su madre —esta vez en cuero negro— de decorar la casa.

«Cuidado», dice Eulalia, señalando a los terroncitos de color rojizo que yacen detrás de Rosa en las baldosas de la terraza, aplastados en forma de rombos por los pisotones. Rosa se quita las zapatillas, las lleva a su habitación. En Madrid le resultaba imposible admitir que no le caía bien Eulalia. Quien no ha crecido en un entorno de precariedad tiene al menos la obligación de querer a sus sirvientes. Así se lo dijo a Marisa. No tiene ganas de ducharse, ni siquiera de ver *Survivor*. «Demasiado calor para todo, me voy a casa», escribe. «¿En qué playa estás?». «En Radazul, pero hay algas». La respuesta de Marisa llega de inmediato. Rosa tira el móvil sobre la cama. Bastaría con pulsar una simple tecla, un sencillo movimiento de la mano; o ni siquiera, el de un dedo que se detiene brevemente y pulsa «Enviar», nada más. Si Rosa no se hubiese golpeado con la cómoda al girarse, si la bolsa no se hubiese caído al suelo, sobre los pies desnudos de Rosa, le habría respondido a Marisa, hubiese quedado con ella.

Es un bolso cuadrado, de plástico, es blanco, con una cremallera en el extremo superior. En el borde inferior puede verse, en negro, el *skyline* de Nueva York con las torres del World Trade Center. Debe de ser de los años 80 o 90, el plástico se descascara en varios puntos, dejando a la vista una tela gris sucia.

Dos días antes Rosa estaba todavía segura de que no se compraría un nuevo bolso. Había estado dando vueltas, oyendo un poco de música, cuando de repente la acera quedó bloqueada delante de ella por culpa de una mujer de pelo canoso. Estaba inclinada hacia delante, con los antebrazos apoyados en un andador con ruedas, y Rosa tuvo que apartarse y bajar de la acera.

—¡Mi niña! —gritó la mujer con voz lo suficientemente alta como para que Rosa la oyera a pesar de llevar puestos los cascos. Y, cuando se giró hacia ella, añadió—: ¡Ayúdame!

No fue un ruego, no, fue una petición resuelta, una orden. Rosa se detuvo. La mujer llevaba unas gafas oscuras, su espeso cabello blanco separado con una raya al lado, en un corte *bob*.

—Ayúdame —repite.

—¿Cómo? —pregunta Rosa, dando un paso hacia ella.

La mujer señala la bolsa que cuelga de la barra del andador.

—Llévame esta.

Rosa camina a su lado por la calle, en silencio. Una de las ruedas emite un leve chirrido.

—Para —ordena la mujer de forma inesperada—. Yo vivo aquí —añade, señalando hacia la oscuridad abierta entre los batientes de una doble puerta de madera.

Rosa sabe muy bien dónde están, en el asilo, la Congregación de Hermanitas de los Ancianos Desamparados, advierten las letras negras de la placa blanca situada encima de la entrada.

—Me despido —dice Rosa, que no quiere quedarse a esperar delante del pequeño ojo de la cámara. Todo para que, cuando ella esté dentro, él, si acaso, alce la mano y gire la cara hacia el televisor cuando ella le bese los cañones blancuzcos de la mejilla.

—Yo sola no puedo subir hasta ahí, mi niña —le dice la mujer, señalando la rampa de piedra rojo vino. A intervalos regulares han insertado en las baldosas unas franjas rugosas para que nadie resbale; a ambos lados hay barandillas para que nadie se caiga.

Junto a la rampa de acceso, tres escalones llevan hasta un descansillo, donde se encuentra el timbre: un pequeño botón de latón empotrado en la pared, justo debajo de la cámara. En una hornacina hay un Cristo; a sus pies, una muñeca todavía rubia, el flequillo asoma bajo la cofia blanca y negra. Lleva un hábito de monja y ni siquiera le falta la cruz, fijada a una larga cadena en el cinturón. De niña —Rosa todavía se acuerda—, siempre se cansaba, quería irse a casa, montaba una pataleta porque quería la muñeca. Nunca vinieron a menudo. Lo que es hablar con Rosa, hablar con ella de verdad, él solo lo hizo una vez. «¿Arte?», preguntó. «¿Y eso para qué?». Ella debía de haberse despedido de él antes de marcharse a Madrid, Ana le había insistido. «Que mi voz se oiga por una vez», había respondido Rosa, o alguna bobada similar. «¿Qué tienes tú que decir?», había preguntado él. «¿Por qué nos odia el abuelo?», había preguntado Rosa en alguna ocasión. «El abuelo no nos odia». La voz severa de Ana.

—¡Vamos! —La mujer está al pie de la rampa, con una mano en la barandilla; ha empujado un trecho el andador, el manillar apoyado a derecha e izquierda en su barriga, para que no retroceda—. Tú delante —dice la mujer, y se inclina un poco hacia un lado, para que Rosa pase—. Coge esto. —Rosa no entiende—. El tacataca —explica señalando hacia el andador con la barbilla—. Yo me agarro a él y tú tiras.

De modo que Rosa sube la rampa de espaldas, con las manos aferradas a la barra y sin perder de vista el ojo de la cámara.

Pulsa el timbre, pone una mano en el pomo para abrir la puerta en cuanto suene el zumbido. Mira hacia un lado, ahora él la está viendo. Está segura. Pero todo permanece en silencio.

—¿Qué hora es? —pregunta la mujer a sus espaldas.

Rosa saca el móvil.

—Falta poco para las cinco —contesta, y llama otra vez al timbre.

—Olvídalo. El rosario dura hasta las cinco, es cuando ese holgazán hace una pausa. Menudo zángano... Ni siquiera va a la iglesia con los demás, se queda tumbado en el sillón junto a la máquina de café y nadie puede entrar ni salir.

—Lo siento —se disculpa Rosa—. Pero debo seguir.

—Espera. —La mujer ha abierto la cremallera de su bolso, un bolso marrón, Louis Vuitton. No está demasiado gastado, de modo que debe de ser auténtico.

—No es necesario. —Rosa no quiere aceptar dinero.

—¡Espera! —exclama de nuevo, y Rosa se detiene sin saber por qué.

—Aquí. —La mujer sostiene en la mano el bolso de color blanco sucio, con el negro *skyline* de Nueva York, el World Trade Center.

—Necesito un bolso así, justo de este tamaño —dice—. Con cremallera, esta se ha roto, ¿ves? —La abre y la cierra varias veces, una y otra vez; en varios puntos los dientes no enganchan bien—. Este ya no sirve para nada. Luego me dices cuánto te ha costado y yo te doy el dinero.

—Bien —asiente Rosa—. De acuerdo —añade, y no puede creerlo—. ¡Hasta pronto!

—Espera un momento —repite la mujer cuando Rosa se da la vuelta para marcharse—. Llévate este como muestra, quiero uno exactamente igual, de ese tamaño, y con cremallera. —La mujer le tiende el bolso y Rosa lo coge mientras las campanas tañen. Se acaba el rosario.

Rosa está convencida de que no va a comprar un bolso, conservará el viejo, que es estupendo, solo por las Torres. Pero entonces choca con la cómoda y el bolso aterriza justo sobre sus pies desnudos, sin más. Rosa lo levanta. Permanece por un rato en la habitación con el bolso en la mano, pensando que está allí y que lo único que hace es sostenerlo. «Muévete, joder». Por fin, lo deja encima de la cama, un buen contraste con las sábanas rojas, coge el teléfono móvil y hace una foto.

«Plan para hoy: acumular puntos para el karma», escribe.

Se pone las sandalias, se echa desodorante en las axilas y, cuando vuelve a mirar el móvil, lee la pregunta de Aki, desde Madrid: «¿En serio? ¿Con ese bolso?».

Treinta y dos minutos después Rosa está al final de la avenida de La Trinidad, esperando en la cola delante de la caja de la tienda XXL. Lleva en una mano un bolso de plástico con flores rosa y crema, con las mismas medidas que el de las torres. 3,99 euros. En la otra, su tarjeta de crédito. Fuera, gentío ante los escaparates. Al final de la avenida de La Trinidad todo se estrecha. Con sus cuatro carriles, la ancha calle que viene de Santa Cruz se adentra aquí en el casco histórico de La Laguna, una arteria que abruptamente se reduce a una afiligranada ramificación de venas y desemboca en un enjambre de vasos capilares. En medio, la capilla. A un lado y otro de esta, las calles Herradores y Carrera, ambas zonas peatonales. En los edificios de las esquinas, unas tiendas de artículos para el hogar que siempre estuvieron allí y un Marks & Spencer Outlet, situado ahora en el local que antes ocupara la tienda de electrodomésticos de su abuelo. Delante, la estación final del tranvía. A un ritmo de cinco minutos, los pequeños y coloridos vagones bombean un torrente de pasajeros hacia la acera situada bajo los zaguanes, entre los vendedores de la ONCE que fuman sentados todos juntos en sillas plegables, gritando sus números sin cesar, al lado de *hippies* que venden su bisutería, alemanes, suecos y holandeses dorados por el sol, bronceados, vestidos con prendas de saco naranjas, marrones o verdes y anillos de plata con caracolas entretejidas de alguna manera entre cintas de cuero encima de los tableros forrados de terciopelo situados delante de sus barrigas.

El aire acondicionado de la tienda XXL no funciona como es debido. Estrías de sudor en el plástico color crema que Rosa sostiene en una mano. Hay otros dos clientes delante de ella. Rosa observa, junto a la caja, la estantería de Hello Kitty, estuches escolares, lápices que le gustaría coger con la mano uno tras otro, o tal vez comprar el paquete de gomas de borrar de la serie *At the beach*. Kitty con bañador rojo y una sombrilla con los tonos del arcoíris, un cubo rosa y tres caracolas azul claro. Eso no puede colgarlo en la red.

Con Hello Kitty empezó todo. Ya en la guardería entendió que a los otros les costaba más esfuerzo. «Solo tienes que pintar lo que ves», dice Rosa, hasta que Marisa la pellizca. En la escuela primaria, para pintar una Hello Kitty no necesita ni tres minutos. Con globos, con cintas rojas o color rosa, con un helado en la mano o un *cupcake* con velitas. En los recreos, se sienta a la mesa en la cafetería, las chicas de su grupo hacen fila y le piden, una tras otra, lo que quieren que les dibuje. Porfa..., porfa... A veces discuten por causa del orden, porque las últimas deberán esperar a que acabe la próxima clase para tener sus dibujos. Marisa es siempre la primera.

«Arte», responde Rosa con determinación, a los quince, dieciséis o diecisiete años, cuando le preguntan qué quiere estudiar en el futuro. Decidida, sin dudas ni señal de timidez, a menudo acompañando la palabra con un gesto afirmativo de la cabeza. Hasta los amigos más escépticos de su madre —y sus amigos eran escépticos— reconocieron más tarde que estaban convencidos de la vocación de artista de Rosa.

Por Reyes, Ana y Felipe le regalan siempre, durante muchos años, libros de pintura. Los equivocados, como comprobará Rosa más tarde en Madrid. Picasso, Miró, Matisse, los modernos, el pop-art, Warhol, Keith Haring, Lichtenstein: pósteres para sesentones.

«Desesperante», respondería Rosa si le preguntaran cómo era el ambiente en Madrid. «Todos estaban desesperados». Todo había existido antes y hasta de eso había ya otras versiones, ya nada era original, y la categoría original ni siquiera era viable. Desesperante, la única ocupación era explorarse uno mismo. Un «mismo» demasiado grande en todos, como si solo hubieran estado esperando verse por fin a través de una lupa o, mejor dicho, bajo el ocular de un microscopio. De tamaño exagerado y fijado en el centro, con enganches a ambos lados para que nada se moviera ni otra cosa pudiese entrar en el campo visual. Yo veo, yo pienso, yo encuentro, en mí, a través de mí. La palabra «banal» deja de existir. Demasiado parecido, no distinto, no suficiente. Eso es todo lo que la mayoría encuentra. Y angustia, mucha angustia. ¿Qué es aún lo posible cuando todo lo es?

El móvil de Rosa vibra. Felipe. Un mensaje de texto.

«Tienes que venir a recogerme, no puedo conducir».

«¿Dónde?», responde ella.

«Tu madre quiere que vayamos a ver lo de los surrealistas».

«No me apetece», ha escrito Rosa, pero en ese momento se le ocurre que podría escribir sobre eso. Nena, su compañera de piso en Madrid, se había meado de la risa cuando ella le habló de las «exposiciones» —Rosa hace el gesto de las comillas con los dedos cada vez que pronuncia la palabra— que había visto en Santa Cruz en su infancia, junto a sus padres.

«Si tú no vas, yo tampoco», escribe Felipe. Busca un pretexto. Rosa borra lo escrito. «Te recojo a las siete y media», responde.

El último conquistador

Felipe Bernadotte no está sentado, sino recostado en su sillón. Lleva puestos unos pantalones *beige*, un polo de color salmón con el interior del cuello gastado en varios puntos, aunque eso solo lo sabe la asistenta. Con las piernas extendidas y cruzadas, apoya los brazos desnudos en los brazos del asiento. El sudor se acumula entre la piel y el cuero, de vez en cuando alza la muñeca y deja que el aire acondicionado enfríe el charco que se forma debajo.

Felipe Bernadotte tiene cincuenta y tres años y nada que hacer. Su única obligación consiste en mantenerse sobrio, pero no puede cumplir con ella hoy. Mira al reloj situado en la pared enchapada en madera hasta la cintura. Son poco más de las dos y él se ha quedado solo en la biblioteca. Los demás huéspedes están en el salón de fumadores, donde no se puede fumar, aunque sí charlar a un volumen normal, no a gritos ni con excesivas risotadas, según las normas del club.

Una gota le resbala por la mano: agua condensada del vaso de *whisky* que coloca a su lado, en la mesilla. Con las yemas húmedas de los dedos, se da unos leves golpecitos en las sienes, cierra los ojos y se concentra en esos dos puntos fríos, nota cómo se van evaporando poco a poco. El aire acondicionado emite un rumor como el producido por el motor de un coche pequeño, un sonido regular y enervante, no lo suficientemente tenue como para no mordisquear de vez en cuando la conciencia, rebasando el umbral de lo acostumbrado.

Felipe no vuelve a abrir los ojos hasta que oye un ruido cercano. El choque de unas piezas de porcelana. A su derecha, bajo las ventanas, hay un elegante doble asiento flanqueado por dos sillas tapizadas de seda con franjas blancas y azules. Un camarero recoge tazas de café *espresso* dispersas por la mesita de centro.

Felipe siente el breve impulso de enderezarse, verificar si su ropa está en orden y enjugarse el rostro. El camarero no mira hacia él, lo hace adrede, concluye Felipe. El hombre tiene las sienes canosas y, antes de marcharse, acomoda diligentemente el conjunto de asientos. Felipe alza el vaso, lo agita para que los cubos de hielo restantes choquen entre sí. El camarero lo mira, pero no asiente, tampoco da muestras de haber entendido.

—Otro.

—¿Está seguro?

Felipe no recuerda haberlo visto nunca. No responde. Solo alza de nuevo el vaso y lo agita. El camarero se aleja sin decir nada.

Conoce a casi todos los miembros del club desde su infancia, de vez en cuando alguno se acerca y le hace compañía. A los visitantes se les explica de manera furtiva y en voz baja que Felipe es toda una institución. Ahí está Felipe Bernadotte, el último conquistador, con su vaso de *whisky*. Cuando se dispone de recursos suficientes, todos dan por sentado que uno tiene lo que tiene por algo, porque hace algo por ello, y lo hace tan bien, con tal facilidad y sin aspavientos, que los de fuera ni siquiera se dan cuenta. Pero Felipe, en casa, ni siquiera abre la correspondencia. La oficina de Ana se ocupa de ello. Al menos de momento. La semana pasada ella insinuó que tal vez en el futuro tengan que hacer las cosas de otro modo. Contra su propia convicción, Felipe bebe otro sorbo de su vaso, en el que solo queda hielo derretido, y gira la cabeza hacia la puerta. No ve a nadie en el pasillo. Ese idiota se toma su tiempo. Podría pulsar el timbre, pero para eso tendría que levantarse. El botón está en el revestimiento de madera de la pared, entre la chimenea y la puerta. Tal vez si se deslizase un poco más hacia abajo, y luego otro poco hasta quedar en posición casi horizontal, con el cuello y la cabeza en vertical, y si estirase la pierna sin perder el equilibrio, podría, estirándose un poco más, alcanzar el timbre con la punta del zapato. Felipe mira hacia arriba, hacia Fernando Bernadotte, cuarto conde de Buenavista, que frunce el ceño sobre esa chimenea jamás usada, unas líneas de enojo entre unas cejas oscuras y el impecable blanco plateado de su peluca de rizos. Con la derecha, se apoya en el brazo del sillón, empuja las caderas un poco más hacia delante. Está a punto de estirar la rodilla, solo le falta un palmo para llegar al pequeño pulsador de latón cuando, en ese instante, entra el camarero. Esta vez es otro, uno más joven que trae una bandeja de plata. Felipe recoge la pierna, desliza otra vez el trasero sobre el asiento. El camarero deja el *whisky* en la mesita que está a su lado.

—Gracias —dice, y espera a que el camarero salga de la biblioteca para extender la mano hacia el vaso. En lo alto de la chimenea, el cuarto conde de Buenavista pone los ojos en blanco, lanza luego una mirada de conformidad a Rafael Bernadotte, sexto conde de Buenavista, instalado en la pared opuesta. Felipe sabe que los dos coinciden en que él, Felipe Bernadotte (el título de conde se extinguió a principios del siglo xx con otra rama de la familia), tendido en aquel sillón, borracho, es una vergüenza para su apellido.

Alza su vaso.

«Por una explotación justa», dice.

Al principio quiso ajustar cuentas con ellos. Le exigían cien páginas de tesis doctoral acerca del dominio colonial español. Había pasado semanas intentando identificar el capítulo más deshonroso de la historia de la isla, en el cual su familia tuvo un papel destacado. Pero eran tantos los capítulos deshonrosos que no pudo decantarse por ninguno. De noche, borracho en la azotea, decidió por fin escribir acerca de todo, sobre el infame papel de los Bernadotte en cada una de las fases de la historia, desde la conquista hasta el fascismo. Al cabo de cuarenta y ocho páginas, después de que el plazo de entrega hubiera expirado, desistió.

«Al menos yo terminé mis estudios», protesta Felipe en voz alta, como comprueba con enfado. Ninguno de los condes de Buenavista parece impresionado.

Él no había sido más que un buen historiador, sus estudiantes no mostraban menos interés que los de otros profesores, sus ensayos seguían citándose y a veces Felipe comprobaba la frecuencia con la que habían sido descargados en la red. Hace once años que dejó la universidad, Rosa tenía nueve.

Nadie le había asegurado ni prometido nada, nada se acordó de antemano, no tenía pretensiones, para él fue algo obvio. La Segunda República, la Guerra Civil eran sus temas. Él impartía los seminarios; era autor, con diferencia, de la mayor cantidad de publicaciones, movimientos obreros anteriores al sindicalismo, la fusión entre terratenientes, movimiento fascista e Iglesia. Eran sus temas. Y, claro, Leticia Ferrera había defendido antes un enfoque histórico sobre la vida cotidiana y, por ello, había redactado la parte metodológica de la solicitud para el proyecto. Y, claro, era una mujer. Y claro que él había dirigido los dos últimos grandes proyectos, y habría seguido formando parte de él, aportándole todo cuanto quisiera, y el siguiente habría sido también suyo. «Lo peor es que nadie lo dice», le había comentado a Ana en repetidas ocasiones. «Deja eso ya. Se ha convertido en una obsesión», le respondía ella una y otra vez. *Guerra Civil y represión en las islas Canarias. Una historia en fotos privadas, cartas y testimonios orales.* El tema era perfecto para él. Y no se trataba de la cuota de mujeres o de que otros tuvieran derecho a su oportunidad. No. El problema había sido su nombre: Bernadotte. Un nombre con el que siempre había tenido una postura crítica. Lo había condenado de forma implacable, había tratado con transparencia esa mácula en su familia, estaba en cada prólogo que había escrito. En cuanto al contenido, no podían reprocharle nada, por eso no decían nada. No querían convertirse en blanco de ataques. Pero de eso se trataba, fue por lo que a Leticia Ferrera la nombraron directora del proyecto, Felipe está convencido. Su dimisión lo cogía por sorpresa, le había dicho el decano, y le preguntó si no quería meditarlo.

No, no quería.

Felipe alza de nuevo el vaso.

«Por los Bernadotte».

El *whisky* tiene otra vez un sabor aguado. Los condes evitan mirarlo, bajan la vista al suelo.

Al principio, Felipe tenía el propósito de crear una fundación. Su tarea iba a ser superar ese pasado, sacarlo a la luz. Si la universidad no quería apoyarlo, lo haría solo. «Sociedad para el Esclarecimiento de la Represión Franquista», había querido que se llamara. Se había reunido con un diseñador de páginas web, había sopesado cuáles de sus antiguos estudiantes podrían considerarse colaboradores científicos. Necesitarían una secretaria, había echado el ojo a unos locales, formulado ciertas tesis, concebido proyectos que luego fueron descartados. «Nadie te va a tomar en serio», le había dicho Ana.

Había reflexionado largo tiempo sobre si tenía o no sentido divorciarse. Por último, decidió dejar de ser un Bernadotte y ocuparse del jardín y de la huerta. Una estupidez, y el día que tuvo clara conciencia de ello, se marchó al club con toda la ropa cubierta de tierra. Había intentado cultivar boniatos. Cuando se puso a excavar, tras varias horas cavando y cavando, encontró por fin uno con aspecto de zanahoria tierna, no más grueso que su dedo índice. Entonces lo dejó todo, los boniatos, las herramientas, y se marchó al club, directo hacia la biblioteca. Se sentó en el suelo bajo las miradas severas de sus ancestros, se tumbó de espaldas, con los brazos y las piernas extendidos, cubriendo la alfombra persa de tierra color marrón. Pero los condes ni siquiera se interesaron por su total capitulación.

Desde la puerta, los camareros deliberaron sobre el modo de actuar con él. Intentaron llamar a Ana por teléfono, pero por suerte no la localizaron. Por último, Felipe, todavía acostado en el suelo, pidió un *whisky*, se sentó primero en el suelo, luego en el butacón, y decidió que ya nada tenía sentido. Desde entonces reflexiona. Casi siempre en ese mismo butacón, otras veces en otro, a la derecha de la chimenea.

«Por este triunfo de ustedes», dice Felipe, y alza de nuevo su vaso.

Está satisfecho de ser el último conquistador. En sus buenos momentos se siente como el personaje de una novela de Somerset Maugham, un bebedor melancólico que irrumpe en el presente como llegado de otro tiempo. Solo le falta un amor desdichado. Porque Ana no es la figura ideal para ello. Felipe no podría decir siquiera en qué historia de Maugham está pensando, hace mucho tiempo que las leyó. Pero su derrota es absoluta, de eso está más que seguro. Colonialismo, colonialismo... Felipe Bernadotte, allí sentado, es la prueba viva de que nadie puede escapar de sí mismo.

En el salón de fumadores hablan de San Borondón, el nombre llega varias veces hasta donde está sentado. Una isla artificial que harán surgir a menos de veinte millas náuticas de la costa, en una parte poco profunda del Atlántico, en un cachito de tierra desplegado cuyos vértices descuellan del océano en cinco puntos. Leicester Legacy se llama el consorcio de empresas americanas que ha desarrollado la idea, invocando la New Atlantis, la nación flotante fundada en los años sesenta, ante las costas de Jamaica, por Leicester Hemingway, el hermano del escritor. «Imagínate», así comienza el anuncio que se vio en televisión todo el año pasado. A continuación, una variación de florecillas azules despliega sus pétalos en cámara rápida con acompañamiento de violín. El Congreso de los Diputados en Madrid ha aprobado el proyecto hace un mes, aunque en ninguna parte mencionan el auténtico propósito de la isla de marras. Ana figuraba entre sus más fervientes detractoras, pero la coalición de su partido ha votado sí. Las corporaciones turísticas hablan de pérdidas incalculables. Nos cortarían la rama que nos sirve de asiento, alegan. Temen un nuevo tipo de hotel que incluya alojamiento, parque temático e isla en un mismo conglomerado.

A la vez se trata de otra cuestión: si es en realidad una isla o un barco. Casi todos los terrenos planeados serán flotantes, unos pontones enormes, dice alguien.

A Felipe le da igual. Dejó de interesarse por la política en el instante en que Ana le reveló que presentaba su candidatura. Por el bando conservador. Fue durante una cena, entre el entrante y el plato principal, como quien no quiere la cosa, algo dicho de pasada. Rosa estaba sentada entre ellos, habían terminado el cóctel de cangrejo. De paquete, del supermercado. Con demasiada mayonesa. Felipe no olvidará ese detalle. Eulalia acababa de recoger las copas en una bandeja. Ana ni siquiera espera a que la asistenta salga del comedor y entre en la cocina en busca de la carne. Rosa, en algún momento, se había marchado a su habitación. Felipe ni se había enterado, de repente su hija había desaparecido.

Felipe se apoya en la butaca para levantarse, va al baño, por suerte no se encuentra a nadie en el pasillo. Coge una de las toallas de la repisa que está encima del lavabo. De vuelta a su sillón, la dobla por la mitad, desliza su cuerpo hacia delante hasta que la nuca queda justo sobre el respaldo y se cubre los ojos.

El camarero lo despierta. Le pone primero una mano en el hombro y, a continuación, le aparta la toalla de los ojos. «Lo esperan».

Felipe asiente, atrapa la toalla, que cae cuando él se levanta, y camina (o eso cree) hasta el baño, donde la empapa de agua caliente. Se frota la cara con ella. Con los ojos cerrados, permanece inmóvil hasta que la humedad se enfría sobre la piel. Entonces se seca.

Rosa, sentada en el coche, arranca el motor sin decir palabra cuando Felipe abre la puerta del copiloto y entra. Le dedica una breve sonrisa y, como si no hubiese notado nada, su mirada se aparta de las oscuras salpicaduras de agua del cuello y el pecho del polo. Rosa conduce en dirección a la antigua carretera general. «Hay atasco en la autovía», explica cuando nota la mirada de Felipe. «Lo han dicho por la radio».

Debió comer algo, piensa Felipe, que de repente siente los retortijones de su estómago encogido como una uva pasa. Tiene ganas de eructar. La boca se le llena de saliva. Pulsa el botón de la ventanilla para bajarla, se echa hacia atrás en el asiento, sigue pulsando el botón cuando Rosa empieza a cerrar su ventanilla, lo pulsa hasta que el cristal casi desaparece en la ranura de la puerta. Con la ráfaga de aire y recostado se siente mejor.

Rosa gira hacia la derecha, enciende la radio, salsa, la apaga de nuevo.

Por un instante se ve el mar entre los edificios. El sol ya se ha puesto. Dentro de un par de años, cuando oscurezca, se verán allí unas luces, las de esa chorrada llamada San Borondón, sea o no una isla. Ahí fuera, a lo lejos, en medio de la indiferenciada negrura entre el cielo y el mar, esas luces marcarán un horizonte ficticio. Una cadena de puntos amarillos, como se lo imagina Felipe. Al pie del saliente rocoso de la isla mayor, instalarán una playa artificial. Sobre plataformas de hormigón, según contaron con alboroto en la última recepción anual de la asociación de gastrónomos, a la que tuvo que acompañar a Ana.

«San Borondón, San Borondón». No se habla de otra cosa: después de misa, delante de la catedral, en el restaurante, en la caja del supermercado, o ayer, cuando Felipe pasó por la parada de la guagua de la plaza del Adelantado. «Una conspiración, una conspiración», dicen en el foro de internet del *Diario de Avisos*, lo mismo los de izquierda que los de derecha, cada vez surgen nuevos rumores: un polígono de pruebas, armas, drones. ¿A santo de qué iban a construir una nueva isla tan lejos de la costa, si no es para algo malo? Una gran torre de servidores de internet, inteligencia artificial, pista de aterrizaje para ovnis.

Lo nuevo, todo lo que es completamente nuevo, les da miedo. Lo no deformado, lo no acondicionado ni pulimentado por el tiempo. Lo que no está cargado de historia, eso les da miedo. Ni una dislocación, grava apilada, estructuras encostradas bajo una superficie aplanada solo con sumo esfuerzo. Por la ventanilla lateral pasan las cuestas cubiertas de pilas de casas blancas con forma de dados; en medio, las irregulares cadenas luminosas de color naranja emitidas por las farolas. Aquí nada se renovará jamás, piensa Felipe. Nunca nada tendrá la esbeltez de las líneas pensadas con precisión. Todo, en cambio, tiene su función, nada está ahí por el simple hecho de que siempre estuviera, o porque nadie se haya tomado el esfuerzo de eliminarlo. La gente que creó San Borondón porta su carga de historia, se dice a sí mismo Felipe, al estudiante que lleva dentro. Pero no lo parece, responde el profesor, con enfático tono de paciencia. Parece como si pudieran olvidar o dejar algo tras de sí en cualquier momento, lo que ya no cumple ninguna función. A eso le tienen miedo. ¿Y nosotros? En todas las conversaciones, cuando discuten si se trata o no de una isla, cuando dicen que, si lo fuera, sería horrible, esa gente no hace más que preguntarse: «¿Y nosotros?».

Rosa frena, el semáforo está en rojo, tiene que dejar pasar al tranvía, cuyas vías cruzan la calle. Felipe observa el gigantesco plato de radar del Museo de la Ciencia, la antena del radiotelescopio, con sus manchas marrones, el descolorido camuflaje, que es lo que parece, aunque se trata de las coordenadas y el contorno de la montaña lunar que lleva el nombre de la isla.

Las laderas están llenas de vestigios del pasado. Entre las cúbicas casas de color claro, cuyos dados cubren una superficie cada vez más densa, las cuestas mantienen ese leve escalonamiento en terrazas en el que hubo viñedos durante casi cien años. En cada parcela en barbecho, en cada superficie llana entre la calle y la montaña, crecen las chumberas cubiertas con el talco de los nidos de las cochinillas, muy blancos y bien reconocibles a pesar del crepúsculo. Caña de azúcar en la rotonda que Rosa recorre dos veces, porque no atinó a tomar a tiempo la salida, caña de azúcar que rumorea al viento. También se cultivó allí durante casi un siglo, hasta que Cuba se subió al carro de la producción. Cada monocultivo, cada mercado que colapsa, cada hambruna, cada rebelión reprimida con violencia han ido sedimentándose allí. Y todo sigue en su sitio.

Felipe señala hacia la ventanilla, mira a Rosa.

—Sí, 1498 —dice ella rápidamente, casi como una autó-
mata. Por lo general, con eso, él suele dejarla en paz. A veces, a
continuación, Felipe diserta sobre la generación-sin-historia-
la-generación-sin-identidad-estable—. Ese año se erigió la capilla, Santa María de Gracia, a raíz del éxito de la primera
expedición de los conquistadores al interior de la isla, en agra-
decimiento por la ayuda divina recibida para someter a los
guanches —añade y enciende la radio, donde todavía se oye
salsa.

La iglesia, sin embargo, no puede verse desde la carretera,
está tapada por dos enormes vallas publicitarias, Seven Up y
Kas, y rodeada de varios edificios ruinosos.

Delante del Círculo de Bellas Artes hay un sillón hecho con libros cuyo tema es la exposición surrealista de 1935. Se parece
bastante a la butaca del club en la que Felipe desearía estar ahora, bajo las miradas reprobatorias de su parentela.

—Santo cielo... —murmura Rosa a su lado—. Dan ganas
de llorar.

Y ese será su aspecto durante el resto de la velada: como si
sus facciones fuesen solo una delgada capa flotando en un mar
de lágrimas, un mar que puede tragársela en cualquier momento, por el motivo más insignificante. Felipe le pone una
mano en la espalda, la empuja suavemente por entre las dos
puertas que se apartan a su paso.

—Apestas —le susurra Rosa.

Felipe asiente, su hija tiene toda la razón. Le encantaría pedir un *whisky*, pero, en su lugar, agarra dos copas de champán
de una bandeja.

—No, gracias —rehúsa Rosa, sacudiendo la cabeza.

La bandeja ha desaparecido. Felipe vacía la primera copa,
el gas se le sube a la nariz y lo obliga a toser.

—Increíble.

Rosa se aparta de él, camina en dirección a una de las piezas expuestas. Pero solo para verse repelida de inmediato —por lo manido—, y dirigirse a la siguiente. Apenas tiene la pieza expuesta a la vista, cambia otra vez de rumbo. Pone su atención en los artículos de periódico enmarcados que cuelgan de las paredes. Retrocede entonces un paso.

Felipe no continúa bebiendo, mantiene la copa llena en la mano mientras observa a su hija, que vaga como una bola de un *pinball* a través de la sala. Saca el móvil un par de veces y teclea algo. Él la sigue con la mirada. Una foto en Instagram con el revólver y debajo: «Lo llaman arte».

Felipe se sitúa cerca de la entrada, junto al bufé con especialidades canarias. Una lechuza hecha con papas arrugadas sostiene entre sus garras de croquetas de atún un diploma de tortilla.

Errores evitables

«Otro bolso», piensa Ana, y coge el suyo de la mesa. Para el próximo miércoles tendrá que escoger otro bolso; de lo contrario, será uno de esos errores evitables de los que hablaron esa mañana. Ana se da la vuelta, intenta colgar el bolso en el respaldo de la silla, pero no tiene saliente alguno, solo un tubo de metal redondo, reluciente y romo. «Vaya mierda de salón de conferencias», piensa; «una mierda de hotel». «¿Por qué estoy tan furiosa?». «Una mierda de silla, una mierda el arreglo frutal, una mierda, también, este encuentro trimestral con las asociaciones de hosteleros». Ana mantiene el bolso en su regazo: piel de cordero, color lila, pespuntes en diagonal; en el medio, el ovalado logotipo de cuero con la doble C, como había dicho la dependienta. Tres mil quinientos euros. Chanel, la colección de 2014. Comprado, obviamente, después de iniciarse la crisis.

Si un bloguero escribiese sobre ello, alguien retomaría el asunto: en la parte superior de la página, en grande, una modelo de mirada arrogante sosteniendo el bolso; más abajo una foto de Ana, más pequeña y poco nítida, con el mismo complemento. Todos asociarían la mirada arrogante de la modelo con la cara de Ana.

Ana observa a los demás, que ya han ocupado sus puestos en la mesa. No conoce a nadie por su nombre, son meros sustitutos

de otras personas. Contemplan sus teléfonos, ordenan papeles, dos mujeres charlan sobre la comida del colegio de sus
hijos. Para todos ellos, el próximo miércoles será en todo caso
el día en el que viene el fontanero, o tendrán que cumplir con
alguna invitación esa noche, asistir a mediodía a algún absurdo encuentro con no sé qué asociación; algo que, sí, les robará
tiempo, pero nada más. Ningún embudo negro que los absor-
ba hacia la panza de una maquinaria que los destruirá. Solo un
miércoles, el 11.

«Las máquinas no tienen panza», piensa Ana. «¿Y a qué
viene eso de destruir?». Una de las mujeres enumera las guar-
niciones: papas, arroz. «Silencio, por favor». Su voz suena alterada, comprueba. Mira entonces a las dos mujeres y ambas
se callan. No se disculpan ni miran a Ana de frente, pero tampoco se miran entre ellas. Una aproxima la silla a la mesa. Los
señores se toman su tiempo, están de pie delante del ventanal,
ríen. Ana medita sobre si debe o no levantarse y unirse a ellos.
Detrás de la hilera de cubos con palmeras, al final de la terraza, solo una niebla blanca, las nubes han ido trepando por las
cuestas, cubren el valle de la Orotava, los desfiladeros se alzan
como las orillas de un mar que emerge del blanco.

En Santa Cruz, en la calle Castillo, brillaba el sol. Allí se
encontraron esa mañana. No en el Cabildo ni en la central del
Partido, tampoco en ninguna de las salas de conferencia de
la fracción parlamentaria. Fue en el bufete de un abogado al
que Ana no conocía. Elizardo Rubio, secretario general de los
conservadores, le hizo llegar la dirección verbalmente y le pidió
que no la anotara en su agenda oficial. En la calle Castillo flo-
recían las acacias, los primeros cruceros se han librado de sus
pasajeros, que suben por la zona peatonal en gruesos racimos.
Delante de la tienda de los bordados (típico de canarias, dice un
cartel), una muchacha sentada se fuma un último cigarrillo.

Lleva un traje típico, una falda roja de franjas verdes, rojas y amarillas a lo largo, delantal y una blusa blanca. El sombrero descansa a su lado, en el escalón. A Ana le habría gustado quedarse al sol, le habría encantado volver a fumar por primera vez. Coge el móvil con la intención de apuntar: «El próximo miércoles, un nuevo bolso», pero lo deja caer de nuevo. Elizardo Rubio no ha dicho nada del teléfono. «Nada de pánico», había advertido. No arrojar nada a ciegas a la trituradora de papel, pensar antes, reflexionar, con sensibilidad, y cuanto menos, mejor. Todo lo demás resulta contraproducente. El problema son las lagunas, que te hacen parecer culpable, los vacíos en la correspondencia. «Tú lo archivas todo, ¿no?».

Ana había asentido.

Por el tono, Elizardo Rubio parecía estar hablando todavía con su nieta, con la que sale a pasear los domingos hasta la fuente de la plaza de España, para que arroje unas piedrecitas al agua. «Hasta que tengamos una montaña, abuelo», le decía siempre. El tono de su voz no había variado: suave, cálido, tenue. Tal vez quisiera tranquilizar a Ana. «Nada de pánico», le había advertido. Seguir actuando como hasta ahora. Quizá levantar un poco más el muro en torno a la casa. Encargar persianas. Pero sin pánico, todo como hasta ahora. Sin nerviosismo. Adaptarse. Nada de grandes comparecencias en público. Todo pasará.

Ana sonríe cuando el presidente de la Asociación de Hosteleros la saluda y le agradece que haya encontrado tiempo para asistir. Las cifras del trimestre ya se las enviaron la semana pasada por correo electrónico. Cifras alentadoras, los ataques terroristas en las costas del norte de África y en Turquía surten su efecto. Todos los presentes en torno a la mesa han leído las estadísticas, y asienten, nadie escucha.

El comunicado de prensa de la fiscalía saldrá a la mañana siguiente, eso supone Elizardo Rubio.

«Ocupación hotelera —prosigue el presidente—, media de estancias de nuestros turistas, cuya edad promedio sigue estando, lamentablemente, en los 42,1 años».

Por lo menos no aumenta, se estanca.

«No estás en la línea de fuego», había dicho Elizardo Rubio. Andrés Rivera, portavoz de Infraestructuras y Desarrollo, tendrá que dimitir. Por motivos familiares, más tiempo con sus hijos. El lunes, dos días antes de la audiencia. «Para desinflar un poco el globo», dijo Elizardo Rubio con una sonrisa. Ana intentó recordar los nombres de los hijos de Rivera, la cara de su mujer, Isabel. Durante un tiempo, a ella y a Felipe los invitaron con frecuencia a cenar en su casa cuando los niños ya estaban en la cama. Dos niños, dos varones, gemelos. «Pero muy distintos», explica Rivera cuando habla de ellos. Su mujer es profesora de yoga. Pero eso no les servirá de mucho.

«¿Él ya lo sabe?», quisiera preguntar Ana, pero se limita a asentir. Si le han informado, estará preparado. Poner persianas en las ventanas de la planta baja, elevar la altura del muro del jardín, dotar el extremo superior de nuevos cristales bien afilados. Un detector de movimiento para la alarma, por si acaso a algún equipo de periodistas con cámaras se le ocurre intentar entrar. O irse de vacaciones. O, tal vez, mandar lejos a su mujer y a sus hijos. Tal vez solo haga acopio de los teléfonos, las tabletas y los portátiles, desconecte el módem de la conexión inalámbrica y el enchufe del teléfono fijo. ¿O le habrán dicho también que él no está en la línea de fuego?

A Rosa le daría igual, pero Felipe estaría exultante. Y Julio, lo mismo. Resulta divertido que a los dos les sentara igual de mal que ella presentase su candidatura por el PP.

—Espero que no te estés follando a nadie más aparte de a tu marido —le había dicho Rubio.

Ana asintió.

—Estamos en contacto, *yo te* llamaré.

Elizardo Rubio enfatizó el *yo* y el *te*. Parecía esperar que ella se levantara, diera las gracias y se despidiera. Como si ya hubiesen terminado.

—¿Y la filtración?

Elizardo Rubio no respondió. Dio la vuelta a los papeles con sus apuntes, cruzó las manos sobre los blancos reversos, se inclinó un poco hacia delante por encima de la mesa y se encogió de hombros.

—¿Saben quién fue?

Enfadada, Ana comprobó que acababa de cruzar los brazos delante del pecho. Luego dejó caer las manos despacio sobre el regazo, donde yacen ahora, con las palmas hacia arriba, los dedos levemente torcidos. Una postura poco natural, sin mirar hacia abajo, porque ha de mirar a Elizardo Rubio a los ojos, lo sabe. Si quiere obtener una respuesta, ha de mirarlo a los ojos.

—¿Quién fue qué? —pregunta él muy tranquilo, sin inmutarse—. Si doy por sentado que hay algo que revelar, como esas grabaciones, por ejemplo, en las que, según dicen, se oye a la viceportavoz de Turismo y al portavoz de Infraestructura hablando de, digamos, el resultado que cabe esperar de un informe pericial..., tendría entonces, en ese caso, que dar también por sentado que las personas que se escuchan en esa cinta (cuya calidad, por suerte, es pésima) son realmente los dos imputados.

A continuación, un silencio prolongado.

Hasta que Ana menciona lo de «Leicester Legacy», lo cual no suena a pregunta, sino a constatación. Algo que Elizardo Rubio deja suspendido en el aire, con las cejas enarcadas y una sonrisa divertida.

—Nadie se ha pronunciado más claramente en contra de ese proyecto que yo. —Parece una afirmación lanzada a la defensiva, una declaración apresurada, un poco rara.

Elizardo Rubio se pone de pie en silencio, se abotona la chaqueta con una mano y extiende la otra a modo de despedida.

—¿Te veré esta noche en el Círculo de Bellas Artes?

Ana asintió.

—¿Vendrá tu familia?

Ana asintió de nuevo, aunque no era cierto.

Él se siente optimista, dice el presidente de los hosteleros después de haber expuesto los últimos datos. Todos sonríen y empiezan a recoger sus papeles y a mirar la hora en los teléfonos móviles. El presidente observa a Ana, ella sabe que ahora vendrá lo de las embarcaciones. Que si no es posible hacer mayor presión en Madrid. Y es cierto, él está hablando de un potencial problemático. Ella, como siempre, responde que la solución hay que buscarla en Bruselas, en ciertas medidas paneuropeas, y le da dos besos a modo de despedida.

Son ya más de las cuatro cuando Ana se sienta de nuevo en el coche. «El aire acondicionado», responde cuando, más adelante, le preguntan por qué esa tarde regresó a la oficina y no se dirigió a La Laguna, primero a ver a su padre y después a la casa, para cambiarse de ropa. «En la oficina hay aire acondicionado».

La autopista del norte, construida a varios cientos de metros de altura, a espaldas del macizo de Anaga, está vacía y cubierta de nubes. Ana conduce con las luces encendidas. A un lado, muy por debajo de ella, el mar; en medio, abundancia de casas con forma de dados, pintadas en colores pastel; al otro, la escarpada ladera, aún con restos de verde a pesar del sol de julio. Las nubes de color gris claro se agolpan encima del mar, se pegan a las rocas y ascienden hacia la cumbre, donde descargan y se dispersan. Sobre los muros de revoque blanco de La Laguna ya no quedará ni rastro de ellas.

Mientras conduce bajo el manto de nubes bajas agradablemente uniforme, Ana piensa en caminar a lo largo de la franja de sombra de los muros de las casas. Con los pies sudados que se le salen de las bailarinas, dar un paseo bajo la estrecha franja de sombra hasta el asilo. En la portería las ventanas estarán cerradas, las persianas bajadas, a fin de impedir el paso del calor que sube del pavimento. Le resultará difícil respirar en la corriente de aire caliente que agita el ventilador, y su padre, señalando hacia algún evento deportivo en el televisor, dirá: «Quiero ver esto».

Y luego, a casa: solo de pensar en los deshilachados hierbajos amarillos que rodean las baldosas que conducen del garaje a la puerta de entrada le entran ganas de doblar hacia la derecha. Tendrá que llamar al club, porque Felipe no contestará al móvil. Tendrá que insistir en que se lo pongan al teléfono, insistir en que venga a casa, que se duche y se ponga una camisa limpia. Tendrá que insistir en que la acompañe al Círculo de Bellas Artes.

«Allí estaremos», le había dicho a Elizardo Rubio. Nada de grandes comparecencias públicas, todo como hasta ahora.

Ana piensa en la tranquilidad de su despacho, el vestíbulo vacío, la discreta cocina en la que podría prepararse un café con calma. Piensa en quedarse diez minutos sentada en la silla de su escritorio, con los ojos cerrados y los pies alzados. El respaldo es ajustable, en el armario guarda ropa para emergencias, el vestido *beige* claro y los zapatos oscuros podrían servir, una comparecencia en público sin aspavientos.

La velada se haría más fácil si Felipe no estuviera borracho, si no anduviera burlándose de las piezas expuestas junto a su hija Rosa, que no se habrá duchado. «Tengo una familia de inútiles». Suena como alguien a la defensiva.

La autopista del norte asciende sobre el dorsal de la montaña. Al pasar Guamasa, el techo de nubes se despeja. A la altura del aeropuerto, el aire vibra sobre el asfalto. Cuando llega al campo de golf —al que durante un tiempo ella y Felipe iban a jugar, cuando él estaba todavía en la universidad—, Ana decide no desviarse y continuar, ir en pos del zumbido regular del aire acondicionado de su despacho. Y mañana... Mañana tiene que, como sea, pase lo que pase... Con una mano en el volante, Ana coge el teléfono que descansa sobre el asiento del copiloto y, con el pulgar, teclea y pone la alarma para el día siguiente a las cinco: «Papá». No es que él vaya a echarla de menos. Incluso si, cuando llegase, él estuviera acodado en el marco de la puerta, riendo con alguna de las monjas, hablando con alguno de los internos o preguntándole a una enfermera cómo le ha ido el turno, en cuanto Ana ponga un pie en la portería se mostrará taciturno, apenas dejará que lo bese en la mejilla. «Estoy ocupado», dirá Julio señalando el teléfono. O el monitor. O el televisor, si hay carreras. Se niega a ir con ella a tomar un café. «Mis obligaciones», alega. «Cumplo con mis obligaciones». Fuera de eso, solo asentirá con la cabeza o emitirá un gruñido.

«Papá, ¿cómo estás?». Gruñido. «¿Qué tal la comida?» Asentimiento con la cabeza. Si Ana lo encuentra solo, subirá el volumen de la televisión. Y si se digna a hablar con ella es para echar pestes de su casa. Al principio fue por haberse mudado al Camino Largo. «¿Por qué criar a la niña en un piso tan pequeño, estando la casa vacía?», había repetido Ana tantas veces, hasta que Felipe accedió. Por haberse mudado a la calle de los asesinos y los traidores, como dice su padre. Hace unos años, una vez que pasó por ahí con el coche —a causa de un desvío, cuando iban camino de Tegueste, insiste él, dando una enmarañada explicación sobre unas calles que ese día estaban bloqueadas, de modo que no le quedó otra—, se molestó, en primer lugar, por el estado en que se encuentra la casa. «Le faltan ocho tejas», dice Julio alzando la mano y mostrando ocho dedos. «Ocho tejas». Rara vez la deja marcharse sin repetírselo.

Ana aparca en el garaje subterráneo. Sube en el ascensor. Tiene hambre, en la nevera hay casi siempre restos de alguna recepción envueltos en pringosas servilletas de color rojo y amarillo o en papel de aluminio. Silencio en el pasillo, las oficinas están vacías. Ana entra en su despacho, las persianas bajadas, luz crepuscular. Ya está delante de su escritorio, pretende dejar encima el maldito bolso, su chaqueta. Entonces nota su presencia. Andrés Rivera, portavoz de Infraestructura, que «no está en la línea de fuego», ocupa uno de los sillones para visitas y se asusta al menos tanto como ella.

De camino a la cocina del despacho, a fin de preparar un café para ella y para Andrés, Ana piensa en que Felipe y Rosa no asistirán a la velada en el Círculo de Bellas Artes. La cafetera está apagada y, cuando pulsa el botón, una luz verde ilumina la penumbra. «Un momento, por favor. La máquina se calienta», aparece en letras cuadradas en el monitor, al lado de las cuales una nube pequeña se expande lentamente hasta desvanecerse.

Ana no enciende la luz. Se apoya en la encimera. Saca de la caja una cápsula de café, la sopesa en la mano y la deja junto a la cafetera. Coge luego dos tazas del armario y las coloca en la rejilla. Ana observa la nube. No quiere regresar al despacho. El bulto que Andrés Rivera forma sobre su sillón para visitas —los codos apoyados en los brazos del asiento, la cara hundida entre las manos, bajo la luz crepuscular del atardecer— significa algo muy concreto: Andrés Rivera sabe. Sabe que el lunes tendrá que presentar su dimisión. Puede que Elizardo Rubio les haya dicho a ambos lo mismo. Ana se lo había temido: «No estás en la línea de fuego». «Desinflar un poco el globo».

«Listo», aparece en la pantalla, la pequeña nube ha desaparecido. Ana mete la cápsula de café en la ranura y, por un momento, se siente dichosa. Temía que aún no estuviera nada decidido. Empuja la palanquita hacia abajo y la cápsula de café se comprime dentro de la máquina. Observa entonces el depósito de agua transparente, aguarda a que las burbujas suban y deja de sonreír.

Elizardo Rubio cree en ella. O, por lo menos, no puede darse el lujo de perder al mismo tiempo a un miembro del gabinete y a una consejera. Ana se estremece cuando la cafetera empieza a sisear y el agua a presión pasa a través de la cápsula.

—Toma. —Le tiende una taza a Andrés Rivera. Y, en efecto, el bulto se mueve, vuelve a tener cabeza, extiende una mano.

—Nos han jodido —dice él, dejando la taza en la mesilla situada entre los asientos para las visitas.

—Hay que esperar. —Ana bebe un sorbo de café. «La calidad de la grabación es pésima, no se nos entiende», pretende decirle. Pero vuelve a cerrar la boca y, en lugar de ello, mira a la lámpara del escritorio. Tiene el mismo aspecto de siempre, un cilindro blanco de cristal soplado sobre un trípode de fresno escandinavo barnizado.

En cualquier película, es ahí donde esconderían los micrófonos, piensa Ana. Por un instante se le pasa por la cabeza la idea de escribir en un papel: «Cuidado. Hay micrófonos». Tal vez haya cámaras, piensa. «Menuda tontería», lo descarta y rodea la mesa, se sienta en una de las sillas, procurando no derramar el café.

—Vete a casa —le aconseja Ana—. Pasa una velada agradable con tu mujer.

Sus pies están pegados al cuero de las bailarinas, ha de auxiliarse con una mano para sacárselas de los talones. Está demasiado cansada para agacharse de nuevo, de modo que deja los zapatos bajo la mesa y, con un pie, se frota la parte dolorida del otro. Andrés Rivera se ha convertido otra vez en un bulto.

—No hago más que pensar en cuándo ocurrió. Aunque, en el fondo, da igual.

«Inofensivo», piensa Ana.

—Se me ocurren tres ocasiones —prosigue él.

Menos inofensivo ahora. Andrés Rivera mira debajo del escritorio con expresión concentrada. Mira sus zapatos, comprueba Ana, que estira primero un pie y recoge luego ambos, acercándolos a la papelera situada a su lado.

—Tiene que haber sido en exteriores —continúa, alzando el índice—. Número uno: en La Traviata. —Con un gesto del mentón, señala hacia la ventana. Levanta el dedo corazón—. Dos: cuando estuvimos comiendo en La Marina, donde hablamos del proyecto. —Y entonces extiende el anular—. O en la recepción del Orfeón La Paz, fuera, en la terraza. No se me ocurre nada más.

La mira. Ana recuerda numerosos encuentros en las dependencias de la fracción parlamentaria, en sus respectivos despachos, pero ella, sin decir nada, se encoge de hombros. Para estar segura debería preguntar ahora, en voz bien alta: «¿De qué? ¿De qué hablamos?». Pero está demasiado cansada, así que sopla el café tibio y asiente.

—¿Lo conoces?

—¿A quién?

—Al periodista. Me han dicho que los de la fiscalía obtuvieron la cinta por mediación de un periodista.

Es una pregunta. Lo que quiere saber es: «¿Te dijeron a ti lo mismo?».

Ana niega con la cabeza.

—Tal vez él sea un simple mensajero.

«Qué estúpida, qué estúpida», se dice. «Cierra el pico». «Mantente tranquila».

—¿Mensajero de quién? —Andrés Rivera no parece considerar siquiera que se trata de algo más gordo. Algo más que un simple periodista con una cinta de muy mala calidad grabada al azar.

O será una prueba. Intenta averiguar lo que ella piensa, lo que va a declarar. Quizá Andrés Rivera esté fingiendo no saber nada, quizá lo hayan enviado.

Ana se encoge de hombros.

—No creo tener esa clase de enemigos —dice él.

Puede que no sea del todo malo para él, se dice Ana. Tenía muy buen aspecto hace tres o cuatro años, cuando hizo el juramento. Pero desde entonces su rostro firme se ha vuelto flácido, su pelo castaño ya no solo está blanco en las sienes, bajo la línea del mentón cuelga una papada.

«Podría haber problemas con lo del acceso a la autopista», le escucha decir. Hace diez días Andrés la llamó.

—¿Qué acceso? —tiene que preguntar Ana.

Hace alrededor de una semana el rumor se corrió por la fracción. Nadie lo tomó en serio, esas investigaciones están en un punto muerto. «A mí qué me importa», pensó entonces Ana. «Ni siquiera saqué provecho alguno, era asunto de Andrés».

Su oficina confirmó que había ciertos planes, nada más. Pero ¿para qué punto de la isla no había algún plan, grupos de desarrollo, prospecciones, reuniones, bocetos, visualizaciones, animaciones? Nada especial, lo que hacen todos, lo que han hecho y lo que harán: alguien hereda un pedazo de terreno cerca de la autovía, un amigo es dueño de una empresa constructora y los dos conocen al portavoz de Infraestructura. Este solicita subvenciones a la Unión Europea para construir un acceso de varios carriles de entrada y salida de la autovía, con puentes y vías de enlace que cruzan esos terrenos. Para esa solicitud, la oficina de la portavoz de Turismo confirma que hay planes, unas instalaciones de recreo con zonas naturales protegidas integradas, aprovechamiento sostenible de los recursos, ofertas educativas y cuatro mil camas de ocupación hotelera al final de ese acceso de la autovía. Algún fondo de desarrollo suelta dinero a montones, vuelve a hacerlo dos años después, debido a los problemas habituales en la construcción de carreteras. Finalmente, el acceso queda terminado, un diputado español en el Parlamento Europeo viene desde Bruselas para la inauguración. El verano siguiente, el asfalto se llena de ampollas que revientan, pero qué más da: la construcción del área recreativa con zonas naturales protegidas integradas, el aprovechamiento sostenible de recursos, las ofertas educativas y las cuatro mil camas han quedado aplazados para una fecha no determinada. Se abren las investigaciones. Un poco de papeleo.

«Yo ni siquiera estoy entre los imputados», piensa Ana. Quiso hacerle un favor a Andrés Rivera, nada más. «Ni siquiera me pagaron».

Ana extiende la mano para coger su teléfono, que yace en la mesa, con la pantalla hacia arriba, delante de ella. Le da la vuelta. «Qué estupidez». Lo coge de nuevo, pulsa el botón lateral, el aparato vibra en la palma de su mano y se apaga.

«En caso de duda, ellos saben lo que piensas o, cuando menos, pueden predecirlo con bastante exactitud. Es probable que ahora estén hablando de tu frecuencia cardiaca. Micrófonos. Qué cosa tan pasada de moda...».

¡Mucho blanco, mucho negro, muchas rayas blancas y azules es lo que ve Ana! ¡Y rojo! El vestido *beige* para emergencias resulta una decisión fallida. «Ana, la desnuda», piensa cuando pasa frente al espejo de la entrada.

—Aquí estás.

Ana se engancha del brazo de Felipe por detrás, se inclina hacia delante, le acerca brevemente los labios a la mejilla. Con la punta de los dedos, le frota la piel junto a la boca para borrarle el pintalabios. Su mirada calibra el salón, observa quién ha venido, a quién saludar primero.

No ve a Elizardo Rubio. Felipe apesta, como ya se temía. Ana le quita la copa, bebe antes de que él pueda protestar. Agrio, caliente y sorprendentemente desabrido. Debe de llevar un buen rato con el champán en la mano.

—¿Y Rosa?

Ana le devuelve la copa vacía. Con un gesto del mentón, Felipe señala hacia el otro extremo del salón, se tambalea a propósito, para enfadarla. Ana está segura de que no está tan borracho.

Rosa se encuentra delante de una de las piezas expuestas, y por un momento Ana cree que de verdad contempla con atención la pequeña escultura. Lleva el cabello recogido en un moño. Los tirantes de su pantalón de peto empiezan por detrás en la pretina, un poco por encima de la rabadilla, unas tiras de tela vaquera de dos centímetros de grosor que recorren su espalda desnuda, cruzan en un determinado punto el sujetador negro y desaparecen por encima de los hombros. Ana ve mucha piel, mucha piel de un moreno pálido. La piel de alguien sin la menor intención de prepararse para el examen de recuperación de septiembre; de alguien que se niega a contar por qué decidió regresar con urgencia a casa en plena primavera. Que rehúsa pensar siquiera en comenzar otros estudios. Que evita salir de su cuarto, ir a la playa, reunirse con las amigas o, por lo menos, ir de compras.

Fueron juntas a comprar ese peto, quinientos ochenta euros, cuando Ana, el otoño anterior, visitó a Rosa en Madrid. Luego Ana se quedó mirándola y consiguió no decir ni pío cuando Rosa, en la cocina del piso compartido, con una tijera que usaban antes en casa para los huesos de pollo, le cortó las perneras al pantalón. Lavó en silencio los tomates. «Ni siquiera están parejas», pensó. Unos hilachos colgaban de los bordes. Hoy los hilos ya no se ven. Rosa se ha arremangado el pantalón por encima de los muslos. Sus largas piernas pálidamente morenas acaban en un par de zapatillas deportivas de color turquesa, de comercio justo y de material degradable, que han costado cuatrocientos sesenta euros, unas zapatillas que Rosa se pone sin calcetines y que a estas alturas apestarán. A Rosa le huelen los pies como a su abuelo. Es hereditario. Hasta las preciosas bailarinas blancas, azul claro y rosa que usaba cuando tenía diez, once y doce años olían como los zapatos de trabajo del padre de Ana. Un par de zapatos negros y otro marrón que por las noches rellenaban con papel de periódico y dejaban en el cuarto de baño porque la madre de Ana no aguantaba aquel hedor. El hedor de despertarse a oscuras y caminar a tientas hasta el baño, el hedor que acompañó cada malestar de estómago de la infancia de Ana, cada vómito.

Hay un hombre junto a la pequeña escultura de la que Rosa está a punto de alejarse: Jaime Murphy y Álvez, el portavoz de Familia, Juventud y —por supuesto— Cultura. Alza la mano para saludar y le sonríe. Ella le devuelve el saludo con un gesto, insegura por si sabe algo de la conversación de esa mañana. «No estás en la línea de fuego». En cualquier caso, Jaime no se inmuta, no atraviesa la sala para saludarla, continúa su charla con dos señores con informales pantalones de lino. Ambos visten polos color pastel, pistacho y azul huevo de pato. Uno lleva un sombrero blanco con una ancha cinta negra, el otro sostiene en la mano un cigarrillo electrónico. Profesores del Instituto de Bellas Artes, cuyos alumnos del último curso son los responsables de los trabajos expuestos, como alguien le explica más tarde.

Rosa se ha detenido en medio de la sala y pulsa su teléfono. «¿Estaba la familia de papá, en 1936, de parte de los militares?». Eso lo habría entendido. Los malos modales y la ropa harapienta, raída y barata. También lo habría entendido. «¿Sabes en realidad el saco de recursos que cuesta tu anillo? ¿Uno solo de tus anillos? ¿Por qué no hemos puesto paneles solares en el jardín? ¿Es que tienen que andar en coche todo el tiempo?». Ana lo habría entendido todo. Ella era la responsable de los actos solidarios con los grupos medioambientales. Andrés Rivera la llamó un «genio de la comunicación». Andrés Rivera presentará mañana su dimisión. Ana habría tenido madera para estudiar Arte, para decirse: «Me da igual cuánto gane después». Si Felipe no hace nada más aparte de permanecer horas sentado en el club y beber, Rosa va a heredar lo suficiente para no sentir en carne propia las consecuencias financieras de sus decisiones.

—Toma. —Felipe le sostiene una servilleta con dos paquetitos amarillentos. Una tortilla rellena con algo—. Son las plumas de la lechuza.

Ana le da un mordisco. El relleno blanco se desparrama en sus dedos. Unos trocitos de papas con mayonesa caen de la vidriera cuadrada instalada sobre un pilar a la altura de la cadera.

—Déjalo —murmura cuando Felipe intenta limpiar la ensaladilla, creando una franja grasienta cada vez más ancha.

En la vitrina hay un huevo de gasa clara y algodonosa, el tejido es tan fino en algunos puntos que puede verse el triángulo metálico de su interior.

«Eso lo entiendo», piensa Ana. «Estar atrapada en un fino capullo de gasa algodonosa». Medir con pinzas cada movimiento de los dedos, para que no se te enreden a un lado y otro, entre el entramado de hilos sueltos, y abran agujeros a través de los cuales se cuelen la luz de los reflectores, las risotadas y el vocerío. El capullo se encuentra en medio de un anfiteatro, bajo unas gradas terriblemente escarpadas, rodeado de un público gigantesco. Un público que estira y tuerce el cuello para ver mejor a Ana a través de los agujeros en la gasa. «Qué estupidez», piensa Ana.

—Mira —dice.

—Oh, Dios... —Rosa ríe y retira la mano del hombro de Ana—. ¡El pico! —Rosa alza el teléfono; Ana oye el clic de la cámara cuando su hija hace la foto.

—¿Qué pico? —pregunta Ana.

Rosa se gira hacia ella, la mira un segundo y señala en silencio el triángulo de metal.

De regreso a casa, Ana conduce. El coche de Felipe se queda en el aparcamiento de la plaza de España.

—Todo está bien —dice Ana sin venir a cuento, las calles casi vacías, el silencio en el coche transmite paz—. Todo está bien.

—«Lo llaman arte». —Lee Felipe en la pantalla de su móvil.

—Déjalo. —La mano de Rosa sale disparada hacia adelante entre los asientos, intenta agarrar el teléfono.

Felipe lo aleja de ella.

—Es público, tengo derecho a leerlo.

Rosa se deja caer de nuevo en el asiento. Ana puede verla sonreír en el retrovisor.

—Diecisiete corazones —dice Felipe—. ¿Eso es mucho?

Rosa se encoge de hombros.

—«Pobre» —continúa leyendo Felipe—. ¿Quién es Aki?

—Da igual —responde Rosa.

—«*Stay strong, hugs and kisses, hope you're happy on your little island*». —Felipe observa los ojos enfadados de Rosa en el retrovisor.

—«Mañana por la noche, avenida de La Trinidad, ¿tomamos una caña?» —lee su padre—. Un momento, Einar Wiese, ¿ese no es el hijo de...?

—¡Oh! —exclama Ana, como si hubiese descubierto algo desagradable.

—Sí, él mismo.

Ana entra en la pequeña rotonda, vacía, pone el intermitente, gira, sigue mirando hacia la calle, a ninguna otra parte, solo a la calle.

—¿Cuándo ha vuelto Einar? —pregunta por fin.

—Ni idea —responde Rosa mientras giran en dirección al Camino Largo. Las casas detrás de los altos muros coronados de astillas de vidrio están a oscuras, solo los diminutos puntos de luz de las cámaras de seguridad junto a los portones y las entradas de los garajes emiten un destello verde.

Los conos de los faros se deslizan por el muro del jardín. «Frente Polisario», puede leerse allí, en rojo, pintado con *spray* hace ya unas semanas. «Habrá que contratar a un pintor», piensa Ana, «aunque Felipe ponga el grito en el cielo. Antes de que los vecinos se quejen».

Se detiene delante de la puerta del garaje, que, con ruidos metálicos, se desliza hacia un lado en la oscuridad. Einar no la ha avisado. Antes siempre avisaba a Ana cuando iba a venir a la isla. Dos semanas, casi siempre por Navidad, la última vez hace cinco años, si no recuerda mal.

La línea blanquecina que dejó la inundación en la pared de la casa brilla bajo la luz de los faros. Eliseo Bernadotte, el padre de Felipe, vivía entonces todavía allí. Esa línea blanquecina llega casi hasta la cintura y una vez dio la vuelta a toda la casa. Por debajo de ella, el revoque se ha desconchado, hay piedras oscuras bajo los restos.

2015

EL ASILO DE LA LAGUNA

Todavía es temprano, las señoras del asilo están desayunando en el comedor. Los hombres se han dado más prisa, las auxiliares de cocina están metiendo ya la vajilla en el agua hirviendo con lejía. En las mesas, aislados, algunas servilletas enrolladas, vasos de plástico con flores, migas de pan blanco, tarrinas de mantequilla abiertas y manchas de mermelada. Dos de los residentes esperan ante la puerta cerrada de la fisioterapia. En el patio, en la estrecha franja de sombra, están los fumadores sentados muy juntos, en silencio. Uno de los voluntarios sale de la cocina empujando un carrito lleno de ropa en dirección al ascensor. Julio, el portero, se encuentra junto a la máquina del café, le quedan cuarenta minutos, los horarios están en el cartel. Carmen enciende el televisor del saloncito de estar de los hombres, los primeros residentes han ocupado sus sillones, apoyan las piernas en los banquitos.

Las jaulas de los pájaros —son tres: hay un canario en cada una de los dos primeras y una parejita en la otra— aún no están colgadas al sol en los ganchos del patio, reposan sobre la mesita del pasillo. Las plumas de la parejita son verduzcas; las de los otros dos, los solitarios, de color amarillo claro; uno tiene manchas blancas en las puntas de las alas. En cuanto alguien se acerca, saltan de percha en percha, andan a pasitos cortos de un lado a otro, arañan el plástico con sus garras. Es preciso acercarse mucho para apreciar las puntas blancas de las alas que ahora golpean, alteradas, las varillas de la jaula, un seco tableteo de papel. Él aletea, ella aletea.

«Es un macho», dirá Pepe de un momento a otro, pero antes grita:

—Fuera de ahí. ¡Fuera! —Y una vez más—: ¡Fuera!

Pepe tiene el brazo derecho alzado, los dedos recogidos, no en un puño, sino como si sostuvieran algo muy pequeño, un lápiz, una batuta. La mano izquierda se apoya en el aro de la silla de ruedas, da empujones breves y decididos.

—Fuera. Se están levantando. Ya puedo tirar esos huevos.

—Tranquilo. —Carmen toma los manubrios de la silla de ruedas y el impulso la arrastra un trecho. Extiende una pierna hacia atrás exageradamente, levanta las puntas de los pies calzados de blanco, como un payaso. Patalea. Evita la batuta invisible que, enfurecida, intenta darle una estocada.

—Van a dejar de empollar. ¡Suéltame! Son mis pájaros. ¡Suéltame!

Einar oye el entrechocar de los platos, el agua que corre en el fregadero, el zumbido de las tuberías. Todo aflora de pronto, sin transición, sin ese paulatino volver en sí tras el despertar.

La habitación está a oscuras. Anoche cerró las persianas de la puerta del balcón y las ventanas, echó el pestillo. Un poco antes, la luz de las farolas de la calle había teñido el techo de naranja y, cuando se levantó de la cama, vio los últimos destellos de esos rayos de luz blanca y chillona con los que iluminan las palmeras de la mediana de la Avenida Marítima. Los cierres encajaron sin oponer resistencia. En aquella casona de la calle Serrano, los pestillos estaban a veces tan repintados —casi siempre de blanco, o de azul claro en los rasguños más profundos— que los pernos ni se movían. Daba igual la fuerza con la que uno tirara de ellos o empujara, haciéndose marcas rojas en las manos.

Su camiseta está junto a la cama, en el suelo. Cuando se la pone, huele el sudor del estrés del vuelo, el humo del porro de la noche anterior. Y de pronto, en la cocina, hay calma. El grifo se acalla, aunque las tuberías zumban con mayor intensidad. En realidad, no se trata de un zumbido. Pero es así como lo ha llamado Ute al teléfono. Se pasó semanas sin hablar de otra cosa, y para Einar no tenía ningún sentido. Imaginaciones suyas. O tal vez el Pinot Grigio. No es un zumbido. Suena como si un tren se detuviera muy despacio, poco a poco, con una distancia de frenado de varios kilómetros. Es como el golpe de un metal contra otro, no un ruido agudo que suelte chispas, sino un sonido extrañamente monótono, quejumbroso.

Einar abre la puerta del balcón, decide llamar a un fontanero. Fuera, chubascos, la mañana es de color gris amarillento. Unas gotas diminutas sobre la barandilla, como en una danza de mosquitos. Aquí nada cae en línea recta al suelo, se arremolina en un centelleo bajo la luz del sol. Muy distinta a la llovizna de Hamburgo, suspendida en el aire, inerte como una esponja.

Ayer, en el viaje desde el aeropuerto hasta Santa Cruz, a ambos lados de la autopista del Sur, el desteñido amarillo y grisáceo claro. En los últimos años Einar solo ha ido en invierno, por Navidad, cuando las montañas están verdes y suaves. Pero el sol ha arrasado con su amarillo todo aspecto jugoso y elástico de las pendientes, aún se ven algunas islas azuladas de agaves, pero el resto se ha reducido a lo esencial: fibras y ramitas, texturas leñosas y apergaminadas, bastas y filosas. Salientes de roca, grietas y cortes allí donde, en invierno, hay suaves colinas y hondonadas. Las vainas de semillas castañetean al viento cuando el taxista se detiene en un semáforo en rojo.

Einar ha notado el calor que sube del asfalto en el antebrazo apoyado en el marco de la ventanilla del copiloto. Ha pensado: «Esto no lo aguantas, a la larga no lo aguantas». «Solo si no queda más remedio», ha pensado siempre. «Solo si no queda más remedio volverás a esta isla». Lo ha pensado mientras regatea un crédito, mientras oye el «ni-siquiera-te-has-dado-cuenta-de-que-me-marché-la-semana-pasada», durante los clics en las presentaciones para recabar financiación, en un patrullero y con las manos esposadas, tras despertar de un viaje de ketamina, bajo la luz cuadrada y relumbrante de un hospital, atado a la cama. Cuando ya no ha podido soportarse a sí mismo en el pestilente saco de dormir de la estera; cuando no aguanta las pupilas dilatadas por tanta coca y se ve con sus jerséis de Fendi en el espejo de algún retrete de algún restaurante de Hamburgo perfectamente ajustado a sus necesidades; cuando, de tan poco soportarse, todo le dolía. Llegó a ver aviones, tuvo la sensación de estar tumbado en la cama de su habitación de la calle Serrano, el sol sin ese amarillo filoso, más bien atenuado por un filtro de cortinas claras, con una racha de aire en la piel. Estar inerte, pero sin el esfuerzo del «siento el peso de mi cuerpo, estoy relajado». *Happy place.*

Las cocinas de Ute son blancas, azul claro o grises, lo mismo en la calle Serrano que aquí. «He puesto la mesa», le dice cuando él la besa en la mejilla. Su madre lleva todavía el camisón, no se ha maquillado, el pelo mojado le huele a champú. No faltan ni siquiera las servilletas de hilo dobladas en triángulo sobre los platos, comprueba Einar, los cubiertos de plata reluciente sobre el blanco mantel, el zumo de naranja recién exprimido en los dos vasos, algo más claro que los dos pomelos colocados al lado, en unos platitos. Las hueveras con sus cofias de cuadros blancos y azules.

—También puedo hacer una tortilla —dice Ute cuando se da cuenta de que él examina los gorritos tejidos que mantienen calientes los huevos cocidos.

—No, está todo súper bien. Gracias —responde Einar retirando la capucha de uno de los cuencos, como si el gesto fuese necesario para que ella le crea.

Quiere sujetar el huevo en la palma de la mano, pero acaba rodeando con sus dedos la cáscara de color marrón claro. El dolor repentino lo sorprende. Se ha quemado. El huevo aterriza en el plato junto a la servilleta, cruje. De la grieta en la cáscara brota una humeante gota de agua.

—Lo siento —se disculpa Einar mientras piensa en los bares de abajo, en las pulguitas de queso blanco y jamón cocido, en las tiras de ajíes asados, en el revuelto con chorizo y en un cortado, todo bajo un toldo en la acera.

Observar a los turistas a través de las gafas de sol, bajo la llovizna, fumar y, cuando se acabe la pulguita, tal vez hasta tomarse una caña.

Ute sirve café en la taza de Einar, café de filtro, y le pasa la jarra de la leche.

—Tú primero.

—Yo solo tomo té —explica Ute.

«Hace años que lo tomo, también la última vez que estuviste aquí», oye la voz de su madre.

—Es cierto —dice Einar, y aparta la servilleta que cubre unos bollos alemanes en la cesta del pan.

—¿Qué planes tienes para hoy? —pregunta Ute, mirándolo—. Hay algas en la playa del Puerto. Eso dice el periódico.

«Da unos cursos y bebe mucho», contesta él cada vez que alguien en Hamburgo le pregunta qué hace su madre.

—¿Quieres ir hasta arriba?

Einar reflexiona un momento.

—¿Al cementerio?

Ute asiente.

—Hoy no.

—¿Cuándo es tu cita?

Una entrevista de trabajo, le había contado Einar por teléfono. Con eso se quedaría satisfecha, pensó. Aunque no es del todo mentira: va a quedar en los próximos días con Jabi. «Un día haremos algo juntos», se habían prometido siempre. Ahora Jabi es empleado del Cabildo, responsable de seguridad informática. No es que a Einar le apetezca demasiado hacer lo mismo, «señor funcionario». Así lo llama Einar desde entonces. Con Jabi le gustaría emprender algo propio.

—Lo hablamos mañana. ¿Qué hay de la casa?

Ute no alza la vista, deja el té en la mesa, se pasa la mano por el pelo para comprobar que está seco, levanta de nuevo la taza, la rodea con las manos, como si estuviera en un anuncio, al lado de una chimenea, y tras la ventana, al fondo, se viese caer la nieve.

—¿Todavía están allí?

Ute alza los hombros, los deja caer, no aparta la vista de la taza.

—¿Dónde iban a estar? Si nadie hace nada.

La casa de la calle Serrano está vacía desde hace casi diez años. «Nos vamos los dos», le dijeron sus padres por teléfono, cuando lo llamaron para comunicarle que se iban a divorciar. Fue durante los primeros meses de Einar en Berlín, poco después de que dejara de asistir a la universidad. Cuando Ute le dijo que tenían que tratar con él un asunto serio, lo primero que pensó fue en eso.

«¿Y nuestra casa?», había preguntado, dándose cuenta, por el silencio que siguió, que ellos dos intercambiaban miradas, tal vez albergando la esperanza de poder venderla. En un primer momento, su padre había querido alquilarla, pero no encontró a nadie dispuesto a pagar lo que pedía. Después de su muerte, Ute y la nueva mujer de su padre no consiguieron llegar a un acuerdo.

—¿Has hablado con Eva? Podrían intentar que la policía evacúe la casa, solo tendrían que firmar las dos.

Ute niega con la cabeza.

—No me coge el teléfono, tampoco responde a mis cartas. Créeme, se envenenaría con tal de envenenarme a mí. Como una terrorista suicida. Imagínate.

—Exageras.

Normalmente, él le cuelga cuando ella empieza a hablarle del tema. Él nunca ha quedado con Eva, habló con ella un par de veces por teléfono después de la boda, cuando se hizo evidente que su padre no estaba bien.

—Yo, en cambio, no le he hecho nada.

—Bueno... —Einar empuja la silla hacia atrás—. Gracias por el desayuno —dice, recoge su plato, la taza de café, los cubiertos sucios.

—¿Acaso le he dado motivos...?

Einar está saliendo de la cocina.

—¿Pasas tú a ver? —le grita Ute—. Mientras esos sigan ahí, no tiene sentido enseñarle la casa a nadie.

Justo en ese momento recuerda que ha olvidado los plátanos en la cocina de su piso de Hamburgo. Se pondrán marrones, se cubrirán de moscas de la fruta y, cuando lleguen, estarán flotando en un charco pegajoso que se irá secando poco a poco. Einar lo ha limpiado todo antes de partir. Lo ha dejado impecable para el ejecutor judicial.

La mañana en el Camino Largo empieza como cualquier otra. Ha tenido suerte, piensa Ana, una suerte tremenda. Ha colocado una almohada detrás de su espalda y la bandeja reposa sobre los muslos cruzados. Toma otro sorbo de café —la temperatura en su punto, la leche en su punto, todo perfecto— y vuelve a desplazar las imágenes: las infantas con sus juguetes de playa hinchables, el nuevo rey vistiendo un polo, apoyado a contraviento en el catamarán, Letizia y las niñas con ropa de color *beige* claro, azul marino, con el pelo recién lavado, en el puerto deportivo de Radazul. Van camino de la cena.

Felipe duerme abajo. La pantalla del teléfono, en modo silencio encima de la mesita de noche, se ilumina y vibra un instante: «Llamada de la oficina. ÉL: Declaración de prensa de la Fisc. no antes de la 1, reuniones como siempre», le escribe Concha, su secretaria.

Una hora después, Ana ya tiene el bolso bajo el brazo y apunta de nuevo en la memoria: «Próximo miércoles, otro bolso». Ha echado su ojeada de rigor a través de la ventana del dormitorio, examinado un lado y otro de la acera. Unos jóvenes de treinta y pocos años regresan de hacer *jogging*, niños con el uniforme del colegio, casi siempre en pareja y con una empleada del hogar en el centro, caminan deprisa en dirección a la parada. Las puertas del garaje, pintadas de blanco, se alzan y dan a luz unas limusinas oscuras. No ve a su padre.

Ana está segura: Julio sigue viniendo para echar un vistazo a todo. El verano pasado, a causa de una tormenta, se desprendió el pararrayos. «¿Es que quieren morirse?», fueron sus palabras de saludo cuando fue de visita en los días posteriores. Alguien se lo había contado, dijo. La argamasa estaba porosa, por eso el viento lo arrancó con tanta facilidad de sus anclajes; y debido también a los canalones, que no se habían limpiado en meses, le reprochó Julio; después de cualquier chubasco el agua corre por la pared, había que ser ciego o tonto para no verlo. Cuando se partió la baldosa del último escalón en la entrada, le profetizó que se caería y se rompería la columna vertebral, si es que tenía una.

Cuando no hace mucho calor, él sale a dar un paseo por las mañanas. Eso le había contado sor Cipriana. Solo tiene que cruzar la plaza del Cristo, que no queda tan lejos, pasar la plaza de la Junta Suprema y bajar unos cientos de metros por la «calle de los traidores». Ana jamás lo ha visto delante de la casa, con su gorra gris de visera ancha y su bastón. Ella mira cada día por la ventana del dormitorio, a veces imagina que sale marcha atrás a través del portón, se detiene delante de él, baja la ventanilla y le dice: «Sube al coche, te llevo de vuelta».

Rosa duerme aún. Ana ya se ha despedido de Eulalia, le quedan aún más de treinta minutos para llegar puntual a su reunión con el presidente de la Comisión de Fiestas del Carnaval, hablar de la campaña mediática para el próximo año, y en ese momento el móvil, ahora en su mano, vuelve a iluminarse.

—¿Estás en casa?

Nada de «¿Cómo estás?», ni un «Hola», Elizardo Rubio ni siquiera dice su nombre. Ana piensa por un instante en decirle que está de camino. Eulalia pasa la aspiradora en el salón, lo escuchará a través del teléfono.

—Andrés Rivera ha muerto —le suelta Elizardo Rubio en medio del titubeo.

—¿Cómo que ha muerto? —pregunta Ana. Que Andrés es un cadáver político lo sabe desde ayer.

—¿Estás en casa?

—Sí. —La voz alterada, impaciente. «Tranquila», piensa Ana, ningún movimiento repentino, todo como siempre.

—Una estúpida casualidad, realmente estúpida. Pero ellos van a escribir, lo harán, tejerán las teorías más absurdas. Ya verás. Un accidente de coche, unos turistas, holandeses, tres, todos borrachos perdidos, chocaron con él ayer por la noche. Andrés iba camino de su casa. Los tipos se saltaron un semáforo en rojo y lo embistieron por el lado del conductor. Es probable que ni se enterara. Pero ellos van a escribir. Ya verás.

Ana permanece en silencio y piensa en el bulto de anoche, en su oficina. No le vienen a la mente los nombres de sus hijos, dos varones, gemelos. Le preguntará a Concha.

—No te muevas —le pide Elizardo Rubio.

—De acuerdo —responde Ana, el ruido de la aspiradora se hace más intenso, Eulalia ha llegado al pasillo.

—En cuanto la fiscalía dé a conocer que ustedes dos están siendo investigados... —Elizardo pronuncia a remolque ese «ustedes dos»— todo se va a canalizar a través de ti. Baja las persianas. Cierra el portón de la entrada o lo que tengan.

—¿Cuándo sale la nota de prensa?

—No lo sé. Tal vez la mantengan para la una. Partamos de esa idea. ¿Tienes reuniones hoy?

—El Carnaval 2017, lo del *marketing*.

—Hablaré con tu oficina, que lo cancelen todo. Y, por lo demás, no digas ni mu. A nadie. Y no te muevas. No te imaginas el follón que hay aquí.

Elizardo Rubio cuelga.

Ana se queda con el teléfono pegado a la oreja. Debería llamar a Concha, pero sigue con el móvil en esa posición cuando Eulalia llega al umbral de la puerta con el tubo en una mano y la aspiradora en la otra.

—Me quedaré trabajando en casa —dice Ana y, por fin, deja caer la mano.

Actualizar. La ruedita azul de la carga gira un instante, pero nada. Actualizar, ruedita, nada. Así lleva toda la mañana: actualizar, nada. «Joder, qué ganas de salir de esto», piensa Ana. Actualizar. Nada aún. Bueno, sí, una cosa: «Trágico accidente, viuda e hijos. Sus méritos en favor de la isla. Fotos en la inauguración del Siam Park; Andrés, con pelo castaño todavía, delante de las fauces abiertas de un enorme dragón chino, delante del cual se deslizan hacia una piscina unos niños gritando. Andrés Rivera en su toma de posesión, cuando juró el cargo ante una Biblia. Algunos artículos mencionan ciertos rumores. «*De mortuis nihil nisi bene*», con esas palabras termina uno de los textos. Ninguna llamada de Concha, ningún mensaje, nada. El móvil de Concha la comunica con el contestador de voz; en la extensión de su oficina, una infinita señal para marcar.

«¿Qué tal todo por ahí?», escribe por fin Ana en un correo electrónico. «Amable», piensa, «mantente amable». Nada de: «¿Es que no se les ha ocurrido ponerme al corriente, aunque sea para contarme que no hay novedades?».

Busca varias veces el número de Rubio, el pulgar a pocos milímetros del símbolo verde con el auricular. No marca hasta que la respuesta automática de su correo a Concha aparece en su bandeja de entrada. «Debido a un trágico accidente ocurrido en la fracción, no habrá nadie hoy en la oficina», pone. «Rogamos su comprensión».

—¿Dónde estás? —pregunta Elizardo Rubio, el mismo saludo de esa mañana.

—En casa. —La respuesta es otra vez impaciente. «Contrólate».

—Bien. Quédate ahí.

—¿Qué hay de la fiscalía?

—Todavía estamos hablando. Ya te contaré...

Cuando Ana le pregunta «¿Qué hay de mi oficina?», la conexión ya se ha interrumpido. Vuelve a escribir algo. «No seas estúpida», se dice. Simbolito verde con el auricular, configuración de llamadas, la señal para marcar, tenue, en su mano, el teléfono otra vez pegado a la oreja, otra vez la señal, y otra vez, y, al final, el buzón de voz. Elizardo Rubio ha rechazado la llamada.

Preparada, ha de estar preparada. Planificar, aprovechar el tiempo, decide Ana. El próximo miércoles: ir a Zara o a Mango, alguna cadena española, una marca del segmento «premium», cualquier otra cosa resultaría poco creíble. Mejor un vestido que un conjunto de chaqueta y pantalón, nada ambicioso e idóneo, sino algo correcto, fiable, un *blazer* con falda en tonos claros y neutros, *taupé* o *beige*. El blanco no sería demasiado sutil. Nada de la colección actual, eso sería lo óptimo, sino del año anterior. Pero a Ana no se le ocurre nadie a quien recurrir. Concha, su secretaria, es casi un palmo más bajita.

«Quédate ahí», le ha dicho Elizardo. Mango no queda lejos, calle Herradores, cinco minutos a pie. «¿Y si alguien me ve? ¿Y si ya me están persiguiendo para hacer fotos?». «Una mascarada», escribirán. «Teatrillo de mala muerte».

«Pero ellos me obligan. Nosotros no formamos parte de la burbuja», piensa en voz alta, como defendiéndose. Felipe se había negado a invertir, por eso no les ha afectado la crisis. Y no porque él lo previera en aquella época en que las conversaciones, acompañadas de gelatina de yuzu o de espuma de espárragos, giraban únicamente en torno a unidades residenciales, réditos brutos por alquiler y costes de intereses, cuando de pronto todos tenían algún proyecto y Ana no se cansaba de repetirle a su marido que no fuera el tonto de la película, que ellos eran los únicos que no se habían subido a aquel carro. Felipe se negó, aunque lo hizo tan solo para poder decir no, por llevar la contraria. Ana está convencida. No porque llevara razón.

«Qué culpa tengo yo ahora de que podamos seguir pagando a nuestros empleados domésticos», piensa Ana. O de que podamos pagarnos un bolso de Chanel o el vestido de Balenciaga que ella prefiere usar en lugar de uno de Mango.

Además, la crisis va remitiendo poco a poco. Vuelven a desaparecer los escaparates cubiertos con cortinas blancas en las tiendas de compraventa de oro en las calles principales. También los carteles de EL ORO NO SE COME de las estaciones del tranvía. Han dejado de formarse colas delante de las cabinas telefónicas, todos tienen un *smartphone*. No se escuchan ya, cada noche, noticias sobre suicidios derivados de algún desahucio. Solo de vez en cuando se ve algún que otro tipo con pantalones de surf y camiseta, con la nuca rapada y un cartel: BUSCO UN TRABAJO, EL QUE SEA. Raras veces alguna mujer: SOY MADRE SOLTERA CON DOS/TRES/CUATRO HIJOS. BUSCO UN TRABAJO DECENTE DE CAMARERA/DEPENDIENTA/AYUDA DEL HOGAR. Y las empresas de seguridad siguen ofreciendo servicios especiales contra los okupas.

Su madre está en casa, comprueba Rosa cuando, de camino a la cocina, pasa por delante de la puerta abierta del salón. Ya han dado las diez, Rosa lleva un buen rato despierta, pero se ha quedado en la cama, quieta, esperando a que Eulalia llegara a la primera planta, hasta estar segura de que la aspiradora pasaría todavía un buen rato arañando el suelo, *p'atrás* y *p'alante*.

Ana se asusta. Está sentada en el sofá con la *tablet* sobre las rodillas, la pantalla en negro, rodeada de los pedacitos de revoque y fragmentos de pintura que han caído del techo sobre el cojín durante la noche. Se asusta cuando nota su presencia. Pega tal brinco que Rosa se para en seco. Pero Ana suelta un suspiro de alivio y no dice nada. Tampoco mira a Rosa, no mira nada. Solo, a veces, un vistazo a la puerta, o al suelo.

—¿No tendrías que estar en alguna parte? —pregunta Rosa al fin.

Ana niega en silencio, pero alza la mirada.

—Buenos días —dice Rosa, camino de la cocina—. ¿Has estado llorando? —pregunta cuando regresa, soplando la taza de café que sostiene en una mano, entrecerrando los párpados para distinguir la cara de su madre a contraluz. Ana niega con la cabeza.

A decir verdad, sus ojos tienen el aspecto de siempre, impecable trazado del lápiz de ojos, pestañas retocadas en unos arcos negros, dos tonos de sombra, color tierra, invisible la transición entre uno y otro. La nariz no está enrojecida, sino de color arena, de Clinique, pintalabios suave, sin manchones, todo en su sitio. Su madre es la misma de siempre. Solo que no dice nada.

De repente, silencio absoluto. Eulalia ha apagado la aspiradora. Rosa y Ana levantan la cabeza al mismo tiempo, miran hacia arriba, como si a través del techo del salón pudieran ver a Eulalia de pie encima de ellas, en el dormitorio principal, como si pudieran ver el momento en que, con la punta del pie, la asistenta pulsa el botón derecho de la aspiradora y observa cómo el enchufe se desliza hacia ella desde el pasillo a través de la puerta abierta, arrastrándose sobre la alfombra para, finalmente, casi desaparecer dentro del aparato con un golpe seco y breve.

Un golpe sordo, pero perceptible, que hace que Ana extienda la mano hacia la *tablet*. Rosa se aparta del marco de la puerta, sopla de nuevo, mientras camina, la taza de café. No está segura de si debe o no cerrar la puerta de su dormitorio, desde el sofá del salón se la ve bien. La cierra cuando Eulalia baja las escaleras.

«Es un asedio», piensa Rosa cuando se mete en la ducha, bajo la cual permanece inmóvil largo rato, con el chorro de agua caliente cayéndole encima, pero sin enjabonarse ni lavarse el pelo, dejando que el agua le resbale por las orejas, la frente, que corra por sus sienes, como un tabique entre ella y la aspiradora, entre ella y el mutismo del salón.

Después de ducharse, Rosa guarda el bolso de flores. Qué otra cosa puede hacer. Marisa no responde. Es el primer mensaje que le escribe en diez días, se da cuenta al abrir el chat.

Eulalia está por todas partes: en el pasillo, en la cocina, en el comedor, incluso en el jardín un breve instante, delante de su ventana. Ana sigue sentada en el salón, comprueba cuando, a fin de echar un vistazo, lleva la taza de café vacía a la cocina. La *tablet* sobre las rodillas, conectada sobre las rodillas, desplaza las imágenes de la pantalla en silencio, sin alzar la vista.

Rosa guarda el bolso, piensa en cortarle el hilo de plástico con el precio, pero decide no hacerlo. Deja en casa el viejo bolso con las torres, por si acaso a la mujer se le ocurre reclamárselo.

—Tranquila —le dice **Elizardo Rubio** cuando la llama de nuevo—. En tu situación, nada cambia. No podemos servirles en bandeja la cabeza de nadie más, sería lo más sencillo. Mantenemos la estrategia pactada. Si salieran a relucir ciertas incongruencias, aunque lo dudamos, que sean en la oficina de Andrés. Las cosas se pondrán un poco incómodas, de algún modo tienen que desfogarse, pero todo queda como hablamos. Nada de pánico. No te dejes ver el pelo.

—¿Y mi audiencia?

—Igual, el miércoles. Pero olvídate de la audiencia. Hasta ahí, todo marcha bien. La fiscalía querrá hablar contigo, concéntrate en eso.

—¿Cuándo saldrá la nota de prensa?

—Pronto. Pero no hoy.

«No me des la tabarra», dice el tono de voz de Elizardo Rubio. Por un momento reina el silencio. Ana espera a que él cuelgue.

—Una cosa más...

—¿Qué?

Se oye un plin en la cocina. El microondas, Felipe se habrá levantado.

—Me parece mejor que asistas tú a la ceremonia fúnebre. En circunstancias normales, también lo harías. Sin aspavientos en público, nada de entrevistas, sin ir después al cementerio. Media hora de guardia de honor, la misa y, luego, a casa. Ponte algo que parezca de luto, nada dramático, y nada de lágrimas delante de las cámaras. ¿Lo conseguirás?

Felipe fue el que más esperó para levantarse. Espera a ver, desde la ventana del despacho, a Rosa dirigiéndose a la puerta del jardín, a que Eulalia subiera al coche con dos bolsas de Mercadona bajo el brazo y a oír el portón deslizándose hacia un lado y cerrándose de nuevo. Quiere bajar un momento a recoger el periódico —Eulalia se lo deja siempre en la mesa de la cocina—, calentarse el café e ir al lavabo. Ana se habrá ido al trabajo, cree Felipe, mientras él estaba todavía durmiendo, sumido en un sueño sudoroso y profundo en el sofá del estudio. Eulalia ya ni se toma la molestia de acondicionar el sofá por las mañanas, haciendo una pila ordenada con las sábanas, la manta y las almohadas y dejándola sobre el sillón. Ni Felipe ni Ana podrían decir exactamente cuándo dejó de hacerlo. Felipe se pone el mismo polo del día anterior. Su ropa, a fin de cuentas, sigue arriba, en el armario del dormitorio principal. Va descalzo hasta la cocina.

Se sirve en una taza el último resto de café, la pone en el microondas. Cuando oye la voz de Ana («¿Sí?») —casi sin aliento, en un tono inquisitivo—, se estremece. No sabe con certeza si ella ha notado su presencia, de modo que decide tomarse el café frío y pulsa el botón del microondas, pero el aparato, a pesar de todo, hace plin.

—¿Es necesario? —pregunta Ana después de una pausa.

Está hablando por teléfono. Tal vez no lo haya oído. Felipe recoge a toda prisa el periódico y va camino del estudio cuando Ana, de forma inesperada, se planta en el pasillo. Felipe hace ademán de pasar de largo, pero Ana ha colgado, deja caer la mano con el teléfono móvil y lo mira.

—Tengo que ir al velatorio —le dice—. No hacerlo sería extraño.

—¿A qué velatorio? —Por un momento, Felipe teme que Julio haya muerto y que él no se haya enterado.

Ana no responde. En su lugar, examina su rostro con más atención que de costumbre. Se pasa el dorso de la mano por la boca y la nariz, no puede evitarlo. Está limpio.

—El de un colega. Tuvo un accidente anoche —responde Ana por fin—. Voy a ponerme algo negro.

Felipe va de camino hacia la cocina para calentar el café cuando Ana, que avanza detrás de él, le dice:

—Lo conoces. Es Andrés Rivera, estuvimos cenando en su casa.

Ana está junto a la escalera. Sin zapatos, con los pies enfundados en las medias de nailon negras, comprueba Felipe con perplejidad.

Julio Baute sabe que Amalia González Herrera (demencia senil) no puede salir sola. Le gustaría volver a subir el volumen del televisor, ver la primera etapa en los Pirineos. Todavía avanzan en un nutrido pelotón reunido en torno al maillot amarillo, ascienden una cuesta de dificultad media, pero quiere verlo.

—Eso ya lo sé —repite.

La madre superiora sonríe con los labios apretados, las manos cruzadas encima de la barriga, los codos formando un triángulo y la cabeza levemente inclinada.

Julio estaba anoche cenando cuando Amalia González Herrera llegó. Una de las monjas abrió la puerta por él. Él come con el segundo grupo, de modo que debió de ser pasadas las siete. Si Amalia González Herrera hubiera llegado puntual, no tendrían ahora ese problema. Los horarios de visita están en un cartel junto al timbre.

—Mi madre tiene demencia senil —explica la familiar en medio del silencio. Las dos cuidadoras, paradas ante la portería, miran al suelo.

—Lo sé —dice Julio de nuevo.

Carmen, que hoy hacía el turno matutino en la sección de mujeres, ha pasado a verlo después del desayuno. Julio ha memorizado el nombre, la enfermedad, tiene una visión de conjunto. A la mayoría se les nota, y él sabe bien quién tiene autorización para salir y quién no. Solo que a Amalia González Herrera nunca la había visto. Y ella le sonrió, llevaba su dentadura, unos dientes claros y parejos, de buena calidad; se detuvo delante de la portería con un pañuelo de color coral suelto sobre los hombros, se arregló el cuello de la rebeca de punto y le deseó buenas noches. Dijo que ojalá no hiciera ya tanto calor ahí fuera y le pidió por favor que le abriera la puerta.

«Será la hermana de alguno que ha venido de visita», pensó Julio, y pulsó el botón. La transmisión en vivo había empezado, pero él pudo todavía observar cómo Amalia González Herrera bajaba por la rampa con gran resolución, consciente de su rumbo, y desaparecía a través del ala abierta de la puerta de madera, justo en el punto en el que los píxeles del monitor emiten un brillo blanco. La hija de Amalia González Herrera guarda silencio. Los codos de la madre superiora, con su rostro sonriente, siguen formando un triángulo levemente inclinado hacia delante.

—No sabía cuál era su aspecto.

Julio, el portero, echa un rápido vistazo al televisor, los corredores han superado la cuesta y se encuentran ya en la bajada. A continuación, viene un corto trecho en llano y más tarde la gran final, una montaña de la categoría más difícil.

—Su foto está ahí colgada —replica la hija, señalando al pasillo, en dirección a la sección de mujeres.

Tiene el cabello teñido de rubio oscuro, cortado a la altura de las mejillas, y se le nota su origen negro. Junto a la puerta del salón del televisor, en la sección de mujeres, cuelgan unos corazones de cartón rojos. A la mayoría se le han doblado y enroscado las puntas con el tiempo, han ido perdiendo color en distinto grado, muchos tienen ya un tono naranja, otros un cálido rojizo, y unos pocos relucen todavía como cerezas sobre la tapa de una tarrina de yogurt. En medio de cada corazón, un retrato tomado justo después del ingreso, razón por la cual ninguna de las residentes sonríe.

—Nunca los miro —responde Julio.

—No volverá a pasar —dice Carmen desde la puerta.

La madre superiora se gira hacia ella y asiente.

—Me alegra que lo hayamos aclarado. —Agarra las manos alzadas de la hija de Amalia—. Venga conmigo, querida.

Julio acomoda su silla. Carmen le pone una mano en el hombro.

—A la mayoría se le nota —insiste Julio.

—Solo fue hasta el mercado y se tomó un cortado. No pasó nada —responde Carmen antes de marcharse.

Los corredores están en el tramo llano, agarran las bolsas de avituallamiento que les tienden al pasar, beben los últimos tragos. Julio confía en que alcancen la cima —mira el reloj— antes de que Rafael, el fisioterapeuta, pase a buscarlo. Un paripé. Todo consiste en apoyar las manos con firmeza en dos barras de madera dispuestas en paralelo, dar seis pasos en dirección a la ventana, girar, cambiar la posición de las manos y dar otros seis pasos en dirección a la puerta. Caminar, girar, caminar. Tres veces por semana, veinte minutos. El bastón lo encorva, le dice Rafael. Pero a los noventa y seis uno puede andar todo lo encorvado que quiera, piensa Julio, que acude a esas citas con el único fin de que las monjas no vuelvan a formar un semicírculo de caras preocupadas ante su pequeña portería.

El ritmo es intenso, van saliendo del campo visual los primeros corredores: las cabezas gachas, los traseros alzados en los sillines, cubiertos de sudor, los músculos y tendones bien dibujados bajo la piel bronceada. Los equipos de los favoritos marchan a la cabeza, en un esfuerzo supremo, curva cerrada, viraje, otra curva cerrada, pronto solo quedará un puñado de corredores. Ningún español. Pueden apañárselas con los sudamericanos, en cambio los franceses son... Llaman a la puerta. Julio, el portero, espera sin darse la vuelta, la cabeza tiene todavía, a lo sumo, unos veinte corredores. Espera para comprobar si tiene que extender el brazo y pulsar el botón para abrir nada más. Pero tocan de nuevo.

—Quiero presentarte a alguien —dice Carmen a sus espaldas.

Justo en ese momento se produce la escapada: un joven colombiano sale disparado de la cabeza de carrera y avanza en un punto muy escarpado; no se gira, no mira a los corredores que tiene detrás. ¡Así se hace! Va ganando metro a metro, y con cada metro ganado Julio Baute, el portero, comprende que no tendrá más remedio que girarse hacia la puerta, lo mismo si le dan alcance al colombiano como si no.

Junto a Carmen está Amalia González Herrera (demencia senil). Julio Baute se incorpora, agarra el bastón que descansa contra el armario, da un paso demasiado presuroso hacia las dos mujeres y se apoya en la mesa con la mano que pretendía extender a Amalia González Herrera para saludarla. Tiene que aguantar que Carmen le pase la mano por el hombro.

—¿Puedes? —pregunta.

Julio Baute no responde, vuelve a tenderle la mano a Amalia González. Ella la agarra —sus dedos son cálidos y secos—, le ofrece una mejilla, y Julio la besa. Sus cabellos huelen a laca, comprueba el portero.

—Julio Baute —presenta Carmen—. Nuestro factótum.

Él hace un gesto de rechazo.

—Encantada de conocerle —dice Amalia González Herrera.

Julio Baute asiente.

—Lo mismo digo.

Y entonces callan. Amalia González examina la centralita telefónica y Julio ve, a ambos lados del tablero de la mesa, las marcas circulares de los vasos plásticos de café, confía en que Carmen diga algo que distraiga a Amalia González.

Si no hubiera bajado el volumen del televisor, al menos podría oír lo que ocurre a sus espaldas, saber si el colombiano sigue conquistando metros, con la cabeza gacha; en el campo visual tan solo el asfalto gris y, de vez en cuando, las puntas de sus zapatillas.

Amalia González estira la mano, toca el micrófono con la yema del dedo.

—Por ahí doy los avisos —explica Julio.

Amalia levanta la vista hacia el techo, como si buscara los altavoces, que en realidad están colgados en el comedor y en las salas de los televisores, en la fisioterapia, junto a las máquinas de café y en la sala de las visitas, en los patios, los pasillos, la cocina y bajo el techo de la lavandería.

—Sí. —Julio, el portero, asiente—. Podrá oírme siempre por los altavoces.

—¿De dónde es usted?

—De La Laguna, era el dueño de la tienda de electrodomésticos de La Trinidad.

—¿Es usted Mario?

Él niega con la cabeza.

—Conocí a un Mario. Pero tuvo un accidente con el camión.

Julio Baute asiente. Qué otra cosa va a hacer. Si el colombiano sigue escapado, tendrá todavía una oportunidad. Y, una vez más, callan.

—Amalia también es del norte —interviene por fin Carmen.

—De Valle de Guerra —dice Amalia—. Mis padres eran los dueños de la finca que queda detrás de El Boquerón, en la curva. Tenemos higos de leche, tal vez haya oído hablar de ellos, mi abuela los vende por cestas. De las grandes, no las pequeñas. Hay que recogerlos y lavarlos, y ponerlos a secar al sol. Al final, mi abuela los va colocando por capas en las cestas. Se comprimen bien —Amalia González hace un gesto con las manos para explicar cómo—, y encima se les pone una capa de hojas de higuera que hay que lavar previamente, y luego otra capa. Es importante que estén bien apretados, hasta formar una superficie lisa.

Julio Baute asiente. Qué otra cosa va a hacer. A sus espaldas se decide el Tour de Francia.

—Somos dueños de la gran trilladora. La gente trae el grano bien temprano, cuando todavía está fresco, para molerlo. Primero sobre el trillo, siempre en círculo, siempre en círculo, dando golpes con el mayal. Hace tanto ruido que a una le duele la cabeza de un modo extraño, como si pudieras sentir lo que pasa dentro de tu propio cráneo.

El timbre de la puerta zumba, Julio Baute se gira hacia el televisor, el monitor habrá de esperar, al monitor mirará después. Han alcanzado al joven colombiano, por lo menos lo ve en un pelotón. Diez, doce corredores permanecen en la delantera, todavía en ascenso, catorce kilómetros hasta la meta.

Vuelven a llamar al timbre: una de las auxiliares de cocina. Cuando desaparece a través de la puerta, sale con ella una figura delgada. Rosa. Esta vez está seguro.

—Una nueva voluntaria —dice Carmen, que también levanta la vista del monitor.

Julio, el portero, asiente. Ana tampoco vino ayer. Debería ir a ver qué pasa, mañana temprano.

—Tengo que marcharme —dice Amalia González Herrera—. He de dar de comer a las gallinas —añade, poniendo una mano en el hombro de Carmen e inclinándose un poco hacia delante para besar a Julio en la mejilla—. Un placer haberle conocido.

—Espera —la retiene Carmen, riendo—. Iremos juntas.

—Toma a Amalia González de la mano.

La etapa la ha ganado un escapado, un vasco especialista en montaña. Cuando Julio Baute sube el volumen de nuevo, el colombiano está llegando a la meta.

No es lejos. Es solo pasar la plaza de la Junta Suprema y el parque infantil. La mayoría de los comercios cierran durante el mediodía, el mercado de la plaza del Cristo ya lo han desmontado. A las dos y media tocará al timbre, decide Rosa, y luego doblará a la izquierda, hacia la sección de mujeres. No por la puerta que está al lado de la portería, porque en ese caso él la vería en el monitor. Aunque da igual. No obstante, aparta la cabeza y le ofrece la nuca al ojo de la cámara, con el moño en el cogote. El zumbido. Él abre.

«Gracias», dice Rosa en el pasillo, en la portería se oye la voz de un comentarista deportivo.

Pasa por delante de los corazones rojos, pegados sobre cartulina de guardería, atraviesa una antesala con una mesa redonda, sillas vacías y un teléfono en el nicho de la ventana.

En el salón que está detrás hay asientos, butacas con cojines color rojo vino o *beige*, todo de material sintético, lavable, según comprueba Rosa. Están dispuestas unas detrás de las otras en cinco hileras, todas vueltas hacia el televisor, fijado encima de la cabecera de la habitación a un mueble divisorio. Los brazos y respaldos acolchados son tan altos que es preciso darles la vuelta para saber si están ocupadas. Demasiado pesadas como para que los residentes del asilo puedan moverlas. Cinco hileras de siete asientos cada una. Fijos e inmóviles en medio del ir y venir, del «¿Dónde está mi bolso?», de las apariciones inesperadas y las desapariciones para siempre.

La mujer de la calle Viana no está sentada en una de las filas de butacas, sino a mano izquierda, junto a la pared. Sus nalgas reposan sobre una banqueta alta, está inclinada hacia delante y apoya los brazos en el andador, como si estuviera sentada en una bicicleta de carreras. A su lado, la puerta de cristal que da al patio está abierta, la corriente de aire es fresca, agradable, comprueba Rosa cuando la saluda. Ella asiente y alza un poco su mano derecha del tacataca.

—Aquí está el bolso —le dice Rosa, y se lo ofrece.

La mujer se incorpora con ayuda del tacataca, se yergue y lo coge, pero al momento lo aparta.

—No lo quiero. Es muy feo. —Le devuelve el bolso—. No, no me gusta.

Hay inquietud en la sala, de repente el televisor enmudece, las señoras se apoyan en sus bastones, se aferran a sus andadores y emergen de las butacas. Se sostienen brevemente en los respaldos de los asientos situados en la fila delantera, esperando el retorno del equilibrio, la circulación, la irrigación. Las caras ya fijas en el objeto de su interés: la jovencita delgada, semidesnuda y desgreñada. Dan unos primeros pasos muy cortitos, a tientas, luego más seguros y ágiles de lo que Rosa imaginaba. Se le acercan. Forman a su alrededor un semicírculo que busca al unísono las gafas en los bolsos.

—Déjame ver... —La mujer que está al lado de Rosa extiende la mano—. Me lo puedes regalar a mí. ¡Muy bonito! —dice mientras abre y cierra, abre y cierra la cremallera—. Y nuevecito.

Unas manos, varias a la vez, palpan la tela sintética con dibujos de flores, dedos que ya no consiguen estirarse, con la parte interior muy blanda, con manchas y venas en la superior, articulaciones hinchadas. Esas mujeres parecen salidas de un proyecto, de algún vídeo, incluso como retrato resultan algo muy convencional, pero interesante.

—Cochina avariciosa.

—¿Por qué un bolso para ella y ninguno para mí?

—Tengo que irme —dice Rosa.

Por un momento todas callan. Las manos se detienen en el aire. La que se ha apropiado del bolso se lo mete bajo la falda por si acaso.

—¿Adónde vas? —pregunta una, Otilia, aunque Rosa no sabe su nombre todavía. La voz débil, llorosa.

—He quedado —responde ella.

El pelo de Otilia ha retrocedido, el inicio del cabello se ha desplazado hacia atrás. Hay mucha piel a la vista, mucha frente entre las cejas pobladas y las dos simétricas secciones del cabello recogido en un tupé, pulcramente peinado para que confluya en una punta justo en el centro, muy por encima de la nariz de Otilia. «Introducción a la Historia del Arte», recuerda Rosa. Una conferencia a la que tuvo que asistir por obligación un caluroso día del verano pasado: pintura de retratos en el siglo XVI. El proyector con el que el profesor mostraba en la pared a aquellas aristócratas frentonas fallaba constantemente. «Ese sería el modo exacto de representarla», piensa. «Tal cual». Su vestido negro con cuello de encaje gris claro, el dobladillo de la falda algo por debajo de la rodilla, las manos plegadas sobre la redonda barriga, las gafas, angulosas, colgando de una cadenita de ámbar, sobre el aplanado pecho. Sentada en un trono ricamente ornamentado o, mejor aún: en una de esas butacas de respaldo alto.

Al fondo, la ventana con el parque de rigor. El vaso alargado con tapa a modo de cáliz y una pajita como cetro. Y también algo redondo, piensa Rosa, mirando a su alrededor, a modo de globo crucífero. No puede faltar un animal, un perrito faldero, a ser posible un pequinés junto a los zapatos de cordones *beige*.

Cuando la mujer nota que Rosa la está observando, alza los hombros y los deja caer de nuevo, cierra los ojos y vuelve a abrirlos. Una lechuza perpleja y diminuta.

—No sé yo —murmura Otilia—. No sé yo.

—¿Con quién has quedado?

—¿Tienes novio?

Rosa niega con la cabeza, oye que algo chirría en el salón contiguo. Las mujeres se giran.

—¡Hoy están ustedes todas muy espabiladas antes del cortado! —exclama sor Felisa, que empuja el carrito hacia el centro del salón.

El semicírculo se desplaza. Las mujeres, presurosas, pasan de largo junto a Rosa, algunas se apoyan en ella, los andadores de ruedas se deslizan por el vinilo. Algunos más rápidos; otros, más lentos. Una torre de vasos de colores cae al suelo, demasiadas manos intentando sostenerla.

—¡A sentarse todas! —ordena sor Felisa—. ¡De inmediato! Yo misma les serviré el cortado cuando estén en sus puestos. Como a las reinas. Así que a sentarse todas; de lo contrario, se quedan sin nada.

Rosa recoge los vasos y los coloca de nuevo en el carrito.

—Gracias —sonríe la monja, que acude presurosa para evitar una riña por el banquillo negro.

Rosa no entra a la antesala contigua, se dirige a la puerta de cristal. No dice «Ábrame, por favor» en dirección a la portería, sino que se detiene y mira a sor Felisa.

—Por lo general somos dos —le explica ella. Parece querer justificarse.

—No, por favor —responde Rosa, avergonzada. «A mí no tiene que explicarme nada, faltaría más. Conmigo no se disculpe», habría querido decir. «Soy yo la que debo disculparme. Yo, pecadora».

Sin embargo, allí solo hay una cofia blanca y un vestido negro que roza el suelo. Y unas normas del todo absurdas. «Narcisismo de abnegación», piensa Rosa. Y también: «Yo ni siquiera creo en Dios».

Entonces Rosa toma el vaso que está en lo alto de la torre colorida y se lo sostiene a sor Felisa. La monja asiente, lo llena con tres cuartos de un claro café con leche.

—Genoveva —dice la monja señalando con el mentón a la segunda fila, donde una mujer ya estira la mano.

Mientras lleva el café, Rosa presta atención para no tropezar con ninguno de aquellos pies enfundados en pantuflas, con los bastones o banquetas. Le gustaría saber qué zapatos usa la monja. Algo profano como unos zapatos le serviría de ayuda.

«Gracias», repiten una tras otra, con la mano extendida hacia el café. «Preciosa», le dicen. «Mi niña», «corazón», «pero tú qué has comido, yo quisiera comer lo mismo que tú, para estar tan bonita, mi ángel». Y también: «Necesito un huevo. Quería hacer una tortilla y me he quedado sin huevos».

—A ella no —dice sor Felisa cuando llegan a la primera fila, y señala a una mujer en silla de ruedas—. Margarita —añade sor Felisa— ha cumplido 104 años en abril.

Tiene el cabello ralo, peinado con una raya al medio. En la sien izquierda lleva una presilla de color azul claro con un lacito de tela. Su nariz es pequeña y estrecha, una naricita que fue bonita alguna vez. Las mejillas le cuelgan, como unas bolsas. A Rosa le recuerdan a un *basset*. Se bambolean cuando la anciana niega con la cabeza. Una chaquetita de lana blanca, o más bien una capa, su abuela lleva una igual en la foto del hospital con el bebé en brazos. No su padre Felipe, sino su hermano, si no recuerda mal.

El labio inferior está también flácido. Ciento cuatro años. Basta con poner la silla de ruedas delante de una cámara fija en un trípode. Sin *zoom*, un único y largo encuadre. Bastaría con procurar que la anciana no se pase todo el tiempo durmiendo. Sería lo único. «Ciento cuatro», ese podría ser el título. Sencillo, claro: *104*.

El tanatorio está en el norte, su familia es del Puerto. Pero el cuerpo de Andrés Rivera no está expuesto abajo, en la costa, amortajado entre coronas de flores y candelabros de tres brazos, sino en las cuestas por encima de La Orotava. El aparcamiento del tanatorio está repleto, el aire es muy claro, como si en La Laguna no hiciera más de 30°.

Ana recoge el sombrero del asiento del copiloto, busca las agujas en el bolso. Hace viento, tendrá que fijárselo. Ha aparcado en una franja estrecha al lado de la calle, mira cuesta abajo, hacia el manto de nubes en el valle, suave, blanco y denso antes de desflecarse en dirección a la costa. «Qué bonito», piensa. «Todos los cadáveres merecerían estar aquí arriba, todo es tan puro y existencial, tan grave». A su madre la enterraron abajo, en Santa Cruz, la velaron en medio del rumor de los condensadores, entre cirios de llamas torcidas debido al cajón de aire creado por unos ventiladores. Entre franjas de luz chillona en los bordes de las cortinas y, a derecha y a izquierda, en las ranuras de las ventanas. Su padre al lado, silencioso.

Dos hombres de cierta edad, con trajes negros, se dirigen a su coche. Cada uno lleva un botón dorado en la solapa, al menos eso parece desde el asiento del conductor, a través de la ventanilla lateral: los distintivos de la Esclavitud del Santísimo

Cristo. Ana coge el teléfono como si estuviera terminando de escribir un mensaje, alza la otra mano para saludar cuando uno de ellos, al pasar a su lado, mira hacia dentro. Ana lo conoce, es miembro de la Junta de Turismo. Respira hondo cuando han pasado, los sigue con la mirada mientras atraviesan el aparcamiento, hacen un gesto afirmativo hacia las cámaras y continúan a paso rápido. Por supuesto, Andrés era miembro de la Esclavitud, patrocinador del Orfeón La Paz, integrante de la Amistad del XII de Enero. Las filas de asientos resplandecerán con medallas, collares honoríficos, distintivos, bandas violetas o plateadas, fajines.

Ana cuenta tres equipos de cámaras, ninguno de la península. Un presentador de radio (reconoce los colores del logotipo en el micrófono) pide alguna declaración a los que llegan. La mayoría no le hace caso. Ana conoce a muchos de los más jóvenes de la fracción; los más viejos, de negro, casi todos con bastón, forman parte de la familia, así como los niños que se agitan, impacientes. Concha tarda en responder a su llamada.

—¿Cómo se llaman los gemelos? —pregunta Ana.

—Ángel y Rafael —responde Concha al momento.

—¿Alguna novedad?

—La fiscalía dará un tiempo a la familia para que llore su pérdida.

El teléfono móvil vibra en la oreja de Ana. Lo baja y lee en la pantalla: «Encuentro a las 17 horas. Papá».

Ha terminado el horario de visita. En todos los altavoces, la voz monótona, en sordina, de sor Inmaculada rezando el rosario. Julio Baute está sentado en la portería, no en el sillón situado junto a la máquina de café. La transmisión continúa, esperan al *grupetto* de los esprínteres que se han descolgado del pelotón. Ni siquiera mira al monitor cuando llaman al timbre por segunda y tercera vez. Pero entonces suena de nuevo, sin parar.

—¡Coño! —exclama Julio antes de girarse.

Fuera, una mujer de buena figura, vestida de riguroso negro, con una falda a la altura de la rodilla y unos guantes, pulsa el timbre de latón. Tiene el cuello largo y esbelto, el pelo recogido en un moño alto bajo un sombrero y un velo que le cubre un palmo de la frente y los ojos. Pero Julio Baute no se mueve. Reconoce en el monitor a la mujer que ahora golpea el pavimento, enfadada, con unos tacones de altura media que patean el suelo sin hacer ruido en la pantalla. El índice de Olga Ramos sigue pulsando el timbre, y eso, a decir verdad, es imposible, ya que su madre, la madre de Julio, lleva años —él no sabe con exactitud cuántos— muerta.

Julio no se mueve, ha tomado sus pastillas después del almuerzo y aquello, sin duda, es imposible, lo es, aunque oiga el rumor de su sangre, aunque sienta el pulso que le late en las muñecas, las manos temblorosas sobre el regazo; pero el timbre suena con estridencia, se mezcla con el rosario y la voz del comentarista deportivo. Ahí fuera está su madre.

Solo cuando la mujer vuelve a patear el suelo con enfado y mira hacia arriba, con un «Por favor» en sus labios, Julio comprende que se trata de Ana. Pulsa el interruptor y de inmediato lamenta haberlo hecho, porque Ana desaparece del monitor, empuja la puerta y de un momento a otro estará en la portería, y él todavía necesita un tiempito. Tiene que cerrar los ojos. «A ti confío mi alma», dice el altavoz. Respirar hondo.

—¡Papá! —le grita Ana desde algún sitio, oculta tras la oscuridad de sus párpados cerrados—. ¿Estás bien?

Julio siente la mano de ella en su hombro, le sorprende el miedo que escucha en la voz de su hija y abre los ojos. Aparta un poco a Ana de sí, regresa la serenidad a sus muñecas, ya no hay taquicardia, todo retorna a la tranquilidad.

—¡Menuda pinta! —exclama él, señalando el sombrero, la blusa gris oscuro abotonada hasta arriba.

—Creí que te habías desmayado —dice Ana. Su mano se alza, acaricia el ala del sombrero, como si hubiese olvidado que llevaba uno. Ana suspira—. Un velatorio —explica, y palpa el fieltro negro con el dedo enguantado—. ¿Cómo estás?

—Bien.

Los dedos de Ana encuentran las horquillas con las que ha fijado el sombrero, dos piezas, las coloca sobre la mesa, junto a la centralita. De una cuelgan unos cabellos, varios cabellos desprendidos.

—¿Qué tal el almuerzo? —pregunta Ana tirando de las puntas de los dedos del guante, uno a uno, para quitárselos. Por un momento reina el silencio, excepto por la voz de sor Inmaculada en los altavoces, el rosario está llegando a su fin.

—¿Alguien cercano a ti? —pregunta Julio por fin.

—¿Quién?

—El difunto o la difunta —dice poniendo los ojos en blanco.

Ana abre el bolso y guarda los guantes. Intenta meter el sombrero también, pero este sobresale a través de la abertura. Aun así, intenta cerrar el botón.

—Te daré una bolsa —ofrece Julio, levantándose—. Lo vas a romper.

El anciano no presta atención al bastón que su hija le tiende, se apoya en el armario y encuentra las bolsas de inmediato.

—Toma —dice, desdoblando una, la sostiene por el asa y se la da a Ana, que, en silencio, mete el sombrero.

Julio ha retorcido la parte superior de la bolsa de plástico antes de entregársela. No sabe por qué.

Ana la coge y, a continuación, hace algo horrible. Las lágrimas le brotan tan deprisa que cuando Julio Baute las ve, corren ya por la mitad de las mejillas, arrastrando consigo unos granitos negros de rímel.

Su hija está en su portería con la bolsa en la mano, se sorbe los mocos, que forman burbujas en sus fosas nasales. Los hombros y el torso suben y bajan con cada sollozo. Es un movimiento convulso, como si ella opusiera resistencia. No se enjuga las mejillas, solo en algún momento se lleva el dorso de la mano izquierda a la nariz. En la derecha sostiene la bolsa.

Julio extiende la mano sin saber muy bien qué hacer con ella, la mueve con cautela en dirección a Ana. Ella se da la vuelta, aparta un poco su cuerpo, camina de espaldas hasta chocar con la mesa, se sienta en el borde. Entonces deja caer la bolsa y se cubre el rostro con las manos.

En ese instante a Julio se le ocurre que Ana puede necesitar un pañuelo. Palpa los bolsillos de su chaqueta. No es un pañuelo de verdad, sino un trozo de tela satinada, cosida de tal modo que tres pequeños triángulos azul claro sobresalgan del bolsillo de la pechera. Se lo ofrece a su hija. Ana tarda en verlo.

—¿Qué pasa? —pregunta Julio Baute cuando el pequeño trozo de tela satinada yace ya, empapado, en el fondo del cubo de basura y Ana intenta limpiarse la tinta del rímel con un pañuelo de papel y unas gotas de un líquido de color rosa claro que ha sacado de su bolso.

—Nada.

—Siempre he dicho que tu marido es un idiota.

—¿No tienes que ir a cenar?

Julio mira el reloj, aún le queda media hora, pero asiente.

«Ana ha vuelto», es lo primero que piensa Julio Baute al verla partir en el monitor, con la bolsa del sombrero en la mano.

—Hola —dice Amalia González Herrera desde el marco de la puerta. Y, cuando Julio Baute la saluda con un gesto, añade—: ¿Cómo está usted?

—Bien —responde él, a la espera.

Espera la próxima pregunta: «¿Podría abrirme la puerta?». O el apremio: «¡Déjame salir!». Casi todos los residentes escenifican su gran numerito del primer día a la entrada de la portería. Con lágrimas y ruegos, o gritando: «¡Auxilio!». O también: «¡Policía!». O: «Soy una persona libre, puedo ir a donde quiera».

Amalia González Herrera, en cambio, se apoya en la madera.

—¡Menudo aspecto! —exclama señalando los cascos curvos y alargados del equipo de Movistar. Imágenes del año pasado, un reportaje previo a la etapa de mañana.

—Es por la resistencia al aire —le explica Julio Baute, y los dos observan en silencio el pedaleo de los corredores rodeados de campos llanos y verdes.

Tal vez debería levantarse y ofrecerle una silla, pero ¿a santo de qué tiene que sentarse esa mujer en su portería? No obstante, Julio agarra el bastón. Levantarse, lograrlo a la primera, no derrumbarse de nuevo en su asiento. Un movimiento, coger el bastón, apoyar la otra mano en el respaldo y... arriba.

—¿Usted se llama Mario?

Julio Baute deja caer la mano.

—No —responde.

Se percata de que hay un cierto malestar en su voz.

—Conocí a un Mario —dice Amalia González Herrera—. Pero, ahora que lo pienso... —Hace una pausa—. Creo que murió en un accidente de camión.

—Lo siento mucho. ¿No quiere sentarse?

—No nos conocíamos demasiado bien. No era nada oficial.

—¿No quiere...?

—Era falangista. El azul le sentaba bien.

—Perdone, pero me gustaría ver esto —se disculpa Julio Baute antes de coger el mando a distancia.

En la pantalla aparece «Menú». Los dedos no le responden bien. «Salir». Por fin encuentra el botón. Sube el volumen.

El blanco es lo que ha quedado cuando Julio Baute despierta a la mañana siguiente y percibe unas leves sacudidas en las extremidades, como si todavía viajase en aquel tranvía. Silencio en el pasillo. Gira la cabeza hacia la puerta: muy pronto, tal vez dentro de cinco minutos, Carmen le dará los buenos días con un «Arriba con los faroles», tal y como hace cada mañana. Dará unos golpes leves al pasar por delante de su puerta, se alejará por el pasillo con el rechinar de sus zapatillas deportivas, que se irá haciendo más tenue, y bajará hasta los dormitorios de los residentes, cuatro en cada cuarto.

Julio Baute no recuerda nada aparte de ese blanco. Sin embargo, está seguro de haber soñado con faldas hinchadas al viento, con una impoluta hilera de puertas con persianas recién pintadas, con pantalones de tenis y pilas de toallas. Todo muy blanco. Tal vez sea eso lo que ocurre con los recuerdos, quizá por eso las retrospectivas en las películas muestran una luz resplandeciente, pero también hay algo que no se puede cambiar: Julio Baute no recuerda más que un blanco deslumbrante cuando piensa en aquel día en que viajaba con el tranvía por la Curva de Gracia. Porque fue ahí donde empezó todo, en la Curva de Gracia, cuando iban camino del Club Náutico para jugar al tenis, con el plan, además, de ir más tarde a nadar. Viajaban sentados en la parte delantera del vagón, en las primeras dos filas de asientos situadas detrás del conductor: él, su compañero de colegio Anselmo, uno al que llamaban Coco y un cuarto chico cuyo nombre no recuerda. Habían oído disparos, contaba Anselmo a la mañana siguiente, cuando se reunieron delante del portón de la entrada, antes de empezar las clases. Pero no es cierto: Julio Baute no recuerda esos disparos.

La llamaban Curva de Gracia, aunque no tenía un nombre específico como otras curvas: la de Vuelta de los Pájaros, la de la Noria. Un terreno empinado que rodea el saliente rocoso sobre el que se encuentra la ermita. Al adentrarse en ella resulta imposible ver el final. En el declive del terreno crecen tres o cuatro árboles y detrás no hay más que una pared de roca en cuyas grietas se apila la rocalla desprendida, un peñasco al que solo se accede por una estrecha escalera que de lejos es una oscura línea dentada.

Una vez dejado atrás el casco histórico de La Laguna, el tranvía acelera, pasa junto a unas mujeres que sostienen por las asas unos grandes cántaros de aluminio que se mecen de un lado a otro, vacíos, en el extremo de sus largos brazos. Las otras, las que vienen a su encuentro, traen los cántaros llenos sobre las cabezas. En su recuerdo, la vía pasaba cerca de Tanque Abajo, el abrevadero público situado al sur de la ciudad. Una esquina del tanque se ha roto y el agua corre por encima del borde, se acumula en un charco sobre el cual escenifican una danza unas mariposas blancas. En la cuesta que viene después de pasar el casco histórico, el tranvía sigue ganando en velocidad, pasan junto a unas higueras, junto a pequeñas bandadas de pájaros alborotados, diminutas esferas de color amarillo verdoso que revolotean en el aire y se posan luego en los postes del telégrafo, sobre los blancos aislantes de porcelana, para, un momento después, alzar otra vez el vuelo.

El tranvía frena antes de llegar a la curva, el metal de las ruedas se desliza por los raíles, un grupo de muchachas con las faldas hinchadas baja la empinada escalera. Las abubillas posadas en los tres o cuatro árboles del declive yerguen las puntas de sus crestas blanquinegras y se alejan en cuanto ven acercarse el vagón. Por un instante Julio cree percibir el mal olor de sus nidos, traído por la racha de aire que se cuela a través de la ventanilla.

Un hombre ha estado corriendo al lado del tranvía, intentó agarrar la barra y saltar al estribo. Ellos le gritaron dándole ánimos, Anselmo, Coco, el chico sin nombre y Julio Baute, el hijo más joven del boticario Baute, de La Laguna, futuro estudiante de un instituto politécnico en Madrid. De esto último están todos seguros. Aplauden cuando el hombre lo consigue y se detiene, sin aliento, al lado del conductor. Debido a la carrera, las perneras del pantalón de su traje oscuro están cubiertas de polvo hasta las rodillas. El hombre lleva un sombrero en la mano. «Hoy es un gran día», dice.

El Club Náutico está más vacío que de costumbre. No tienen que esperar, como es habitual, a que quede libre una de las pistas de tenis. Es probable que más tarde fueran a nadar, porque Julio recuerda haber encontrado, una semana después, un bañador húmedo en su cartera. Recuerda su desconcierto al comprobar que la tela estaba todavía mojada, con restos de agua clorada.

Jorge ya se había marchado cuando él llegó a casa esa noche. No había regresado del trabajo.

La casa es pequeña, tres plantas con sótano. De niño, a Einar le parece extraña. Un porche acristalado junto a la puerta de entrada, cuatro ventanas en cada planta, las de en medio más pegadas entre sí, las exteriores con balcón francés. Entre cada una, frisos de estuco. La mayoría de las casas de la calle General Ramos Serrano, cerca de la Rambla, o las de las calles adyacentes, en las que viven sus amigos, tienen otro aspecto. Y también, claro está, las de sus vacaciones en Alemania. No fue hasta años después que descubrió que se trata de una típica *townhouse* británica. Él siempre la conoció pintada de blanco y amarillo claro, pero ahora esos colores apenas se distinguen, y en los puntos donde la pintura se desconcha aflora un verde intenso.

Del lado de la calle, un muro de altura media, coronado por sinuosidades y arcos de hierro fundido y una hilera de puntas con forma de flecha que Einar no alcanzaba a ver desde la ventana de su habitación infantil en la segunda planta sin imaginarse que un día caería sobre ellas, en plancha, en medio de la verja. Había intentado entonces hacer una estimación del número de flechas que lo atravesarían si cayese y las midió desde la acera, extendiendo los brazos. A lo sumo cuatro.

Pero eso fue entonces. Ahora ya serían, por lo menos, cinco. Pasado el portón, se baja un escalón y se llega a un pequeño antepatio. El suelo delante de la fachada está cubierto por una ancha franja de fragmentos de revoque y pintura desconchada. La casa parece deshabitada. A primera vista. Las persianas están cerradas, una gruesa capa de hojas del frangipani cubre el suelo embaldosado. Entre el portón y la puerta de entrada hay muy pocas, tal vez alguien ha barrido ese trecho hace poco y las ha retirado.

En ese momento descubre el cable. Viene de la ventana de la izquierda en la segunda planta y desaparece en una de las de en medio, colgando en un arco. «Para robar corriente», ha dicho Ute.

En el semisótano estaban antes la cocina y el cuarto de la lavadora. En la primera planta el salón y el comedor; en la segunda, el cuarto del niño y un estudio. Arriba del todo, el dormitorio de sus padres.

Aunque tiene llave, Einar llama al timbre. No se atreve a usarla, no se atreve a entrar al cancel, caminar los pocos pasos hasta la escalera y decir «Hola». No sabe cuántos son. Oye el chirrido del timbre y, a continuación, nada. Ningún paso, ningún susurro. Nada. Vuelve a llamar, lo hace una vez más antes de abrir.

La puerta del cuartito en el que se encontraba el armario de la ropa está abierta; la habitación, vacía. Hay pelusa en el suelo. Las baldosas muestran un color más claro en el punto donde antes estuvo el mueble con los abrigos. En la pared, todavía, el gancho para el espejo.

La puerta de la cocina está entreabierta. Ahora debería llamar, hacer notar su presencia. No seguir avanzando despacio, procurando no hacer ruido, sin perder de vista la rendija de la puerta. Ve las cholas cuando las pisa, las siente blandas bajo sus suelas. Por un segundo, Einar entra en pánico, está convencido de haber pisado una mano. Son de color violeta, si es que lo ha distinguido bien bajo la luz crepuscular del pasillo, con correas de plástico plateadas y brillantes. Einar tenía la lejana esperanza de que Ute se hubiera imaginado a esos okupas, de que se hubiese obsesionado con esa idea a fin de tener algo que reprocharle a Ewa. Pero, al lado del fregadero, sobre la encimera de mármol salpicada de puntos grises y blancos, hay tres platos apilados bocabajo, puestos a secar. Junto a una taza de café, tenedores y cuchillos con mangos de plástico naranjas y transparentes, una fuente azul claro. Puede oír el zumbido de una nevera.

No hay nadie en la casa, concluye. Aun así sube la escalera peldaño a peldaño con la espalda pegada a la pared. Se detiene cuando uno de los escalones cruje: ninguna reacción, ningún movimiento presuroso, ningún cuchicheo. Nada. Einar lo nota antes de llegar al rellano de arriba: la puerta del comedor está abierta, en el suelo hay un colchón.

La cama está hecha a la manera española, con una sábana debajo y un cubrecamas de poliéster marrón extendido pulcramente sobre el tercio inferior. Al lado, en el suelo, una lamparita de noche con pantalla blanca de estrellitas grises. En los clavos donde antes colgaban los grabados con vistas del puerto interior de Hamburgo, unas perchas. Dos blusas blancas. Una tercera cubierta con el delgado envoltorio de plástico de una lavandería de hotel. Antes de levantarla del clavo, Einar se detiene un instante. Luego, antes de alzar el plástico, se queda otro rato con la percha en la mano. Pesa. Es un uniforme. Falda, chaleco y *blazer* azul, una fina corbata de rayas rojas y amarillas con una banda elástica detrás. Sobre el bolsillo superior del *blazer*, un escudo bordado, dos palmeras cruzadas y, encima de un arco, el nombre: Hotel Palacio Menceyes.

En el cuarto de baño de la primera planta: un bote de loción corporal, dos cepillos de dientes, un tarro de crema facial con un intenso olor a vainilla, como comprueba Einar al abrirla. Está medio vacío. Un paquete abierto de tampones, absorción moderada, tres gotas, dice el paquete. Einar ya no tiene prisa, observa los cepillos bajo la luz del baño: pelos negros, no muy largos. En la casa reina tal calma que ese parece ser su estado natural. Se le antoja casi imposible que alguien vaya a entrar y rompa ese silencio. El cable que ha visto colgando fuera va desde la ventana hasta un televisor colocado al pie del colchón, sobre un cartón.

«No, por favor», piensa Einar cuando abre la puerta que da a la antigua habitación de invitados. Porque en el rincón hay un cochecito de pedales de color rosa que lleva el nombre de Barbie sobre el radiador; y un cochecito de niño con una muñeca, un cubo, palas y moldes, una pelota. Pero no hay cama ni nada similar. Einar vuelve a cerrar la puerta a sus espaldas. Los españoles llaman «okupas» a esta gente. Se meten en las casas, pero lo hacen de manera muy distinta a los okupas de Hamburgo. Aquí no tienen comités de inquilinos ni huele a aceite de pachulí ni hay cocinas-comedor ampliadas. Se trata, simplemente, de gente que ha sido expulsada de sus hogares y se establece en otras viviendas vacías.

—**Ayer no te vi** —le oye decir Ana apenas se pega el móvil a la oreja: es Elizardo Rubio otra vez, sin saludar de nuevo. No hay signo de interrogación, es una aseveración.

—Estuve poco tiempo —responde ella.

Y en verdad lo estuvo. Sonrió a las cámaras: solo con las comisuras. A fin de cuentas, Andrés estaba muerto. Dedicó algún gesto de aprobación a los periodistas y atravesó las puertas de cristal del tanatorio. Sonrisas, gestos de la cabeza, leves toques en los brazos. Pasó de largo junto a todos con pisadas breves y rápidas, continuó escaleras arriba, jadeando en los últimos peldaños, y siguió por el pasillo. Se detuvo al sentir en la barriga el frío borde de porcelana del lavabo en el baño de mujeres. Sacó dos veces jabón del expendedor para lavarse las manos, las colocó bajo el chorro de aire caliente, moviéndolas, entrecruzando los dedos hasta que no quedó ni gota de humedad. Se retocó los labios, primero con el lápiz de contorno y luego con el labial. Murmuró un «Mi más sentido pésame» y bajó los párpados cuando alguien entró al baño o salió de una de las cabinas. Se quitó las horquillas, el sombrero y, tras peinarse, lo fijó otra vez con esmero. Ahora no sabe el tiempo que lleva delante de aquel espejo, ha olvidado mirar el teléfono desde que llegó. Se ha puesto un poco más de *rouge*, decide que es demasiado —Andrés, a fin de cuentas, está muerto—, se lo quita de nuevo con la yema del dedo, con cuidado, se lava otra vez las manos. Ellos tienen su foto, eso debería bastar. La corriente de aire del secador casi le quema las muñecas. Ha examinado su cara una vez más en el espejo. Andrés yace pocos metros más allá, en una recámara blanca y aclimatada, situada detrás de una pared de cristal. Delante están su mujer, los gemelos —dos varones, le ha dicho Concha: «Piensa en los niños»—; coronas de flores a derecha e izquierda, lirios blancos, probablemente. Unas velas.

Ana se ha separado del borde del lavabo, ha atravesado la puerta y recorrido el pasillo. A Andrés le gustaban las gominolas y las golosinas. Sobre su escritorio había siempre un paquete abierto: corazoncitos rosas con espuma blanca, nubes en colores pastel, botellitas de cola ácidas. Cada vez que ella iba a verlo, le ofrecía algunas. Y en cada ocasión ella rehusaba con la cabeza. Escaleras abajo, saludar a conocidos, tocar brazos, insinuar sonrisas, asentir a las cámaras, no detenerse. Y volver al aparcamiento.

—Me hicieron la foto —añade Ana cuando el teléfono, pegado a su oreja, permanece en silencio.

—A tu cita de mañana a las once con la línea aérea irá Marisol. Tú, en cambio, asistirás a la reunión de planificación.

—¿Por qué?

—Porque lo digo yo.

Elizardo Rubio cuelga.

La comisión del futuro, visiones de cara a un nuevo tipo de turismo. Antes de convertirse en consejera, esas reuniones entraban en el ámbito de sus competencias. Siempre las mismas propuestas y las mismas respuestas.

¿Piratas? Eso es más del Caribe, una marca muy comercializada, gastada por tantas películas, da igual quién, cuándo y dónde nació o vivió, o si conquistó una playa o practicó el contrabando: no hay margen para un buen aprovechamiento. ¿Cristóbal Colón? Eso es cosa más bien de Barcelona, de Lisboa, São Paulo o Santo Domingo. Además, seamos sinceros: solo estuvo un par de días en la isla vecina, haciendo acopio de provisiones.

¿El ataque de Nelson a Santa Cruz? ¿No perdió un brazo en esa ocasión? ¿A santo de qué los británicos van a interesarse por una de sus derrotas, si ni siquiera hay una canción de música pop para homenajearlo?

¿Guanches, *wellness*, paleococina? Para eso habría que demoler todo esto, las fachadas de balcones de las torres hoteleras, despejar la aglomeración de condominios, eliminar calles, aparcamientos y accesos de autopista, también esos que no conducen a ninguna parte.

Los bares de la avenida de La Trinidad tienen todos suelos de baldosas moteadas en *beige* y marrón, máquinas tragaperras pegadas a la pared que emiten un parpadeo de luces de colores rojo, amarillo y verde. Encima de las barras de madera, ventiladores con cagadas de mosca y, en las mesas, servilleteros que alternan entre la publicidad verde del Seven Up y la roja de la Coca-Cola. Cuando era niña, a Rosa no la dejaban ir allí sola por las noches. En las vitrinas refrigeradas, tortilla española cortada en cuñas, ensaladilla servida en unos platitos alargados cubiertos con películas de plástico, ingredientes varios en los bocadillos: queso blanco, queso semicurado (con claras gotas de agua condensada sobre la oscura corteza), lonchas de salchichón, de mortadela y jamón cocido, tomates, cebollas, aguacates, lechuga.

En un primer momento, Rosa saca dos botellas de Dorada de la nevera, pero de inmediato las devuelve a su sitio, las cambia por un *pack* de seis. Lleva unos años haciendo lo mismo cuando Einar está en la isla: bajar la cuesta por las noches y beber cerveza. Han quedado una esquina más allá, al comienzo de la calle Herradores, delante de la bodega de Teófilo.

Einar no ha llegado aún. El edificio fue una ruina durante mucho tiempo, desde que una tormenta derribó sobre el tejado la palmera que crecía en el patio. Una casa terrera antigua, redondeada como un armadillo agazapado y giboso. *Canario Fusion Food*, puede leerse bajo el logo. Rosa comió una vez allí con Ana antes de mudarse a Madrid. «Como despedida», le había dicho su madre, y le habló a Rosa de los conciertos punk a los que había asistido en su época de estudiante.

—Aquí estamos otra vez.

Einar, delante de ella, abre los brazos; la cerveza se derrama por el cuello de una de las botellas que él sostiene en sus manos cuando la abraza. Ella señala el *pack* de seis que tiene a su lado.

—La misma idea —dice ella, ahora con el hombro mojado.

Solo el primer tramo es llano. Luego empieza a descender, hasta que le dan tirones en las pantorrillas a cada paso.

—Mañana tendremos agujetas —sentencia Rosa, arrojando su botella vacía en un contenedor de basura. Einar lleva las otras seis. Abre una con el mechero y se la pasa.

A la altura del Museo de la Ciencia, él le pregunta:

—¿Por qué arte?

Han estado hablando sobre Madrid.

—Para hacerme rica. —Ambos ríen—. Bueno, creo que ya lo soy —añade.

Al pasar por Gracia, se topan con una niña que desprende un brillo naranja o, para ser exactos, su cara y su torso resplandecen con ese color, porque no hay otras niñas en esa construcción de varias plantas a la derecha de la ermita. El sol se pone, los cabellos, normalmente negros, cobran un tono castaño. La niña aún sostiene el tirachinas, la cinta de goma tensa, sobre la piedra alguien ha pintado un corazón rojo. Rosa señala el grafiti.

—¿Has sido tú?

—No, pero sé quién lo hizo. El corazón no tiene nada de original.

—¿Quién?

—Nadie. Un viejo amigo.

Las farolas de la calle se encienden. Al llegar a La Cuesta se sientan un rato en la plaza. Rosa compra unas pipas. La función de las diez en el cine Víctor acaba de empezar cuando llegan a la plaza de la Paz. Dos fumadores junto al cenicero, últimas caladas, gestos nerviosos al apagar los cigarrillos, antes de desaparecer tras los oscuros batientes de la puerta. Los comercios de la Rambla Pulido ya han cerrado, delante de la bocatería quedan todavía algunos clientes.

—No quiero comer eso —lloriquea una niña.

La fuente funciona otra vez, comprueba Rosa cuando cruzan los raíles del tranvía. Ocho chorros de agua dispuestos en un cuadrado que se elevan por lo menos un metro, en vertical, de la alberca de hormigón. Se siente tentada de hacer una foto y postearla: «Lo llaman fuente». Las últimas veces estaba desactivada por culpa de la crisis, la porquería se acumulaba en las puntas de los tubos de metal.

—No puedo seguir —dice Rosa a la altura de la plaza Weyler.

—Vamos —la anima Einar—. Hasta Las Teresitas.

—No voy a poder, de ninguna manera. Además, no nos queda cerveza.

—¡Una mierda! El quiosco de la plaza de España está abierto todavía. Pillaremos un taxi.

El puerto calla. Los barcos apenas están iluminados; la avenida hasta San Andrés, de tres carriles, casi vacía. El taxista hace caso omiso de las líneas divisorias de los carriles, que desaparecen entre los faros, bajo el capó. Einar mira hacia un lado. Rosa contempla la ladera protegida por una red metálica, la franja de arbustos y basura entre la pared rocosa y la calle. La piel de sus hombros es tan tersa, con un bronceado tan suave, que a Einar le da igual que despida un olor un poco rancio.

—No hay coches —anuncia él en voz alta—. ¿Te acuerdas de aquellos llamados *lovecars* que aparcaban siempre por aquí en una larga fila, con toallas en las ventanillas?

—Los «lofcars», cierto. Había condones por todas partes —asiente Rosa—. Una vez me entraron ganas de hacer pis y papá tuvo que detener el coche. Mi madre me acompañó. Yo quería tocar aquellos polvorientos globos de colores.

—Ahora ya nadie vive con sus padres.

—Desde que empezó la crisis han vuelto. Pero los dejarán follar en casa...

El aparcamiento está vacío. Los garitos, en calma y a oscuras. Einar paga al taxista. De una de las duchas sale un delgado chorro de agua que golpetea la tarima situada debajo. Una ráfaga de viento lanza las gotas hacia un lado. Rosa extiende la mano en esa dirección.

—¿Por qué antes siempre jugabas conmigo?

—¿Qué quieres decir?

—Cuando yo era pequeña, debía de sacarte de quicio.

—¿Yo jugaba contigo?

—Cuando los visitábamos en la casa que tienen ustedes en Los Cristianos. ¿Recuerdas la fila de hormigas al borde de la piscina? Tú llenaste de agua unos vasos de plástico y yo me dediqué a ahogarlas. ¿No te acuerdas? Había un hueco entre las baldosas del borde. Yo vertía agua dentro mientras tú sostenías la pala para que no corriera hacia la piscina. Nos tiramos horas con aquello.

Einar niega con la cabeza.

—Tú ya tendrías dieciséis, seguramente.

—Diecisiete.

—Jugábamos al escondite.

Einar ríe. Solo un poco.

—Yo tendría siete, si acaso. Una vez no te encontré. Te habías escondido en el cuarto de mis padres, en el armario, creo. Y lloré, me puse tan furiosa que me compraste en la máquina del bar una bola de plástico sorpresa con una Minnie Mouse.

—Pues no, no me acuerdo de nada.

Rosa lo mira.

—Ten cuidado —advierte Einar, señalando un bulto aplanado y rectangular delante de las pantorrillas de Rosa: unas tumbonas apiladas. El viento agita los flecos de las sombrillas rústicas.

Rosa no le quita la vista de encima.

—Antes había botes aquí —dice Einar—. Una noche dormí en uno.

A continuación, ambos guardan silencio y siguen caminando hasta que la arena no solo está húmeda, sino anegada, y el oleaje es tan suave que Rosa solo nota su presencia cuando su cuerpo reacciona a la frialdad, cuando siente calambres en los músculos de sus pies y sus pantorrillas que la obligan a retroceder con torpeza. La piel de gallina.

—Está demasiado fría para bañarse —dice Rosa, y Einar asiente.

Sobre el mar, unos aislados puntos claroscuros que se mueven de arriba abajo, un poco. Barcas de pescadores o, tal vez, patrullas fronterizas de la Unión Europea. La noche no está tan clara como para distinguir en el horizonte la densa alfombra de luces de las islas vecinas.

—¿Nos fumamos uno? —pregunta Einar.

Frías y muy lisas, demasiado secas, así siente Rosa sus manos. Las coloca de tal modo que forman un triángulo de protección en torno al papel con el tabaco. Rozan las de él, que calienta el material, que se deshace entre las yemas de los dedos, con el mechero.

Comprueban que no están solos cuando se tumban en la arena, apoyan los codos en el suelo y fuman por turnos. Primero unas risotadas, unos gritos, la voz clara de una mujer que llega desde el agua. Entonces ven las cabezas muy pegadas entre el oleaje. Cuatro piernas, un cuerpo: eso parece cuando salen entre las olas, ella caminando hacia atrás, los brazos de él sobre su espalda, sus nalgas. Un grito de júbilo cuando ambos caen, uno sobre la otra, en la arena.

—Vámonos —dice Rosa, apagando el porro.

Los primeros años después de haberse marchado a Alemania, Einar todavía le informaba a Ana de cuándo iba a estar en la isla. Durante la época que pasó en Berlín pensó varias veces en llamarla a ella en lugar de a sus padres. Decirle que necesitaba ayuda. En primer lugar, porque sabe que Ana cree deberle algo. Casi siempre los «lunes despejados», después de despertar, cuando se quedaba tumbado en el sofá, odiando la blanca mesita de centro, cuyo grueso lateral le quedaba delante de las narices. Madera chapada blanca, con varias manchas secas de algún líquido derramado: café, cerveza o cualquier otra cosa. Debajo, allí donde la mesilla se clava en la alfombra que en otro tiempo fue *beige*, muy pegadas unas a otras, unas franjas alargadas: las partes desgastadas por la fricción con sus deportivas. «Lunes despejados» quería decir ninguna porquería desde el momento de abrir los ojos hasta, por lo menos, las diez o las once de la mañana. Quería decir: mesita del sofá, esterilla, aguantar el saco de dormir, sin los suavizantes filtros de mierda ni nada que amortiguara el espacio entre él y el sucio chapado de madera. Quería decir: soportar el paquete de margarina que llevaba varios días abierto sobre la parte ovalada de la mesa, con colillas clavadas en la grasa rancia de color amarillo oscuro, rodeado por un tupido bosque de cuellos de botellas de cerveza verdes y marrones. En cuanto se levante, echará una ojeada al claro gris que forma el cenicero en el centro. «Lunes despejados» significa organizar las latas de pintura, los rodillos. Conseguir material, coca en su caso, comida, alcohol. Apartar el libro de bocetos, que ni siquiera está escondido, apartar todo lo que normalmente devoraba el ritmo habitual de buscar el *spot* ideal para un grafiti, observarlo, pintar, bajar, buscar otro *spot*, observarlo, etcétera. A veces ha pensado en llamar a Ana y decirle: «Necesito ayuda».

Rosa está despierta, estaba en el baño y ahora va camino de la cocina: descalza, en bragas y camiseta. No enciende la lámpara, hay claridad suficiente. «Luna llena», piensa al principio, al entrar en el cuadro de luz marcado en las baldosas situadas delante de la ventana de la cocina y abrir las puertas de la alacena. Aparta los paquetes de tostadas, de galletas de cereales y pastas. Es una voz tenue. En un primer momento, se funde con el crujido de las bolsas de plástico, hasta que Rosa se detiene.

Alguien habla, eso es evidente. Una voz masculina que no proviene del estudio. Intenta recordar si ha dejado encendido el *streaming*, el episodio ya había acabado cuando ella entró en el baño. Otra voz masculina responde. Risas.

Va hasta la ventana. En el arco del portón, entre las ramas superiores de la buganvilia, entrelazadas sin orden alguno, una luz blanca muy intensa. Faros de coches. Otro cono de luz recorre lentamente el muro del jardín, se detiene en el contiguo, se apaga. «Ladrones», piensa. «Pretenden entrar a robar». Bueno, no aquí. Al ver la casa, nadie creería poder encontrar algo de valor en ella. «¿Ustedes son pobres?», le preguntó una vez una chica nueva de su clase a la que Rosa dejó que la acompañara hasta su casa. «No», respondió entonces. «Mi padre tiene tanto dinero que podría comprar a tu padre y todo lo que posee tu familia». Por motivos inescrutables, que la casa parezca una pocilga es una de las victorias de su padre.

Rosa aguza el oído, oye el leve ruido que emiten las telarañas del marco exterior al romperse, cuando ella abre la ventana. Una corriente de aire fresco entra en dirección a la cocina. Detrás del muro se oyen palabras de saludo.

—¿Qué tal todo por tu casa?

—¿Algún movimiento?

Se entiende todo de manera clara, impecable. Rosa saca de la nevera un yogur de coco. Con los dientes, abre un agujerito en el fondo del envase, luego muerde el otro lado del plástico, tira hasta abrir un agujero de varios centímetros. Con cuidado, retira las plaquitas de plástico de la punta de la lengua, tantea con los labios el filo de los bordes. A Marisa hubo que darle puntos una vez, dos. Rosa la acompañó al médico. Más tarde se vieron forzadas a comer con cuchara los yogures del comedor del colegio.

Rosa echa la cabeza hacia atrás, pega la boca a la abertura y absorbe. Lo más difícil es al principio, cuando el yogur mantiene la forma de la tarrina. Si la masa cede a la presión y se desliza hacia abajo, todo se hace más fácil, y el contenido, un poco ácido, frío y dulce, fluye hacia la boca.

—¿A quién representas? —puede oír ahora, aunque no distingue la respuesta.

El siguiente cono de luz, más pequeño y bajo (una motocicleta), se desplaza a lo largo del muro, se detiene junto al portón. El motor se acalla, un saludo. Algo rechina.

Otro cono de luz para junto al portón. Por un momento, silencio. Se oye luego la puerta de un coche al cerrarse, otro saludo, y mientras tanto el vehículo da la vuelta y desciende de nuevo por el Camino Largo. Por encima del muro, entre las ramas de buganvilia, brilla una lucecita verde: un taxi. El cartel del techo está otra vez en modo libre.

«Van a bucear», piensa Rosa, que cierra la ventana y arroja el envase vacío a la basura. «Se reúnen para ir a bucear o, tal vez, a pescar».

Aún quedan dos temporadas de *Survivor*.

Cuando el timbre empieza a sonar, ya amanece. El capítulo durante el cual Rosa se quedó adormecida llega a su fin, en el monitor aparece el icono de «Volver a cargar». Ana está despierta, repasa las citas a las que no acudirá ese día. Anoche Concha le enumeró los nombres de las personas que la representarán en cada reunión. «Por ti», había dicho Concha, no «En tu lugar». «Marisol Azulejo irá por ti a la reunión con los de Thomas Cook».

Felipe duerme. Sueña con Francisca, pero cuando despierte no se acordará de nada. Su madre está de rodillas en el jardín, sacando boniatos, el collar de perlas colgando. Cuelga, cuando ella se inclina hacia delante, sobre el hueco que está cavando, cuelga recto como una plomada. Cada vez que se incorpora, las perlas, gruesas como pelotas de *ping-pong*, golpean el vestido de lana verde que le cubre el pecho. «No puedo», dice Francisca, y cuando suena el timbre, se yergue, se quita los guantes llenos de tierra, se los da a Felipe y dice: «Ha llegado la visita».

Felipe palpa en busca de la almohada, la encuentra, se gira y se la pone delante del pecho antes de entrar en la siguiente fase de sueño.

Cuando el timbre empieza a sonar, todos están ya reunidos fuera: TVE1, Telecinco, Telecanarias, Radio Siete Islas,

Radio España, fotógrafos de las agencias con sede local. El resto aterrizará en Los Rodeos en el avión que llega a las 6:22 de Madrid. *Diario de Avisos* ha sido el primero, *El País* llevará sus propios reporteros, como *ABC*, y un ejército de periodistas independientes. Vecinos con albornoces con solapas y perneras de pijama, con las llaves de sus casas en la mano. Dos llevan perros atados a sendas correas. Otro, un periódico bajo el brazo.

«Un accidente», piensa Eulalia cuando, poco después de las siete y media, a poca velocidad, dobla con el coche hacia el Camino Largo. No ve ninguna luz azul. Solo dos pequeños furgones blancos aparcados en la acera de la derecha, a pesar de la línea amarilla. Ni rastro de ambulancias, comprueba. Antenas en el techo de los coches, el logo de la televisión local en las puertas correderas. Solo cuando pone el intermitente y gira el volante comprende que la muchedumbre es más compacta allí donde la acera desciende para dar acceso a la entrada del garaje. Son casi todos muchachos jóvenes que visten vaqueros, deportivas, sudaderas, y llevan colgadas delante de las barrigas unas carteras cuadradas de poliéster. Algunos alzan los brazos y sostienen las cámaras por encima del muro del jardín. Las bajan de nuevo, revisan las fotos en el monitor, alzan otra vez los aparatos.

A través de la ventanilla cerrada, Eulalia oye sonar ininterrumpidamente el timbre del portón, pero no alcanza a ver quién lo pulsa. Piensa en meter el morro del coche entre el racimo de gente, hasta que el parachoques de su Fiat Panda casi roce el gris claro de la desconchada pintura de la puerta del garaje. Tendría que bajar la chirriante ventanilla en medio de la maraña de caderas enfundadas en vaqueros, meter la llave en la cerradura empotrada en la columna, girarla un cuarto, esperar a que el portón se desplace hacia un lado, se abra del todo. El portón traquetea. A veces las ruedas se atascan en los carriles de hormigón. Tendría que bajar, dar la vuelta a la multitud que rodea el Panda y retirar la piedra con la mano. Y todo por menos de seiscientos euros al mes.

Eulalia gira el volante. Sí, bueno, tantos años de relación y todo lo que quieras, pero no. Oye el crujido de los neumáticos en el asfalto, toca la bocina para espantar a los traseros que, entretanto, se apoyan en el radiador del Panda, y sigue de largo.

«Rosa está dentro», piensa. «Rosa está ahí dentro». «¡Guapa!». El regordete dedo índice de Rosa a los tres años señala a Eulalia: «¡Guapa!». Dar la vuelta, tal vez debería dar la vuelta. ¿Para qué? ¿Qué haría después? ¿Abrirse paso a bocinazos, espantar las piernas enfundadas en vaqueros hasta que el parachoques casi roce el portón? ¿Girar la llave, con los ojos fijos en el parabrisas, el mentón alzado, los labios apretados y las comisuras quietas? ¿Oír el clac-clac-clac, el traqueteo, avergonzarse por las manchas de óxido que salpican la pintura por todos lados, como si la casa fuese suya? ¿Como si fuese su culpa?

Eulalia mira por el retrovisor. Tiene que teñirse. La franja de cabello gris claro bajo el rojo castaño tiene ya un dedo de ancho. Baja de nuevo por la vía de Ronda. «Rosa está ahí dentro». Hoy es lunes: cambiar la ropa de cama, hacer la compra, reponer lo consumido el fin de semana. Leche condensada, seguramente. Rosa se echa un montón en sus cortados.

Todavía Eulalia está bajando la cuesta, sin posibilidad ya de dar la vuelta. En el mismo sitio de siempre, mira por la ventanilla hacia el otro lado del barranco de Santos, hacia el reformatorio de Santa Gracia, piensa en Merche. Mamá no habría pasado de largo, se habría abierto una brecha entre la multitud, se habría puesto el delantal sin rechistar y habría retirado los platos del desayuno. Si es que alguien ha desayunado hoy. A lo sumo, Felipe.

«Rosa está ahí dentro», piensa Eulalia, y dobla hacia La Hinojosa, en Finca España. «Guapa». «¡A ti te pagan por limpiar! ¡Así que ponte a limpiar! Pero estoy casi en casa», piensa Eulalia al llegar a la altura del bar La Choza. «Regresar ahora no tiene sentido». Llamará cuando llegue. «Estoy enferma», se excusará. «Lo siento, tendría que haber avisado antes». Si es que Ana coge el teléfono.

Rosa es la primera en llegar al recibidor. En las breves pausas —y hay unas breves pausas en las que el dedo se aparta del timbre—, se oyen voces, un gentío delante del portón. No es un fallo técnico del timbre, sino el gentío delante del portón. Rosa levanta la vista hacia la caja cuadrada situada encima del marco de la puerta, piensa en acercar una silla, pero no sabe cómo hacer para acallar esa caja. Se aparta. En algún sitio debe de haber tapones para los oídos. En eso Felipe sale del estudio.

—Hay gente ahí fuera —informa Rosa.

Él se encoge de hombros. Ni idea. Los pasos de Ana en la escalera son ruidosos, pueden oírse bien a pesar de los alaridos del timbre. Los dos se giran hacia ella.

—Dios santo... Habrá un modo de desconectar ese chisme. Trae una silla —ordena Ana sin dirigirse a nadie en concreto—. O quita el fusible.

Rosa y Felipe no se inmutan.

—¿Qué es todo eso? —pregunta él agarrando el picaporte de la puerta, dispuesto a abrirla y mostrarle a Ana el problema.

—No abras —le pide su mujer—. No salgan.

—¿Eres tú la responsable de esto?

Ana no responde, va a la cocina, regresa con una silla, se sube resuelta a manipular la caja del timbre situada encima de la puerta, hacer que reine otra vez el silencio.

—¿Qué quiere esa gente?

—Mejor me ayudas.

Los dedos de Ana se cubren de polvo y telarañas que se le pegan al camisón cuando apoya las manos en los costados.

—¿Debo salir y preguntar?

En ese instante, Rosa ha encontrado en el recibidor el interruptor principal. De repente se hace el silencio, antes de que el vocerío de fuera, junto al portón, vuelva a empezar.

—No —responde Ana con voz serena y firme.

—Uff, que te den —dice Felipe, mirando por la ventana.

Sostenidos a unas varas, aparecen entre las ramas de la buganvilia los primeros círculos negros con lentes, en un principio algo vacilantes, como cabezas de jirafas. Reaccionan a cualquier ruido con un ininterrumpido clic-clic-clic-clic-clic, comprueba Felipe cuando cierra a sus espaldas la puerta de entrada. El cliqueo se atenúa mientras baja los escalones, se incrementa cuando llega al camino del jardín, donde se le atisba desde la calle, a través del arco del portón. Allí se apiñan las cámaras, como el ojo ciclópeo de un insecto, un ojo plano e iridiscente. Clic-clic-clic-clic-clic... Suena cuando Felipe se detiene, se gira. ¿Dónde piensa ir con el albornoz, unos pantalones cortos y unas pantuflas? Ya no quiere hablar con el ojo de insecto, y el club no abre hasta las ocho. Clic-clic-clic-clic-clic... Suena a sus espaldas cuando comprueba que no tiene encima la llave y pulsa el timbre de la entrada. Al notar que no hay reacción, lo oprime con más fuerza, hasta que el botón de latón se queda trabado. Ni un ruido proveniente de la casa. Clic-clic-clic-clic-clic... Felipe empieza a dar manotazos en la madera. Ana le abre, pero la puerta la tapa.

—¿Qué ocurre?

Ana coge aire, profundamente, como si quisiera crearse una buena reserva para lo que se avecina.

—Andrés Rivera ha muerto.

—¿Quién?

—Mi colega en la fracción, te lo conté. Estuve en su velatorio. Era el portavoz de Infraestructuras.

—¿Y eso qué tiene que ver con nosotros?

—A los dos nos están investigando —dice Ana por fin—. Todo es mentira, pero eso no les impedirá escribir.

Felipe señala a un sitio indeterminado próximo a la puerta.

—Pues gracias, entonces.

—¿Cómo?

—Gracias por haberlo destruido todo, literalmente todo —contesta Felipe.

Y, a continuación, no le queda más remedio que echarse a reír.

2015

BICICLETA

Alfonso ha bajado la reja de la zapatería y gira la llave. El quiosco de la ONCE ya está cerrado, frente al centro médico fuman las enfermeras, vestidas de blanco, con redecillas en el cabello. La chica del Cinco Océanos aguarda a que la última clienta se haya decidido entre el bacalao congelado y las sardinas. En el bar La Choza, unos últimos tragos de cerveza se vierten en las bocas de unas cabezas echadas hacia atrás. La mayoría va a almorzar a casa. En La Choza ofrecen dos menús: pollo asado y salpicón de pulpo. La última vez que alguien pidió uno fue en febrero de 2012. Un turista danés que comió su ración entre las miradas de los clientes habituales y cosechó luego varios aplausos; un turista danés que al final, cincuenta metros más allá, vomitó en la parada de los taxis.

Las chicas detrás del mostrador de la charcutería del HiperDino ríen. Una está cortando jamón cocido en la máquina; la otra le dice algo bajito al oído. Hace diez minutos que el número 57 destella en rojo en la pantalla de los turnos. Cuando cantaron el 56, Mercedes Morales fue a buscar unos yogures. Los de coco se habían acabado y había cogido, finalmente, los de piña. Cuando regresó, todavía estaban atendiendo al número 56. También necesitaba champú. Lo mete en la cesta que ha dejado frente a la charcutería, comprueba que la papaya tiene unas manchas oscuras. Vuelve a la sección de frutas y verduras, un breve tira y afloja con la chica de la báscula.

—Y haz el favor de ponerte guantes, mi niña —le ha dicho, señalando el cartel.

Mercedes arrancó un guante del rollo, se lo puso muy despacio, estirando bien el brazo, para que la chica de la mesa pudiera verla. Luego cogió una nueva papaya de la pila, se quitó el guante, lo echó al cubo de la basura y regresó. Todavía el 56. Cuchicheos y gestos de la cabeza; las manos cruzadas delante de la barriga, entre los dedos el papelito triangular con el número y el asa de la bolsa todavía vacía de la compra. Pero nadie dice nada. Solo cuchicheos y gestos con la cabeza.

—¡A ver, mis niñas! —grita Mercedes al fin.

—Sí, ya vamos... —responden las dos dependientas a coro.

Y ahora hace once minutos que han anunciado el 57. Las niñas llegarán pronto de la escuela, tienen que comer, la cama aún no está hecha. Los trastos de ayer por la noche están todavía sobre la mesa de la cocina. Había querido recogerlos antes, pero salió un momento al supermercado. Ni siquiera quedaban huevos en la nevera. Y, mientras tanto, han pasado ya doce minutos desde que anunciaron el 57. Hace seis meses que las niñas viven con ella. «Ya te acostumbrarás», había pensado Mercedes al principio.

Mercedes ha visto al Chuleta cuando entraba al supermercado y empujaba el torniquete con la barriga. El Chuleta, así lo llaman todos aquí. Está de pie frente a los rollos de papel higiénico, con una botella de litro y medio de cola en una mano y el móvil en la otra. Teclea algo con el pulgar. Se estremece cuando levanta la vista y la ve. Mercedes recuerda entonces que le debe diez euros. Fue a esconderse tras los congelados, pero Mercedes lo espantó también de allí cuando se acercó a buscar los yogures. Entonces El Chuleta metió la pata: se retiró al fondo del todo, a la charcutería, intentó fundirse lo mejor que pudo con la estantería en la que se exhiben los embutidos envasados. No mira hacia donde está Mercedes. Confía tal vez en que esas dos, con sus chaquetitas de punto de colores apagados, con sus medias de nailon, sus gestos de la cabeza y sus cuchicheos lo cubran. «Gangstar», se lee, en letras cuadradas de tono rosa, en su camiseta negra.

El Chuleta no ve venir a Mercedes. En un acto reflejo, aparta el antebrazo del cuerpo cuando se la encuentra delante, con la mano extendida en un gesto de apremio.

—Tu número —le avisa Mercedes.

—Te voy a devolver esos diez euros —dice El Chuleta, mirando a las dos mujeres de las chaquetillas de punto, amigas de su abuela, probablemente—. Dame dos días.

—Tu número —repite ella, con la mano abierta hacia arriba a pocos centímetros de la segunda «g» de «gangstar». A diferencia de otros con su profesión, a Mercedes le repugna el lloriqueo.

—¿Qué número?

Mercedes pone los ojos en blanco, señala la pizarra que está encima del mostrador.

Ella le muestra su número.

—Supongo que todavía quieres comprar algo hoy.

Claro que quiere, todos quieren.

El Chuleta mira el número 79 en la mano de ella.

—Pero quedan horas para el tuyo.

—¿Y qué? ¿Acaso tú trabajas? —responde Mercedes.

Los que están fumando en la parada le hacen un gesto a Mercedes con la cabeza.

—Hasta luego —les saluda ella.

Cruza entonces el paso de cebra, la plaza flanqueada por la calle que, desde hace unos años, está iluminada por las noches con farolas que parecen los focos de un estadio de fútbol. Cruza entre las palmeras, unas bolsas de plástico vacías penden de los tocones de unos troncos cortados, se agitan con la ráfaga de viento. En los bancos, unos viejos, con los sombreros negros desteñidos junto a ellos, comparan sus números de la lotería. No alzan la vista cuando Mercedes Morales pasa a toda prisa, no la saludan, como no la saluda la mujer que viene a su encuentro con el cochecito de bebé. Es la misma que estaba ahí por la tarde la semana pasada, y una semana antes, la que estuvo un mes sin venir, y ahora de nuevo. Mercedes no memoriza los nombres de los clientes esporádicos. Para qué, si nunca quieren nada a crédito. Para eso hace falta confianza, y eso solo lo prueban los que vienen con regularidad. Esos a los que les gustaría quedarse un rato más sentados en la cocina, fumando con los demás habituales, soltando porquería. Pero eso no pasa donde Mercedes. Veintidós minutos de estadía, esa es su norma, nunca la media hora entera, llamaría demasiado la atención, pero tampoco menos tiempo, sería entonces un constante entrar y salir, y por eso lo notan a menudo.

La mayoría de los habituales vive en el mismo edificio. Entran y salen sin que el coche patrulla aparcado en la plaza los vea. Sin que los viejos levanten la vista de sus billetes de lotería ni hagan comentarios. Cada cual es responsable de sus veintidós minutos, reza su norma, pero Mercedes se ve obligada todo el tiempo a meterles prisa, a echarlos. Con algunos pone incluso el reloj que mide el tiempo de cocción de los huevos. El que quiera beber algo, que lo traiga. Ni siquiera agua del grifo. «No voy a fregar vasos de ninguno de ustedes», esa es su norma, y otra: «A las once, se cierra».

Al llegar a la estatua, Mercedes cambia de mano la bolsa. La estatua consiste en unas ruedas dentadas pintadas de verde y partes de fusiles, pero nadie sabe qué representa. La manzana está situada junto a la iglesia, colinda con el pequeño parque infantil. Un cajón de arena, columpios y dos animalitos de color rosa para saltar, con muelles bajo las panzas. Cuando Mercedes deja que los habituales se queden demasiado tiempo sentados a la mesa de la cocina y alguno consigue hacerse un porro, se ponen a adivinar qué animalitos representan esos muelles, tal vez burritos de la suerte rosas o llamas voladoras de San Borondón. Sobre eso gira a menudo la conversación, sobre San Borondón, la nueva isla.

Mercedes se detiene un instante ante el paso de cebra en el que Eulalia casi la atropella la semana pasada, mira a derecha e izquierda de la calle, como si su hermana fuera a estar allí, observándola con ojos desorbitados a través del parabrisas y el parachoques del Fiat Panda a pocos centímetros de sus rodillas. «Tiene que coger vacaciones», piensa Mercedes como cada día desde entonces, cada vez que pasa por aquí. «Mira tú, ahora, si trabajas para los Bernadotte, hasta te dan vacaciones».

El bloque de edificios está pintado de gris y amarillo claro, desde arriba parece una U gigantesca. En el centro se encuentra la entrada del garaje, grande y oscura, casi siempre bloqueada por las rejas en tijera del portón. Cuando el mecanismo se pone en marcha, se escucha un primer estruendo al que sigue un zumbido bastante suave y grave, los rombos de la reja crujen. Con el portón a casi medio metro del suelo, empieza el chirrido. Claro y sonoro cuando hace fresco, más bajo cuando llueve. En verano, insoportable.

Para Eulalia ha sido más fácil. Eulalia no tuvo opción. ¿Qué habría hecho con la vieja todo el tiempo a su lado, que solo

paraba de despotricar cuando ella, con prisa y llena de preocu-
pación para no perder la guagua de las 6:27, cerraba la puerta
tras de sí? La vieja, que pasaba las tardes al acecho, esperando
el sordo sonido de las bolsas de plástico en el suelo y chocando
contra la madera de la puerta, mientras Eulalia sacaba el llavero del bolso.

El piso de Mercedes está en la primera planta. Dos habitaciones, un salón y un dormitorio, cocina y baño. Mercedes Morales, 64 años, traficante de drogas, dos hijas. Una de las chicas
está divorciada con dos hijos, trabajaba en una constructora,
pero se quedó en paro por la crisis, tuvo que dejar el piso, y desde entonces es okupa, sus hijos viven con Mercedes. La otra la
llamó la última vez desde Madrid, hace ya nueve años.

—Hola —le dice Amalia González Herrera cada vez que se detiene ante la portería. Y añade—: ¿Usted se llama Mario? La maceta es muy pequeña para esa pobre yuca —dice Amalia González Herrera, señalando a la bayoneta del pasillo, junto a la puerta del patio interior, cada vez que Julio le ofrece el brazo para dar un paseo. La idea ha abierto un camino en su cerebro. Apenas Julio, con el bastón en la diestra, empuja con la mano izquierda y todo el peso de su cuerpo la puerta que da al patio trasero, a fin de abrirla lo suficiente como para que ella pueda pasar, Amalia mira hacia el cantero grande y dice:

—Esa palmera es más alta que el tejado.

Y Julio, en cada ocasión, cierra la puerta y responde:

—¿Cuántos años tendrá?

—Cincuenta por lo menos —responde Amalia satisfecha, y vuelve a engancharse de su brazo.

Sin embargo, a veces ella lo sorprendía con alguna idea que tomaba de repente un rumbo distinto. En lugar de decir: «El azul le sienta bien», decía: «Vendrá a recogerme más tarde con el coche».

Julio encontró la silla en la recámara contigua a la sala del televisor de la sección de hombres. Antes estaba en el patio, ante una de las mesas para fumadores, hasta que las patas de tubos metálicos empezaron a oxidarse. Julio la empujaba con la barriga, al tiempo que sostenía el bastón en la diestra y apoyaba la izquierda en el respaldo, a fin de corregir la dirección, cuando la silla se vuelca hacia un lado. A la pata derecha le falta el tapón de goma, el tubo araña el suelo, va dejando una marca de óxido a lo largo de la sala. «¡No hagas ruido!» «¡Sube el volumen del televisor!». Julio arrastra la silla hasta el pasillo, pasa por delante de la fisioterapia y de una voluntaria que no se atreve a preguntarle, que abre la boca y vuelve a cerrarla. Julio Baute saluda con un gesto de la cabeza, sigue empujando la silla, la mete en su portería y, luego, sin detenerse, la coloca en el espacio vacío que queda entre el armario y la pared.

En realidad, Julio nunca traba amistad con los nuevos, espera siempre a ver cómo les va allí dentro. Los gruñidos de Augusto, su mano en el pomo de la puerta, los pasos cortitos al retirarse, cuando Julio activa el portero automático y alguien empuja con cuidado la puerta desde fuera, lo imprescindible para deslizarse a través de ella. Todo eso es, para él, recordatorio suficiente.

A veces Amalia canta. «Cinco lobitos tenía la loba. Cinco lobitos en el campo sola. Cinco tenía y cinco crio, y a todos los cinco lechita les dio, lechita les dio». A veces solo la tararea.

—No es un loba, sino una gata —le cuenta—. Mi madre era la gata. Tenía brazos delgados y manos finas, manos ágiles, rápidas y silenciosas, según lo exigiera la ocasión.

Las primeras veces, él intentó explicarle que el texto estaba completamente equivocado. Le decía entonces la letra: «Cinco lobitos tiene la loba, blancos y negros detrás de la escoba». Enfatizaba cada palabra. Pero Amalia González Herrera no hacía más que reír.

A veces ella recuerda cosas.

—¿Usted se llama Mario?

—No, soy Julio Baute. Era el dueño de la tienda de electrodomésticos de La Trinidad.

—Marrero —responde Amalia González Herrera. Ella misma parece sorprendida de haber recordado el nombre—: Electrodomésticos Marrero. Entonces, ¿usted es Marrero?

—Bah, ese... —refunfuña Julio Baute—. Suyo solo era el nombre.

Cuando Julio se quedó con la tienda del viejo Marrero, esta no era más que una habitación con un banco de trabajo, un suelo de cemento desigual y ventanas polvorientas. Solo entraba la luz a través de la desvencijada puerta de tres batientes, cuyo segmento central siempre estaba abierto durante el día. El viejo Marrero no tenía idea alguna del negocio. Por lo demás, se mostraba agradablemente indiferente a todo. «Yo no pregunto nada», solía decir.

A veces permanecen en silencio. Amalia González Herrera sabe callar. En ocasiones se adormece junto a él, en medio del murmullo del comentarista deportivo, con las manos dobladas sobre el regazo, la cabeza caída hacia un lado, y ríe cuando Julio la despierta y ella cobra conciencia de su presencia.

Bernarda, su mujer, odiaba el mutismo de Julio. Sus lacónicas y ambiguas respuestas cada vez que ella conseguía arrinconarlo. Bernarda se marchaba. Cerraba la boca de pronto, a veces en medio de una frase, se daba la vuelta y entraba al dormitorio; en verano, para buscar su rebeca; en invierno, el abrigo, o uno de sus chales floreados, casi transparentes. Tomaba en el pasillo su bolso, lo examinaba para ver si llevaba suficiente dinero en el monedero y se retocaba los labios. Cerraba la puerta a sus espaldas sin hacer ruido, sin decir «Me voy». Solo el chasquido del cierre, el rumor sordo del ascensor. Durante los primeros años, él solía correr detrás de ella, se situaba delante de la puerta del dormitorio, intentando apaciguarla o explicándole el modo estúpido en que se comportaba, y sí, hasta la ha insultado. Imbécil. Loca. Idiota. Nunca zorra o puta. Eso no. Entonces, sin mirarlo, ella se marchaba. Solo la puerta del ascensor que se abre y se cierra, los pasos de Bernarda al entrar a la cabina, el rumor que se va llevando a Bernarda, que la baja hasta la calle, hasta La Trinidad, la calle de Herradores, hasta el Teatro Leal. Pero en algún momento Julio empezó a esperar a que se marchara, para poder dejar de discutir sobre el ciclismo, a veces sobre Ana, casi nunca sobre dinero, jamás sobre política. Casi siempre por el ciclismo. Julio esperaba el momento de que se pusiera la rebeca, el instante de oír el cierre de la puerta, el rumor del ascensor, la calma. En los malos tiempos, Bernarda viajaba hasta Santa Cruz, se iba al Cine Víctor o La Paz, porque había visto ya varias veces las películas que pasaban en el Leal.

A las cinco, Julio Baute acompaña a Amalia González Herrera al rosario. Delante de la puerta de la capilla, ella se desprende de su brazo, se coloca sin esfuerzo en la fila de bastones y tacatacas, a veces se gira una vez más hacia él y levanta la mano. Y él permanece ante la balaustrada, a la espera, y solo cuando ya no puede verla en el interior de la capilla se dirige hasta el sillón color vino situado al lado a la máquina de café, junto a la sala del televisor de la sección de hombres.

En el comedor, dos filas de mesas. En el medio, un pasillo que lleva hasta los fregaderos del fondo, separado por un tabique de madera. A derecha e izquierda de la puerta, dos pasaplatos. Delante de uno está sentada Demetria. Rosa la coge de la mano y, con la barriga, va empujando a Antonia en su silla de ruedas. Cuida de que Demetria, Alzheimer, no robe un melocotón al pasar frente a las blancas fuentecitas rectangulares colocadas con los platos en las esquinas de las mesas.

Rosa lleva a Antonia hasta su puesto, acciona la palanca, controla que los topes de los frenos estén bien pegados a las ruedas y sigue guiando a Demetria.

—¿Estás segura? —pregunta Demetria.

Rosa señala a la silla y Demetria asiente. Cuando se acomoda, Rosa le da un melocotón. Pero Demetria es más rápida. Mientras Rosa empuja la silla de ruedas, la anciana coge su vaso y vierte el zumo de pera en la fuentecita.

—No importa —dice Carmen.

Café con leche. En cada sitio hay un plato con dos galletas, jamón cocido doblado en un triángulo y queso amarillo, no el blanco de la región. Con unas tenazas de plástico azul, Rosa reparte las lonchas que va sacando de una fiambrera enorme. Luego retira las tapas de las tarrinas de yogur, controla que los vasitos de plástico transparente con las pastillas estén vacíos, recoge del suelo cucharas y cuchillos —nunca ponen tenedores en el desayuno— y los arroja a la hirviente espuma del fregadero grande. Saca cubiertos limpios de las gavetas —en las de abajo, los cuchillos; en las del medio, tenedores; arriba, las cucharas—, antes de salir de nuevo por el tabique, como lo llama Rosa.

«Nunca fui tan rápida», piensa Rosa y, mientras avanza, va dejando los envases de yogur en el carrito, coge, en un mismo movimiento, las jarras de agua, extiende la otra mano hacia los primeros vasos de plástico que le entregan. Uno, dos, tres, cuatro. «Gracias, mi niña». Se gira. Siguiente mesa. Uno, dos, tres, cuatro. «Gracias, corazón». Soltar las jarras, seguir empujando el carrito con la barriga otro metro y medio; con las manos libres, reunir los envases de yogur, metiéndolos unos dentro de otros, procurar retirar el de Eloísa, que va por la mitad, el último. Jarra de agua, una, dos.

—Mira, mi pajarito. ¿No le vas a dar de comer?

—Más tarde.

—Tienes que darle tu vaso, Trini, tu vaso. La chica quiere servirte agua.

Tres, cuatro. Girarse. Uno, dos, tres, cuatro.

Rosa llega por las mañanas a eso de las nueve, cuando todos salen de misa y se apresuran hacia los comedores, delante de cuyas puertas cerradas esperan preparados los que aún se valen por sí solos, mientras los tacatacas se arrastran por el corredor y las cuidadoras van sacando de la capilla una silla de ruedas tras otra.

Cuando sor Felisa se planta en medio del comedor y todos están lo suficientemente tranquilos para la oración, Rosa se retira a la cocina. Friega en silencio los primeros platos ablandados en el fregadero, los va colocando en las rejillas de plástico del lavavajillas, procurando que no se oiga en el comedor el entrechocar de la porcelana. Que no lo escuchen al menos los que todavía pueden oír.

Después de la comida reina la calma. El asilo se amodorra. Pies en alto, cabezas hundidas hacia delante, mentones apoyados sobre el pecho, antebrazos reposando en los sillones. Las auxiliares de cocina han acabado de fregar, los sanitarios están en el patio, fumando. A esa hora las monjas se retiran, sor Cipriana toca la campana del claustro, señal para que todas se reúnan antes de cruzar el patio y retirarse a sus habitaciones de la primera planta. A las cuatro, cuando sirven el cortado, bajan de nuevo.

«Vienen de estudiar las escrituras», responde Carmen con los ojos entornados, cuando Rosa le pregunta.

La seriedad, ella admira esa seriedad, concluye Rosa. Las monjas creen en cada gesto que hacen, en cada movimiento. Cuando bajan la cabeza, cuando se les doblan las rodillas sin que las comisuras de la boca varíen su rictus habitual. Todo sin inhibiciones, sin necesidad de justificarse: «No fue esa mi intención». Sin tener que decir: «Bonito sería, pero en realidad es ridículo».

Las puertas y ventanas del salón de las señoras están abiertas un palmo, una leve corriente de aire mueve las cortinas. La imagen del televisor cambia sin volumen. Las pocas que quedan despiertas sostienen abanicos negros en las manos y los agitan de vez en cuando con apatía.

—En Monte de las Mercedes, ahí vivo yo. Mi marido es el representante de don Miguel Álvarez-Díaz, el dueño del cine. Tienen seis edificios, y mi marido no tiene el carné de conducir. Por eso conduzco yo, conozco cada calle, me sé esos montes de arriba abajo.

—Mira, mi pajarito. ¿Le vas a dar de comer? Coge un maní.

—No me quedan huevos. Quería hacer una tortilla, pero no me quedan huevos.

Rosa se despide de Carmen con un gesto de la cabeza, aguarda un momento junto a la puerta del patio, a la espera de alguien que también quiera salir y diga en dirección a la portería: «¿Me abre, por favor?».

Rosa evita el ojo de la cámara cuando baja por la rampa. El mercado de la plaza del Cristo está cerrando. Tiene que apurarse, en el quiosco de las revistas ya guardan las estanterías giratorias detrás del mostrador. Quiere comprar dos blocs de notas, papel blanco, DIN A3, cinta adhesiva.

En casa perdura el mismo ambiente extraño. Su padre duerme otra vez en la planta de arriba y no en el estudio. Ana ya no sale por las mañanas en dirección a su trabajo en Santa Cruz. Permanece sentada (con el portátil sobre las piernas y la televisión encendida, pero sin volumen) en el salón. Desde que Eulalia, la semana pasada, se tomó unas vacaciones, se apilan en la cocina los platos, las copas y vasos, los cubiertos. Hace días que el lavavajillas está lleno. La nevera, en cambio, está cada vez más vacía.

Felipe cierra a sus espaldas la puerta de la casa. Dentro reina la calma, el cable del teléfono fijo está desconectado, el móvil de Ana está en modo silencio. Felipe ha preparado el café y le ha llevado a ella la primera taza. Cuando Ana lo sigue con la mirada a través de la ventana, no sabe si siente alivio de que él vaya hoy por primera vez al club. Ana se sirve otra taza, el televisor del salón está encendido cuando ella entra. Han bajado el volumen. Se habrá olvidado anoche de apagarlo.

Ana cambia de canal, pasa de TVE1 a la emisora local de las islas. En cualquier caso, la mencionan en las noticias breves a nivel nacional. En la televisión regional, todavía visibles: el Camino Largo, el muro del jardín, el portón cerrado, el cartel del timbre.

El primer día por la mañana llegó a pensar que el muro, en la tele, no tenía tan mal aspecto. No se ven las placas enteras de pintura desconchada, las piedras de lava negra que hay debajo. Solo el grafiti (frente polisario) reluce en rojo. Cuando la imagen siguió subiendo —las amarillas flores de hibisco sobre el borde, dos cámaras de seguridad en las esquinas—, Ana comprendió que no era el muro de su casa, sino el de la casa de Andrés. Solo el grafiti es el mismo.

Ha disminuido visiblemente el número de cámaras frente a la entrada de su garaje. A Felipe y a Rosa los dejan pasar sin molestarlos. En la televisión regional es ella hoy, por primera vez, la noticia número dos después del asunto de las algas que se propagan desde hace varios días por las playas de la isla y por los telediarios.

Su oficina vuelve a responder preguntas. Hace una hora Concha le envió, para que lo revisara, un borrador de la declaración de prensa. Las algas eran del todo inofensivas, un fenómeno natural que las mareas iban a solucionar por sí solas. Hace una semana estaba convencida de que, a día de hoy, ya habría dimitido, pero de momento nadie habla del asunto. Solo hay que seguir: mantener baja la cabeza, esperar. La conferencia de prensa prevista para dentro de dos días la asume el portavoz de Medio Ambiente. Ana temió por un momento que Elizardo Rubio la mandara a ella. Que le endilgara lo de las algas, vinculando su cara también a ese tema, con lo cual podría matar dos pájaros de un tiro con su dimisión. Pero siente alivio cuando Elizardo le dice que es «demasiado pronto». «Demasiado pronto para mostrar la cara de nuevo».

No existen datos fidedignos sobre el tipo de algas, dice el borrador de la declaración, tampoco sobre las causas de esa proliferación. Pero se descarta cualquier peligro para la salud. El «se descarta» está subrayado, alguien ha añadido encima, de su puño y letra, la palabra «improbable».

Tienen que dar largas al tema. Las algas no desaparecerán, la única solución reside en dejar pasar el asunto, hasta que este no pueda reflejarse en el número de turistas ni en los índices de ocupación de camas de hotel. Por suerte la temporada está llegando a su fin, y el norte se ha visto más afectado que el sur, donde se encuentran los grandes complejos hoteleros.

En la isla no existe el reciclaje del agua, los albañales desembocan en el mar, sirven de alimento a las algas. Desde hace décadas o, mejor dicho, desde hace casi un siglo, los propietarios de los derechos hidráulicos bloquean la construcción de depuradoras que reducirían sus ingresos. Basta un simple rumor sobre planes de esa índole para desatar un torrente de llamadas telefónicas e invitaciones a cenas. Lo mismo ocurre con las plantas desalinizadoras. Por eso las verduras, en años de poca lluvia, siguen teniendo precios impagables, las oficinas de asuntos sociales se ven inundadas de jornaleros desempleados y, cuando el calor se extiende por mucho tiempo, un caldo marrón chapotea sobre la arena dorada de las playas y las rocas negras. Los ayuntamientos no pondrán carteles de alerta, diga lo que diga el portavoz de Medio Ambiente. No pueden permitírselo. El verano alcanza índices de temperaturas bastante más altos que la media.

«Solo podemos confiar en la llegada temprana del otoño, para que enfríe el mar», ha dicho Concha.

El cielo fuera muestra un color azul claro, casi blanco, cuando Ana se levanta y se dirige a la puerta de la terraza. Las montañas están envueltas en una bruma amarillenta. Calima. No demasiado intensa, pero ya se sabe lo que significa la calima: altas presiones sobre el Sáhara que impedirán por algún tiempo el paso de cualquier sistema de bajas presiones hacia las islas. Con un poco de suerte, Ana recibirá cada día, durante las semanas siguientes, nuevas imágenes de esa nube marrón que se irá difuminando levemente, rodeando nuevos tramos de costa. Si tiene suerte, las algas le permitirán dar esas largas.

Su pie quiere balancearse; y él, fumar. Está nervioso, comprueba Einar. El tranvía va lleno, el joven que está a su lado mira vídeos de YouTube en el teléfono. El tren se adentra despacio en el túnel próximo al Hospital Universitario, unas paredes de hormigón gris claro, de aspecto extrañamente desnudo y vulnerable. No hay grafitis, comprende de pronto Einar, no hay imágenes, ni siquiera una firma de grafitero, solo el hormigón de color claro y poroso, manchas de humedad aisladas, blancos puntos de calcificación. Muy distintos a los túneles del metro en Hamburgo y Berlín, por lo general pintados y vueltos a pintar.

Jabi vive desde hace unos años en La Laguna en compañía de su novia y la hija de esta, cuyo nombre Einar olvida siempre.

«En algún momento haremos algo juntos», se han dicho siempre, antes de que Einar se mudara a Alemania y luego cada año, por Navidad. La mayoría de las veces en la madrugada del día 24, cuando en la calle Serrano la nevera cubre con una blanca capa de grasa los restos del pato que Ute insiste en asar cada año, cuando el vaho del *whisky* llega hasta la escalera y solo centellean la luz en las ventanas del dormitorio de sus padres en la segunda planta y el resplandor gris del televisor en el salón de la primera.

«En algún momento haremos algo juntos».

Al principio en la puerta de la casa de Jabi, en el peldaño más alto de la escalera de la entrada, en la Rambla Pulido, ya que la madre de Jabi no les permite fumar dentro de la casa. Más tarde, cuando Jabi se ha largado de casa, en los dos butacones recogidos en el Punto Limpio, dos butacones de color marrón y naranja que hay en la terraza de la azotea del apartotel donde vive su hermana. En la habitación de un piso compartido cuyo número de inquilinos aumenta. Se lo dicen desde hace años en una terraza del casco viejo de La Laguna con vistas a la catedral.

«Tienes que venir a visitarme», le dice, año tras año, Einar.

Ha enumerado los lugares en Berlín a los que llevará a Jabi; más tarde los de Hamburgo. Siempre le escribe para avisarle de cuándo estará en la isla. Lo ha llamado dos veces desde Alemania, una vez bajo la luz de neón de la acristalada enfermería del hospital de Kreuzberg, y en otra ocasión desde Hamburgo, desde la terraza de las torres danzantes, al final de alguna fiesta de la agencia, cuando estaba colocado hasta las cejas, mientras le repetía todo el tiempo: «Tú entiendes lo que eso significa para mí». Lo repite una y otra vez, y Jabi le respondía en cada ocasión: «Claro, tío. Vete a dormir».

Jabi abre la puerta y se lleva el dedo a los labios.

—La peque está dormida. Irma se ha acostado con ella, y nosotros nos vamos a la planta de arriba.

Einar lo sigue por las escaleras. En la primera planta, una lámpara de noche con forma de luna conectada al enchufe del rellano. Jabi ha puesto a enfriar cerveza: una nevera de plástico llena de cubitos de hielo. Seis botellas.

—Bueno, ¿qué tal va la vida, señor funcionario?

Así lo llama Einar desde que trabaja para el Cabildo.

Jabi se encoge de hombros.

—Todo bien. ¿Y a ti? ¿Cuánto tiempo te quedas?

«Muy poco», decide Einar. Es mejor que todo, sencillamente, se derive de la conversación.

—Bien, también —responde.

Jabi abre una cerveza y se la entrega. Se sienta en uno de
los sillones de ratán pegados a los muros de la terraza, como
antes en la azotea de su hermana: dos sillones, uno a cada
lado, la cerveza en el medio. La palma que se alza frente a la
catedral se mece con suavidad, aunque no se siente ni gota de
viento. Jabi pasa un rato hablándole de portavoces y diputados,
de las idioteces que hacen con sus *smartphones*, sus tabletas y
portátiles. De a quién le encontraron unos vídeos porno en el
disco duro cuando estaban arreglando los ordenadores estro-
peados por causa de un virus. Jabi lleva vaqueros y camiseta,
como siempre.

—¿Sueles salir? —pregunta Einar.

—No —responde Jabi, y parece perplejo—. Hace mucho
que no salgo. Ya lo sabes.

—Tus zapatos. —Einar señala la puntera de las zapatillas de Jabi. Una franja de puntitos rojos, diminutos y muy
juntos, de color intenso y algo más claros en un extremo. Marcas del *spray*. En todo caso, los ha teñido con *spray* y no ha
añadido nada más.

Jabi baja también la mirada.

—Ah, eso... Eso es otra cosa.

—¿Todavía el Frente Polisario? —Einar sonríe. Es uno de
sus *running gags*.

—Por siempre el Frente Polisario —responde Jabi, como
siempre, y ríe.

Einar no tiene ni idea de lo que significa Frente Polisario. Algo relacionado con la política colonialista española en
el Sáhara Occidental, territorios que no han sido devueltos a

quienes se debía. «En contra de una resolución de las Naciones Unidas», como recalca Jabi. Se trata de los saharauis, de Marruecos y de Mauritania. Pero él nunca lo ha entendido bien.

—¿Te dice algo el nombre de Elizardo Rubio, el secretario general de los Conservadores?

—No sé nada de la política de la isla.

—Antes fue el segundo del portavoz de Seguridad Interna.

—Ahora me dedico a desenchufarle a sus Minions, voy desactivándole a sus malvados ayudantes uno tras otro.

—¿Es tu gran plan?

—Mi gran plan —asiente Jabi.

—¿Y qué tal va?

—Muy bien. Uno ha muerto en su coche. «Qué mierda», fue lo primero que pensé. Pero parece que fue un accidente. La otra: está aún por decidir, diría yo.

Einar alza su cerveza.

—Por SOL —dice, y los dos ríen.

Una cebra y una jirafa adornan las portadas de los blocs de dibujo. Tienen aspecto poco profesional, como pintadas sin ningún esfuerzo. O por un niño. «Da lo mismo», piensa Rosa. «Lo primero, lo principal, es empezar». Pega cuatro pliegos para crear uno más grande. Pretende reunir todo lo que se le quede grabado en la memoria, todo lo que le llame la atención durante la metamorfosis. Es así como llama al proyecto para sus adentros. Más tarde necesitará un título en toda regla, lo de «metamorfosis» está muy gastado. Una cita bíblica no estaría nada mal, tal vez el verso de un cántico.

Cuando se lo imagina ya montado en una galería madrileña, los principales objetos serían la túnica y el hábito, pero todavía le falta para eso. Ambas prendas reforzadas con plastilina, no planas, como en las perchas, sino de modo tal que parezca que alguien las viste, como cuerpos enfundados en ellas. Necesitará un maniquí de escaparate para que la tela se endurezca encima. En la galería de Madrid, enorme como la nave de una fábrica, con paredes de hormigón desnudas, las dos piezas colgarían de unas cuerdas invisibles en medio de la sala, a poca distancia del suelo. Todo un poco teatral, sin duda, pero el proceso sería largo, podría variarlo hacia el final.

Lo primero era empezar, encontrar una pared a la que fijar los pliegos de cartulina recién pegados. Eso sería lo primero.

Las fotos de Francisca sobre el escritorio es lo único que Rosa ha colgado desde que regresó de Madrid. Su abuela murió cuando Felipe era todavía un niño. Lleva unas gafas de sol enormes, un vestido claro con chaquetilla bolero, sin solapa. Tomada a mediados de los sesenta. Al menos en eso lograron ponerse de acuerdo en la cocina de Madrid. Muy esbelta, la cara de rasgos finos, con un aire entre Faye Dunaway y Grace Kelly, con el pelo tal vez algo más oscuro. Los señores que la rodean visten trajes de verano; en el fondo, una terraza con palmeras y mesas cubiertas de cristal. Ella no sonríe, su aspecto es mundano y desenvuelto. «De algún modo relevante en lo que atañe a la cultura pop», ha dicho Nena, su compañera de piso, y todos se mostraron de acuerdo con ella. Esas fotos son lo único que Rosa ha colgado en Madrid. Primero en su habitación. Y cuando Nena dice que son grandiosas y recalca varias veces que la cocina le pertenece tanto a Rosa como a ella, también allí.

Sobre la cama, los cuatro pliegos parecen formar parte de una actividad de manualidades; en la ventana quedarían muy justos, lo mejor sería ponerlos encima del escritorio, pero allí están las fotos de Francisca. Tendrá que decidir más tarde. Coge el teléfono y teclea: «Y conocerle a Él, el poder de su resurrección y la participación en sus padecimientos, llegando a ser como Él en su muerte».

Ayer repartieron en el asilo esas estampitas. Delante llevan un santo que Rosa ha de buscar en Google. Detrás se lee esa frase, enmarcada por dos ángeles. La pegará en los pliegos, también un papelito en el que Demetria ha pintado unos roscos rojos y azules y el llavero que sor Felisa le ha regalado.

«Hola, guapa. ¿Y tú qué has bebido?», le escribe Nena al cabo de pocos segundos bajo el *post*. Un buen comienzo, le parece a Rosa.

—Hola —saluda **Amalia González Herrera** desde el marco de la puerta, y mira insegura hacia la silla.

—Buenos días. Sí, esa silla es para usted.

«Temprano ha llegado», piensa Julio.

—¿Usted se llama Mario?

—No —responde Julio Baute. Y, para abreviar, añade—: Mario murió en un accidente de camión.

—Cierto —dice ella, asintiendo mientras se acomoda, con el mismo deje de aflicción en su voz.

Entonces se lo dice.

—Yo estuve allí —comenta Julio Baute, señalando con el mentón hacia el televisor: la Vuelta, el pelotón pedalea siguiendo el curso del Ebro.

Amalia González Herrera asiente.

—Yo también fui ciclista.

—En las carreras. —Amalia González no pregunta, solo corrobora; resume, sin asomo de admiración.

Julio Baute asiente. Fue una carrera.

—Las bicicletas eran muy distintas. No tenían cambios de marcha, ni luces, ni siquiera un timbre. Solo el chasis, unas ruedas en los soportes y un manillar. Y unos guardabarros, es cierto. Delante y detrás. Otras no tenían, y los ciclistas llegaban con las caras llenas de salpicaduras. En otoño, cuando llovía.

Lo dice en voz muy baja. Amalia González Herrera se inclina hacia delante, con la nariz curvada apuntándole.

—Yo era correo —le cuenta Julio Baute.

Detrás de él, en el pasillo, el chirrido leve de unas suelas de goma sobre el bruñido suelo de baldosas. Y, entonces, de nuevo:

—Necesito comida para los pájaros, abre.

Amalia González Herrera mira a su alrededor.

—El mercado cierra, ya están desmontando los puestos, pasará hambre, no tengo manises. ¡Abre!

Trini zarandea el picaporte.

—¿Qué le ocurre?

—Nada. Se le pasará.

Pero Trini ya está en el umbral, señala a su hombro izquierdo:

—Se me va a morir. De hambre. No tengo comida, y sin el pájaro los niños no me compran nada.

Julio, el portero, coge el micrófono, pulsa el botón rojo y dice:

—Carmen, por favor, venga a la entrada. Carmen, a la entrada, por favor.

—Chocolate, chocolate —reclama Trini otra vez, cuando Carmen la toma por el brazo.

—¡No sea mala con ella! —grita Amalia González Herrera mientras se alejan.

Entonces guardan silencio y miran de nuevo las espaldas coloridas con los maillots y los cascos del pelotón en ascenso.

—Yo también montaba en bicicleta —dice Julio una vez más—. Ya se lo he contado.

Amalia se incorpora en la silla, mira a un punto impreciso de la centralita telefónica. Busca un punto de conexión.

—Qué bonito... —dice finalmente, y Julio siente un profundo alivio. Se recuesta en la silla. La mayoría de las voluntarias ha tocado al timbre, es martes, día de lavandería, no hay despacho de suministros para la cocina. Tienen tiempo.

—En realidad, yo no tuve nada que ver con aquello, ¿sabe? Era demasiado joven. Mi hermano sí, mi hermano estaba en la CNT, en la FAI, a él sí que vinieron a buscarlo, no volvió a casa del trabajo. Cuando hace un par de años abrieron la fosa ahí arriba, en Las Cañadas, pensé que tal vez lo encontrarían. Pero eran de febrero del 37. Todos con un tiro en la cabeza.

—Lo siento muchísimo —dice Amalia González Herrera, y su voz parece insegura, como si no pudiera ubicar muy bien aquello de lo que le habla. Sin embargo, pone su mano sobre la suya, apoyada en un brazo del sillón. Muy cálida. Su piel. Y suave.

2007

LOS AÑOS DEL GOFIO

Silencio en la azotea. Hace tanto fresco que los lagartos ya no se mueven entre la mala hierba y la basura del solar de al lado. Las palomas del Club Colombófilo —que por el día trazan círculos por encima de los edificios con su aleteo de papel y cagan sobre la ropa puesta a secar en los tendederos— duermen ahora tranquilas y, al parecer, decapitadas, en las jaulas de la asociación. Pronto cantará el gallo, entre las dos y las dos y media, lleva semanas haciéndolo a esa hora; desde que hicieron la calle, no la suya, sino la que está una esquina más abajo, delante de la urbanización contigua. Dos carriles, aceras, una mediana.

«La farola», dijo Fernando cuando Eulalia fue a quejarse de que veía desde la azotea unos conos de luz de color naranja. «La farola ilumina el gallinero», dijo, señalando a sus espaldas el cobertizo en el que se hacinan las aves de plumas marrones. «No puedo hacer nada por evitarlo, y el gallo tampoco».

Y es verdad, el gallo no es el culpable de que Eulalia no duerma, de que se siente en la azotea por las noches a fumar. Un cigarrillo tras otro, encendiendo uno nuevo con el anterior, observando cómo arde el punto de luz naranja, se extiende, le ilumina los dedos, avanza hacia ella. Vacía el cenicero a escondidas, cuidándose de que Merche, su madre, no lo vea. Hay tantos filtros en el cuenco que se mantienen erguidos.

La mayoría de las casas está a oscuras, solo dos ventanas en los muchos edificios a la vista están iluminadas. Una de ellas muestra el irregular resplandor gris, blanco y negro de un televisor; la otra, más estrecha, una luz alargada y amarilla, tal vez la lámpara de un cuarto de baño que alguien olvidó apagar.

Por el día, cuando Eulalia está en casa de los Bernadotte, puede acostarse un rato después de que Felipe se vaya —él es siempre el último en hacerlo por las mañanas—. Se tumba en una de las camas, en el sofá, incluso a veces sobre la dura piel negra del salón, de espaldas, apoyada de lado, o incluso bocabajo. Puede tirarse así el tiempo que quiera. O, mejor dicho, el tiempo que la dejen, porque a veces llaman su madre o Rosa, o el propio Felipe. O, como ahora, que si no va a comprar la carne no estará el tiempo suficiente en el aliño y quedará sosa para la cena, y Ana le dirá que le eche «más ajo» cuando se crucen la próxima vez en la cocina.

Pero por la noche, por la noche le vienen los dolores. No importa dónde se acueste, lo mismo en la cama que en el sofá del salón, lo ha probado todo. Con las almohadas en el hoyo, o con los pies en ese hoyo que el peso de su madre ha dejado en la gomaespuma. Dos lengüetazos de dolor punzante en la rabadilla, al principio todavía algo enroscados, pero alargándose luego cada vez más. Lentos al principio, como avanzando a rastras, milímetro a milímetro, hacia fuera, por ambos lados, rumbo a las caderas. En cuanto llegan allí se despliegan con mayor rapidez, bajan por el muslo hasta las rodillas. Una cinta ancha, entretanto abrasadora, amarilla y naranja, como la llama del cigarrillo cuando Eulalia da una calada, de noche, en la azotea.

Entonces Eulalia se levanta, sacude las piernas y, a fin de no despertar a su madre, camina hasta la cocina con las chanclas en la mano. Allí recoge el tabaco y el mechero y, con cuidado, con mucho cuidado, atraviesa el pasillo. Merche tiene el sueño ligero, no delante del televisor, donde puede explotar una bomba sin que ella levante la cabeza del hombro, pero sí por la noche, en la cama, cuando Eulalia se levanta a orinar y ella le dice: «Bebes mucho, bebes demasiado».

Luego: por la escalera hasta la azotea. La puerta es de aluminio, permanece apáticamente trabada en el marco, de modo que Eulalia tiene que arrimar el hombro, con suavidad, pero ejerciendo presión suficiente. Camina descalza, mirando bien dónde pone el pie, porque abajo se oye cualquier descuido, cualquier desplazamiento del peso; camina de un lado a otro por la azotea hasta que el naranja palidece, la llama se hace más oscura y se mezcla con pequeñas partículas de hollín; hasta que puede acomodarse en su silla, junto al antepecho, con los brazos sobre el muro todavía caliente del día, con el mentón apoyado en él, y pronto empezará el gallo a cantar.

La última guagua ha pasado ya. No se ven faros de coches por las calles. Ni música de rap, ni *techno*, ningún grito ni pelea, ni ladridos, ninguna gata en celo. Nada más que una callada e irregular aglomeración de casas en forma de dados entre las laderas de dos montes. Eso es todo lo que se ve de noche. Como si los edificios hubieran descendido por esas cuestas y se hubieran quedado en la hondonada, colocados en desorden unos sobre otros. «Y, entre ellos, en alguna parte, la luz de un punto naranja», piensa Eulalia, y da una calada al cigarrillo. Espera la llegada de esa pesantez, y entonces apoya la mejilla en una mano, a veces se queda dormida. Otras se despierta, asustada, con tortícolis y hormigueo en la mano; algunas, cuando se espabila, ya hay luz en la panadería. Desde que Rosa pasó al instituto, Eulalia coge la guagua de las 6:13. Hacer la cama, ducharse, vestirse, todo en veinte minutos. Luego: despertarla, asearla, darle los medicamentos, el gofio, el café, el yogur; fregar, sacar de la nevera el almuerzo que su madre no se comerá, calentarlo en el microondas por lo menos treinta y cinco minutos. Esa última semana: entre tres y cuatro minutos adicionales para limpiarle el rasguño de la espinilla, desinfectarlo, cubrirlo con otro apósito, bien firme, para que Merche no pueda quitárselo cuando se pase la tarde escarbando y rascándose.

Si la herida no mejora, Eulalia tendrá que llamar al médico. Y después: «Mi hija me deja morir de hambre». Y las lágrimas. Lágrimas enjugadas con los dedos temblorosos de unas extremidades hinchadas. Los ruegos a gritos: «¡Gracias, Señor, por haberme mandado la salvación!».

Eulalia permanecerá a su lado en silencio, entornará los ojos y no dirá ni mu, para que la cosa no vaya a peor. Acompañará al médico hasta la salida y, en cuanto estén delante de la puerta, tendrá que decirle: «Eso no es cierto. Nada de eso es cierto». No podrá evitar decirlo. Ella misma notará que parece estar a la defensiva. Pero ella fue la única que se quedó, la que lo mantiene todo funcionando.

El gallo canta. Inesperadamente, varias veces seguidas. Eulalia se tapa los oídos con la punta de los dedos. Los saca otra vez de inmediato, porque oye desde abajo: «Lalia, Lalia». La última A en agudo, no sorda ni alargada, sino con enfado, como una navaja recién afilada que su madre agita en el aire. Eulalia da otra calada al cigarrillo, lo apaga en el cenicero. «Lalia», de nuevo la «a» aguda. Eulalia abre la puerta de aluminio y grita hacia la oscuridad de la escalera: «¿Qué pasa?».

—Lalia, ¿qué hace ese hombre aquí?

«La escoba», es todo lo que se le ocurre a Eulalia. Por un instante ve ante ella todos los cuchillos de la cocina, mucho más apropiados en este caso, pero aquí arriba solo puede echar mano de la escoba.

—¿Qué hace ese hombre en mi cuarto?

Algo cae al suelo y se rompe, y Eulalia ya tiene el mango de madera preparado, baja los escalones de dos en dos.

—¡Fuera! ¡No me toques! Yo aquí solo soy la que limpia.

La puerta de la entrada está cerrada con llave. Todo como debe estar.

—¡Fuera! —grita Merche—. ¡Fuera de aquí! El cuarto de las niñas está arriba, idiota.

Eulalia está en la puerta y rebusca en la oscuridad: la silla, el armario, la mesilla, ningún movimiento, nada. Entonces enciende la luz. Nada todavía. La ventana, cerrada.

—¿Dónde está ese hombre? —pregunta Eulalia.

—¡Fuera de aquí! —le grita Merche—. Pégale —ordena mirando a la escoba—. ¡No seas idiota, pégale!

Eulalia, a continuación, se detiene y mira hacia el sillón, hacia el espejo, tal vez Merche vea algo allí. Pero ahí no hay nada, salvo su madre.

—Idiota, échalo fuera, Lalia. Haz algo. ¡Qué estúpida eres! No te quedes ahí parada... —Merche señala hacia el pequeño sillón redondo en el que cada noche coloca su ropa en el mismo orden en que se la pondrá por la mañana.

—¡Toma esta! —grita al final Eulalia. ¿Qué otra cosa puede hacer? Da un paso decidido, intenta no mirar al espejo, agarra con más fuerza el palo de la escoba, pincha el aire con las cerdas, las agita, da estocadas—. ¡Toma! ¡Fuera!

De repente está furiosa. Lucha contra algo que solo Merche puede ver, como siempre; en el espejo, los pelos sobre la cara, el albornoz abierto, el camisón le ha resbalado por encima del muslo. Nota el sudor bajo las axilas, en el labio superior, en la frente.

—¡Toma esta! —grita, jadeante, moviéndose hacia la puerta de la habitación, blandiendo la escoba delante de ella—. ¡Fuera! —Cuando llega al pasillo, la deja caer, abre de un tirón la puerta de la calle—. ¡Vete al infierno! —chilla, y en la calle oscura los perros empiezan a ladrar—. ¡Al infierno!

Cuando regresa, Merche está otra vez en posición horizontal; la cabeza sobre la almohada, las manos encima de la manta, dobladas sobre el pecho. En el suelo, delante de la mesita de noche, el vaso de agua roto en medio de un charco. Eulalia sale en busca del recogedor.

—¿Qué quisiste decir con eso de que «el cuarto de las chicas está arriba»? —pregunta mientras barre los cristales. Su cuarto está al lado, arriba solo está la azotea.

Merche se encoge de hombros.

—Duerme, mamá —dice al apagar la luz—. Duérmete.

—Hasta mañana, si Dios quiere.

—Ya casi tengo que levantarme. —Eulalia está en el pasillo; habla demasiado bajito como para que su madre pueda oírla.

No hay estudiantes en los bancos, solo se ve el avance y el retroceso de la apisonadora tras la valla, detrás de una apretada fila de palos de orquídea y de la acera bloqueada. Se oye el ruido del volquete al inclinarse, el de la grava al chocar contra el suelo detrás de los árboles, donde están colocando las vías del nuevo tranvía. De Santa Cruz a La Laguna en veinte minutos. Hormigoneras, martillos neumáticos y, de repente, la calma inesperada cuando extienden el asfalto. De vez en cuando alguna exclamación: «¡Cuidado!».

El estruendoso sonido de una sirena trepa por la valla, la enorme grúa se inclina, alza por los aires un módulo de hormigón. Felipe conoce ese sonido. «Da por imposible toda suerte de trabajo intelectual», escribió la semana pasada. Todavía está esperando la respuesta de la administración. Se ha sentido con derecho a cancelar sus citas, sobre todo los encuentros preparatorios para el semestre que comienza el lunes. El calor perdura este año. «Con la ventana cerrada o abierta, la temperatura en mi estudio es insoportable», escribió ayer. En las próximas horas tocará a su puerta un desfile de estudiantes medio indignados, casi a punto de llorar. «A usted no le vi la semana pasada...», o: «¿Podría más tarde...?», o: «¿Tengo aún tiempo para cambiarme a su curso?». O lo peor de todo: Leticia Ferrera, que viene por lo de la solicitud. O peor aún: Leticia Ferrera, que viene por lo del seto de hibiscos. «Envíame lo que tengas, yo lo terminaré», le ha escrito ella. Eso fue antenoche, y Felipe no ha respondido aún.

La semana pasada decidió que también en casa, en el estudio de su padre —pequeñas marcas de clavos oxidados en la pared frente al escritorio (Felipe retiró los cuadros que estaban ahí desde hacía años, ahora en una empolvada hilera junto al sofá); detrás de él, la ventana, y detrás, un césped seco y amarillento sobre el cual centellea el aire; en la cocina Rosa y Eulalia discuten por algo—, el ambiente resulta insoportable, con la ventana abierta o cerrada. «En el coche se está mejor», comprueba, y sube la intensidad del aire acondicionado. Pretendía ir hasta Santa Cruz, sentarse en un bar del puerto, revisar la solicitud: «Guerra Civil y represión en las islas Canarias. Una historia a partir de fotos privadas, cartas y testimonios orales».

A la altura de los edificios al final de La Trinidad —se había girado para ver uno, aquel en el que había crecido Ana—, Felipe se despistó y olvidó coger la salida de la autopista, por eso ha tomado la vía de Ronda. Si alguien le hubiese pedido describir el paisaje que rodeaba la vieja carretera de Santa Cruz, habría respondido: «Ahí no hay más que monte». En verano, de color amarillo desteñido; en invierno, de un verde intenso. A un lado, el barranco de Santos, que se va ensanchando cada vez más; en el otro, el hinojo seco, los cactus y la rocalla. De vez en cuando, las alargadas vallas publicitarias en las cuestas.

Al llegar a Santa Gracia aparecen un par de casas, los restos del reformatorio y, a continuación, nada más. Y así se mantiene hasta llegar a las mansiones abandonadas un buen trecho más abajo. En algún momento, la avenida de las Palmeras doblaba hacia la derecha, se orlaba de edificios, para terminar en la pequeña plaza con la iglesia nueva. Fuera de eso, solo cuestas. Por eso la semana anterior Felipe tuvo que arrimar el coche al arcén poco después de salir de La Laguna, a pesar de que los coches que avanzaban detrás lo acosaron a bocinazos. Tuvo que bajar y detenerse allí un buen rato.

Siete hileras de edificios de dos plantas grises y amarillos, con pequeños balcones, todos construidos en la misma leve curva junto a la ladera. Al lado, varias calles con casas rosas y terrazas delimitadas por barandillas de metal blanco. Encima, tres anchas franjas de bungalós color albaricoque; algo más abajo, en amarillo claro, una zona cuadrada y, al lado, otra vez rosa, construcciones en forma de herradura, con el centro relleno de otros edificios. Detrás de algunos techos cuadrados, los rectángulos turquesa de las piscinas. En el borde, una laboriosa manada de grúas pastando en las vertientes de los tejados, por encima de los muros de las azoteas. Sus cuellos se giran de un lado a otro, no hay viento que arrastre hasta él el sonido que emiten cuando giran.

En su infancia, las cuestas de esos montes eran zona vedada. Depósitos de chatarra, de coches listos para el desguace, casi todos ya sin pintura, cuerpos ásperos y oxidados de bordes redondeados, con las líneas elegantemente curvadas de los guardabarros. Sin faros, espejos o molduras decorativas, y también sin neumáticos, aunque había algunos destripados, con una maraña de alambres brotando de las gomas. Las ventanillas rotas; los asientos, a menudo, gomaespuma manchada. Escombros por doquier, barras de metal dobladas, cubos de latón, hormigoneras, todo oxidado, abollado.

Y, en medio, los restos de animales muertos, las moscas revoloteando y zumbando en agitados enjambres cada vez que Felipe o José Antonio se acercaban. Huesos de una blancura sorprendente, columnas vertebrales de un dedo de ancho, cráneos de rata alargados, todavía con algunos colmillos amarillentos, o los cráneos de los conejos, algo más anchos, o los de los pájaros con forma de canica. Había botellas de cristal desfondadas, con cuellos de varios colores: marrón, azul claro, verde claro o aceitunado, miel, transparentes, con rayones blancos. Latas oxidadas y dobladas; más tarde, las botellas de plástico reciclable con sus etiquetas al viento. Las telarañas colgando entre ellas, tupidas como un trozo de tela. Entre los triángulos de las piteras, cuyos extremos acaban en unas oscuras espinas azuladas y verdosas, el cardonal de varios metros de alto, en cuyos brazos carnosos alguien ha grabado unos penes. Por todas partes crecen las chumberas cubiertas de nidos de cochinillas de un color blanco polvoriento, con sus dígitos de tunos de tonos rosas y naranjas en agosto.

Cuando lograban alcanzar las cuestas sin que nadie los viera, Felipe y José Antonio solían echar las cochinillas en unas botellas. La tarea de Felipe es raspar los bichos de las chumberas con un pequeño trozo de madera o un fragmento de cristal. José Antonio, mientras tanto, sostiene la botella debajo, lo conmina a prestar atención cuando los bichos caen hacia un lado. «Mira bien dónde está el orificio», le advierte. Antes de regresar a casa, José Antonio aplasta los grumos blancos con un palo, revuelve con él la botella, hasta que salen las primeras gotas de color rojo oscuro en el blanco talcoso. Estas cochinillas, las llamadas «cochinilla grana», tienen el mismo aspecto que las cochinillas de humedad, pero les falta el caparazón, por eso son más fáciles de reventar, y tampoco crujen cuando uno las aplasta.

Por la noche, en el baño: el miedo a las garrapatas. Toca revisarse el cuerpo con todas las luces encendidas, tras las orejas, en las axilas, en las corvas. Con la respiración contenida, palparse el pene y el escroto con la yema de los dedos.

Allí, al borde de la vieja carretera entre La Laguna y Santa Gracia, Felipe decidió la semana pasada que solo tiene sentido conducir a través de la isla, comprobar lo que queda. Y que eso no está para nada relacionado con la solicitud o con el hecho de que Leticia Ferrera no le encuentre cuando acuda a su despacho: para tener una conversación esclarecedora.

Guerra Civil y represión en las islas Canarias. Una historia a partir de fotos privadas, cartas y testimonios orales. Felipe tiene que elaborar esa solicitud de una vez. Pero, en lugar de hacerlo, vuelve a examinar a golpe de clics la sección de fotos de la página de noticias. Son tomas de la noche anterior: bloques amarillos, un helicóptero fotografiado desde abajo, su barriga clara contra el cielo nocturno de Madrid, las nubes de color violeta oscuro contra el cono de luz de los reflectores que el aparato arroja hacia delante. La estatua ecuestre: una mano del Caudillo sostiene las riendas; la otra, levantada. En la imagen siguiente brillan, rojas, las correas que la sujetan. Una colocada entre las patas delanteras en avance; la otra entre las patas de atrás y en torno al vientre de bronce del caballo. Tres cadenas bien tensadas, una grúa amarilla y, por último, el camión en el que, poco después de la medianoche, se llevarán la última estatua de Franco que queda en Madrid.

Felipe ha esperado sentir satisfacción, un hálito de victoria, una sensación de triunfo. Se ha restituido el orden, las piezas están donde deben estar, por fin todo corregido, en el sitio correcto. Sin embargo, lo único que le viene a la mente es aquella frase, *Damnatio memoriae,* la condena de la memoria, la manera en que los emperadores romanos eran borrados por sus sucesores, la *abolitio nominis,* como se decía en la Antigüedad, algo muy distinto a la eliminación de un general de opereta en el siglo XXI. No obstante, Felipe piensa en las cabezas de mármoles cortadas, Nerón, Calígula, Cómodo; en las inscripciones mutiladas, los iconos quemados, esos huecos troquelados en el tiempo que no conducen al olvido, sino todo lo contrario. Los bordes todavía afilados en los cuellos de las estatuas decapitadas, los rayones cada vez más anchos en los frisos donde antes se leían los nombres, ahora convertidos en monumentos de lo suprimido. De lo borrado y conservado para siempre.

Más empatía. Eso es. Felipe esperaba sentir un poco más de empatía. No como un mero espectador sentado detrás de su ordenador a tres mil kilómetros de distancia, mientras que los aspersores cantan como grillos delante de la ventana, con vibrantes movimientos circulares. El olor de los terrones cálidos y rojizos empapados entra por la ventana entreabierta. Luego las grietas se cierran hasta que no queda más que un fango lodoso entre las redondas manchas terrosas, sin césped, alrededor de los aspersores.

Ha pasado con frecuencia por la plaza San Juan de la Cruz, a pocos metros se encuentra el cine con el mismo nombre. El caballo de bronce al trote, con el cuello estirado en alerta, como pasando revista a las hileras listas para la batalla, bailoteando de un lado al otro. El general de uniforme invoca a sus tropas. Con la mano alzada, el Caudillo sostiene algo alegórico, un diploma enrollado, tal vez la Constitución, alguna bendición papal. Felipe nunca ha meditado sobre eso. «Asesino», habrá pensado tal vez, se habrá imaginado a sí mismo destrozando un buen día la estatua preso de una rabia frenética. Con una almádena. Y, en efecto, Felipe tiene que sonreír, se ha visto, en sus pensamientos, sosteniendo esa almádena. Cuando tenía veinte. A lo sumo le habría hecho alguna mella en el vientre de bronce, aparte de los ensordecedores sonidos de campana rota. Habría necesitado unas orejeras como las que usan los obreros allí fuera, detrás de la valla, esos que en los últimos días han ido desplazándose muy despacio calle abajo, en dirección a la rotonda de Padre Anchieta.

Felipe tiene que eructar. Ha desayunado unos churros cuando iba camino de la universidad. Ante el bar de la plaza del Cristo, donde tomó un café en el frescor de la mañana. El mercado, cerrado. Delante, los vendedores de los quioscos de ropa cuelgan perchas con camisetas. Felipe ha terminado los churros, ha intentado limpiarse la grasa y el azúcar de los dedos con una delgada servilleta, cuando ve salir a su suegro por la puerta del asilo, en el otro extremo de la plaza. Julio pasa por delante de la churrería sin saludarlo. O sin verlo, Felipe no está seguro. Continúa recto por la calle Quintín Benito. El camino por el que Felipe ha venido. Su gorra de visera, el bastón de paseo. No cabe duda, es Julio. Al caminar, se apoya con la mano libre en los muros de las casas. Felipe lo sigue un trecho. Y, efectivamente, en la plaza de la Junta Suprema, Julio dobla hacia el Camino Largo. La calle «de los traidores y asesinos», como él la llama. Ana ha partido hacia Santa Cruz antes que Felipe, Eulalia lleva a Rosa a la escuela. La casa está vacía.

Felipe ha considerado volver sobre sus pasos, pedir otro café, esperar a que Julio regrese. Hace diez días, cuando habló por teléfono con Leticia Ferrera, por primera vez después de lo del seto de hibiscos; cuando habló con ella en un tono ostensiblemente profesional sobre la estandarización de las entrevistas, sobre a quién contactar para no dejar hablar a los «sospechosos habituales», como lo ha expresado Leticia. «Yo puedo preguntarle a mi suegro», había propuesto Felipe sin tener la obligación de hacerlo; lo propuso sin más, de forma voluntaria, aunque era consciente de que nunca le preguntaría a Julio. «Hazlo, es un buen comienzo», le había respondido Leticia, con alegría y asombro en su voz.

Hace dos semanas salieron a comer con unos colegas venidos de Madrid para comentar la viabilidad del proyecto. Ya habían pagado, dos de los madrileños quisieron ir un momento al baño, y Leticia Ferrera fue la primera en salir. Para fumar. Felipe la acompañó, se sentó junto a ella en un banco. No es que la encontrara demasiado atractiva. Es menudita, pero de un modo muy controlado, tiene el pelo largo y lacio, casi siempre recogido en una cola de caballo, la nariz es larga y demasiado prominente para su gusto. Solo que hasta ahora todas sus nuevas colaboradoras en la cátedra se han sentido, más tarde o más temprano, atraídas por él. Así lo formularía Felipe.

—¿Vives muy lejos? —le preguntó él.

—Compartiré taxi con ellos —dijo Leticia, señalando a sus espaldas al restaurante.

Felipe la consideraba tímida. No es que haya tenido siempre algo con sus colaboradoras, y cuando ha sucedido, siempre partió de ellas. Tampoco fue distinto con Ana.

—No tengo que llegar a casa hasta la una o la una y media —dijo él.

Leticia Ferrera se quedó con la mirada fija clavada en el seto de hibiscos, que ya mostraba sus flores amarillas. No respondió. Mantuvo la mirada al frente.

—¿Tomamos algo? —propuso él, al tiempo que meditaba si no debía haberle dicho: «¿Tomamos algo en tu casa?».

Leticia Ferrera no se llevó el cigarrillo a la boca. Permaneció allí sentada, inmóvil, mientras un uniforme hilillo de humo ascendía desde su mano, apoyada en su muslo cruzado. Sigue mirando al frente, al seto, siempre al frente y también más allá, y todo permanece en silencio hasta que oyen las voces de los otros. Leticia aún no ha dicho nada. Tampoco se despidió como era debido, solo un «Chao» al subir al taxi, sin mirarle.

Cuando Felipe abre por fin el documento con el texto de la solicitud, son poco más de las doce. Está a punto de reformular la primera frase de una de las secciones, «Recursos de investigación», cuando le entra el correo electrónico: «Por esta vía le confirmamos que su solicitud de proyecto titulado *Guerra Civil y represión en las islas Canarias. Una historia a partir de fotos privadas, cartas y testimonios orales* está completa y cumple con el plazo de admisión».

Rosa y Marisa siguen hablando de un libro. Eulalia se levanta. —El pan también —dice, al tiempo que señala el pico de pan que está sobre la mesa, junto al plato de Rosa. Cuando Ana o Felipe no están en casa, comen en la cocina.

Podría llamar ahora a casa y decirle: «Solo tienes que encender el microondas». Merche le responderá: «Espero a que llegues». Pero el sábado por la tarde, cuando una de las amigas de Merche esté sentada a su lado en el sofá del salón, su madre se pondrá a raspar con la cucharilla el azúcar del fondo de la taza de porcelana mientras pasan la telenovela y dirá: «Eulalia me está matando de hambre».

Las chicas necesitarán todavía un tiempo más, de modo que Eulalia conecta la plancha. Va metiendo la loza sucia en el lavavajillas a la espera que la plancha se caliente. «¿Pasaste a ver a Mercedes?», le preguntará su madre, lo mismo ahora, al teléfono, que más tarde. A su hermana la trasladaron el verano pasado de la península a la prisión de mujeres de Granadilla. Flexibilización de la condena.

—¿Ya terminaron? —pregunta Eulalia recogiendo el plato de la mesa cuando Rosa asiente. Pisa el pedal del cubo de la basura y deja caer dentro, sin comentarios, los trozos de carne que ha recogido. No tiene por qué hacerlo, le dice Ana, que separe ella lo que no le gusta, y Eulalia cierra la boca, aprieta los labios. Son partes con grasa, tendones, venas, o lo que Rosa considera tales. La niña no come nada de eso. Ni las fibras oscuras, tampoco las partes rojizas.

—¿Conoces esto? —le pregunta Rosa mostrándole un libro.

—No —responde Eulalia—. ¿De qué trata?

—De vampiros —responde Marisa.

—¡Uyuyuy! —exclama Eulalia, y se sacude como si le repugnara, como antes, cuando les leía en voz alta en el sofá aquellas historias de fantasmas, con Rosa en el regazo y Marisa acurrucada contra ella.

—No son los *Uyuyuy* —replica Marisa torciendo los ojos —. Estos brillan al sol.

—Con Eulalia has de tener paciencia —dice Rosa, y se levanta—. Ella no tuvo las posibilidades que tenemos nosotras.

—¿Qué quieres decir con eso? —pregunta Marisa.

—Es lo que dice papá —responde Rosa, y Marisa asiente.

«Guapa», le decía antes Rosa. Fue Ana la primera en decírselo, pero en una única ocasión: «Ay, guapa». Fue una mañana en que Eulalia llegó a la cocina con una blusa color coral, con el pelo recogido hacia atrás con unas peinetas del mismo color.

—Guapa —había repetido Rosa desde su silla alta, señalando a Eulalia con el índice regordete de una niña, quizá, de tres años.

—Sí, Eulalia está muy guapa hoy —dijo Ana riendo.

Y «Guapa» le dice Rosa desde entonces. «Guaappaaaaa», le dice cuando está sentada en el retrete y ha acabado, cuando se cae, cuando no entiende los deberes o no encuentra a Pitín. O cuando tiene hambre, sed, cuando no puede dormir. «A mi burro, a mi burro le duele la garganta, el médico le ha puesto una bufanda blanca», cantaban juntas a la hora de dormir.

Eulalia coge de la pila una blusa del uniforme de Rosa, se pasa el dedo por la lengua y comprueba que la plancha esté bien caliente. Antes Rosa solía cantar cuando terminaba de comer. Aplaudía al compás de las púas de goma marrones y amarillas del lomo de Espinete, el erizo de *Barrio Sésamo*.

—Jugar a pintar —solía pedirle Rosa.

—Tengo que planchar, corazón.

—Por favor, por favor, juega conmigo a pintar.

Eulalia levanta con cuidado la blusa de la tabla, la sostiene en alto antes de darle la vuelta, alisarla y coger de nuevo la plancha.

—La guapa tiene que planchar, para que no aparezcas mañana en el colegio con la blusa toda arrugada.

—No me importan las arrugas, quiero jugar a pintar.

Antes Rosa bajaba de la silla y corría a su cuarto en busca de un bloc. La lata con los lápices de colores, donde puede leerse, sobre fondo verde, GALLETAS VICTORIA. Las partes de tonos crema se desconchan.

—Solo un ratito. —Rosa le tiende a Eulalia un lápiz y, sin bajar la mano, le dice—: ¡Un caballo!

Primero Rosa decide qué animal, y Eulalia lo pinta lo mejor que puede. Y Rosa, que pinta mucho mejor y se ríe de los burros de Eulalia, de sus jirafas y elefantes, los tacha con un grueso rotulador, los sombrea.

Al principio Eulalia se alegraba. Contemplaba cómo las líneas rectas se volvían más rectas, cómo las puntas de los rotuladores pintaban de repente pelotas bien redondas, cómo el final de un trazo coincidía con su inicio. Con los ojos ya no colgados de alguna parte de la cabeza del animal, como fijados allí con chinchetas. Veía cómo las melenas ya no eran solo un par de trazos breves y torpes.

—¡Dentro de una hora tenemos que salir para las clases de ballet! —grita Eulalia desde el pasillo camino del cuarto de Rosa.

En el despacho del portavoz de Turismo reina la calma. Maite, sentada en la secretaría, lleva veinte minutos pintándose las uñas de azul claro. El teléfono, descolgado; el auricular, delante de ella encima de la mesa. El portavoz está desde ayer en un congreso en La Coruña. Son las dos y media, y Ana podría marcharse, hace cinco meses que es jefa de ese departamento, hace cinco meses que no llega a casa antes de las ocho.

Podría llamar a Felipe para controlar —así se lo reprocharía él— si ha conseguido llegar a su despacho. Pero en su lugar marca el número de Amparo.

—¿Cómo estás?

—Bien. ¿Y tú?

—Bien.

Entonces Ana hace una pausa, no sabe por dónde empezar. Espera que Amparo le pregunte, eso sería lo más sencillo. Reina el silencio, y ese silencio es más intenso hasta que Ana, asustada, pregunta: «¿Sigues ahí?». Cuando Amparo le responde que sí, Ana comprende que su amiga ha hecho la misma pausa y que es ella la que ha preguntado.

—¿Recuerdas hace dos veranos, aquella cena en una terraza en Los Cristianos?

Amparo suelta un suspiro, un suspiro entrecortado.

—Por todo el oro del mundo —responde Ana.

Esa noche ella y Felipe tuvieron una de sus peores peleas, lo recuerda. Fue esa noche la primera vez que él durmió abajo, en el estudio, y Ana no notó nada, porque estaba bastante achispada y se quedó dormida en la habitación de arriba. No sin antes poner en la cabecera la palangana de plástico del baño, la que a veces usa para lavar a mano algunas blusas. «Ya volverá», pensó entonces. Al día siguiente, con dolor de cabeza, creyendo que vomitaría junto a la mesilla del teléfono del pasillo, marcó el número de Felipe de la universidad. No estaba. A través de la puerta de la cocina, salió al patio para echar un vistazo. Su coche estaba allí. «Mi marido se ha ido», le dijo a Eulalia cuando se la encontró delante del cuarto de Rosa. Rosa ya está lista, tiene su mochila y el uniforme del colegio, se ha cepillado los dientes, y Ana está todavía en bragas, con la delgada camiseta de tiras como espaguetis, y un sabor insoportable en la boca reseca.

«Su marido está acostado en el despacho», le respondió Eulalia, haciéndole señas a Rosa para que la siguiera.

—Sí, eso dijimos. Bebimos por todo el oro del mundo. —Amparo suelta una breve risa, como si se asombrara—. Espero que no tenga ahora que vomitar aquellas codornices.

—¿Qué ha ocurrido?

—No van a ampliar el crédito sin avales adicionales. Y yo no tengo más avales. El «tengo» se alarga; al decir «más avales», imita a alguien.

—¿Y sin ellos?

—Los necesito para pagar los otros intereses.

A continuación, se hace el silencio por un momento.

—Mierda —responde Ana por fin—. Lo siento. Pero yo no te puedo...

—Claro que no, solo quería contárselo a alguien.

Amparo parece enfadada.

—Está bien —dice Ana—. Y, ahora, ¿qué?

—Ni idea —responde Amparo—. Años del gofio.

Ambas sueltan unas risitas, así solía llamar el padre de Ana a los años duros en las islas.

—**Por fin llegas** —Rosa se levanta y coge la mochila que está junto a ella en el último peldaño. No se ha cambiado de ropa después de la clase, lleva todavía su tutú rosa, zapatillas y un jersey. La tela bajo la falda de tul se ha llenado de polvo de estar sentada.

—¿Y Marisa? —pregunta Eulalia cuando Rosa cierra de un tirón la puerta del coche.

—No viene con nosotras —responde Rosa.

—¿Se han peleado?

Eulalia la mira por el retrovisor: Rosa se pone el cinturón de seguridad y no responde. Cuando por fin lo hace, mira hacia arriba. Mucho blanco a la vista.

—¿Arrancas de una vez?

Eulalia no se inmuta, no gira la llave, examina la puerta de entrada al estudio de ballet.

—¿Cómo volverá a casa Marisa?

—Su madre pasó a recogerla hace rato, hace una eternidad.

Eulalia mira el reloj del salpicadero. Ha llegado puntual.

—¿Terminaron antes?

—Arranca de una vez.

—¿Han discutido?

Rosa saca de su mochila el reproductor de MP3 y se pone los cascos.

Eulalia arranca el coche. Rosa necesita un sujetador, comprueba por enésima vez, cuando mira por el espejo. Eulalia le ha hablado en varias ocasiones a Ana de esos dos bultitos de varios centímetros de alto que se alzan nítidamente bajo la delgada tela de las camisetas de Rosa. «Si ella, cuando pregunte, quiere uno. No antes», le había respondido Ana. «Cuando Rosa esté lista». «Está tan lista que empieza a ser indecente», piensa Eulalia, aunque no lo dice. Al marcharse, oyó cómo Ana le susurraba a Rosa: «De plástico». Eulalia ha comprado el sujetador en los chinos, donde ella misma compra los suyos.

En la calle Teobaldo Power tiene que parar. Todos tienen que parar. Se oyen las bocinas de los coches detenidos delante y detrás, a derecha e izquierda. Eulalia detesta conducir por Santa Cruz. Hace tres años que se sacó el carné por sugerencia de Ana, los Bernadotte pagaron la mitad. Para ellos es más barato que seguir mandando a Rosa en taxi a las clases de piano, de ballet, al baloncesto, a la playa. Y con viaje de vuelta.

—¿Qué ocurre? —Rosa se saca los cascos de los oídos—. ¿Por qué estamos paradas?

Eulalia se encoge de hombros. Delante de ellas está el cruce con Pérez Galdós. Voces en sordina que suenan a multitudes. Mucho ajetreo hay hoy. Eulalia intenta recordar si han dicho algo por la radio. Las voces de la calle Pérez Galdós van incrementando el volumen, pero al principio Eulalia ni lo nota. Lo primero que le llama la atención es el ritmo, no el vocerío, sino los gritos bien orquestados que siguen un compás y se van haciendo más ruidosos a gran velocidad. «Sáhara Occidental libre, Sáhara Occidental libre, Sáhara Occidental libre».

De pronto la multitud rodea el coche, hombres con vaque-ros y camisetas. «Sáhara Occidental libre». Se desplazan a lo largo de la calle Pérez Galdós. En dirección al Parlamento.

—¿Qué es eso?

—No tengo ni idea —responde Eulalia—. Los del otro lado de la costa.

Augusto viene cada tarde a las cinco y media, después de la fisioterapia. Se da un par de golpecitos con dos dedos en la frente cuando entra a la portería y pregunta:

—¿Qué hay, capitán?

—Lo de siempre —responde Julio.

En verano veían juntos el ciclismo. Ahora, en invierno, el fútbol. Y el baloncesto, por supuesto. Julio recuerda todavía vagamente un artículo en *El Día*, cuando Augusto jugaba en Primera División con el CD Tenerife, en la década de los sesenta. Augusto lleva seis meses en el asilo, aunque es demasiado joven para aquel lugar. Puede entrar y salir cuando quiera, por eso jamás discuten. Antes era relojero. Julio conoce la tienda de la calle Herradores que sigue llevando su hijo. Las primeras semanas, se quedaba apoyado en la puerta mientras veían televisión. Ahora ya entra y se sienta al borde de la mesa, junto a la centralita. Augusto sabe cuándo es preferible permanecer callado, solo en la pausa para la publicidad, entre el resumen del duodécimo día de juego, pregunta:

—¿Qué tal tu visita esta mañana?

Julio asiente.

—¿Todo bien con tu hija?

Julio asiente de nuevo.

—¿Y tu nieta?

—Creciendo.

—¿Y el idiota?

—Como siempre.

Entonces ríen.

Las primeras señoras van camino de la cena, Julio puede oírlas en el pasillo.

—Van a reabrir el Leal —dice.

—¿El cine?

—No como cine, sino como sala de teatro y conciertos.

Hay cierta congoja en su voz, comprueba Julio, perplejo. Augusto sigue mirándolo. Su ojo derecho parece un poco más pequeño que el izquierdo, el párpado le cuelga. Era el sitio donde enganchaba la lupa cuando trabajaba de relojero, le explicó una vez a Julio.

—¿Te gusta ir al cine?

Julio niega con la cabeza. No dice: «A mí mujer sí», sino: «Nos da tiempo a tomarnos un cortado antes de cenar», y apaga el televisor.

Fuera reina el silencio todavía. El portón no traquetea al apartarse. No hay bicicletas entrando al patio interior. Ni se escucha el ruido de una puerta de coche al cerrarse, ni pasos sobre las baldosas.

Los platos de Rosa están en el lavavajillas. Ella se ha sentado en el sofá del salón, delante del televisor. Eulalia le ha llevado una manta y a Pitín, que Rosa pone a un lado, sobre el cojín, sin prestarle atención. Merche la espera en casa. Eulalia termina de trabajar a las seis, en realidad termina de cocinar y se marcha. Rosa cena con Ana y Felipe por las noches.

Por lo menos podría llamar por teléfono para avisar de que se retrasará. En una o dos ocasiones, cuando Merche ha tenido hora con el médico, se ha marchado sin que Felipe o Ana hayan regresado todavía.

—No me importa quedarme sola —le dice Rosa.

Aun así.

2000

GOLDFISCH

El teléfono vuelve a sonar. El monitor solo indica si se trata de una llamada externa o interna. Cuando la llamada viene de fuera, aparece el prefijo, pero eso a Ana no le sirve de mucho. Ha cerrado la puerta del despacho cuando un colega le gritó: «¡Ana, teléfono!», creyendo que estaba en el baño o en la cocina. Pretende bajar el volumen del timbre, pero tarda un poco en encontrar la ruedecita a un lado de la negra caja de plástico. Por un momento piensa en cubrir el aparato con su chaqueta. «Como si a alguien de las autoridades le interesara que yo me ponga al teléfono», piensa Ana. No lee el informe del departamento B del Parlamento Europeo acerca del aumento de superficies agrícolas inactivas en las islas sobre el que tendrá que hablar más tarde; no lee tampoco la correspondencia ya abierta y sellada encima de su escritorio. Solo permanece ahí sentada. Le molestan las palomas que se apretujan a sus espaldas, en el alféizar de la ventana, contra la fina malla de alambre fijada al marco por fuera. Zureos, picoteo, arañazos con las garras, y cuando no hay ninguna echada allí, sus plumas se quedan prendidas a la rejilla y se agitan al viento.

La ventana da al patio posterior. La Agencia de Extensión Agraria no tiene aire acondicionado, por eso permanece entreabierta la mayor parte del tiempo. Ana se saca la parte trasera de la blusa de la falda y se toca los omóplatos. Siente primero, bajo la yema de los dedos, la redonda protuberancia del lunar y luego la costra irregular de los leves arañazos. Le crujen las articulaciones de torcer el brazo. Mira hacia la puerta. No se oyen pasos en el pasillo. Vuelve a sacar la mano y se arregla la ropa. Espera. El teléfono suena otra vez. Es interna: preguntan si están las cifras del trimestre. «Sí, te las envío». Una carta, escribirá una carta. No con el papel timbrado de la Agencia de Extensión Agraria, eso podría resultar raro. Una simple hoja de papel blanco de la impresora. O mejor una tarjeta. En cartulina, con algo sencillo impreso en el borde.

«Querido Hans-Günther: El fin de semana con su familia fue un inmenso placer, lo disfrutamos mucho. Muchas gracias por todo, saludos a su esposa...». ¿También «a su hijo»?

No. ¿Y dónde? No tiene su dirección privada. Podría acercarse con el coche, sabe dónde vive, solo desconoce el número. «Diez minutos», piensa Ana, «quince». Debe contar con el tráfico, y si alguien me viera pasando muy despacio, a paso de tortuga, inclinada sobre el asiento del copiloto, mirando por la ventanilla... Y si no encontrara la casa de inmediato, tendría que subir por General Serrano, coches a un lado y al otro de la acera, la calle demasiado estrecha para girar, tendría que subir hasta el siguiente cruce y volver, siempre a paso de marcha. Imposible. Y todo por no levantar el teléfono y decir: «Llegamos bien a casa. Disculpen, olvidamos avisarles. Dígale a Ute que muchas gracias y salúdela de nuestra parte».

Eso es todo. Nada más. «Y él ya tiene casi dieciocho», piensa. «A fin de cuentas Einar tiene casi dieciocho. ¿Cómo es que no te da vergüenza con Felipe?».

A Felipe le dio un beso durante el camino de regreso a casa, cuando pararon en un semáforo. Le sonrió cuando él puso su mano sobre la suya, que aguardaba en la palanca de cambios a que el semáforo se pusiera en verde. Suave y demasiado cálida, sudor entre la palma de él y el dorso de la suya. En circunstancias normales, Ana se habría sacudido la mano y habría agarrado de inmediato el volante, para que no pareciera tan brusco. Pero anteayer le sonrió a Felipe. Sinceramente, de corazón. No porque lamentara nada y se alegrara de tenerlo al lado. Sino precisamente porque no lamenta nada. Y porque le alegra tenerlo sentado al lado.

Delante de la puerta: movimiento de sillas, sonidos de llaves, taconeo en las baldosas. Es la hora del almuerzo. Debe leer ese informe sobre el que tendrá que hablar, ahora ya dentro de... Pero, en lugar de mirar al reloj, Ana se mete de nuevo la mano en la blusa y se palpa la espalda. Comprueba si de verdad están ahí.

En cuanto siente en sus omóplatos, bajo la yema de los dedos, esos arañazos, se ve forzada a reprimir la carcajada de asombro que emerge de su interior. Una luminosidad que se extiende por todo su cuerpo. «Que lo hayas hecho, que de verdad lo hayas hecho...». Ana piensa en el *goldfisch* que le succionaba cálidamente la entrepierna. Anteayer. Einar se colocó a sus pies, y Ana tuvo que doblar un poco la rodilla. Luego estaba la blusa blanca por detrás, la parte de la espalda que se restregó varias veces, de arriba abajo, con el revoque áspero de la pared del apartamento vacacional, pintado de un blanco mustio. Se había caído, fue la explicación que le dio esa noche a Felipe para justificar las marcas. En la escalera, rodó un trecho sobre el borde de un escalón. Con los hombros. No está segura de que él le crea. Pero da igual. Lo contrario de esa luminosidad expandiéndose en ella aflora cuando piensa en Hans-Günther. O en Ute.

Delante de la puerta, por fin, calma. A sus espaldas, los zureos, los picoteos, los arañazos con las garras. A Hans-Günther lo conoce desde que empezó a trabajar en la Agencia de Extensión Agraria, cuando todavía ocupaba una mesa en la planta baja y era una simple empleada. Cuando recibía solicitudes, velaba por que estuvieran completas y las redirigía a las autoridades competentes, cuando respondía a preguntas y, de fondo, escuchaba todo el tiempo el plin que sonaba cada vez que le tocaba el turno a alguien.

Cada empleado tiene, entre las personas que acuden con regularidad, un cliente especial. Alguien que le cae bien, que le alegra ver sentado en una de las dos sillas para visitantes ubicadas entre las jardineras rellenas de granulado y suculentas que separan un puesto de trabajo de otro. El que te envía una postal por Navidad o te trae flores el día de tu santo, te regala un perfume o una botella de coñac por Reyes. El que te invita a cenar con la familia el fin de semana. Por quien una llama a la planta de los jefes y pregunta cuando algo le urge. La persona cuyos documentos una no deja entre la correspondencia habitual, sino que los lleva a la planta de arriba, se los pone encima de la mesa al responsable del departamento especializado y le dice que es urgente. Una persona a la que una llama cuando llega la respuesta, para que no tenga que esperar el correo normal.

Su cliente especial era Hans-Günther. Él acude a verla en persona. Es el propietario de una de las mayores empresas de jardinería y exportación de flores de la isla, pero viene en persona, raras veces manda a un asistente. «Aquí tienes que hacerlo todo cara a cara, entonces funciona», repite él en cada cita, por lo menos una vez. Desde que Felipe se dejó convencer para hacerse miembro, junto con ella, del club de golf de La Laguna, se han encontrado con frecuencia con Hans-Günther y Ute. Ana conoce a Einar de vista, desde que el chico —obstinadamente taciturno como solo puede serlo un chiquillo rebelde de once años que aún no se atreve a explotar en serio— aprendía a golpear la pelota en el área verde de la terraza. Ana no es capaz de asociar a aquel niño pecoso y con sobrepeso —al que Hans-Günther siempre regañaba cuando, entre golpe y golpe, de mal humor, golpeaba el suelo verde con la punta del palo de golf—, con los rizos de color castaño oscuro que anteayer le hacían cosquillas en la piel bajo su ombligo. Además, ya casi tiene dieciocho años.

Desde que Ana ha pasado a la primera planta, Ute y Hans-Günther les invitan con frecuencia a ella y a Felipe. Al quincuagésimo aniversario de la empresa, por ejemplo, dentro de dos semanas, ocasión para la cual tiene que inventarse un pretexto.

—Muy aburrido —había soltado Ana en una cena hacía unos meses, cuando Ute le preguntó por su trabajo.

—Métete en política —dejó caer Hans-Günther.

Unas semanas después, durante la siguiente llamada telefónica —todo gira siempre alrededor del agua, siempre es el agua—, él recalcó varias veces lo bien que le sentaría a Ana un cargo municipal. En La Laguna había elecciones en febrero, le había dicho.

En realidad, habían querido hablar del tema.

—Vengan al sur el fin de semana y hablaremos con calma de ello —le había propuesto Hans-Günther.

Cuando Ana por fin extiende la mano y levanta el auricular del teléfono, no llama a Hans-Günther ni a Einar ni a Felipe. Llama a Amparo.

La Escuela Alemana acaba más temprano, las clases empiezan a las ocho, no a las nueve. La hora de almuerzo es más breve. Einar, entretanto, se conoce todas las sandwicherías de la Rambla Pulido, donde casi siempre pide ensaladilla. Desde que la escuela se mudó de la calle Enrique Wolfson a Tabaiba Alta, la guagua del colegio lo deja cada día, a las dos y media de la tarde, en la plaza de los Patos. Bien que podría irse a casa y comer, aun así llegaría antes que Jabi a la Rambla Pulido. En su lugar, dobla con prisa y con la mirada baja hacia la calle Costa y Grijalba y no se detiene hasta llegar a Álvarez de Lugo. Escribe: «Estoy en casa de J., voy a comer allí. Hasta esta noche». Las puertas de Zara se abren, y a través de ellas le llega: «Oops, I did it again». Las hermanas de Jabi cantan eso constantemente. «He hecho pizza», le responde su madre.

Desde que el padre de Jabi está en la cárcel —«Por motivos políticos», como recalca Jabi cada vez que alguien toca el tema—, se pasan la vida en su casa. Su madre trabaja y no anda todo el tiempo preguntando qué les apetece beber. Sus hermanas hacen los deberes en el salón, delante de la tele.

Einar se sienta en diagonal a la puerta de la entrada, a la sombra, continúa trabajando en el boceto que ha empezado en la escuela. Justo acaba de comer cuando ve a Jabi delante del edificio, buscando con la mirada entre las mesas de la Rambla.

—¿Por qué no tocas al timbre y esperas arriba? Mis hermanas están en casa —le dice Jabi todas las tardes cuando lo ve.

—Hoy no puedo quedarme demasiado tiempo —le dice Jabi en la escalera. Einar asiente. Su padre llama por teléfono todos los jueves, lo dejan telefonear una vez por semana. Su familia vive en la isla desde los años cincuenta, su abuelo trabajó para una empresa española primero en El Aaiún y más tarde en Santa Cruz. Su padre, en realidad, es abogado. Lo condenaron por unas protestas que organizó varios años atrás.

Jabi pone la MTV y va a hacerse una pizza. Einar se sienta en la cama, coge el boceto, pone los últimos *highlights*. Mira un instante el teléfono para comprobar si alguien lo ha llamado. Ana, tal vez. Aún no sabe si llamarla o no. Si lo ha entendido bien en las series, se llama al cabo de tres días.

—*Nice* —le dice Jabi señalando el boceto que reposa sobre sus rodillas.

Hasta entonces solo han hecho grafitis en los edificios en ruinas, Jabi con su firma, SOL, «Sáhara Occidental Libre»; Einar, con AR, sus dos mejores letras. La semana pasada estuvieron viendo juntos *Wholetrain*, Jabi lleva meses hablando de esa peli, se ha hecho incluso con el DVD. Desde entonces discuten si tiene sentido pintar una guagua. No hay metro ni trenes en la isla, solo una locomotora en miniatura de vagones rojos y dorados que lleva a los turistas en Playa de las Américas de sus hoteles hasta la playa. Jabi la prefiere, pero Einar está en contra, preferiría una guagua. Tendría que estar en casa a las doce. Desde que le ha dicho a su padre que se ha echado novia, le regañan si llega después de las doce y media. Einar no tiene ni idea de cómo podrían llegar de noche al sur y regresar. Jabi prefiere viajar a dedo. Einar lo deja hablar, de vez en cuando hace algún sonido de aprobación. Teme que, de lo contrario, Jabi vuelva a desconfiar. «¿Te pasa algo, que no dices nada?».

La semana anterior dejó que Jabi se pasara la tarde entera soltando su discurso sobre el Frente Polisario. De sus operaciones militares contra Mauritania, sus E-X-I-T-O-S-A-S operaciones militares contra Mauritania.

—¡Chúpate esa! Vencemos a su ejército, nos devuelven nuestro país y entonces viene Marruecos y lo ocupa.

—Tremendo —asevera Einar.

Jabi ha vacilado un momento, lo mira con escepticismo antes de seguir con su monólogo.

—¡Existe una resolución de las Naciones Unidas!

Y lo repite, esta vez recalcando cada sílaba, cada letra:

—¡Una R-E-S-O-L-U-C-I-Ó-N D-E L-A-S N-A-C-I-O-N-E-S U-N-I-D-A-S!

En realidad, ambos tienen un trato. No más de un cuarto de hora por día; pasado ese tiempo, cada vez que se pronuncien las palabras Sáhara Occidental se paga una multa de cien pesetas. Pero cuando Einar, a pesar del acuerdo, lo deja que siga hablando de la confrontación con Marruecos, del armisticio y de la inactividad de MINOSUR —la misión de las Naciones Unidas que vigila la tregua y que desde hace nueve años, «¡NUEVE AÑOS!», debería realizar un referéndum de independencia—, Jabi se interrumpe en medio de una frase:

—¿Y a ti qué te pasa?

—Nada, estoy cansado —ha respondido Einar antes de recoger sus cosas.

Después del fin de semana ha meditado sobre si comprarle a Ana unas flores o algo por el estilo. Le habría gustado preguntarle a Jabi lo que piensa, lo miró infinidad de veces reflexionando sobre cómo empezar. Se quedó mirándolo tanto rato que Jabi lo notó y le preguntó:

—¿Todo bien?

Sin embargo, son esas cosas las que uno cuenta entre amigos. «He follado. F-O-L-L-A-D-O».

1993

CALAMITATIS ET MISERIAE

109 días

Ana está sentada en la fila 26 de un Airbus casi vacío que avanza en Barajas hacia la pista 2. No lleva el cinturón de seguridad demasiado ajustado, de modo que puede meter los dedos sin problema entre el cierre de metal y su cuerpo. Aun así, cuando saca la mano, el cierre, cuadrado y liso y duro, le aprieta. El Airbus acelera, la espalda de Ana se pega al respaldo estampado naranja y marrón, se agarra con la mano derecha al asiento delantero cuando las ruedas despegan del suelo. «Esta vez será más fácil, esta vez será más fácil». Felipe la recoge en Los Rodeos, irán hasta Santa Cruz, saldrán a comer a algún sitio, follarán, se dormirán uno al lado de la otra, iluminados por la luz del televisor. En un dormitorio casi vacío de la avenida Tres de Mayo. Al lado, nada; solo las paredes desnudas del salón casi vacío, del pasillo vacío por completo, de la cocina empotrada de una madera chapada horrible, del cuarto de baño de azulejos *beige*. El goteo del grifo, aunque Felipe le ha dicho que solo oirá sus ronquidos y el rumor del aire acondicionado que todavía recuerda de su anterior visita. Ningún susurro, nadie levantándose con cuidado para no hacer ruido, sin pasos a tientas hasta el baño, sin chapoteos ni flatulencias aisladas, sin la cadena del inodoro, el ruido del grifo y el regreso a la cama. Tres semanas pasaron viviendo con los padres de ella, en su antigua habitación, cuando estuvieron el mes pasado en la isla, buscando un piso.

—Embarazada no significa que tengas que casarte. Hace tiempo que las cosas no son así —le había dicho su padre cuando se lo contó por teléfono—. Muchas mujeres crían a sus hijos...

—Eres increíble —protestó Ana, interrumpiéndolo. Fue difícil desde el principio.

El hombre que ocupa el asiento de la ventanilla en su fila baja la persiana interior, busca algo en sus bolsillos, un paquete de cigarrillos reposa sobre sus piernas. «Me sentaré detrás, en el área de fumadores», le dice al notar su mirada.

Felipe ya voló la semana pasada, el semestre ha comenzado. En los últimos años no ha ido a la isla con demasiada frecuencia. Cuando le contó que había aceptado esa plaza de profesor, Ana se asombró tanto que solo atinó a asentir con la cabeza. Sin antes comentarlo con ella, por la mañana, a la hora del desayuno:

—Me han dado una plaza en la ULL.

Eso dijo, con la taza de café en la mano y *El País* abierto al lado del plato.

—Estoy embarazada —le respondió Ana, aunque en ese momento no estaba segura todavía.

—Como si eso fuera suyo —dijo su padre cuando le presentó a Felipe tres años atrás. No quiso aclarar a qué se refería con «eso». En esa ocasión Felipe pasó una semana en la isla, Ana tuvo que convencerlo para que visitara a sus padres la última noche. Ya estaban viviendo juntos en Madrid.

Felipe se pasó la noche hablando. Se quedaron «sentados juntitos» en el salón, como dice Bernarda, antes de cenar, esperando a que las papas estuvieran listas. Habló de su trabajo.

—¿Todo bien? —pregunta Julio, mirando a Ana, en un momento en que Felipe se ha callado.

Ana asiente.

—¿Seguro?

De repente, Felipe no tiene nada que decir. Ana sonríe, con ganas, una sonrisa en toda regla, franca, como comprueba Julio, para su disgusto.

—De verdad que está todo bien, papá. —Le da un beso.

Después de la cena, Felipe permanece sentado, reclinado hacia atrás, con los brazos cruzados sobre la barriga y las piernas extendidas bajo la mesa. Julio quiere pasar al salón, donde está la tele, ver los últimos minutos del telediario, tirarse sus pedos tranquilo. Bernarda desenrosca la cafetera detrás de él.

—¿Cortado? —pregunta ella para disgusto de su marido, mientras coge los platos apilados.

—¿Cómo fue? —pregunta Felipe.

—¿Cómo fue qué cosa?

—El 18 de julio de 1936. Y todo lo que vino después.

Felipe describiría su tono como casual, el de quien pregunta algo de pasada: tiene la mirada fija en el borde del mantel, en el punto donde este le roza el muslo, una esquina con la marca de marrón de una plancha, más oscura en los bordes que en el centro. Observa la mancha hasta que levanta la vista, después de esas primeras palabras, mira a Julio a la cara y vuelve a la marca redonda de su plato sobre la tela.

—No tengo ni idea —contesta Julio, encogiéndose de hombros y cogiendo un palillo de dientes de la cesta del pequeño burro de porcelana que está en el otro extremo de la mesa, junto a la sal y la pimienta, el aceite y el vinagre. No le pide a Felipe, sentado al lado, que le alcance uno, sino que se levanta, se inclina hacia delante y estira el brazo.

—Mamá me ha contado que... —Ana interrumpe el silencio y mira a Bernarda, que cierra la cafetera con fuerza. Sus codos en ángulo agudo. Pasa un tiempo hasta que Bernarda se da la vuelta.

—Mi padre me dijo una vez que tú eras rojo, eso es todo. Yo te pregunté entonces —dice Bernarda.

—¿Y qué te respondí?

—«Yo no soy nada». Eso me dijiste.

—Pues eso.

A continuación, durante un breve instante, todos guardan silencio, hasta que Bernarda se gira y enciende la llama del gas.

—Yo no quiero café, me voy a dormir —dice Julio, que se ha puesto de pie y se ha despedido de Felipe con un gesto de la cabeza.

—Papá está loco —suelta Ana en voz alta, para que él pueda oírla a través de la puerta cerrada del dormitorio.

La primera vez que Felipe y Ana se vieron fue en el aula de seminarios R 207 de la Complutense, donde él dirige el acto inaugural del primer semestre. La primera vez que quedaron fue para ir a un concierto de homenaje a Eskorbuto, un año y medio después. La noche anterior, mientras veían el fútbol, uno al lado del otro, se dieron cuenta de casualidad de que los dos eran de la misma isla. Ana detesta el punk o la «música radical vasca», como se empeña en llamarla Felipe. Flexiona las rodillas como un resorte, sacude la cabeza, demasiado despacio, por supuesto, siguiendo el ritmo de la batería, piensa: «Pronto pasará, pronto pasará».

89 días

Eliseo Bernadotte está de pie frente a la puerta del cobertizo del jardín, tiene en la mano derecha media lechuga y una fuente, y balancea el platillo con los huevos duros sobre la palma de la izquierda. Pepe vuelve a retrasarse. Eliseo puede oírlos a través de la madera, picotean los últimos granos en las escudillas de barro, con las garras apoyadas sobre la arena que cubre los suelos de latón en las jaulas, escucha su ir y venir en las barras. Están inquietos. A la espera. No abre la puerta, porque en cuanto la penumbra se vea iluminada por el rectángulo de luz, empezarán a revolotear y a pegar brincos. Revoloteos y brincos que durarán hasta que Pepe abra la portezuela y meta las hojas de lechuga entre los barrotes de las jaulas. Hasta que saque la escudilla, la alce hasta la boca y sople, con cuidado, para que las vainas vacías salgan volando en una ráfaga de color amarillo pálido, y la coloque de nuevo llena. Huevo molido adicional para aquellos que están en celo o ya estén empollando.

Los huevos no han dejado de soltar vapor, el amarillo fondo de plástico que Eliseo sostiene en la mano no está caliente, quema. Normalmente agarra el plato por el borde, en ese caso da igual. Tres huevos, unos 180 gramos, cocidos tal vez por Merche, y un poco de plástico, 200 gramos, que sus dedos no consiguen sostener. El músculo del pulpejo se le acalambra, la semana pasada tuvo que dejar el platillo en el suelo de baldosas al cabo de pocos metros; Merche —mejor dicho, Eulalia; tenía que dejar de llamarla Merche de una vez— estaba en la ventana de la cocina, detrás de él. Desde entonces se coloca el platillo en la palma abierta de la mano, rodea con sus dedos la moldura redondeada y la lleva en un balanceo hasta el cobertizo, a través de la terraza.

En el jardín da todavía la sombra, el sol se esconde tras el techo a dos aguas de la casa de al lado. Más tarde las ramas de la araucaria lo taparán durante un rato, hasta que, al final de la tarde, descienda sobre el césped sin que nada se lo impida.

El rectángulo del centro está más amarillo que el resto, lo rodea un marco de piedra de bordes redondeados. Hace unos años Eliseo mandó cubrir de tierra la piscina, pero el borde ha ido reapareciendo poco a poco, como si algo lo empujara desde el fondo, lenta pero constantemente, a través de la cicatriz en la hierba. El suelo del interior se ha hundido un poco, un palmo, donde la tierra es más compacta.

Son las ocho y treinta y seis. No, y treinta y siete ya. Pasadas las nueve, habrán desaparecido del club los mejores periódicos. También podría suscribirse a *El País*, o ir a comprarlo y desayunar en casa, pero para algo paga la cuota del club. Eliseo no suele ir a nadar, jamás se subiría a una de esas cintas ergométricas, hace años que no va a ningún concierto, y pasa las Navidades, la Nochevieja y Reyes en casa, delante del televisor.

Las ocho y cuarenta. Podría ir ahora, dejar el platillo en la hierba. Pepe tiene su propia llave. Pero Eliseo no se mueve. Tres parejitas están empollando, ayer aislaron a otras dos, las trasladaron de las jaulas grandes a dos más pequeñas. La fase crítica. Que se acepten es ya otra cosa.

Esa tarde ha quedado con Felipe. En el Gambrinus, le propuso Eliseo, y Felipe estuvo de acuerdo. Le ha dicho que no iría solo. Felipe vive en Santa Cruz desde hace casi dos meses y medio, calcula Eliseo. Si el domingo pasado el decano no lo hubiese felicitado por el nombramiento de su hijo, en un comentario casual, lanzado entre las páginas del periódico desplegado en sus manos, y si Eliseo, a la mañana siguiente, no hubiese llamado desde su despacho a la centralita de la universidad para preguntar por el doctor Bernadotte —después de haberse asegurado de que Merche, o mejor dicho, Eulalia, estaba ocupada limpiando las ventanas del salón—; si esa mañana no lo hubieran comunicado de inmediato con Felipe, él no sabría, hasta hoy, nada del regreso de su hijo a la isla y mucho menos hubiera quedado con él.

Solo al oír el ruido, aquel chirrido prolongado, Eliseo cobra conciencia de que el sonido le resulta familiar desde hace rato. Son los goznes de la puerta del garaje, que suena así cada vez que él parte hacia el club, o cuando regresa a casa al mediodía; o por las noches, cuando sale a dar su paseo y, a oscuras, cierra la puerta a sus espaldas. Cada vez que Merche —o mejor dicho, Eulalia—, sale a comprar el pan con su rebeca puesta y los brazos cruzados sobre el pecho, cuando el cartero trae la correspondencia... Es en verdad un chirrido prolongado, pero así y todo Eliseo está seguro de que hasta entonces no lo había percibido de manera consciente.

Pepe dobla la esquina arrastrando su pierna, se esfuerza exageradamente por colocar los pies en las redondas baldosas de piedra que rodean la casa como un collar de perlas y conducen hasta el jardín.

—¿Has vuelto a emborracharte? —le grita Eliseo. Mañana le pondrá en la mano la aceitera y hará que lubrique los goznes de la puerta.

A Pepe le dio primero trabajo como chófer. Fue después de jubilarse, antes de decidir que volvería a conducir. Cuando lo decidió, no tuvo ya otro uso que darle. No sabe nada de plantas, pero el tipo le daba lástima, y sí sabía algo de pájaros, así que lo mantuvo como jardinero. De vez en cuando le trae algunos canarios salvajes. Un pintado, el pájaro más colérico que Eliseo ha visto en su vida. Cada vez que se le acerca, lanza picotazos a través de la rejilla de la jaula. «Felipe», así lo llama Eliseo para sus adentros.

—Es mi columna, general —saluda Pepe llevándose dos dedos a la frente—. Ya le conté lo de mi columna.

Eliseo abre la puerta de un empujón, el pomo golpea la pared. El estruendo los alborota; por una milésima de segundo, los cuerpos de cuarenta y tres pájaros permanecen inmóviles en el aire, hasta que las alas rozan las rejillas, las plumas se doblan en los barrotes y golpean las barritas donde se posan.

—Pssssttt —musita Pepe—. Pssssttt...

Están uno al lado del otro, codo con codo ante el umbral, pero no se mueven, sus sombras forman una sola. Son dieciséis jaulas en total, durante un tiempo fueron más, durante un tiempo Eliseo también tuvo palomas. Diez jaulas grandes y diez pequeñas, que cuelgan en la parte más alta. El melado tinerfeño tiene por lo menos dieciocho centímetros, y así aparece en las normas de cría de las que Eliseo es coautor. Su pecho es ancho, está repleto de plumas rizadas que brotan hacia ambos lados, cortas, simétricas y curvas, y que luego se emparejan hacia la parte central. Dejan a la vista el esternón, que está cubierto de unas vibrisas muy finas semejantes a plumones. La espalda es también ancha, con hombros altos y plumas rizadas que caen a ambos lados partiendo de la línea dorsal. Tienen flancos musculosos, con unas plumas rizadas que no están adheridas a las alas. El cuello, largo, apunta hacia

abajo. Visto de perfil, la silueta del melado tinerfeño se aseme-
ja al número 1. Los hay amarillos y nevados.

—Como buitres, unos buitres diminutos con plumas gru-
mosas —dice Eulalia con un estremecimiento. Ella se niega a
tocarlos.

A Eliseo le regalaron los primeros pájaros cuando era un
niño, un regalo de Ramos, el capataz de la finca del sur en la que
creció. Una parejita de canarios verdes y, después de que sacara
adelante su primera generación de aves sin registrar grandes
pérdidas, dos Bossu Belga criados por el propio Ramos. Algo
más grandes que el melado tinerfeño, su silueta es parecida
más bien a la de un 7.

—Pssstt... —vuelve a chistar Pepe—. Pssstt...

Entonces el golpeteo sobre las varillas se va aquietando,
los brincos de una a otra no son ya tan agitados. Pepe coge un
huevo de la fuente, rompe la cáscara en el borde del lavabo y
empieza a pelarlo. Eliseo alcanza a oír el estómago de Pepe, el
burbujeo, los gruñidos, mientras se extiende el olor del huevo
cocido. Los huevos irán ahora al molinillo eléctrico en el que
antiguamente Merche molía el café. Antes de pulsar el interruptor, Pepe se sitúa tan pegado a la salida como se lo permite
el cable. No les gusta el ruido, el jaleo en las varillas vuelve a
incrementarse.

—Pronto acabará —susurra Pepe—. Psssst... Pronto acabará.

A este habrá que dejarle algo. Merche tendrá su casita, y en
cuanto a Pepe, ya se le ocurrirá algo.

—Voy a ser padre, por cierto —le ha soltado Felipe durante
la conversación telefónica. Eliseo sabe que su hijo ha estado viviendo con una mujer en Madrid, pero ni siquiera le ha dicho
el nombre de la chica.

Después de colgar, Eliseo ha decidido poner orden en todo.
Vender el agua y sus participaciones en las canalizaciones. Los

túneles en las galerías son cada vez más largos y costosos, han de excavarse cada vez más hondo en la roca. El año pasado, que hubo abundante lluvia y nieve en el Teide, no le reportaron nada. Hay rumores sobre la construcción de plantas desaladoras o depuradoras. Y hay rumores sobre la necesidad de restringir el comercio de participaciones, para que los que antes ganaban con el agua no se retiren ahora y dejen a cargo del Estado las costosas perforaciones. En principio es una medida correcta, le parece a Eliseo. Él solo tiene que vender antes de que la ley entre en vigor.

78 días

Eliseo Bernadotte está de pie frente a la puerta del cobertizo del jardín, tiene en la mano derecha media lechuga y una fuente, y balancea el platillo con los huevos duros sobre la palma de la izquierda. Pepe vuelve a retrasarse.

Cada mañana Julio sale a buscar el pan; cada tarde, a dar un paseo. Desde hace unos meses no hace ademán siquiera de coger la bicicleta. Cada mañana baja por la calle Herradores con la bolsa en la mano y va hasta la panadería. A veces, durante el camino de vuelta, dobla a la izquierda, se toma un cortado en el Ateneo, de espaldas a la catedral, con los codos apoyados en la barra.

Cada mañana Julio, al final de La Trinidad, mira hacia la izquierda, hacia las rosas rojas que enmarcan el cartel en el escaparate de la perfumería Rosy. Nunca mira a la derecha. Las vitrinas polvorientas, el plástico desteñido por el sol, las descoloridas cajas de cartón de una mercancía obsoleta. El comprador le preguntó si podía conservar el nombre. Claro que podía, le había dicho Julio encogiéndose de hombros. «Al fin y al cabo, no es el mío», pensó.

Es el de Bernarda. Y se da cuenta hoy, tres años después. Electrodomésticos Marrero. Tres años, cuatro meses y doce días más tarde. Y se da cuenta porque anteayer la cena no estaba lista en la cocina. Porque la mesa no estaba puesta, las luces estaban apagadas, todo estaba a oscuras cuando él regresó a casa de su paseo. El zumbido de la nevera, eso era todo. Nada más. No hubo respuesta a su saludo: «Hola». Ninguna nota sobre la mesa de la cocina, solo el mantel azul claro con las cerezas bordadas. Julio piensa si es viernes, si han quedado con Ana y ese idiota. Desde que Ana está embarazada, Bernarda insiste en bajar hasta Santa Cruz para visitarlos. Para ir a un restaurante, casi siempre al chino que está al lado del Teatro Guimerá. No, hoy es martes. Por un instante, sopesa la posibilidad de llamar a Ana. «En el cine», decide por fin. Bernarda está en el cine. No recuerda que hayan discutido. No esa tarde. Bernarda fue al médico, se inclinó sobre él, que se echaba la siesta en el sofá, antes de marcharse. Le puso una mano en el pecho, le dio un beso en la frente, pero él ni abrió los ojos. Antes se había comido su potaje en silencio. Durante el desayuno, hablaron de los independentistas que exigen separarse de la península. De la moción de censura contra el presidente socialdemócrata de la comunidad autónoma. Charlaron de mutuo acuerdo, en paz.

Sin embargo, justo veinte minutos después de que acabe la función de esa noche, Julio oye, desde el sofá del salón, el leve rumor del ascensor.

—¿Qué viste? —grita hacia el pasillo cuando Bernarda abre la puerta.

Bernarda se quita la chaqueta y la lleva al dormitorio.

—¿Qué tal la película? —Julio se levanta y la sigue. Bernarda se encoge de hombros, se detiene en el pasillo, junto a la puerta abierta de la cocina. Lo mira.

—¿Qué película viste?

Una vez más sus hombros se alzan, permanecen un instante a la altura de las orejas y caen de súbito nuevamente.

—Tengo una sombra —dice Bernarda.

—¿Qué?

—Tengo una sombra en el pulmón.

Ayer Julio no salió a comprar el pan, no quiso dejar a Bernarda sola. Ayer comieron pan tostado.

—Ahora te vas —le ha dicho Bernarda hace unos minutos, después de que Julio haya empezado a guardar en el armario la vajilla de la cena, puesta a secar durante la noche.

—Puedes sentarte ahí e insultarme mientras me observas —le ha respondido él.

Reír, Bernarda debe reír, pero, en lugar de ello, coge la bolsa del pan, le agarra la mano, se la abre y se la pone en la palma.

—Si quieres ayudarme, ve a buscar el pan —ha dicho, mirando a su alrededor en la cocina—. Y trae cilantro y huevos. Del mercado, no de la tienda. Ah, y lejía.

Delante de la cafetería Hespérides, se oye el sonido monótono de un cochecito eléctrico de color amarillo y verde. La lamparita en la ranura para las monedas se ilumina de rojo.

«Dame un duro, papá». Cinco pesetas había que echar cuando Ana era pequeña y el cochecito era todavía un burro que se movía sobre el chasis dando tirones hacia atrás y hacia delante, hacia atrás y hacia delante. Bernarda ha torcido el gesto cuando él le ha dado la moneda a Ana, ha insistido en que la esperen allí junto al runrún del coche, en que no se muevan del sitio ni él vaya a tomar un cortado.

Bernarda viene a su encuentro. En la calle Viana con su rebeca blanca y el pelo de jovencita todavía a la altura del mentón. Viene de regreso de la Sección Femenina. Camina a su lado a lo largo de la calle San Juan. Ana, de la mano izquierda de Julio, de la mano derecha de Bernarda, entre ambos. Los dos se miran por encima de la cabecita llena de trenzas de color castaño con una pulcra raya al medio. Los dedos de Ana, pegajosos por el algodón de azúcar que Julio le ha comprado antes en la plaza del Cristo. Bernarda muy menudita, lleva el pelo peinado hacia atrás, recogido a derecha e izquierda por encima de las orejas con dos peinetas nacaradas.

La mano de Bernarda en la suya, cuando estaban delante del instituto, viendo las llamas que salían del techo de San Agustín. El calor les llega en oleadas, les roza las caras. Bernarda tose, Julio le da su pañuelo.

Bernarda en silencio en un rincón del polvoriento taller del viejo Marrero, contando en silencio, con los párpados bajos, las series de números, se pone colorada en cuanto nota que él la está mirando.

Bernarda secándose en la falda el sudor de los dedos, antes de estrecharle la mano, apartando un tanto la cabeza hacia un lado cuando va a darle el beso de saludo, tanto que los labios de Julio, en un descuido, le rozan el lóbulo de la oreja en lugar de la mejilla.

Hasta hace dos días Bernarda era una misma Bernarda, la de cabello teñido de castaño claro, a veces con las entradas canosas, las gafas para leer, las ramificadas arrugas que bajan desde la base de la nariz hasta el borde del labio superior. Casi siempre sin maquillar, y cuando se maquillaba, de color rosa pálido. Desde hace dos días la cena ya no está lista sobre el hornillo, la mesa no está puesta, las luces están apagadas y todo está a oscuras, y desde entonces hacen fila delante de él todas las Bernardas que ha conocido, cada una más pequeña que la anterior. Como si hubieran estado metidas unas dentro de las otras, como esas muñecas rusas que, pintadas con la imagen de Gorbachov, se ven desde hace unos años en los escaparates de las tiendas de *souvenirs* para turistas de la calle Castillo.

Julio inicia su luto, al principio en voz alta: «¿Te acuerdas?», «Entonces».

—¿Te acuerdas de cuando te robaron el bolso? Te pusiste tan furiosa, las manos te temblaban tanto, que tuve que rellenar yo el formulario de la denuncia.

—Todavía estoy viva —protestó en algún momento Bernarda.

—Papá, contrólate un poco —le ha dicho Ana al teléfono, después de que Bernarda se lo contara.

68 días

Ana coge la última sábana de la palangana de plástico, busca los cuatro extremos, dos para ella y otros dos para que Bernarda los sostenga. Su madre mira el televisor. Ponen la novela. Una mujer vestida con el uniforme blanco y negro de una criada revuelve agitadamente la gaveta de una cómoda; en eso el señor de la casa entra desde el pasillo, se acerca. Rápidos pasos mientras unos dedos rebuscan con nerviosismo y unos zapatos se apoyan en el suelo con firmeza. Ana, con las cuatro puntas en la mano, espera a que el señor de la casa accione el picaporte de la puerta: créditos finales.

Se ha olvidado de las orejas, comprueba ahora. Bernarda se ha untado vaselina en la frente, las sienes y el cuello, antes de que Ana reparta el tinte. Los cabellos parecen ahora más ralos, más finos, como plumilla. Y el tratamiento ni siquiera ha comenzado. Ana ha dado forma de casco a los mechones, un casco de color óxido, los ha envuelto en *film* transparente.

—Déjalo —le ha dicho Bernarda cuando Ana se disponía a limpiarle de la frente las manchas de peróxido—. Más tarde se quita con la grasa.

Pero se han olvidado de las orejas.

—Toma. —Ana le tiende las esquinas de la sábana. Bernarda se gira.

—Perdona —se disculpa al tiempo que las coge—. Estaba distraída.

—No hace falta que te disculpes, mamá. Por favor.

Ana retrocede unos pasos hasta que la sábana queda tensa. Una superficie de flores blancas y azules extendida entre ellas.

Cuando era niña, solía colgarse de la tela con todo su peso, intentando tirar de Bernarda. Una Bernarda que entonces reía a carcajadas, y que al final cedía y daba un paso hacia delante, y otro, como si Ana pudiera arrastrarla por todo el salón: «¡Qué fuerte eres!».

—¿No tienes que irte? —le pregunta Bernarda cuando se aproximan.

—Felipe pasa a recogerme —responde Ana, y le entrega sus dos puntas de la sábana. «Toca el timbre y yo bajo», le ha pedido Ana a Felipe. «Mi madre está agotada». Después se agacha antes de que la tela doblada toque el suelo, la levanta, mete las palmas de las manos entre los pliegues y da dos pasos atrás, tira con cuidado, con sumo cuidado.

—Más fuerte —ordena Bernarda, impaciente.

—Pensamos ir al mercado. ¿Necesitan algo? —pregunta Ana cuando terminan.

—Prefiero mandar a tu padre. —Por una vez las dos no tienen más remedio que reír.

Ana espera a Felipe junto a la entrada del mercado de la plaza del Adelantado, junto a las flores en cubos de plástico verdes y negros situados delante de los puestos de venta. Está contemplando los gladiolos blancos y de color lila pálido, las rosas, cuando Felipe se detiene detrás de ella.

—¿Para tu madre?

Ana niega con la cabeza.

—No es así —dice ella, impaciente. No es esa la índole de la enfermedad de Bernarda, es lo que quiere decir Ana. No es el tipo de enferma con ramos de flores en la mesilla de un hospital. Los médicos han dicho que hay que esperar.

En la parte de atrás, en los puestos de pescado, Ana se tapa la boca y la nariz con el cuello de su camiseta, el dobladillo se desliza fuera de la pretina del vaquero. «Da igual», piensa. Felipe permanece a su lado, se abre paso en la cola hasta uno de los puestos y da unos golpecitos en el hombro a una anciana diminuta a la que el vendedor acaba de entregarle una bolsa. Es bacalao lo que lleva, Ana puede reconocer los salados cuerpos triangulares del pescado a través de la delgada y crujiente lámina de plástico.

La mujer se muestra radiante cuando reconoce a Felipe.

—Estás estupendo —le dice, y le pellizca las mejillas.

—¿Pescado para la cena? —pregunta él, señalando la bolsa.

—Bacalao —responde la anciana—. Para nosotras, no para el señor.

—Esta es Ana. —Felipe le pone la mano en el hombro. La mujer levanta la vista hacia ella un instante, asiente y la aparta de nuevo con rapidez.

—¿Cuánto hace que regresaste?

—En marzo. Lo sabes...

—¿Cuántas veces has ido a ver a tu padre?

Felipe toma a Ana del brazo, la aparta un poco hacia un lado y deja sitio para que pase una persona que tiene prisa. No responde.

—Fuimos a comer con él —interviene Ana—. Comimos un día en el club, y en otra ocasión en Santa Cruz, en el Gambrinus.

Pero la mujer no le quita los ojos de encima a Felipe, le pone una mano en la manga de la chaqueta. Él mira hacia el suelo. Para asombro de Ana: mira hacia el suelo.

—Sigue de luto. Tu padre sigue de luto —dice la anciana, apretando el brazo de Felipe.

—¿De luto por quién? —pregunta Ana cuando la mujer se ha marchado.

—Esa era Merche. Nuestra asistenta.

—¿Por quién guarda luto tu padre?

—Por José Antonio.

Felipe se detiene ante el puesto del pan.

—Dos —le pide a la dependienta, señalando hacia el mostrador.

«Tenemos pan», iba a decir Ana, pero, en su lugar, pregunta:

—¿Quién es José Antonio?

—Su hijo.

Felipe observa a la vendedora, que ahora les da la espalda y deja caer las dos barras en una bolsa.

—¿Tienes un hermano?

Felipe asiente.

—¿Un medio hermano?

Niega con la cabeza.

—¿Hermano de padre y madre?

Asiente.

—¿Tienes un hermano de verdad, un hermano normal?

Asiente.

La voz clara de Ana de tan solo pensar «Y yo sin enterarme». Sin aliento, unas octavas demasiado alta. «Vamos a tener un hijo, nos casaremos en algún momento, y yo no sé nada de eso».

—¿Creciste con él?

Felipe asiente.

Con el dorso de la mano, Ana le da un golpe en el estómago. No muy fuerte, pero su brazo sale disparado hacia delante. «¡Deja ya de asentir!».

Felipe deposita un billete de cien pesetas en el mostrador y coge la bolsa con el pan de las manos a la vendedora, que está ahí delante de ellos, inmóvil, sin saber si debe interrumpir la conversación.

—Gracias —dice él, y se da la vuelta para marcharse.

Ana no se mueve.

—Murió en un accidente de coche hace un par de años.

—¿Cuándo?

—En el 83. Poco antes de que yo te conociera. —Felipe recalca el «antes».

69 días

En la plaza Weyler las mesas están sobre la acera, delante de los bares. Han desplegado las sombrillas, se oye un griterío de niños y el entrechocar de copas y vasos. El cielo está claro, despejado, no hay calima, el sol se encuentra todavía detrás de los caballetes de los tejados. Pero el turquesa brilla con tal claridad que Ana tiene que entrecerrar los ojos cuando mira hacia lo alto.

Espera delante del estanco con la espalda contra la puerta. Felipe ha entrado para comprar algo de beber. Tiene la boca seca, ha dicho. Como si no hubiera nada por allí, piensa Ana con la vista fija en el Palacio de Capitanía.

Las banderas del techo —la blanca, azul y amarilla de Canarias, la roja-gualda-roja de España— cuelgan inertes, no hay viento, están a media asta. «Por nosotros», piensa Ana. No es del todo exacto, pero, en todo caso, nunca esas banderas tuvieron tanto que ver con ella como hoy.

Una botella de agua y dos Chupachups trae Felipe en la mano cuando sale del estanco: son rojos, amarillos y planos. Ana hace un gesto negativo cuando le ofrece uno.

—Tienen la forma equivocada —dice él, rompe el envoltorio y se mete uno en la boca. El celofán transparente cae al suelo, pero Felipe no se agacha, ni siquiera se da cuenta, y el plástico vuela por encima de las baldosas de piedra. Felipe mira hacia el cuartel y añade—: Bueno, ya está.

La Capitanía recién pintada de blanco, las ventanas enmarcadas en piedra gris, protegidas por barrotes, las persianas de madera color pardo, cerradas. Antes, delante del portal, a ambos lados de la escalinata, había dos tiendas de campaña redondas, tal vez de un metro y medio de diámetro, con un techo parecido a una cofia y un gallardete rojo, amarillo y rojo en la punta. Tenía las entradas vueltas hacia la escalera, para que pudieran protegerse. Ana intenta recordar cuándo desaparecieron los dos soldados que montaban guardia en la entrada día y noche.

Felipe está sudado, comprueba Ana mientras cruzan la calle y el viento le pega la camisa al cuerpo. Cuando la racha pasa, la tela se le queda pegada, se cubre de unas manchas oscuras.

—¿Podrías romper aguas? ¿Ahora? ¿Por favor...? —pregunta él cuando están en la escalera. Ana ríe y niega con la cabeza.

La mañana anterior, cuando sonó el teléfono, Felipe estaba ya camino de la Laguna para dar su seminario de las nueve. Ana estaba en el retrete, tratando de sacar unas gotas de orina de su vejiga. La pequeña está sentada encima como en una pelota de playa, así se la imagina ella. El primer timbre del teléfono se mezcla con el ruido al tirar de la cadena. Ana no está segura, escucha con atención, observa los edemas en sus tobillos, son poco más de las ocho. El aire acondicionado ronronea. El teléfono vuelve a sonar.

Es Merche.

—Quisiera hablar con el señor Bernadotte.

—No está. Intente llamarlo al despacho, debería estar allí en media hora.

—Es urgente.

—¿De qué se trata?

—Un asunto familiar —responde y, clac, cuelga.

Ana la ha visto dos veces. Una en el mercado, y otra, más tarde, en Echeto, la pastelería, cuando Bernarda todavía estaba en casa.

Ana saca la mitad de la sandía de la nevera, se detiene un momento delante de la puerta abierta, se levanta la camiseta de la barriga, cuenta en silencio hasta treinta. La próxima factura de la luz va a ser una catástrofe.

Se deja la camiseta alzada cuando cierra la puerta de la nevera, coge un cuchillo, parte la sandía en cuatro y se dispone a cortar en cubitos una de ellas cuando el teléfono suena de nuevo.

—¿Sí?

—El señor está mal —dice Merche—. Fue a desayunar al club, como siempre, todo normal, pero acaba de regresar y está muy mal. No consigo localizar al señor Bernadotte.

—Llame a un médico —sugiere Ana.

—El señor no quiere. Está acostado en el salón. Cuando llamé la vez anterior estaba despierto, pero ahora ya no responde.

—Llame a una ambulancia, por el amor de Dios.

—Quería que le pusiera una compresa fría en la frente, tal vez eso ayude.

—Yo llamaré a la ambulancia.

Ana se apresura a colgar antes de que Merche pueda decirle que no. No conoce la dirección, pero solo se da cuenta cuando se la preguntan. Eliseo ya está muerto, comprobará más tarde el médico de urgencias. Un infarto. Ya lo estaba cuando Merche llamó por segunda vez.

Hace frío dentro de la Capitanía. El soldado que está sentado a la entrada, detrás de una cristalera, les pide que esperen un momento.

«Mi más sentido pésame. Aquí vamos a echar mucho de menos a su padre».

Ana mira a Felipe, no está segura de su reacción. Todo parece posible: de la risa al grito, pasando por el llanto. Pero él solo hace un gesto afirmativo. A continuación, permanecen de pie, uno junto a otro, hasta que un hombre uniformado acude a buscarlos.

El salón al que los lleva es amplio, tiene las persianas cerradas, el sol se cuela por las rendijas. Hace calor, la luz ha sido atenuada, hay lámparas encendidas, huele a humo de velas. Habrá ya una docena de asistentes, todos guardan silencio cuando el hombre de uniforme conduce a Ana y a Felipe hasta el féretro abierto en medio del salón, se detiene allí y saluda. Eliseo Bernadotte. Ana no lo hubiera reconocido, solo lo vio tres veces. De uniforme verde oliva, con la nariz respingona y las mejillas hundidas. Ana nota que Felipe no sabe qué hacer. Baja la cabeza en silencio, cruza las manos discretamente delante del regazo, pero no para rezar, eso sin duda.

Pegadas a la pared, alrededor de todo el salón, las sillas. En la parte delantera dos estrechas mesas, en una de las cuales hay agua, *brandy*, zumo de pera, vino tinto y los respectivos vasos y copas, mientras que en la otra hay empanadas, servilletas, aceitunas y palillos de dientes, taquitos de queso, panes de matalahúva y truchas de batata.

Se retiran a ese rincón. Ana ocupa una de las sillas y Felipe se queda de pie muy cerca de ella, con la espalda contra la pared, bien escondido tras varias hileras de personas de uniforme que hablan en voz baja.

No obstante, todos encuentran el camino hasta ellos: «Mi más sentido pésame», dicen, y estrechan la mano de Ana. Se dirigen primero a ella y luego a Felipe, y pasa todavía un rato hasta que Ana comprende que son los invitados al velorio. Los familiares. Los anfitriones.

Muchos llevan uniforme, las pocas esposas presentes se informan sobre el estado de Ana, preguntan para cuándo. A algunas las conoce de la televisión, pero no sabe nada de casi ninguna, y Felipe tampoco la presenta. «Mi más sentido pésame».

19 días

Por el día Ana no oye el teléfono sonar en la mesilla que está junto al sofá, porque sale a dar un paseo con Rosa en el cargador de bebé. Solo si hace mucho calor coge el cochecito. Ana va hasta la plaza del Príncipe, se sienta en los escalones de la glorieta y bebe Seven Up. Solo siente el peso del cuerpo que duerme sobre su pecho, pega sus labios húmedos a la tela de la gorra de Rosa. Mira a los dos niños que juegan al pilla pilla y dan la vuelta a la glorieta, cambiando de dirección continuamente de manera imprevista.

Ana camina hasta el parque García Sanabria, compra chocolate en uno de los carritos. No quiere darle maníes al papagayo, niega con la cabeza cuando la vendedora le pregunta.

El chocolate tiene sabor harinoso. Ana lo arroja al contenedor de basura cuando la vendedora no puede verla. Han desconectado la fuente, hojas de palma y follaje se acumulan en la alberca redonda. Ana no se detiene, ni siquiera se fija en el borde, que es zona de peligro. En lugar de ello, comprueba con los labios si la cabecita de Rosa está demasiado caliente, si no la habrá abrigado demasiado. En ese borde ha estado sentada alguna vez con Julio y con Bernarda, comiendo helado, los domingos, después de los paseos. En verano, Ana mete en el agua sus pies enrojecidos, en cuya piel los calcetines de punto le han dejado una marca.

En uno de los caminos de piedra espanta a las parejitas, interrumpe besos, manos que salen rápidamente de debajo de una camiseta o permanecen inmóviles, con la esperanza de que ella no note los bultitos que forman los nudillos que a Ana le recuerdan a los lomos escamosos de unos dinosaurios. Ya no existe María la Chivata, el furgón policial que antes recorría las calles durante la noche, recogiendo a las parejitas no casadas. «Lo peor era que llamaban a los padres para que fueran a buscarlos a la comisaría», oye Ana decir a Bernarda, y acelera sus pasos. Zona de peligro.

Del jardín de las esculturas a Ana solo le gustan los bloques de hormigón que cuelgan en unos cables de diferente longitud de una estructura metálica verde, situada bajo un árbol. Ana observa los bordes irregulares de la piedra e, instintivamente, le pone la mano a Rosa en la cabecita cubierta de pelusa.

Camina luego hasta el muelle, bebe un zumo de naranja natural con una pajita, entre los turistas. Ana no canta. No canta ni «A mi burro, a mi burro le duele la garganta» ni *La chata Merengüela*, tampoco *Cinco lobitos*. Es zona de peligro. Ana habla con Rosa, le explica lo que es una insolación, lo que es un crucero y lo que son las pantorrillas sin afeitar. En la plaza del Príncipe, le habla de los conciertos que tienen lugar en la glorieta; en el parque García Sanabria le habla del carnaval, en la plaza Weyler le habla del carrusel que antes estaba allí.

—Es hora de visita, podríamos pasar un segundo —propone Felipe una y otra vez. Bernarda está de nuevo en el hospital. Hace unas semanas de eso.

—No quiero llevar a Rosa. Los gérmenes —responde Ana; o a veces—: Apenas he dormido, iré mañana. —O, sin más—: Hoy no, por favor. Por favor.

Felipe no sabe qué decir. Porque Julio ha llamado expre-
samente para eso, lo ha llamado a la universidad. Hizo que el
bedel le pasara la llamada.

—¿Todo bien? —ha preguntado en lugar de saludar—.
¿Y la pequeña?

—Sí, claro, —Felipe pretende hablarle de los centímetros
ganados y del aumento de peso en gramos, pero Julio lo interrumpe.

—No entiendo entonces por qué Ana no está con su madre.

—Pensé que había ido a verla ayer.

—No. No consigo localizarla. Da ocupado y nadie lo coge
cuando llamo a la casa. Bernarda la necesita —ha dicho Julio,
y ha colgado.

—La línea —ha respondido Ana por la noche—. Tengo
que llamar a Telefónica, debe de ser la línea.

A veces, desde entonces, desenchufa el cable, pero Felipe
no lo sabe. O borra los mensajes del contestador antes de que
él vuelva a casa.

—Déjalo sonar —le pide Ana por la noche, cuando están
sentados en el sofá. Y cuando ve que Felipe sigue mirando hacia
el teléfono en lugar de a la pantalla, se le sienta en las piernas y
lo besa hasta que el aparato se calla.

4 días

Mientras conduce, Felipe piensa y repiensa en la palabra «familia». «Mi familia duerme. Ana en el asiento del copiloto; Rosa en la canasta, en el asiento trasero». Felipe verifica con regularidad a través del retrovisor que el cinturón de seguridad no se haya movido.

Les ha ofrecido a Merche y a Eulalia recogerlas en el camino hacia la casa.

«Tendría que desviarse. Nosotras cogeremos la guagua —fue la respuesta de Merche—. Los billetes son válidos hasta fin de mes».

El tráfico en la autopista es moderado; en el carril contrario, en dirección a Santa Cruz, hay atasco. Habría deseado que Ana durmiera más. La semana pasada, cuando tuvo que ir al notario, se vio allí solo.

Merche está junto al portón de la entrada. No abre la puerta ni espera dentro de la casa, como ha hecho siempre. Sostiene en la derecha la llave, Felipe puede ver el llavero —una plaquita de metal con la Virgen de Candelaria—, en la corva del codo, entre sus dedos. Tiene los brazos cruzados sobre el pecho, como siempre, y se agarra las solapas de la rebeca gris y azul que se compró por Reyes por órdenes de Eliseo, a modo de regalo. Pero Felipe, por supuesto, no sabe nada de eso.

Eulalia, a su lado, sonríe. Sigue viniendo dos veces por semana, vela por que todo esté en orden, barre, recoge, sacude un poco el polvo. Durante los primeros días tras el entierro, Felipe no consiguió pegar ojo pensando en que tendría que despedirla. Desde entonces ha estado posponiendo esa llamada. El notario le ha ofrecido arreglarlo todo en su lugar, pero Felipe ha vacilado un momento. Hoy le preguntará si se pueden encontrar la semana próxima. En su hora del almuerzo, preferiblemente en un café.

Felipe las saluda a través del parabrisas. Las dos levantan la mano al mismo tiempo, no se mueven, observan cómo él gira con el coche. Felipe abre la puerta del copiloto y roza con los dedos el hombro de Ana, que se despierta asustada, abre los ojos y lo mira un instante, confundida, antes de pasar a su lado.

—Hemos llegado —le informa, señalando a sus espaldas.

—Pero esta no es —replica Ana—. Esta no es la casa.

Dos plantas, pero de aspecto bajo, construida en los años cincuenta, pintada de naranja claro. Un muro rodea el jardín, un muro blanco hacia el lado de la calle, con una enorme puerta cochera de color plateado y otra de madera en estilo asiático junto a la cual crece una buganvilia. Detrás, unos escalones hasta la puerta de entrada.

La puerta es de madera clara barnizada; a intervalos de dos centímetros, en descenso, unas ranuras que crean una especie de estrías. Merche mira a Felipe, espera a que saque su llave del bolsillo.

—Por favor. —Felipe la anima a que meta su llave en la cerradura y abra. Tras abrirse un palmo, la madera choca con algo que la atasca.

—La correspondencia —dice Merche, y empuja la puerta con cuidado, hasta que el palmo es lo suficientemente ancho como para meter la mano. Recoge del suelo las cartas y las separa mientras camina.

En el rellano, pegado a la pared de la izquierda, hay un armario para la ropa, una pequeña butaca, un espejo marrón y un único paraguas en el paragüero. A la derecha, una puerta abierta: un aseo.

—Para las visitas —dice Merche cuando nota la mirada de Ana. Deja algunas cartas en la repisa que está junto a la puerta del despacho—. Echaré un vistazo en la cocina —añade y, a medio camino, se da la vuelta, coge las cartas, hace un silencioso gesto negativo con la cabeza y se las entrega a Felipe.

Él las guarda en la chaqueta. Ana las encontrará un par de semanas después, cuando revise los bolsillos antes de hacer la colada: la factura de la electricidad, publicidad para un sorteo especial de la ONCE. Por un momento parece que Felipe va a subir las escaleras hasta la primera planta.

—¿Qué hacemos aquí? —pregunta en su lugar, y mira hacia arriba.

—Echar una ojeada —responde Ana, que con esa frase se limita a repetir las palabras del notario. No se atreve a abrir puertas, gavetas, armarios. Todo está aún bien ordenado, recogido, cuidado.

—¿A qué te referías con lo que dijiste hace un rato? —pregunta Felipe, girándose hacia ella.

—¿Qué cosa?

—Que esta no era la casa...

—Nada —responde Ana, y empieza a balancearse, como si Rosa se hubiera movido. Mira la cabecita de la niña, cubierta de pelo negro. Posa sus labios en el suave vellón, hasta que Felipe continúa avanzando y ella oye las suelas de sus zapatos golpear el suelo de baldosas. Unos años atrás, en secreto, le había echado una ojeada a la casa, durante algún verano en que no tenían clases. No era la casa. Aquello fue poco después de conocer a Felipe.

El comedor parece no haber sido usado en mucho tiempo; el frutero situado en medio de la mesa está vacío. En el salón hay un periódico, en algún momento abierto, doblado con descuido y dejado luego sobre la mesita de centro. Hay también unas gafas no plegadas. Sobre el sofá, una mantita bien doblada. Ahí murió.

Ana se pregunta si Felipe pensará lo mismo. Camina detrás de él, muy cerca, pero no toca nada. Pasan despacio junto a la mesa del comedor, entran al salón, lo recorren por el estrecho pasillo que queda entre el sofá y la mesita de centro, sin detenerse ni tocar nada. «Como en un museo», piensa Ana.

Felipe observa las paredes, mira al techo como si en realidad hiciera un estimado del valor, como si reflexionara sobre el modo de proceder.

Una salita de paso, sin ventanas, con las puertas tapizadas de cuero y las paredes con una seda azul claro. Pegado a la pared, un piano de cola con la tapa cerrada; a su lado, un arcón con un tocadiscos y una radio. En medio de la habitación, dos sillas con el asiento deshilachado en los bordes, comprueba Ana cuando Felipe alza una de ellas. Una lámpara de latón con la pantalla de cristal verde rota sobre el cojín del elegante sofá.

Felipe apoya una mano sobre el tapiz de seda azul claro, observa la cara de Ana cuando él empuja la pared, que cede bajo la presión de sus dedos. Una escena que solía representar para sus amigos cuando era niño y quería impresionarlos. Eso entiende Ana.

—Tapiz insonorizado —dice Felipe—. Es el cuarto de música. Sin embargo, nadie sabía tocar el piano. A veces mi madre se ponía a coser aquí.

En el jardín, Ana tropieza cuando Felipe camina por el césped, rodea instintivamente a Rosa con su mano. La niña ni siquiera se despierta. Ana mira hacia abajo, al borde de piedra rojiza que se perfila bajo la hierba. En algunos puntos está a la vista: un borde rectangular de tal vez medio metro de ancho, redondeado de forma pareja en sus extremos, como el marco de un cuadro, un marco enorme que se levanta del fondo de la cicatriz de hierba. La tierra dentro se ha hundido un poco, es unos centímetros más baja que la de fuera.

—¿Qué es esto?

—Fue una piscina —responde Felipe señalando dos triángulos oxidados, unos tubos que brotan del suelo en paralelo y tienen en medio unas macetas con geranios rojos—. Esos eran los barrotes de la escalera. En algún momento mi padre la hizo tapar con tierra. No estoy seguro, pero creo que no sabía nadar. La piscina era para José Antonio. —Felipe camina hasta la caseta que está pegada al muro—. Aquí estaban las tumbonas y las colchonetas inflables. Últimamente tenía aquí sus pájaros —dice justo antes de accionar el manubrio, pero la puerta está cerrada con llave—. Espero que alguien les haya dado de comer.

Pega la oreja a la puerta, pero no es necesario. Ana oye bien el tac-tac-tac.

—El jardinero se ocupa de todo —le explica Merche cuando regresan a la cocina.

El cuarto de coser, en el que nadie cosió nunca, podría convertirse en una habitación para la niña, y en el cuarto de música sin ventanas, donde nadie tocó música jamás, se podría hacer un cuarto de baño. Eso piensa Ana. Y arriba, quitar el muro entre una de las habitaciones de los niños y el dormitorio principal. El otro cuarto podría quedarse para los invitados.

—Llévese lo que quiera. Yo le pago el transporte —ofrece Felipe.

Merche niega con la cabeza. Pone su mano, un instante, en la de Felipe.

—No, no puedo aceptarlo.

—Hágalo, por favor. Voy a tirar lo que no se lleve.

Ana abre la boca, pero la cierra de inmediato. «¿A qué te referías cuando dijiste que esta no era la casa?». Pone sus manos sobre la espalda de Rosa, con suavidad, para no despertarla. Le gusta el carrito-bar. Los sofás habría que tirarlos. La oscura pared con el armario y las puertas acristaladas deben ir al comedor. En cambio, las pequeñas butacas del salón le hacen gracia.

Merche y Eulalia se despiden, pero Felipe no les pregunta: «¿Podríamos vernos la semana que viene?». En su lugar, le estrecha la mano a Eulalia y la besa fugazmente en la mejilla cuando ella acerca la cara. Felipe piensa todavía en lo terrible que sería dejarlo todo en manos del notario cuando Ana dice:

—Tengo hambre.

A fin de cuentas, Merche ha heredado la casita en la que viven las dos.

Comen lo que encuentran. Un paquete de rosquetes y aceitunas con anchoas. Él abre una lata de atún. La nevera está vacía, salvo por media botella de vino tinto, un bote de mostaza y otro de mojo.

—¿Qué piensas hacer con la casa? —pregunta Ana en un tono tan circunstancial como intencionado, vertiendo el vino en el fregadero.

—Ni idea. ¿Dinamitarla?

Más tarde Ana se acomoda en una butaca del estudio para amamantar a Rosa, mientras observa cómo Felipe «revisa papeles», como él suele decir. Con avidez. Ninguna otra palabra encaja. Lo hace con avidez. Excitado y presuroso, Felipe abre gavetas del escritorio, mueve su contenido de un lado a otro, apila y abre archivadores. Cajas de cartón con la correspondencia, carpetas de cuero con documentos. Lee de vez en cuando un par de líneas, arroja algún que otro pliego en la papelera o, más tarde, con indiferencia, sobre la alfombra. Rosa se adormece, deja de mamar en repetidas ocasiones. Ana quiere irse a casa, le duele la espalda de cargar a la niña.

—Mira —dice Felipe, sosteniendo en cada mano la mitad de una hoja de papel—. Estaba así en el sobre.

Una carta doblada una vez y luego partida en dos mitades.

—La rompió, pero no la tiró a la basura —confirma Ana—. La conservó.

Ana cambia de pecho, coloca a Rosa del lado izquierdo.

Felipe lee en voz alta:

—«Quisiera recalcar una vez más nuestra convicción de que no existe necesidad de emprender nuevas investigaciones en relación con las circunstancias del accidente del 1 de octubre de 1983, teniendo en cuenta que no son deseables para ninguna de las partes. En relación con la identidad del civil fallecido en el mismo vehículo, no existen dudas de ningún tipo acerca de sus antecedentes penales y su orientación. Tenga la seguridad, coronel, de que el regimiento de artillería "Mesa Mota" sabrá honrar la memoria de su hijo». —Felipe lo lee todo de nuevo, esta vez en voz baja—. Se trata del accidente en el que murió José Antonio. Al parecer, había alguien más con él en el coche.

Después sigue hurgando en las gavetas.

—Aquí hay otra. —Saca otras dos mitades de un sobre, las sostiene en alto.

Ana se ha quedado dormida, comprueba. Tiene la cabeza inclinada hacia delante, el cabello oscuro con la raya al medio. Rosa, en su regazo, no se mueve. Felipe junta las dos partes de la hoja:

Muy estimado coronel Bernadotte:

Preferiría tener una conversación personal con usted, pero, respondiendo a su deseo, contesto a sus preguntas por esta vía. En el marco de las investigaciones por incumplimiento en el servicio realizadas el 23 de febrero de 1981, su hijo declaró, el día 9 de junio de 1981, que había tenido contacto con el mencionado civil en fecha 23 de febrero y se hallaba en su compañía cuando incumplió el toque de queda. Consideramos, por ello, que no es casualidad que ambos se encontraran en el mismo vehículo en el momento del accidente ocurrido el 1 de octubre de 1983. En la comparecencia del 9 de junio de 1981, su hijo fue puesto al corriente de los antecedentes del susodicho civil.

En esta ocasión ha de leer la carta tres veces hasta que cree entender. «¿23 de febrero de 1981?». Se pone de pie. «Esa es la noche de Tejero».

Ana se mueve, alza la cabeza y se apoya contra el respaldo de la butaca, pero no se despierta.

—¡Ana!

Mientras camina hacia el butacón, Felipe arrastra el teléfono del escritorio, el auricular cae al lado del aparato. Tenuemente, se escucha el tono de marcar. Cuando toca el hombro de Ana, esta se asusta. También despierta a Rosa, que empieza a lloriquear en voz baja. Ana le mete de nuevo el pezón en la boca.

—Escucha esto. —Felipe lee en voz alta y, cuando termina, mira a Ana lleno de expectación.

Ella se coloca a Rosa sobre el hombro y se pone a dar saltitos para que la niña eructe.

—La noche del golpe militar. Por lo visto, José Antonio tuvo algo que ver con eso...

—No sé. Vámonos a casa...

—¿Por qué, si no, iba a ausentarse del cuartel la noche del golpe, contraviniendo las órdenes? Hasta hubo una investigación en su contra.

—Vale —responde Ana, cansada—. Pero quiero irme a casa.

0 días

—Tienes que hacerlo —ha dicho Felipe en casa, hace una hora—. Tienes que hacerlo, Ana.

Ana está sentada en el sofá, vestida de negro. Felipe la ha convencido de cambiarse de ropa.

El hospital había llamado a la universidad. Y, en efecto, Ana y Rosa no están en casa cuando Felipe llega a Santa Cruz.

—De paseo —dice Ana cuando, al abrir la puerta, Felipe no puede reprimir la pregunta: «¿Dónde has estado?».

Rosa duerme en el cargador, sobre el pecho de Ana, y no se despierta cuando Felipe la saca y la pone en la pequeña hamaca. Lo hace con extremo cuidado, porque lo que viene será terrible.

—Han llamado de la clínica.

Ana no se mueve. No mira a ninguna parte. Las manchas de sudor de su camiseta verde menta crecen. Felipe distingue cómo se agrandan bajo sus axilas. Rosa, aún dormida, mueve los brazos. Felipe escucha el resuello de Ana, de un tirón, ve cómo el tórax y los hombros se hunden un poco, como si hubiese estado reteniendo el aire hasta ese momento. Ana da un paso hacia la niña.

—Está inquieta. Voy a salir a dar otro paseo con ella.

—No. —Él la agarra por el brazo con mucho cuidado, Ana se detiene—. No, Ana. No. La cosa es muy seria.

Felipe ha ido con ella hasta el dormitorio. Ana se queda de pie al borde la cama, sin hacer nada, abre su parte del armario y toma de la percha su blusa más oscura.

—Tu camiseta —dice él.

Ana se la saca por la cabeza, la tira sobre la cama y se queda otra vez ahí de pie, inmóvil, con los brazos colgando. Felipe le ha alcanzado la blusa y se la ha abotonado, de abajo arriba, como en una escena de cine al revés. Por lo general, le desabrocha la blusa, de arriba abajo. Le ha alcanzado la falda, ella se apoya en sus hombros cuando introduce las piernas en la prenda.

Ana le quita las medias de las manos. Así no se hace. Él ha intentado ponérselas, pero el nailon se ha quedado enganchado en las uñas de los pies. Ella las ha recogido en un rollito, ha arqueado un poco el pie y las ha ido extendiendo hacia arriba, con mirada aleccionadora, deslizándolas hasta el muslo. Ana no llora. Felipe está sentado en el suelo delante de ella, el frío de las baldosas se cuela por la fina tela del traje. Mira a Ana, que se mete la blusa en la falda.

—Necesitas una chaqueta —advierte él, contento de que Rosa esté dormida. Se levanta y saca una corbata negra del armario.

—No puedo —dice Ana—. Sin ella, sencillamente, no puedo.

Felipe coge el asa de la hamaca. Rosa sigue dormitando, no se mueve cuando él la levanta y la lleva hasta la casa de la vecina. Amparo. Ana ha trabado amistad con ella en las últimas semanas.

Julio no dice nada. Levanta la vista cuando ellos entran en el salón, vuelve a mirarse las manos sin decir nada. El seguro mandará un coche para que la recoja, les ha explicado la enfermera a la salida. Bernarda lleva todavía la bata del hospital. Azul claro.

1981

EL CARNAVAL DE 1981

Los preparativos en *El Día* para la información de prensa durante el carnaval tienen lugar el lunes 23 de febrero y acaban de terminar. El tablón de anuncios se llena con los temas fijados con chinchetas y el número de líneas para la edición de mañana: las candidatas a «Reinas del Carnaval 81» en una foto de grupo. «¿Real Madrid o Real Sociedad?», un recorrido por los últimos partidos en el campeonato más cerrado de la historia. «Los diputados comunistas medio año después de la legalización». Esto último para la columna de opinión. Entrevista con el presidente del comité del carnaval en Santa Cruz. «Nuevas redadas contra simpatizantes de ETA en el País Vasco». La receta del «Todos llenos con 250 pesetas». «Los planes futuros de Adolfo Suárez» después de su dimisión como presidente del Gobierno hace apenas cuatro semanas. El segundo intento por elegir a Leopoldo Calvo Sotelo como su sustituto, aún enmarcado en rojo, con reservas.

Los papelitos se agitan debido a una ráfaga de aire, la ventana de la esquina está entornada, unas rachas de viento se cuelan en la redacción. Los primeros empleados cogen sus chaquetas, fuman un último cigarrillo antes de marcharse a casa, cuando, a las dieciocho y cuarenta y uno, la tira de papel cada vez más larga sobre la mesa del teletipo empieza a enroscarse. El redactor de la sección de deportes, que se dirige a cerrar la ventana, la arranca al pasar. Se detiene un instante, sorprendido, y lee en voz alta: «El coronel Tejero, al frente de una unidad de la Guardia Civil, ha ocupado el Congreso de los Diputados. El Gobierno del país se encuentra dentro. Hay rumores acerca de un levantamiento de unidades del Ejército en Valencia».

En un principio nadie entiende.

A esa misma hora, Ana está sentada en la avenida de La Trinidad, en el escalón más alto de la entrada de Electrodomésticos Marrero. Fuma. Desde el bachillerato, son los únicos cambios en su vida: ayuda en la tienda de su padre y ha empezado a fumar. Cada hora sale a sentarse en el último escalón, coloca juntos, en la inclinada acera, los pies enfundados en unas zapatillas marineras, junta bien las rodillas para que nadie pueda mirar entre la falda vaquera. De vez en cuando echa una ojeada a sus espaldas, cuenta los clientes que esperan en el pasillo, entre las grandes vitrinas, a ser atendidos.

—No somos un supermercado al que cualquiera puede ir y toquetearlo todo —le explica su padre. La mercancía se guarda en vitrinas que llegan hasta el techo y cubren las paredes. Radios, hervidores para huevos, tostadoras, cafeteras, pesas de cocina, relojes, secadores, cuchillos eléctricos. En la primera planta: televisores, tocadiscos, bafles. En lugar de cámaras fotográficas, ventiladores de todos los tamaños: de mano, para coches, para escritorios, ventiladores de pie y de techo.

Dentro de cinco días, el sábado, empieza el carnaval. Ana debe preparar los escaparates hoy mismo, las demás tiendas de La Trinidad ya están adornadas. «Mejor que marcos para fotos, candelabros, ceniceros», piensa Ana. Los responsables de la primera planta son Ernesto y Marisol, o Pilar, cuando ambos están muy ocupados. En todo caso, hay relojes para medir la cocción de un huevo, barómetros de pared y despertadores que Ana puede mostrar a los clientes, pero hace falta trepar para llegar a los aparatos.

—Cuando me quedé con la tienda del viejo Marrero, esto no era más que un cuarto con el suelo de hormigón polvoriento, un banco de trabajo, tal vez algún soldador y nada más —dice su padre.

Ana puede opinar, y en algunas ocasiones lo hace.

Arroja la colilla a la calle, observa el recto hilillo de humo que sube desde el asfalto hasta que la guagua, la 104, le pasa por encima.

Las cajas con los adornos de carnaval están apiladas detrás de la vitrina de la derecha, en un rincón que los clientes no pueden ver. Antes, la noche en que el escaparate quedaba adornado, Bernarda solía venir con Ana para verlo. Máscaras de arlequín en finas láminas de plástico, con los bordes rotos y las mejillas blancas salpicadas de cagadas de moscas, pero nada de eso se ve desde fuera. Flamencos de cartón rosas, con bombines y colas de plumas también rosas. Guirnaldas desteñidas unidas con cinta adhesiva transparente, unas barras de color rojo intenso o verde oscuro bajo el celo. De las doradas y las plateadas se desprende la brillantina.

Ana no oye salir a Julio de su despacho. Justo en ese instante está alisando una guirnalda encima del mostrador, tiene purpurina en el jersey, bajo las uñas. Preferiría usar guantes.

—Vamos a cerrar —avisa Julio, y no dice nada más, no saluda—. Vamos a cerrar —repite al ver que nadie se mueve.

—¿Así, sin más? —pregunta Maribel.

Y Julio Baute asiente, no devuelve sus miradas, se dedica a envolver de nuevo el depósito de cristal de la cafetera en una capa extra de papel de seda, antes de devolverla a la caja de cartón con el cable pulcramente enrollado y los protectores de gomaespuma arriba y abajo. Cuando Maribel termina de separar los billetes en los compartimentos de la caja registradora y ha sacado el cambio, le entrega a la clienta la bolsa con una sonrisa.

—Que lo disfrute —le dice Julio, y dirigiéndose a los que esperan, añade—: Lo sentimos, pero tendrán que venir otro día.

A continuación, saca la llave de la gaveta que está junto a la caja, espera al lado de la puerta abierta de la tienda a que la última clienta salga a La Trinidad, haciendo un gesto negativo con la cabeza.

—Vete a casa —le pide a Ana—. Yo haré la caja.

—¿Qué ocurre?

—Nada. Vete a casa, con tu madre. Te daré dinero para un taxi.

—Puedo coger la guagua.

—No. —Julio Baute se palpa la chaqueta, encuentra la billetera, cuenta siete monedas de cien pesetas y se las da a Ana.

—Todavía tengo que ir al supermercado —responde ella sin coger el dinero.

—Pues andando —le dice Julio, enfadado. Luego la agarra por el brazo y la arrastra hasta la puerta, le pone en la mano las monedas y le cierra los dedos. Se los oprime tanto que Ana suelta un grito de dolor, un fragmento de piel se ha quedado atrapado entre los bordes.

—Pero ¿qué ocurre? —Ana siente miedo, se le nota en la voz—. Papá, ¿qué ha pasado?

Finalmente, es el taxista quien se lo cuenta: se lleva el índice a los labios para indicarle que no diga nada, y le hace un gesto señalando a la radio. Al subir al taxi, Ana ha pensado que hablaban de fútbol, la voz a todo volumen del locutor suelta un gallo.

El tráfico está como siempre, pero algunos transeúntes corren por las aceras. Una mujer que lleva a su niño de la mano, un hombre con dos bolsas de la compra a cada lado. Tres señores de traje bajan a paso de marcha por la calle Herradores. Otros se detienen y los siguen con la vista, perplejos.

—¿Ha puesto la radio, coronel? —Ortiz, el último ayudante de Eliseo Bernadotte, está al teléfono. Sin saludar, sin preguntar siquiera cómo se encuentra.

Por eso Eliseo, en lugar de responder, guarda silencio. También le falta un poco el aliento. Ha ido a casa a pie desde el club, estaba a punto de abrir la puerta cuando empezó a sonar el aparato en el estudio.

—Han interrumpido la votación en el Congreso. ¿Lo sabe? ¿Ha estado usted...? —La última parte de la frase continúa vibrando en el aire como una pluma que cae describiendo un arco, desplazándose a veces a un lado, a veces hacia el otro, descendiendo a la par de la esperanza que Ortiz deposita en los conocimientos de Eliseo.

—No —responde por fin Eliseo Bernadotte.

—Ponga la radio, coronel. La Cadena SER.

—Primero tengo que ir a buscarla. —Eliseo cuelga antes de que la pluma toque el suelo. Enciende el televisor: nada. Una película en blanco y negro, dos muchachas pisando unas uvas en una cuba.

Merche oye música mientras friega. Hace menos de una hora que se marchó a su casa. Su aparato de radio está en la cocina, en el alféizar de la ventana.

A Eliseo no le gusta entrar a la cocina. Se siente desautorizado, como si le perteneciera menos que otras habitaciones de la casa. Los delantales de Merche cuelgan de los ganchos detrás de la puerta; también su paraguas y varias bolsas de la compra. En las pausas, ella se sienta casi siempre a la mesa, toma su almuerzo en cuanto él ha acabado con el suyo.

Sobre el hornillo está la cacerola con el potaje que él tampoco recalentará esta noche. «Pero si es muy fácil», le dice Merche cada mañana. La bandeja con el resto de la cena: una cuña de tortilla, una fuentecita de aceitunas con anchoas, algo de jamón serrano, tres rebanadas de pan blanco. Todo como siempre, sobre la mesa, bajo una campana de cristal. Al lado, una botella de vino tinto por la mitad y una copa. Cada noche hay allí una botella por la mitad, nunca una entera. Eliseo sospecha que Merche la rellena en secreto. Como si él no pudiera sacar una de la despensa cada vez que quisiera. Y hasta una segunda. Y una tercera. Si quisiera.

La radio no tiene cable, pero se enciende de inmediato cuando mueve el interruptor. Está sintonizada la Cadena Siete Islas. Eliseo coge el plato con la mano izquierda, sostiene el aparato con el antebrazo y se lo pega a la barriga, toma la media botella de vino con la mano derecha, el pie de la copa entre los dedos, de modo tal que durante el trayecto hasta el estudio puede mover con la yema del índice el sintonizador en busca de la Cadena SER.

«... más, y más, y todavía más». La voz del comentarista no es del todo regular, se le traban las sílabas, «entran ahora a la sala del pleno. Lo repito otra vez: desde hace unos minutos ha sido interrumpida la elección del presidente. Fuerzas uniformadas de la Guardia Civil han entrado en el hemiciclo y han exigido a los diputados que se tiren al suelo...».

Eliseo pone la radio bocarriba, se pega el altavoz al cuerpo, las vibraciones del bajo le golpean el diafragma. Se detiene a mitad del pasillo, mientras la G, la P, la T y cada una de las D de la frase «golpe de Estado» se expanden en oleadas por su costillar. Eliseo querría darle la vuelta al aparato, se pone otra vez en movimiento. También podría ser una unidad antiterrorista, contra ETA. Las imágenes de televisión de las últimas semanas son una inabarcable secuencia de atentados, entierros, detenciones y nuevos atentados.

La detonación —aunque, dicho con exactitud, son primero tres; tres breves disparos consecutivos, seguidos de otros muchos—; la detonación le produce un tirón doloroso en todo el cuerpo. Suenan como si los hubiesen disparado en el jardín delantero. El pedazo de tortilla se desliza fuera del plato, cae encima de la alfombra, no en las baldosas.

El conductor no nota la presencia de Mercedes hasta que está en la curva antes de La Cuesta, cuando ellas pasan junto al cartel KODAK en letras blancas sobre un fondo negro. Por lo menos treinta metros sobre un andamio de madera, Mercedes orinó una vez detrás de aquel cartel, mientras su madre la sostenía. Hace mucho de eso. Iban camino del médico, en Santa Cruz. Merche casi siempre tenía solo el dinero para el viaje de ida. La ida era cuesta abajo, y el regreso cuesta arriba. Por eso casi siempre hacían la ida a pie, y Merche, cuando estaban delante de la consulta, intentaba sin éxito sacudirse el polvo de su vestido con la mano. La vez en que a Mercedes le entran aquellas ganas repentinas es un día de verano, no hay un solo arbusto verde y con hojas, por eso su madre la arrastra detrás del cartel.

—¿Qué significa KODAK? —preguntó entonces Mercedes. Merche alzó los hombros y los dejó caer de nuevo.

—Alguna cosa —respondió.

Y justo ahora cuando pasan por delante del cartel, con Mercedes muy contenta, como siempre, porque desde que tiene un trabajo en el sur sabe lo que es KODAK, ya que las cajas de cartón con los rollos de película están en unas cestas junto a la caja registradora, el conductor le grita:

—¡Oye, tú!

Mercedes sigue mirando por la ventana.

—Tú, la de la camiseta lila, el billete o te bajas.

En realidad es todo muy sencillo. El truco consiste en subir al mismo tiempo que los ancianos, mientras estos se aferran a la barra de la entrada y toman impulso para subir. Las viejas son mejores que los viejos, ofrecen una mejor tapadera con sus bolsos, sus sombreros de pajilla y sus rebecas sobre voluminosos pechos y barrigas. Distraen al conductor, lo saludan, insisten en llamarlo «mi niño», contarle adónde van y por qué. Una tiene que hacerse pequeñita y colarse detrás de ellas, para luego desaparecer a toda velocidad entre la maleza de los que están de pie en el pasillo. Encima del conductor cuelga un espejo redondo, y, si una tiene suerte, habrá alguna anciana esforzándose en contar las cincuenta y cinco pesetas que cuesta el pasaje, de modo que el conductor no alza la vista, sino que señala al monedero, a las monedas que faltan.

Cuando Mercedes, hace un momento, desapareció en las profundidades de la guagua, el conductor estaba mirando hacia abajo, a la radio que tiene atada con un cinturón a la barra del volante. Entonces pregunta por última vez: «¿Y tu billete?». Y cuando Mercedes lo mira en silencio en el redondo espejo él pisa el freno y abre las puertas.

—Fuera —repite el hombre cuando los que están en el pasillo, colgados de las agarraderas, han recuperado el equilibrio y las voces se acallan—. No seguiremos hasta que ella haya bajado —añade, dirigiéndose a los demás pasajeros.

Empujones y siseos. Una mujer le pellizca el brazo, y Mercedes ríe y salta a la delgada franja de asfalto que hay entre la guagua, el polvo y las piedras. Ya no le queda mucho para llegar.

Lleva unos meses saliendo con el caballo a cuestas. Casi todos los demás —a los que conoce de antes, de la chatarrería que está detrás de la urbanización, donde se saludan chocando los cinco y juegan a ver quién roba más chicles en la tienda de Mundito— llevan más tiempo cabalgando. En las laderas detrás de La Cuesta, en el esqueleto de una construcción, vive Juanito, el que le proporciona el material. Esa última semana el caballo ha estado galopando cada día por sus arterias. Lo dejará en cuanto acabe el carnaval, decide Mercedes. Al principio nadie lo captó. No hay miradas escépticas en la farmacia cuando compra las agujas hipodérmicas. «Para mi madre diabética».

—¿Qué tienes en el brazo?

—Picaduras de mosquito. —Siempre funciona como respuesta—. Se me han inflamado —añade poco después.

Más tarde empezará a hablar de espinas.

—Iba a arrancar unas tunas y no presté atención.

—¿Sin guantes? ¿Estás loca? —Mercedes se encogerá de hombros—. Ve al médico —le dirá su madre—. Eso no es normal.

Eliseo Bernadotte marca un número. Sigue ocupado. Mantiene el auricular en la mano, solo corta la llamada y marca de nuevo. Primero, durante un buen rato, no pasa nada, y luego: ocupado. No hay noticias de que hayan cortado las comunicaciones. Eliseo sube otra vez el volumen de la radio: «Milans del Bosch, comandante de la III Región Militar, ha declarado el estado de excepción en Valencia».

La voz del locutor continúa, llena de asombro.

«Artículo 2: Se prohíbe el contacto con las Unidades Armadas por parte de la población civil. Dichas Unidades repelerán con la máxima energía, sin intimidación ni previo aviso, todas las agresiones que puedan sufrir. Igualmente repelerán agresiones contra edificios, establecimientos, vías de comunicación y transporte, servicios de agua, luz y electricidad, así como dependencias y almacenes de primera necesidad».

Señal para marcar. Por primera vez desde que Eliseo intenta llamar a la residencia de estudiantes de Madrid: señal para marcar.

—¿Sí?

—Quisiera hablar con mi hijo Felipe, Felipe Bernadotte.

—¡Felipe! —Eliseo oye al joven gritar el nombre, de fondo se escucha la misma emisora que le llega desde el aparato que está a su lado, en la estantería. De nuevo—: ¡Felipe!

—¿Qué Felipe? —Alguien pregunta al que ha cogido el teléfono.

—Bernadotte —responde el joven.

—No está aquí —le dicen por fin, y el volumen de la radio de fondo disminuye cuando el chico va a colgar.

—Espere, no cuelgue. Dígale a Felipe que no se mueva. Que no salga, por el amor de Dios. Dígale que no salga. —A Eliseo le duele la oreja por la manera en que aprieta el auricular contra la cara y el mentón—. Por favor, dígale eso. Dígale que no salga.

«La compostura», piensa Eliseo, y cuelga. Coge una aceituna del cuenco, una de las negras, con hueso. La empieza a roer, con la ayuda de los colmillos, la despoja concienzudamente de su pulpa. Cuando casi la tiene limpia, se la escupe en la palma de la mano, y entonces el brazo le queda libre para extenderlo y subir el volumen de la radio.

«Artículo 5: Quedan prohibidas todas las actividades públicas y privadas de todos los partidos políticos, prohibiéndose igualmente las reuniones superiores a cuatro personas, así como la utilización por los mismos de cualquier medio de comunicación social».

La siguiente aceituna es verde. Eliseo la muerde con calma, se concentra en el vago sabor a mar de la anchoa.

«Artículo 6: Se establece el Toque de Queda desde las veintiuna a las siete horas, pudiendo circular únicamente dos personas como máximo durante el citado plazo de tiempo por la vía pública y pernoctando todos los grupos familiares en sus respectivos domicilios».

Hace dos años, cuando Felipe le dijo que no y le comunicó que pensaba estudiar Historia, Eliseo le respondió: «Qué bien». Un domingo por la tarde, Felipe tocó a la puerta del estudio y despertó a Eliseo. Estaba muy tieso bajo el marco de la puerta, a varios metros del sofá en el que Eliseo se había acomodado. Fútbol en la televisión, se había quedado dormido después del telediario.

Las palabras de Felipe suenan como si las hubiese preparado mucho tiempo atrás, como algo que se ha propuesto con firmeza: palabras ensayadas, fragmentos de frases formuladas de manera cortante que se resisten a encajar unos con otros.

—No dejaré que me detengas, me da igual lo que digas. Seré el primero en romper con esa larga serie de... —Felipe cita, y Eliseo no sabe qué hacer para que pare. Quiere decirle algo amable.

—Qué bien —le dice, poniéndose de pie—. Me alegra que quieras ir por ese camino.

El botón del pantalón todavía abierto, comprueba. No quiere darse la vuelta y mira hacia abajo mientras lo mete en el ojal.

«Que quieras continuar con la tradición familiar de ocuparse de la historiografía», había querido decir Eliseo. Y tal vez añadir: «La hermana de tu tatarabuela escribió un ensayo sobre los conventos de La Laguna, uno de los primeros trabajos académicos de una mujer en España. O en las islas». Eliseo no está seguro de esto último. «Y uno de los Bernadotte firmó también una crónica...». Los dos tomos que están en el salón, en una de las estanterías, le vienen a la mente. Podría regalárselos a Felipe.

No está preparado para lo que sigue. Perplejo, se hunde en el sofá cuando Felipe empieza a gritarle.

—¡Pero no así! No para mentir y tergiversar los hechos.

También le dijo otras cosas que Eliseo ya no recuerda con exactitud. Lo que sí sabe con certeza es que en algún momento su mirada quedó fija en el televisor y le asombró el resultado del marcador: cuatro a dos en favor del Murcia frente al Real Madrid. Luego levantó la vista de nuevo, presuroso, porque Felipe había guardado silencio. Por un momento se miraron.

—Sigue viendo la televisión —terminó Felipe, esta vez con tono tranquilo. Controlado. Entonces se dio la vuelta y salió sin dar un portazo. Ya no viene a casa en vacaciones: no en el verano, ni por Fin de Año ni por Reyes.

En la radio, cuando Eliseo sube el volumen, leen una vez más el bando sobre el estado de excepción en Valencia.

«Artículo 9: Todos los Cuerpos de Seguridad del Estado se mantendrán bajo mi Autoridad. Artículo 10: Igualmente asumo el poder judicial y administrativo, tanto del Ente Autonómico como de los...».

—¡Bien que lo dije, lo dije todo el tiempo! —Ana está todavía debajo de la ducha; Julio y Bernarda esperan en el salón.

—No dijiste nada. Tú nunca dices nada, así es.

Bernarda está a punto de salir, va tal vez al ropero, a recoger el abrigo; o tal vez a la cocina a preparar la cena. Se detiene. Nada tiene sentido, poner las papas, asar las costilletas, ver por tercera vez *La guerra de los niños* en el Teatro Leal, hoy nada tiene sentido. Comen aceitunas, pan tostado. Julio niega con la cabeza cuando Bernarda dice que va a la panadería a comprar el pan. No está sentado en su sillón, sino delante de él, de pie. Sus pantorrillas rozan el cojín, como si estuviera a punto de sentarse, o como si acabara de levantarse. Los brazos cruzados, el mando a distancia sobresale detrás de su codo izquierdo, lo mantiene agarrado con la mano derecha. En la televisión, con el volumen bajado, pasan todavía la película romántica; la radio está a todo volumen.

Julio cambia de pie, desplaza el peso de uno al otro, del pie enfundado en los zapatos de trabajo al otro. Es como si no tuviera esos callos que casi le impiden caminar los fines de semana. Niega con la cabeza, en silencio, a intervalos regulares. Sus pantuflas están todavía en el pasillo, en perfecto paralelismo, tal y como las ha dejado esta mañana junto a la puerta.

Bernarda va a buscarlas. Julio se estremece, se aparta a un lado de un tirón, con los brazos todavía cruzados, su cuerpo se arquea, se convierte en un arco que se inclina sobre las pantuflas que aterrizan en la alfombra.

—¿Estás loca? —grita, sin aliento. Pero acaba sentándose en el sillón y se desata los zapatos. Sostiene el mando a distancia con tres dedos de la mano derecha. Con el pulgar y el índice tira del cordón.

Aceitunas es lo que comen, las toman de un cuenco colocado en la mesita de centro, tortilla del almuerzo, fría y cortada en pequeñas cuñas, tacos de queso blanco que ensartan con un palillo. Como las tapas del sábado a la hora del fútbol, abajo, en el bar.

Ana sale del baño. El pelo todavía mojado, negro, encaracolado en mechones aislados que caen sobre la toalla blanca que se ha echado sobre los hombros. Se sienta en el sofá junto a Bernarda, alza las piernas, se pone un cojín en la barriga. El antebrazo en el respaldo del sofá, la cabeza apoyada en la otra mano, los dedos entre el cabello mojado. Bosteza varias veces, con ganas, sin taparse la boca, con trocitos de queso masticado sobre la lengua. Se escarba debajo de las uñas.

—La purpurina... —dice Ana cuando nota la mirada de Julio.

La ira emerge inesperadamente en Julio Baute, las manos se le cierran en dos puños y, con el mando a distancia todavía en la derecha, sube en un descuido el volumen del televisor. La ira asciende por su cuello, le comprime las mandíbulas, al punto de que puede oír el rechinar de sus cordales y ve ante él, en medio de su rabia, el cojín gris y verde de la silla de dentista del doctor Paz. Tiene en tensión cada músculo entre el maxilar inferior y la clavícula. ¿Qué hay de malo en todo eso? Lo malo —y se avergüenza por ello cuando baja de nuevo el volumen y se recuesta en el sillón— es que la fuerza de esa rabia, esas ganas de arremeter contra algo, de destruir algo, queda atrapada en su cuerpo inmóvil, lo golpea desde dentro contra el pecho, los hombros y la barriga, quiere salir, dar un paso adelante, destruir, destrozar algo, pero no se dirige contra el guardia civil que está en la escalerilla junto al estrado, sino contra la indiferente apatía de Ana, su impasibilidad ante todo aquello.

«Una burbuja», piensa Ana satisfecha, examinando la piel arrugada de sus dedos. «Como en una burbuja». El cálido y suave vapor de la ducha parece pender todavía en el aire. Mamá y papá a ambos lados. Madrid solo en la radio. «No nos incumbe, aquí está todo igual que siempre, todo es cálido, suave, seguro».

Cuando Bernarda se apoya en el brazo lateral del sofá y extiende la mano hacia el cesto de costura, Julio dice:

—Hoy no, por favor.

Ella asiente y lo deja.

Unos montoncitos de ceniza gris alrededor del cenicero, el cenicero de cristal azul turquesa que Francisca compró en Venecia. Eliseo no fuma, hace ya casi veinte años que no fuma, los cigarrillos son de Merche. Los ha sacado de la gaveta de la cocina en la que Merche guarda las cosas para cualquier emergencia: hilo negro y blanco ensartado en las agujas, un cepillo para la ropa, una botellita de anís, un lápiz labial, una bolsita con cosas de mujeres, dos cajas de cerillas y cigarrillos. Un paquete y medio, y él ya casi ha acabado lo que queda del paquete a medias, pronto tendrá que ir a buscar el segundo. Y tal vez el anís.

Eliseo ha pasado la última hora repitiendo una conversación, una única conversación con todos los números de su libreta de direcciones, con la gente destinada en la península que tiene compromisos con él y no puede colgarle el teléfono de inmediato.

—¿Qué tal las cosas por allá?

—Bien.

—¿Qué hacéis?

—Nada.

—Y ahora entre nosotros, con toda sinceridad...

—Pues esperar. No puedo decirte más.

Lo mismo en infinidad de variantes.

Durante la última hora, Eliseo ha metido el dedo tantas veces en el disco del teléfono, lo ha hecho girar tantas veces, que se le ha formado una ampolla en la yema, allí donde el borde de plástico se comprime contra la piel. Al final, coge un lápiz. «Como una secretaria», piensa.

—¿Tú estás retirado? —le preguntan muchos esa noche, como si fuera el momento preciso para cerciorarse de ese dato.

No había querido llamar a Hernández, su nombre se había desplazado en la lista mientras marcaba. Es uno de esos que habían empezado bajo su mando y que luego, poco a poco, cada vez más rápido, fueron ascendiendo y dejándolo atrás. Hernández le tenía lástima. Bajó la vista, avergonzado, cuando se encontraron por última vez en Pamplona, durante un curso, y Eliseo tuvo que cuadrarse delante de él.

—No entiendo por qué en la televisión no dicen nada de...

Silencio. Esa clase de silencio en el que se nota que el otro está calibrando a toda prisa la situación, que lucha consigo mismo.

—Una división acorazada, la «Brunete», ha ocupado la sede de Televisión Española.

—¿La «Brunete», de la primera dirección militar? ¿Cuándo?

—Hace alrededor de media hora.

—Entonces, ¿el número uno se ha unido a Del Bosch?

—No lo sé —contesta la voz, lenta y alargada—. Todavía es muy pronto. Pero en la televisión no dirán nada.

Después de colgar, Eliseo sube de nuevo el volumen de la radio, no demasiado alto, le preocupan las pilas. No sabe cuándo las ha cambiado Merche por última vez ni dónde guarda las de repuesto. Tendrá algunas. Podría llamarla, preguntarle. Sin embargo, se levanta. No quiere esperar a que la voz empiece a cancanear. O que se vuelva más tenue, cada vez más tenue, hasta que tenga que pegar la oreja al altavoz.

En la primera gaveta que abre en la cocina solo hay cubiertos. En la segunda también. Cazos, sacacorchos y muchos otros objetos cuyos nombres desconoce. En las tres siguientes: paños de cocina, montones de paños de cocina que, por mucho que los aparte, no dejan al descubierto ninguna pila. «Tal vez aguanten las que tiene ahora».

Se jubiló hace menos de cinco años, un año después de la muerte de Francisca. Merche se había quejado de que Felipe y José Antonio no volvieran a casa después de la escuela. «Y yo les mantengo la comida caliente y la mesa puesta».

Andarán callejeando por ahí, no comerán otra cosa que bocadillos, sentados delante del televisor.

Callado, pero no tímido, así describiría Eliseo a su hijo José Antonio. Vivaz, alegre, equilibrado, le cuenta su maestra cuando Eliseo le pide una tutoría. Muy querido, con notas estables, a pesar de la pérdida. Eliseo no tiene de qué preocuparse. «Llama poco la atención», dicen los profesores de Felipe. «Todo normal». Aunque, eso sí, ha empezado a fumar.

Tenía que ocuparse de sus hijos, había dicho Eliseo, y todos en la Capitanía habían asentido, comprensivos. Aliviados en su fuero interno por que las unidades de avituallamiento fueran desplazadas a la isla vecina y que el Estado Mayor quedara reducido. Desde que su ámbito de competencias se ha reducido estrictamente al territorio del Estado español, desde que en el Sáhara español no hay alzamientos que deban ser aplastados ni es preciso enviar material y tropas de la isla a África, no parece necesario. Desde que el Sáhara Occidental no pertenece a España, sino que forma parte de Marruecos y de Mauritania.

Logística, así lo llaman hoy. En los veinte años que Eliseo Bernadotte fue el responsable del avituallamiento y el transporte de tropas a las órdenes de la Capitanía General de Canarias, todo estuvo donde tenía que estar en el momento justo.

Podía abastecer el desierto de cubitos de hielo y el Polo Norte de papayas, decían de él.

Sin embargo, ahora que está jubilado, Eliseo comprueba que no es capaz de conseguir que sus dos hijos estén en un mismo lugar a una misma hora. En casa, a ser posible. José Antonio vive abajo, en el Balneario, en Santa Cruz. Aunque tampoco resulta fácil dar con él cuando las instalaciones del Balneario cierran en invierno. Lo que hace Felipe, aparte de negarse a ir al barbero, es un enigma para Eliseo. Desde que la Guardia Civil asesinó a un estudiante de Biología, cuya foto pegan por todas partes en las vallas de las obras —un asesinato que la propia Guardia Civil ha intentado encubrir, haciendo que sea cada día más nutrida la multitud delante de la universidad—, Eliseo examina en detalle, con la lupa, los rostros de los manifestantes en las fotos de portada del *Diario de Avisos*, para asegurarse de que ninguna de esas bocas abiertas —que parecen gritar todas, con sus gaznates como manchas negras y redondas— es la de Felipe.

Cuando va camino del despacho, saca una botella de vino de la despensa.

No está seguro de que sea la misma voz la que le sale al teléfono cuando vuelve a llamar a Madrid.

—He llamado antes, necesito saber dónde está mi hijo...

—Sí —responde la voz, impaciente. Es la misma voz, decide Eliseo.

—¿Sabe dónde está?

—¿Quién?

—Felipe... Bernadotte... —contesta Eliseo, pronunciando por separado cada sílaba.

—No.

—¿Podría preguntar? ¿Podría preguntarles a los otros, por favor?

Reina el silencio por un instante.

—Por favor —repite Eliseo, con tono lloroso. Dios santo, su tono es lloroso. Espera haber hablado muy bajito. Se oye un crepitar, algo roza el auricular, y entonces el estudiante pregunta por fin, a media voz, sin mayor interés:

—¿Sabe alguien por casualidad dónde está Bernadotte?

Nadie responde. Por lo menos Eliseo no alcanza a oír ninguna respuesta. «Pregunta más alto», quisiera gritarle al joven, gritar por si acaso, pero ha perdido la confianza en la propia voz.

—No —dice el estudiante en el auricular.

Está llorando, comprueba Eliseo cuando siente correr unas gotas por los dedos que sostienen el teléfono, pegado a la mejilla.

—Por favor, es realmente importante...

Señal de marcar.

—**No te duermas** —dice José Antonio cuando la respiración bajo su oído, que hace que su cabeza suba y baje, se vuelve regular y plana—. No te duermas.

José Antonio alza la cabeza para mirar el reloj. Tiene tiempo todavía. Siente cómo se enfría el sudor en su mejilla y en el pecho sobre el que vuelve a apoyar la cabeza. Siente cómo se mueve el torso cuando Rubén alza la mano y le pasa las yemas de los dedos por el pelo rasurado de la nuca. La ventana está entreabierta, el viento la empuja contra la cinta que Rubén ha fijado en el pestillo para que no golpee y hace oscilar la cortina rosa que, con su brillo sintético, se infla hacia el interior del cuarto.

—¿Tienes sed?

José Antonio niega con la cabeza, la mueve de un lado a otro sobre la piel cálida. Rubén suelta una risotada:

—Me haces cosquillas —dice, y lo aparta un poco.

—Por favor —pide José Antonio—. Un rato más.

Y Rubén se recuesta en silencio, José Antonio apoya la oreja de nuevo sobre el pecho de Rubén, pero no puede oír los latidos de su corazón. Observa el patrón de nudos del tapiz de la pared: Juan Pablo II.

—Un momento —ha dicho Rubén antes, con el rostro vuelto hacia la pared.

La casa pertenece a sus abuelos. «Él ya murió; la abuela está en el hospital, y yo velo por que todo esté bien. Que no haya ninguna rata muerta y apeste». El coche está aparcado arriba, junto a la iglesia. Los dos han bajado a pie, y solo en la rampa de acceso de los coches —con altos canteros a ambos lados en los que crecen silvestres las chumberas— se han cogido de la manos. Aunque el pecho no se mueve, José Antonio percibe que Rubén está impaciente, que quiere levantarse y ducharse tal vez, lavarle a José Antonio la costra plateada de esperma seco, el sudor ajeno.

No ha dejado de prestar atención, mirando por el retrovisor durante el viaje por la costa, observando los faros de los coches, velando cuál de ellos ha estado siguiéndolos y por cuánto tiempo. Cuando bajaban de la iglesia, entre el ruidoso golpeteo y la desaparición de las olas, ha estado pendiente de los pasos, del ruido de cualquier rama al partirse, del crujir del follaje, de las rocas que ruedan por la ladera. Pero allí no había nada, solo las piedrecitas bajo las deportivas de Rubén, que crujían a cada paso, el tac-tac de las suelas de cuero de José Antonio, nada más. Se han mantenido atentos, sin perder de vista la puerta, mientras los labios de Rubén se cerraban en torno a su polla, mientras Rubén trazaba círculos con la lengua alrededor de su glande y él palpaba su cuero cabelludo, hundía las yemas de los dedos en su pelo, en esos rizos oscuros y cortos de los que tira con suavidad. «Mantén los ojos abiertos, mantén, por amor de Dios, los ojos abiertos».

Su miedo es que alguien tenga una llave. Que lo hayan pactado de antemano, Rubén y algún amigo con una cámara. Un *flash* inesperado en la puerta. Y a medias con la pasta.

—¿Creciste aquí? —pregunta José Antonio, por decir algo.

—En Santa Cruz, en el barrio de La Salud. ¿Y tú?

José Antonio vacila.

—En La Laguna —responde por fin.

No le ha dicho su apellido. Un apellido que comparte con dieciséis calles, tres plazas y media docena de escuelas de las islas.

—¿No tienes que regresar?

José Antonio niega con la cabeza.

—Oye, en serio... En algún momento tendrás que regresar al cuartel.

—Sé quién hace guardia en la entrada —le explica José Antonio—. Y sé a quién eso no le interesa.

Pero su cabeza ya no reposa igual sobre el pecho de Rubén, no de un modo tan obvio, al contrario: de repente se torna algo complicado. Pensar que pueda ser demasiado pesada y desagradable para el pecho de Rubén hace que los músculos de la nuca se le tensen. Pretende reducir el peso, contenerlo. En su lugar, siente como si comprimiera con más fuerza su cráneo contra el esternón, contra las costillas. En algún momento sus mejillas y su pelo se separan de la cálida piel de Rubén, una ráfaga de aire se cuela de inmediato en el espacio intermedio, enfría el sudor, solo el lóbulo de su oreja, el borde, roza el pecho. José Antonio alza la cabeza, la apoya de nuevo. Empezar otra vez, sin más, dejar apoyada la cabeza, dejarla ahí, no hacer nada.

A Rubén lo conoció en la playa, en Las Teresitas. Habían jugado al fútbol. Fue en octubre pasado, cuando, bien avanzado el año, aún hacía mucho calor. La electricidad se cortó desde por la mañana, los ventiladores se detuvieron, y ese día José Antonio no estaba de servicio, así que se fue a Santa Cruz con otros tres de Mesa Mota. Hubiera preferido jugar al baloncesto.

En el aparcamiento merodean un par de desempleados, preguntan por la mañana en el puerto si hay algo que hacer, y, si no lo hay, se ofrecen a los turistas como cuidadores de coches. Todos están morenos, sin un solo fragmento claro de piel, sin los brazos blancos, ni el pecho, ni la espalda. José Antonio y los otros tres de Mesa Mota llevan todavía el uniforme. Mientras juegan, se quitan las camisas y señalan las porterías con dos pares de botas.

En un primer momento, José Antonio no se siente seguro, no se siente seguro en absoluto. La mirada de Rubén se hace lenta cuando él la roza, se queda suspendida demasiado tiempo, como si José Antonio estuviera hecho de un material menos liso, más rugoso y resistente, como si no pudiera deslizarse sin más sobre él. Pero no está seguro. Cuando, más tarde, en el tiempo intermedio, se juntan a bromear y fumar, Rubén ríe con todo lo que José Antonio dice. Da igual la estupidez que suelte, que cada frase suene estúpida a oídos de José Antonio, demasiado ruidosa o estúpida. Rubén se ríe. Ríe en voz baja y mira hacia el mar como si allí hubiera algo.

José Antonio lo observa por el rabillo del ojo mientras juega, hace como si fuera a defender, intenta cortarle el paso en cuanto tiene el balón y corre hacia la portería. El balón se aleja saltando, en la franja apisonada que los turistas han ido dejando en la parte superior de la línea de las olas, salta de manera incontrolada y se aleja, y ellos dos ríen.

Esos de antes eran soldados, tenían tanto que perder como él. La primera vez que queda con Rubén para jugar al billar en la Casa de los Sindicatos de Santa Cruz, José Antonio no acude a la cita. En realidad, sí que acude, baja con lentitud y cautela por la calle Méndez Núñez, por la acera contraria, detrás de los coches, baja lenta y cautelosamente, y llega hasta donde puede ver a Rubén a través de la puerta abierta. Está en el bar, conversa con alguien que se encuentra detrás de la barra, se da la vuelta raras veces, como si no estuviera esperándolo.

Las cosas no son tan terribles como al principio, cuando aún existía Tefía, en una de las islas vecinas. Colonia agrícola penitenciaria, un reformatorio para pervertidos morales. Creado para contrarrestar los peligrosos efectos colaterales de la presencia de extranjeros y del turismo en las islas, como escribía *La Mañana*, el diario de Lorenzo, el abuelo de José Antonio.

José Antonio sabe que tiene que levantarse. Sabe que tiene que ducharse, probablemente con agua fría.

—Yo me quedo un rato más —dice Rubén—. Es mejor que regreses solo.

Tampoco debajo del fregadero hay nada. Cubos, un recogedor, una escoba, botes de productos de limpieza que Eliseo va sacando uno a uno, colocándolos en el suelo de la cocina. Ni rastro de pilas. Tampoco en las alacenas. Ni entre los montones de platos de loza blanca de borde dorado que Merche le pone cada día en la mesa. Nada entre la loza de colores, con dibujos en verde y blanco, color crema con flores azules, los platos de tono amarillo claro y los ramos de flores rosas en el borde, restos de todos los servicios de mesa que alguna vez tuvieron en esa casa y que Merche usa para comer. Todos están ahora sobre la mesa, porque Eliseo ha querido cerciorarse de que las baterías no están en el fondo, pegadas a la pared del armario.

Tal vez haría bien en llamar a Merche. Tranquilizarla, decirle que «todo está bien». Aunque ni él sepa qué es «todo». Preguntarle, sencillamente, por las pilas.

Sigue siendo una mujer difícil. Ya nada es como la primavera pasada, sus respuestas no son palabras contadas con tacañería, acude a él en todo momento, cada vez que quiere preguntar algo, no cuando no le queda más remedio. De vez en cuando responde con una sonrisa. Pero así y todo.

Él había pensado que se le pasaría con el tiempo. Y más rápido. En fin, que se le pasaría. La Mutua Tinerfeña es una empresa muy prestigiosa. Una aseguradora, segura ante casi todas las crisis. El trabajo lo pagan bien. Como pagan esos trabajos. Le estaba haciendo un favor a Eulalia, había pensado, se alegró al recordar a un conocido al que podía pedírselo.

Nada en la despensa, nada entre las latas de conserva: melocotones, piña, mandarinas, espárragos, distintos tipos de mariscos, atún, maíz. Nada tampoco detrás de los grandes frascos de harina, lentejas y garbanzos. Las voces en la radio son todavía firmes, no se han atenuado, no cancanean, pero quién sabe.

Eliseo abre la gaveta de los cubiertos por segunda vez, es el lugar donde primero miró. En la radio, todavía, el director de la Seguridad del Estado, Laína.

«No hay motivos para inquietarse, España saldrá fortalecida de esta noche».

Eliseo coge el aparato y se lo lleva hasta la entrada, lo pone encima de la repisa, abre las gavetas: pañuelos, los pañuelos de Francisca, bien doblados, el olor de Asia, su perfume, pero nada de pilas. En los pequeños armarios junto al sillón: tubos de betún, paños manchados de negro o de marrón, cepillos blancos, pero nada de pilas.

Podría llamar a Merche. Los comentaristas de la Cadena SER especulan sobre cómo interpretar el discurso de Laína. No puede olvidar recoger de nuevo la cocina antes de que Merche venga mañana temprano, pero vuelve a entrar al despacho. Poco a poco se le van acabando los números de teléfono.

Otra vez Hernández, aunque ahora da igual.

—¿Cómo va todo?

—Difícil.

—Tienes que hacerme un favor. Ve al Parlamento. Mi hijo está ahí, me temo que mi hijo está ahí. Es un idiota, un bocazas de cabeza caliente, lo van a matar. Diles que es mi hijo. Tienes que decirles que es mi hijo.

—¿Qué crees que pensarán si me presento allí? No puedo ir. Me tocaría dar explicaciones a favor o en contra. No. Lo siento por tu hijo. Que Dios lo proteja.

En la televisión, un enamorado canta bajo una ventana, la señorita se mantiene oculta detrás de la cortina. Merche y Eulalia cosen. El disfraz de carnaval de Eulalia está listo hace rato, irá vestida de Caperucita, pero Merche ha decidido que también Mercedes necesita un disfraz.

—Ni siquiera sabes si querrá ir —objeta Eulalia, pero no puede sacar a su madre de sus trece. Está preocupada.

—¿Dijo algo Mercedes?

—No, mamá. —Eulalia clava la aguja en la tela y la mete por el ojal de la lentejuela azul claro.

—¿No dijo con quién se encontraría ni cuándo piensa volver?

—No.

Cada noche lo mismo. Eulalia está muy agradecida a lo que está pasando en Madrid, sea lo que sea, porque en otra noche cualquiera su madre estaría asomándose inquieta a la ventanita de la puerta, espiando, y luego regresaría y tomaría de nuevo, por un breve instante, los aperos de coser. De *Stella Maris*, Mercedes ha de ir disfrazada de estrella de mar, ha decidido Merche. Cosen las lentejuelas verdes y azules y con forma de estrellas sobre un viejo vestido blanco de verano. En cualquier otra noche, su madre, cada vez que un perro ladrara, encendería la luz de fuera y solo la apagaría cuando todo volviera a estar tranquilo. Ya ha estado pensando en voz alta dónde ella y Eulalia deberían buscar primero, o por lo menos dónde plantarse a esperar, en la calle, cerca de la parada de la guagua. Aunque Mercedes nunca vuelve a casa en guagua. Como si Eulalia, después de limpiar escritorios, vaciar papeleras, frotar ventanas, barrer suelos y fregar, tras sacudir polvo y barrer las escaleras, tuviera nervios todavía para salir en busca de su hermana.

Hace dos años que Eulalia es empleada de limpieza en la Mutua Tinerfeña. Pero lo único que le gusta limpiar allí son las ventanas de cristal de las escaleras. Cristales de colores, como los de una iglesia. Aunque no haya un Jesucristo, ni una Virgen María con el cuerpo martirizado en su regazo ni santos con largas túnicas. En su lugar, en el centro, un barco con chimeneas humeantes, a derecha y a izquierda los rostros de cuatro americanos de pelo blanco y ojos grises, y escrito debajo: Elder, Dempster & Company.

Merche ha decidido que esas voces nerviosas de los comentaristas de la radio significan toque de queda.

—Enciende la televisión —ha dicho mientras apaga la radio—. Tal vez ahí no digan tantas tonterías.

Cuando llaman a la puerta, ambas dejan a un lado las labores de costura. Mercedes nunca llama.

Merche abre, es una vecina.

—Solo quería comprobar que estaban bien.

—¿Por qué no íbamos a estarlo? —responde Merche, cruzándose de brazos.

—Es terrible lo que está ocurriendo en Madrid —suelta a modo de tentativa, con los ojos fijos en las comisuras de los labios de Merche.

—Ah... —exclama Merche—. Madrid.

—¿Has oído algo?

—¿Qué podría haber oído?

—De la familia, del general Bernadotte. ¿Ha dicho algo?

—¿Sobre qué? ¿Sobre el bacalao de la cena?

Él no es general, pero eso Merche no lo dice. Ella misma lo llama así a veces para referirse a él.

—Chismorreos —dice Merche cuando vuelve a sentarse en el sofá, al lado de Eulalia—. No busca más que chismorrear, para poder luego ir de puerta en puerta contando vaya usted a saber qué.

En la televisión no dicen nada todavía. Eliseo la deja encendida, quita el sonido y medita dónde seguir buscando. Tal vez arriba, en la habitación de los niños. Merche deja allí la tabla de planchar cuando no la necesita. Pero, en lugar de subir, va hasta el escritorio, marca de nuevo el número de la residencia de estudiantes.

—¿Con quién desea hablar?

—Con Fe-li-pe Ber-na-do-tte.

—Está arriba.

—¿Ya regresó?

—Creo que ha estado toda la noche en su habitación. Iré a buscarlo.

Un sonido fuerte cuando la persona en el otro extremo deja caer el auricular.

Eliseo se enciende un cigarrillo, casi acaba de fumarlo en esa media eternidad que tarda en oír la voz de Felipe:

—¿Sí?

—Gracias a Dios que estás ahí.

—¿Por qué?

—Me preocupaba que estuvieras frente al Congreso de los Diputados.

—No hay nada claro en todo eso. —La voz de Felipe suena como a la defensiva.

—¿Llevas todo el rato en tu cuarto?

—¿Acaso lo han prohibido?

—En la radio dicen que hay gente reuniéndose. La Guardia Civil ha bloqueado calles y plazas. No salgas, no seas estúpido. Puedes...

—No creas que si fuera necesario, si hubiera instrucciones, no lucharé contra ustedes —dice Felipe antes de colgar.

Eliseo espera para soltar aire, mientras la señal del tono se ahoga en el soporte, espera a relajarse, a sentirse más ligero. Pero le encantaría tener otro cigarrillo. Podría sacar más vino de la despensa.

El centelleo negro y blanco en el rabillo de los ojos cesa de pronto, aunque no del todo. Ya los cambios no son tan bruscos y arrítmicos, la luz del televisor es parejamente luminosa. La pantalla muestra un color verde cuando Eliseo gira su silla hacia el aparato. Por un momento teme que regresen el «Triple Himno» y el retrato de Franco intercalado, como ocurría hasta hacía poco cada noche, tras el cierre de emisión: la «Marcha de Oriamendi» de fondo, luego el «Cara al sol» y, para terminar, la «Marcha Real».

Lo que aparece, sin embargo, es: «Mensaje de Su Majestad el Rey». En letras amarillas que todavía no desaparecen tras una imagen, todavía no, todavía no. Cuando sube el volumen: música, alguna pieza clásica. «Vamos, acaben de una vez», piensa Eliseo.

Pocos minutos después, cuando termina el breve mensaje del rey y todo ha concluido, pues la única autoridad a la que podrían haberse remitido los golpistas se ha declarado en su contra, suena el teléfono.

Eliseo se detiene, iba camino del salón a buscar la botella de oporto. Pretendía tumbarse en el sofá, ya que aún no puede subir al dormitorio de arriba. Cuando está de vuelta tras el escritorio, repasa las conversaciones, reflexiona sobre quién podría sentirse tan unido a él como para llamarlo de nuevo, aunque todo hubiera terminado.

—¿Coronel Bernadotte?

—¿Sí?

—Aquí el cuartel de Mesa Mota. Lo llamo por su hijo, el teniente José Antonio Bernadotte. ¿Sabe dónde se encuentra?

—¿Por qué?

—Porque no regresó al cuartel a pesar del toque de queda.

1975

A TI CONFÍO MI ALMA

Más tarde, cuando Felipe piense en retrospectiva, serán como uno solo. Los días 16 de julio y 20 de noviembre de 1975 se habrán convertido en un único día de espera, un día de permanecer sentados, el día de una punta negra y de velas color crema, del olor pesado del alcohol almacenado mucho tiempo, evaporándose al contacto con el calor. Sin embargo, son dos días distintos.

El 16 de julio Merche está parada delante del portón de entrada de la escuela. Sin delantal, vestida de negro, aunque siempre se viste así: blusa negra, falda negra sobre su barriga redonda, sus piernas delgadas enfundadas en unas medias gris oscuro, con los pliegues aún más oscuros en los tobillos encima de los zapatos marineros desteñidos. En invierno con la rebeca; en verano, sin ella. Merche alza la mano cuando ve a Felipe. No demasiado, no saluda, solo le muestra la palma abierta delante de su tripa. Se queda al otro lado de la calle, no se mueve, espera mientras él se despide de los demás.

—Vamos —dice Merche, caminando con él a lo largo de la acera.

—¿Adónde?

—A casa —responde, asombrada. Como si ella fuese a recogerlo todos los días. Jaime y Rodrigo, con quienes recorre normalmente el camino hasta casa, caminan a pocos metros delante de él. Felipe entiende lo que hablan, siguen hablando de fútbol, la final de la Copa del Generalísimo de anoche, el Real contra el Atlético, hablan de los penaltis, del fallido tiro a puerta de Ignacio Salcedo. «Lo ganado, bien ganado está», dice Jaime.

Los penaltis tienen que ver más con la suerte, son pura suerte, quiere gritarle Felipe, pero mira a Merche y calla. Arranca, al pasar, dos o tres hojas del arbusto que extiende sus ramas a través de una cerca. En la plaza del Cristo, Jaime y Rodrigo doblan la esquina y desaparecen en un estanco para comprar Seven Up y un mechero. En realidad, los tres han quedado para fumar. Empezaron la semana pasada y aún trabajan para desarrollar la técnica: entre las yemas de los dedos índice y pulgar, así lo prefiere Rodrigo; entre los dedos índice y corazón es el método de Jaime. Felipe aún no ha decidido, ayer por la noche estuvo ensayando delante del espejo con un cacho de lápiz. Es más fácil sostenerlo con las yemas, al ponerlo entre los dedos, el lápiz se le ha escapado al ejercer presión. José Antonio se los coloca entre los dedos. Papá también.

Merche no dice palabra alguna, ni siquiera cuando Felipe, al pasar por el jardín de la plaza de la Junta Suprema, golpea con la mano abierta los lirios; tampoco cuando doblan hacia el Camino Largo y descubren allí tres coches aparcados, una limusina azul oscuro, una negra, un coche de la policía local.

«No es asunto mío», dirá más tarde.

El jardín delantero, vacío. No se ve a nadie en él cuando Merche abre el portón de entrada y los dos caminan hasta la puerta de la casa por el sendero de baldosas. Merche toca el timbre. No abre con la llave, no hace uso del llavero que tiene en la mano, sino que toca el timbre. Felipe no conoce al hombre que les abre. Lleva puesto un traje oscuro, le pone brevemente la mano en el hombro, se da la vuelta en cuanto el niño entra en el pasillo y corre escaleras arriba hasta la primera planta. Merche se retira a la cocina.

Arriba, en el rellano, hay un hombre con uniforme azul. Se ha colocado en medio del último escalón cuando ha visto a Felipe subir las escaleras. Con las piernas abiertas en el rellano, las manos cruzadas delante del regazo. Como si vigilara algo.

Felipe se detiene en mitad de la escalera. Por el triángulo que forman las piernas abiertas del hombre uniformado puede ver la puerta del dormitorio de sus padres, que está abierta. Detrás, unos pies enfundados en zapatos marrones, en zapatos negros, abundancia de pies enfundados en zapatos marrones y negros, y vueltas de pantalón gris. Voces atenuadas, y de pronto un brillo cegador. El policía descruza las manos, sus manos plegadas delante del regazo, y señala hacia abajo, a un lugar detrás de Felipe, al suelo, delante de la escalera. Y Felipe baja de espaldas, el triángulo entre las piernas del hombre uniformado se va haciendo más pequeño a cada paso, la hipotenusa se desliza hacia arriba hasta que el último escalón tapa los pies enfundados en zapatos de color marrón y negro.

Felipe tiene hambre. Por lo demás, todo en él está en silencio. Un robo, piensa, y va hasta el comedor. La mesa no está puesta, sobre ella solo yacen un trapo del polvo y una botella de Pronto. No huele a nada en toda la casa, ni a potaje ni a carne, tampoco a pescado. Felipe se deshace de la mochila. Normalmente papá está sentado a la cabecera, su madre a la derecha, a la izquierda José Antonio y, a su lado, se sienta él.

Podría aprenderse algunas vocales. De francés. Abre la cartera del colegio, la cierra de nuevo, se sienta en su silla. Le gustaría quitarse el uniforme, el pantalón de franela azul, la corbata, la camisa, el chaleco de punto. El ambiente del comedor está enrarecido, como si no lo hubieran aireado esa mañana.

«Quisiera ir a mi habitación, ponerme una camiseta y mis vaqueros», pudo haberle dicho al triángulo de piernas uniformadas en el rellano. Pero entonces habría tenido que pasar por delante de los zapatos marrones y negros, frente a la puerta abierta del dormitorio de sus padres, y no le apetece. Tendría que mirar al pasar. Querría mirar. No tiene tanta fuerza de voluntad —de eso está seguro Felipe— como para pasar por delante y no mirar.

Entonces se levanta y abre un palmo la ventana que se encuentra a sus espaldas. Todavía no huele a comida, reina el silencio en la cocina, detrás del pasillo. Una ráfaga de aire frío, Felipe la nota, se da cuenta de que suda cuando la frente se le enfría, el labio superior y el cuello, el punto en el que empieza el cuello de la camisa. Cierra los ojos, oye voces que llegan de fuera, las dos chicas de al lado, que cantan, hacen botar una pelota de un lado a otro, «la pelota salta y bota de una mano a otra».

Felipe no vuelve a abrir los ojos hasta que oye la llave en la puerta de entrada de la casa, pasos en el recibidor, pero ni una sola palabra. Pasos que bajan presurosos la escalera, alguien que cierra la puerta, pero todavía no se oye palabra alguna. De repente, una voz clara e inteligible.

—¿Dónde está ella? —pregunta José Antonio.

—Arriba —responde Eliseo.

Y entonces los dos callan, y Felipe oye sus zapatos en los escalones. Papá ha ido a recoger a José Antonio; Merche lo ha recogido a él. Felipe comprende. Las chicas que están fuera guardan silencio, la pelota ya no bota sobre el suelo de cemento.

Solo más tarde, cuando Felipe se asusta al ver a un policía en el marco de la puerta de la cocina («Perdone», le dice, señalando a la mesa. «¿Puedo?»); cuando, tras asentir, ve al policía sentado delante de él y ya ha llenado las primeras líneas de un formulario con letras azules muy parejas, con el apellido de Felipe en la cabecera; solo entonces Felipe pregunta:

—¿Qué ha pasado?

El policía mira a Felipe y pasa un buen rato sin moverse antes de musitar «Disculpe» y salir al pasillo. Felipe mira el tablero de la mesa, el nudo de una rama que apenas se nota bajo el abrillantador marrón rojizo con el que Merche frota la mesa los primeros viernes de cada mes. Él la ha visto hacerlo. Felipe levanta la mano, coloca la punta del índice donde las vetas son más oscuras. Es cálida la madera, agradablemente lisa. «Suave», sería su respuesta si alguien le preguntara cómo se siente al tacto. Pero nadie le pregunta.

En lugar de eso, José Antonio entra en la habitación, también él lleva aún el uniforme de la escuela, se detiene al lado de la silla de Felipe, muy pegado a ella, y le dice:

—Mamá ha muerto.

Francisca no yace en el dormitorio, está en el baño, sobre el felpudo azul claro, la cabeza junto al retrete, los pies cerca de la puerta. Yace de lado. Hay vómito en el inodoro.

—No llegó a tirar de la cadena —le explica José Antonio.

Hay un olor ácido que se vuelve mucho más intenso en el dormitorio, o incluso en el pasillo, donde están Felipe y José Antonio, pegados a la pared, con las manos cruzadas delante de las barrigas cuando sacan a Francisca en una camilla cubierta con una sábana.

Le cubren los pies las guirnaldas de rosas asalmonadas bordadas en el embozo. El dobladillo se balancea con cada paso. «Está al revés», piensa Felipe, «las flores deberían estar arriba, en la cabeza». «Si mamá lo viera», sigue pensando, y de pronto se echa a llorar, porque José Antonio le da un codazo y le alcanza un pañuelo. Felipe sacude la cabeza, y ambos hermanos caminan detrás de los hombres que llevan la camilla, en cuyas espaldas puede leerse: «Policía Local». Al llegar a la entrada, Felipe se detiene y apoya una mano en el marco. José Antonio se gira hacia él, le hace una señal para que lo siga, pero no dice nada al ver que Felipe no se mueve del sitio. Se limita a continuar caminando. Felipe oye a su padre hablando por teléfono, despidiéndose de alguien, y lo ve luego pasar por su lado, muy cerca de él.

—A la iglesia —dice, dirigiéndose al coche fúnebre, lo dice bien alto, con un leve gesto triunfal—. Vamos directos a la iglesia.

Los camilleros se detienen, se dan la vuelta.

—El cura no tiene objeción —añade Eliseo.

Durante el velatorio en La Concepción, todo como debe ser.

La mañana del 20 de noviembre, por el contrario, está en todos los titulares de las estanterías de los quioscos, por última vez aparece impreso el mismo rostro. Todos los titulares son variaciones de dos únicas palabras: «Franco» y «muerto». Las iglesias están tan a reventar con los rezos de «A ti confío mi alma» que por un par de días se olvidan el silencio y el vacío de bancos de madera tan extendido en ellas en los años anteriores.

Ha llovido durante la noche, en el Camino Largo se han formado charcos a intervalos regulares en torno a los sumideros. Los negros bichos que siempre aparecen después de la lluvia parecen ahora gusanos gordos, pero son ciempiés. Se arrastran despacio, imperturbables, por el adoquinado, por los muros todavía húmedos a lo largo de la acera. Se enroscan formando negras rosquillas con forma de caracola cuando los pasos de Merche se aproximan. Antes los llamaban «falangistas». De repente son tantos que es preciso recogerlos a paladas en la azotea, y cuando el sol brilla, desaparecen sin dejar rastro alguno.

En el estudio: uniformes. Sostienen vasos de *whisky* y hablan del final de una era.

Los niños están levantados, quieren saber si tienen que ir a la escuela.

—Pregúntenle a su padre —responde Merche. No quisiera llamar de nuevo a la puerta del estudio. Ha preguntado si quieren desayunar. No quieren. Se ha llevado el cubo de hielo vacío. Ahora piensa si se lo entrega a los niños, otra vez lleno, cuando vayan a preguntar.

El televisor del estudio está en silencio, se ven coronas con bandas impresas y rostros con pañuelos empapados de lágrimas. Los señores que ocupan los sillones adoptan tonos apocalípticos durante toda la noche, la cifra es variable. De vez en cuando alguno hace que venga su chófer, de vez en cuando Merche abre la puerta a alguien nuevo, casi todos de uniforme. El señor Bernadotte le ha pedido que se quede hasta que las visitas se marchen. En un ínterin, Merche ha echado una cabezadita de una hora en la mesa de la cocina, se ha preparado un cortado y ha despertado a los niños.

En el estudio, durante toda la noche, reina el mutismo, solo se oyen frases aisladas. «Nadie aceptaría ya un conflicto armado». Gestos de aprobación. De nuevo el silencio. El sonido de los cubitos de hielo al chocar entre sí, cuando alguno se lleva el vaso a los labios. «Si la diñan en el desierto, las imágenes». Silencio. «En esta sensible fase». Y todos miran hacia la televisión, movimiento de la cámara: filas y filas para firmar el libro de condolencias.

—En la provincia española del Sáhara Occidental —dice uno, cuando Merche está vaciando el cenicero. Los señores fuman, los señores brindan—. Por lo menos ahora Marruecos tendrá que enfrentarse a los saharauis, no nosotros.

Merche limpiará el polvo más tarde, cuando todos se hayan marchado y el señor, que ojalá esté arriba, se acueste a dormir la mona. Ella sabe de lo que se trata, de la Marcha Verde. Ya antes de la muerte de Franco se hablaba de ello en la radio. Los de Marruecos, sencillamente, echaron a andar, cientos de miles se adentraron en la región española del desierto. Sin agua ni nada que comer.

«Es nuestra tierra», afirma Marruecos, afirma España, afirman los que viven allí. Los del otro lado. «Los de Ifni», así los llaman en la isla. Los que antes se ocupaban de los camellos en las fincas.

Ahora apenas quedan camellos, ahora todo se hace con camiones. Su abuelo tenía uno.

A las nueve menos cinco, Julio abre la puerta de Electrodomésticos Marrero. Los empleados no han acudido hoy y él no tiene ganas de llamarles. Hoy, por lo menos, todo está tranquilo en la calle. Nada es más perjudicial para el negocio que las manifestaciones estudiantiles. O las de chóferes de guagua. O las de maestros. O las de toda esa gente que en las últimas semanas y meses se ha reunido con pancartas al final de La Trinidad.

A las diez, al ver que nadie ha entrado a la tienda, salvo una niña que ha preguntado por el lavabo, Julio decide ponerse con la contabilidad. Hoy es un gran día. En otro tiempo habría pensado en celebrarlo, en lugar de repasar listas, examinar correspondencia, sumar cantidades. Pero continúa tecleando en la calculadora. No puede sino pensar en Jorge una y otra vez.

1970

BUENAVISTA

Delante de Francisca se alza el Teide. No la ladera más llana cerca de La Orotava, sino las agrestes paredes rocosas que descuellan por encima de Buenavista del Norte. Y tendrá que atravesarlas hoy para cruzar al otro lado.

Ha oído los golpes llamando a la puerta, la ha oído abrirse, un sonido levemente chirriante. Habrá que engrasar los goznes. Ha oído el carraspeo, puede sentir a José Antonio al pie de la cama, observando su espalda, mientras ella yace de lado. José Antonio necesita dinero para la guagua, tal vez para pagar la entrada al balneario. No pestañear, su cara está tapada por un trozo de tela, pero aun así: no pestañar. Le puede preguntar a la asistenta, Merche le dará el dinero.

Francisca intenta no respirar, espera a escuchar el sonido seco de la hoja de la puerta chocando contra el marco, el ruido del pestillo que se cierra de golpe cuando José Antonio ya está fuera de su habitación. La penumbra generada por las cortinas casi echadas la rodea como un envoltorio de algodón. La han acomodado dentro con esmero, la han cubierto con él. Piensa en los colgantes dentro de sus estuches de cartón; Lorenzo, su padre, se los regaló el día de su santo. Las cajas son blancas y rectangulares. En el fondo, un pedazo de algodón azul claro. Otro encima. Y en medio: crucifijos, haces de flechas, incontables «F» con zafiros, ópalos y perlas. Recuerda bien una hoja de trébol con cuatro rubíes, la cara de un gato con dos brillantes diminutos haciendo las veces de ojos.

Todo bien guardado. Los colgantes, a buen recaudo, están en lugar seguro, en el sitio adecuado, de modo que Francisca no quiere sacarlos, solo se los pone cuando Lorenzo le pregunta por ellos. Prefiere tenerlos en el joyero. De vez en cuando toma en sus manos una cajita tras otra, abre la tapa, comprueba que estén todavía intactos entre los trozos de algodón.

Eliseo ha bajado hace rato. Tal vez haya ido a desayunar al club. Los niños están listos, puede oír a Felipe por la ventana, está fuera jugando con su cochecito rojo.

La primera vez que todo se descarrila están invitados a una comida en un restaurante de la costa, en un sitio por debajo de La Orotava. Todo muy bonito, como debe ser, vistas al puerto. O, si giran la cabeza, al Teide: apenas hay nubes, pero sí mucha bruma. Ella conoce el nombre de todas las esposas, hace las preguntas correctas cuando están todas juntas, sentadas en la terraza, antes de pasar a comer. Pregunta por los hijos, por los padres enfermos, felicita con igual euforia por algún ascenso o alguna boda.

Más tarde solo podrá permanecer al lado de Eliseo con la boca cerrada, mientras los señores alternan contándose anécdotas, las gambas están riquísimas, también el lenguado. De vez en cuando, alguna de las señoras intercala una frase, y Francisca ríe del modo preciso, correcto: sin demasiado ruido, sin estridencias.

Ya están en los postres, y Francisca casi ha terminado, cuando uno de los señores intenta mostrarse amable con ella, se inclina hacia su sitio:

—Y usted, ¿por qué tan callada? —pregunta, y cuando Francisca clava la vista en el mantel, añade—: No se preocupe, es usted tan guapa que puede callar cuanto quiera, querida. Eso basta y sobra. Las palabras estropean la elegancia, en lugar de realzarla.

Cuando todo se descarrila, están todos camino del coche. Es como aquel juego de habilidad en el que era preciso ir juntando unas plaquitas entre dos listones de madera: hacer que encajen unas con otras, apretarlas bien, alzarlas y desplazarlas hacia arriba al mismo tiempo, despacio. En ello consistía el arte. Cuando las plaquitas se levantan de la mesa entre los listones de madera, ninguna puede estar torcida, de lo contrario todas descarrilan. Lo importante es mantener la misma presión en ambos extremos. Si se oprime demasiado el borde superior, los listones de abajo se separan unos milímetros de las plaquitas, y las primeras caen fuera. Por un instante será posible retener el resto de ellas en el centro, pero, al final, acaban cayendo todas.

Es como si Francisca necesitase toda su concentración y toda su fuerza para mantener el resto de cosas en su lugar. Como si, mientras camina junto a Eliseo hacia el aparcamiento, tuviera que poner los talones un poquito por delante, con toda delicadeza, encontrar el punto adecuado sobre los rectángulos de las baldosas, que parecen agrandarse cada vez. Colocar los dedos suavemente, relajados, sobre las mangas de la chaqueta de Eliseo, su chaqueta marinera; colocarlos un poco por encima del codo, sin empujarlo hacia abajo con el peso de su mano. Porque de repente su mano le pesa, de repente Francisca debe tensar los músculos para que la mano no se hunda y descargue su peso en el brazo de su marido. Como si de repente la mano estuviera hecha de un material más espeso.

A Francisca los brazos le empiezan a doler por el esfuerzo de mantenerlos en alto. Necesita toda su fuerza para que la mano parezca ligera, para que sus dedos no se agarroten y sus uñas —bien limadas y pintadas de rojo, perfectas, sin un solo desconchón— no se claven como garras en la manga de él y tiren del hilo. Pero no, la tela es demasiado lisa para que eso ocurra, demasiado lisa, las uñas se le clavarían en la palma de su propia mano.

Cuando las cosas se descarrilan todo empieza por la barbilla, que tiembla y se sacude cuando ella intenta mantenerla quieta. Los maxilares y los dientes entrechocan, y ella se queda con la boca abierta, mira hacia un lado en dirección a las rosas. Son de color naranja, y a Francisca las comisuras de los labios se le doblan hacia abajo, unos músculos sobre los que ya no tiene control tiran de ellas. Los labios ya no son lo bastante firmes como para poder apretarlos, la boca se le llena de saliva, una saliva que también amenaza con inundar el parejo dique blanco de sus dientes. Todo se humedece de pronto, las lágrimas brotan tan rápidamente, en una secuencia tan vertiginosa, que Francisca nota cómo le resbalan por las comisuras justo en el momento en que toma conciencia de ellas.

—¿Qué pasa? —pregunta Eliseo, que aminora el paso y la mira.

—Siento la mano muy pesada.

Suena absurdo. Francisca mira hacia abajo, mira el antebrazo de él, donde reposan suavemente sus dedos. Confía en que él no note que está llorando. Una lágrima cae sobre la manga de su chaqueta. Una mancha oscura y redonda sobre el azul marino. Francisca confía al menos en que él no pregunte por qué.

Felipe conduce en círculos, está sentado en su cochecito de pedales y da vueltas delante del garaje. La pintura roja de los lados se desconcha, el cochecito perteneció a José Antonio hasta los últimos Reyes. Era negro. Los pedales ya no chirrían constantemente, solo cuando uno está arriba del todo y el otro abajo. A José Antonio le regalaron el coche por su santo cuando tenía cuatro años. Felipe ha cumplido ocho, ya no puede estirar las piernas del todo cuando pedalea, las rodillas le llegan casi hasta las orejas.

Felipe está esperando a que mamá baje y lo lleve a la plaza de España. Francisca no ha desayunado con ellos. «Yo quiero ir», había reclamado Felipe ayer por la mañana, cuando Francisca dijo que iría a Santa Cruz a comprar ella misma las flores. Lo mismo repitió por la tarde.

«No tuve tiempo, iré mañana», se excusó.

En La Laguna, en la plaza del Cristo, hay un carromato con castañas. Junto a la chimenea del carro está sentada la mujer de los rizos. Los domingos aparecen por allí también el carro de Santa Rita, rojo y dorado, con los turrones, y también las vendedoras de pipas, que cargan en la cabeza, en unas cestas, las bolsitas de papel a rayas y que nunca te dan la que les has señalado.

Lo que a Felipe más le gusta son el Mirapaquí, vendedor de pirulí, y la mujer del papagayo. Pero esos están en Santa Cruz. El Mirapaquí en la plaza de España, y a la mujer del papagayo se la ve casi siempre empujando su carretilla por la rambla del parque García Sanabria. Solo un día del año se reúnen todos en el mismo lugar con motivo de la Fiesta del Cristo, en septiembre, cuando los carritos y los vendedores de chucherías y de globos suben la cuesta hasta La Laguna.

Mirapaquí lleva una chaqueta blanca, pantalones negros, y en la mano izquierda sostiene una estructura de aspecto fantástico: una barra central con cuatro discos plateados, el mayor debajo y el más pequeño arriba, y en ellos están clavados los palitos de los pirulís. Gomaespuma cubierta de papel transparente que se desprende por los lados, formando unos bultitos, pero eso es algo que a Felipe le llama la atención solo muchos años después. Los pirulís tienen rayas rojas y amarillas y la forma de los cucuruchos de helado, como en los cómics. Son transparentes, menos en los puntos en los que encierran alguna burbuja de aire. Burbujas cuyos bordes no se notan al contacto con la lengua. Felipe lo ha comprobado, una y otra vez. Sostiene el pirulí a contraluz, examina las partes en las que se agrupan esos puntitos claros y les pasa la lengua, los labios y los dedos repetidas veces. Al vendedor se le oye desde lejos: «Mira pa'aquí, mira pa'allá, pídele peritas a tu mamá».

A la mujer del papagayo verde se la huele antes de verla. Su carreta hiede. «Azufre», dice mamá. «A pedo», dice José Antonio. La lámpara es de carburo, el dedo enguantado de Francisca señala al abollado cilindro de metal que emite un brillo azulado bajo el pequeño techo blanco.

—Esa vendedora se alimenta de garbanzos y se tira pedos —le cuenta José Antonio—. Ve y pregúntale —añade, empujando a Felipe—. Es campeona de España en concursos de pedos silenciosos.

El carromato, rectangular, está pintado de blanco. Tiene un asa que le sirve a la dueña para empujarlo como si se tratase de un enorme cochecito de bebé. En la vidriera lateral están apiladas las tabletas de chocolate. Las de rayas amarillas son de chocolate con leche, las verdes, de almendras. Al lado, los blancos paquetes de chicles y el bote de cristal con los caramelos rojos. A veces el papagayo está posado en su hombro, pero casi siempre se lo ve en un columpio que cuelga de la viga del techo. No para de llamar: «Trini, Trini».

Así se llama la campeona de pedos silenciosos, que nunca te da el maní para el animal hasta que no le has comprado algo. En cuanto Felipe le entrega las monedas, el papagayo empieza a dar pasitos cortos. Cuando la mujer mete la mano en la bolsa de papel que guarda en el bolsillo de su delantal, el animal grazna. No coge el maní con el pico, sino con la garra, con cuidado, de entre los dedos de Felipe.

—¿Qué se dice? —pregunta la vendedora.

Y el papagayo responde:

—Gracias.

Lo repite una y otra vez, «Gracias», mientras parte la cáscara con el pico. El chocolate es demasiado harinoso y dulce. Cuando regresa a casa, Felipe casi siempre le regala la tableta a Eulalia.

Cuando suena el timbre del portón, Felipe deja de pedalear. A través de las rendijas de la valla puede ver a los soldados fuera. Él no se mueve. Espera a que alguien pulse la chicharra que abre la puerta.

Eliseo Bernadotte está sentado, recostado en la silla de su escritorio, cuya barra de metal cromado y cuyas patas desplegadas en forma radial Merche acaba de limpiar con un trapo.

Eliseo Bernadotte habla por teléfono. «Palomita», dice varias veces. Y también: «Ay, ay, ay... ¿Qué estás haciendo conmigo?». Después, de repente, con voz severa: «Bueno, no me montes esa escenita». Tiene los codos apoyados en los brazos de la silla y mira hacia arriba, al discreto friso de estuco blanco que queda entre el techo y la pared. No mira hacia Merche, situada ahora lo más lejos posible del escritorio y enfrascada en su labor de descolgar de sus clavos cada uno de los cuadros, uno tras otro, para limpiarlos. Un trapo para el marco, otro para el cristal. El que no necesita en cada momento permanece guardado en el bolsillo de su delantal. Merche repasa en su mente la lista, una lista infinitamente larga. Es la primera vez que ha traído a Eulalia. Una de las chicas que viene a ayudar cuando Bernadotte tiene invitados ha dicho que no puede venir hoy. Andan bien de tiempo. Merche ha dejado los garbanzos en agua durante la noche. Merluza a la Buenavista es el pescado que piensa servir. El pescado se ha hervido entero, con la piel y la cabeza. Las aletas escotadas. Primero se hace en el molde redondo una capa a base de zanahorias cortadas con forma de flores, de cebollas glaseadas y cogollos de coliflor. Encima se pone el pescado al revés, con la espalda hacia abajo, se le enrosca, de modo que la boca casi roce la cola. El centro se rellena con el resto de la verdura. Un pescado en un prado bajo una cúpula de gelatina, ese debe ser el aspecto final. La señora sacó la receta de una de sus revistas, le había gustado la foto.

Merche está de espaldas a Eliseo Bernadotte. Le enseñaba a Eulalia cómo cortar las ruedas de zanahorias con forma de flor, cuando él, sin previo aviso, se ha presentado en la cocina y le ha pedido a Merche que lo acompañe. En tono amable, pero seco. Ha señalado los diplomas de la pared, las formaciones de tropas en blanco y negro, el retrato del Generalísimo en su época del norte de África, delante de una tienda de campaña, a Francisca Bernadotte vestida de novia, con encajes, o en el hospital con José Antonio en brazos. «No admito chapuzas en esta casa», la ha reprendido Eliseo Bernadotte, y ha pasado la yema del dedo a lo largo del marco dorado con el diploma de su nombramiento. Luego ha frotado el polvo entre los dedos índice y pulgar hasta formar una pelusa y la ha dejado caer delante de Merche, sobre la alfombra.

Merche ha asentido y ha ido a buscar el limpiador.

Limpia el marco de una foto en blanco y negro con visos verdosos: una mujer junto a un piano, con el mentón apoyado en una mano y el codo sobre la negra madera. En eso llaman a la puerta. Merche intenta recordar si esperan algo. Ayer les trajeron la carne, también el vino, de las flores iba a ocuparse la señora en persona.

Merche aguza el oído, intenta oír los pasos de Eulalia en el pasillo, en medio de las palabras otra vez amables de Eliseo Bernadotte, quiere comprobar si su hija va hasta la puerta y la abre, si ha entendido cuál es su obligación.

Tarda un momento en oír el golpeteo de los zapatos de Eulalia en las baldosas de la entrada, lentos y vacilantes, en lugar de rápidos y diligentes, como debe ser. El timbre suena una vez más, Eulalia abre, y se hace el silencio tras la puerta del estudio.

Hay que planchar las servilletas. Y si la señora no se levanta pronto y se ocupa de los ramos de flores para las mesas, también tendrá que encontrar una solución para eso. Merche cuelga de nuevo en su clavo el retrato de la mujer al lado del piano. Solo le faltan el cuadro con marco dorado con la iglesia de la Concepción, pintado con gruesos manchones de pintura, y el de la calle del Agua, un lienzo al uso. Limpia primero este último. «Juan Toral», se lee en el extremo inferior derecho. La calle soleada bajo un cielo azul claro; hileras de delgadas palmeras verdes, delante de paredes blanquísimas con el revoque intacto.

«Así tiene que haber sido antes, cuando todo era nuevo», piensa Merche. Eulalia toca tan suave a la puerta que Eliseo Bernadotte ni se entera. Él no presta atención a Merche cuando esta, con la mirada clavada en él, se acerca.

—Hay un soldado ahí —susurra Eulalia.

—¿Qué quiere?

—Trae un mensaje para el señor Bernadotte. El teléfono lleva un buen rato ocupado. Dice que llevan horas intentando localizarlo.

—¿Dónde está?

—Fuera, en la entrada.

—¿Por qué no lo has invitado a entrar?

—No sabía... —responde Eulalia.

—Pssssttt... —hace Eliseo Bernadotte detrás de su escritorio.

—Ofrécele algo de beber —le susurra Merche—. En cuanto yo acabe aquí, lo llevas al despacho.

Todavía hay tiempo para la carne, pero de postre quiere hacer Príncipe Alberto, según lo acordado con la señora. Ya ha cortado y tostado las almendras y las nueces, que ahora se enfrían delante de la ventana. Confía en que Eulalia les esté echando el ojo, para que ningún lagarto o, lo que es peor, ejército de hormigas encuentre el camino hasta la sartén. Si no hace la crema pronto, no podrá dejarla el tiempo debido en la nevera y luego se derretirá en los platos. Delante de la ventana se oye el chirrido del pequeño en su cochecito de pedales.

Merche cuelga en su sitio La Concepción con sus manchones de color. Cuando abre la puerta del estudio, mira hacia Eliseo Bernadotte, pero él sigue sin prestarle atención.

Eulalia se ha quedado esperando en el pasillo, va deprisa hacia el salón en busca del soldado. Por lo menos ha terminado de cortar las flores de zanahoria, y de un modo aceptable, según comprueba Merche al llegar a la cocina.

—El señor tiene que ir a Capitanía —dice Eulalia cuando regresa.

Fuera, de pronto, el chirrido se apaga cuando ambos hombres pasan junto al pequeño. Se oye un motor que arranca, la puerta del garaje se abre y se cierra de nuevo.

—Seguimos —ordena Merche—. Vamos con retraso.

Eulalia sostiene el embudo con el puré como ella le ha enseñado, lo aprieta y va dando forma de rosetas al puré de papas con yema de huevo y mantequilla sobre la bandeja del horno.

—Las puntas deben estar bien firmes, hacia arriba —le explica Merche, y coge la fuente con la clara de huevo separada, empieza a batirla para el postre. A mano. No se fía de la batidora.

—Voy hasta Santa Cruz a comprar las flores —dice la señora, que está ahora detrás de ella, en la puerta de la cocina—. ¿Necesitamos algo más para esta noche?

—Su esposo se ha llevado el coche —dice Merche y sigue batiendo las claras, tal vez se corten si deja de batir.

—¿Dónde ha ido? —La voz de la señora se nota espesa. Merche saca el batidor de la masa, comprueba si las puntas se paran. Tiene que seguir batiendo, decide antes de responder.

—A la Capitanía. Mandaron a alguien a buscarlo.

La señora permanece en silencio, así que Merche se da la vuelta.

—¿Le llamo un taxi?

La señora sigue parada en la puerta sin moverse, niega con la cabeza.

Pero entonces Francisca se oye pidiendo ayuda, le pide que le saque las esterlicias, que limpie también los floreros y los traiga de vuelta. Luego va hasta el dormitorio a buscar el abrigo de entretiempo y baja las escaleras con prisa, vivaz, ruidosa, pasa junto a la auxiliar, que se asusta y agita otra vez las manos en el agua del fregadero, y sigue hasta la caseta del jardín. Francisca ve cómo sus manos sacan del armario los guantes amarillos y el sombrero de rafia, las ve tomar la tijera de jardinero, colgada por un lazo de una puntilla. Percibe al tacto, camino del salón, el momento en que se pone los guantes, siente cómo el cuero se ciñe en torno a sus dedos. Unos dedos que ahora abren la puerta de la terraza y que, antes de que Francisca salga, colocan el sombrero sobre el cabello y deslizan el barbiquejo bajo el mentón.

Hay días en los que Francisca puede hacer tal cosa: observarse a sí misma. Hay días en los que tiene fuerza y paciencia suficiente para contemplar las acciones de sus dedos. O de sus pies, esos pies que, enfundados en medias elegantes, caminan ágiles por la ciudad, seguros de su meta, pie izquierdo, pie derecho, de nuevo el izquierdo, otra vez el derecho. Los ve caminar por los suelos relucientes de El Corte Inglés o de Galerías Preciados, presurosos, diligentes —derecho, izquierdo; derecho, izquierdo—, los ve entrar en su campo visual y desaparecer otra vez. Francisca observa los pliegues del nailon junto a las correas del empeine, el reflejo de las lámparas de la gran tienda en las punteras de sus zapatos recién lustrados, negros, azul marino o caramelo. A veces puede, sin más, dejar que sus pies se apresuren sin tener que intervenir, sin detenerse. Dejar que sus manos examinen por las noches la mesa puesta para la cena, medir con los dedos la distancia adecuada entre los cuchillos, como le enseñó Ada. Contemplar cómo esos mismos dedos se deslizan por la tela azul oscuro de los uniformes escolares de sus hijos, por sus espaldas estrechas, cuando los dos caminan a su lado, a derecha e izquierda, mientras van hasta Echeto para encargar la tarta de la merienda.

Francisca alza el brazo para cubrirse los ojos: aunque lleva sombrero, el sol está muy bajo y molesta. Intenta doblar el ala, un poco tiesa, y siente el calor que sube de las baldosas de la terraza, trepa por sus pantorrillas a través del tejido de sus medias de nailon, llega hasta las corvas de las rodillas y continúa ascendiendo hasta los muslos.

Se refugia en el césped, que está más fresco, y espera con desgana al jardinero que lo riega cada día al final de la tarde. Sudor, el volumen preciso de una gota de sudor desciende desde la techumbre de sus cabellos atados en un moño y fijados con laca y le recorre el cogote. Es posible ver la gota, durante un breve instante, sobre la nuca de Francisca, desaparece luego en su cuello, escabulléndose entre la tela de su ropa interior.

Francisca observa dos de sus dedos enguantados de amarillo sosteniendo con cuidado un tallo de rosa tras otro. Contempla cómo el preciso corte de la tijera los separa una y otra vez. Es como si Francisca y sus manos se movieran a velocidades diferentes, o sus pies, todo su cuerpo. Como si este último fuera más rápido y ella corriese siempre a la zaga. Como si ella, Francisca, se detuviera, indecisa, cuando su cuerpo ya se ha puesto en movimiento; como si, al detenerse, se preguntara por qué el cuerpo hace lo que hace.

Un lapso, sería la respuesta de Francisca si alguien le preguntase lo que siente. Un lapso de sosiego. Algunos días ni siquiera lo percibe, y entonces todo se halla a resguardo, Francisca y sus extremidades se mueven al mismo ritmo. Ese lapso la atemoriza cuando se prolonga demasiado, un segundo jadeante durante el cual sus extremidades tiran de ella y Francisca solo se siente capaz de tambalearse detrás de su cuerpo, más ágil y vivaracho.

Ha olvidado la cesta, de manera que deposita las rosas sobre el césped, a la sombra del reloj de sol. Las coloca bien juntas y va a cortar las otras: once, doce, trece, catorce. Necesita dos docenas para el centro de mesa, calcula. Y gladiolos para los floreros.

Desde que el año pasado trasladaron a Eliseo a Capitanía, reciben invitados con frecuencia. Ya no son, como antes, las amigas que venían cada dos semanas a jugar a la canasta, esposas de oficiales que también están destinados en la península. Tras el tercer Martini hay siempre por lo menos una a la que la cara se le embadurna de rímel y delineador de ojos, a veces es sudor de borrachera, pero casi siempre son lágrimas, y a todas les entra sueño después del helado con jerez y hacen que las lleven a sus casas.

Esta noche no es ella la encargada de los invitados. Eliseo le ha entregado una lista y juntos han comentado el orden correspondiente en la mesa: siete miembros de la Pontificia, Real y Venerable Esclavitud del Santísimo Cristo de La Laguna, cinco de ellos con sus esposas; otros dos, viudos.

A Francisca le falta la visión de conjunto, ha dicho Eliseo. Le bastaría con anotar los nombres de las nuevas amistades el día en que las conozca.

«Únicamente aquellas personas con las que deseamos mantener trato, por supuesto», así lo ha dicho. Y luego solo es necesario saber juntarlas. Gente nueva y vieja. Según los intereses comunes. Si no está en condiciones de memorizar esos nombres, con más razón tiene que anotarlos. Nombre y profesión, el rango en el caso de los oficiales, los gremios a los que pertenecen, sus temas de conversación. Dado el caso, también si son viudos o están casados. La opción de divorciado ni se contempla.

«Aquello fue un fiasco», ha afirmado Eliseo la semana antepasada, la mañana siguiente a la última cena.

Francisca asintió.

«Cómete la tostada», le ha dicho Eliseo a José Antonio, porque desde que Eliseo está de pie al lado de la mesa del comedor —no para ocupar su lugar en ella, que ni siquiera está puesto—; desde que Eliseo está de pie junto a la mesa del comedor, José Antonio la mira, no para de mirarla. Francisca echa una ojeada a su reloj de pulsera, los niños tendrán que salir en menos de un cuarto de hora. Felipe corta tiras muy delgadas de una tortilla de queso, se las va metiendo en la boca una tras otra, pensativo. Francisca desearía que los niños ya hubiesen acabado de desayunar, quedarse a solas con Eliseo.

Había confiado en poder evitarlo.

—Voy a desayunar en el club —ha dicho Eliseo cuando se levantó de la cama y le pidió a la asistenta un Alka Seltzer mientras iba camino del baño. Por la noche ella se había hecho la dormida cuando Eliseo entró al dormitorio, convencido de que la iba a despertar. En lugar de acostarse, entró al cuarto de baño, le dio un golpe a la percha y su pantalón se cayó de la barra. Francisca lo vio en el suelo bajo la franja de luz que se colaba en el dormitorio a través de la puerta entreabierta del baño. Se ha hecho otra vez la dormida y se ha acostado de lado, con la manta cubriéndole los ojos, cuando Eliseo, en medio del ruido del inodoro tras tirar de la cadena, oliendo a coñac y a pasta de dientes de menta, se tumba junto a ella, y esta vez no empuja a Francisca, ni la agarra por el hombro, ni dice tampoco su nombre en la oscuridad, con voz cortante, dividiéndolo en sus tres sílabas.

—Mira en tu agenda a ver quién nos ha invitado. Tu madre era famosa por sus invitaciones.

José Antonio mira su tostada mordisqueada y no se mueve. Felipe sigue cortando la tortilla en tiras tan delgadas como fideos.

—Mi madre invitaba al azar a todo el que le viniera a la mente.

Y, cuando todos acababan peleándose, Ada se alegraba. Sus cenas eran famosas por las borracheras de los invitados y sus finales. El cónsul británico, en lugar de dirigirse a la puerta, se metió en la cabina de teléfono del salón y pasó allí cinco minutos, pues no quería salir y que todos lo vieran. Durante un paseo matutino, Francisca y Nanny Brown habían asustado al general Sánchez en uno de los bancos de la glorieta. La noche anterior él había intentado desafiar a alguien a un duelo. Un desafío en toda regla, con guante arrojado a la cara del rival y todo, un guante que no acertó la primera vez, con elección de armas y testigos.

«Se pasó toda la noche intentando convencer a tu padre», le había contado Ada más tarde, tomando el té.

Pequeña, rectangular, de cuero blanco y liso es la agenda que Francisca ha comprado esa tarde a última hora en El Aguilar, con un lápiz plateado sujeto por una cinta de seda.

Las pastillas reducen el lapso, y algunos días ni lo nota. Entonces Francisca y sus extremidades andan a la misma velocidad.

Los gladiolos, blancos y naranjas, empiezan a abrirse. Francisca tendrá que dejarlos toda la tarde al sol para que esa noche estén abiertos del todo. Los dedos de Eliseo olerán a mujer y a jabón cuando, más tarde, vuelva a casa y los coloque en su mejilla para darle un beso. Y Francisca sentirá alivio. Sabe que es un error sentirse aliviada. Lo correcto serían las noches de lágrimas en silencio, la palidez, todo sin decir palabra. Los reproches solo en forma de miradas que se desvían rápidamente, un ambiente opresivo y de silenciosa entrega a las cosas de los niños.

—**No tan alto** —les dice José Antonio, y Andrés y Enrique lo miran con perplejidad. Ambos guardan silencio. Es sábado, poco después de las doce, la plaza de los Patos está vacía, salvo por dos turistas que se encuentran en el otro extremo, un hombre y una mujer que se alternan para fotografiarse al borde de la fuente. Ni siquiera miran hacia el banco en cuyo respaldo está sentado José Antonio con la bolsa de deporte entre sus pies. Andrés y Enrique, de pie delante de él, han estado hablando hasta ahora de Brasil y de Italia. Mañana es la final de la copa del mundo de fútbol. Sin participación española.

«Ni siquiera se clasificaron, eso ya lo dice todo», protestó hace algunas semanas, al teléfono, su abuelo Lorenzo. «Podrido, este país está podrido hasta la médula».

José Antonio siente la presencia de la casa a sus espaldas, en la esquina de Viera y Clavijo, pero no se atreve a darse la vuelta. Andrés está a favor de Italia. Enrique acaba de imitar a Pelé.

—¡Ni una oportunidad! —ha gritado—. No tendrán ni una oportunidad.

Están esperando a Esteban y a Rafa, con los que han quedado a las doce para ir a entrenar al Club Náutico. José Antonio juega al baloncesto, hace unas semanas que juega al baloncesto. En casa ensaya el regateo, pero el balón de fútbol no bota como es debido. Le ha pedido a Felipe que intentara quitarle el balón, pero Felipe se limitó a cruzarse de brazos y llamó a Merche cuando él le arrojó la pelota contra la frente.

—¿Por qué tenemos que bajar la voz? —pregunta Enrique, dándole un codazo a José Antonio en la rodilla.

«No quiero que mi abuelo me vea», quiere responder José Antonio, pero no lo dice. En su lugar, le lanza una patada al pecho. No con intenciones de pegarle, solo para que Enrique la esquive dando un paso atrás. Craso error, porque Enrique le agarra la pantorrilla y de pronto parece desatarse de nuevo el griterío.

—Ya está bien —dice José Antonio—. Está bien. ¿Quieres un chicle?

Enrique niega con la cabeza.

Podrían pasar alguna vez por allí, les ha propuesto José Antonio varias veces, pero ninguno ha mostrado interés. La última vez que José Antonio estuvo allí fue en invierno, en Reyes. El abuelo se encoje cada vez más.

—¿Dónde le dijiste a Rafa que nos encontraríamos?

—En la plaza de los Patos.

José Antonio pone los ojos en blanco.

—No la van a encontrar en la vida. Rafa es de la península. El nombre oficial de la plaza es «25 de julio».

—¿Por qué todos la llaman entonces «plaza de los Patos»?

Echan una ojeada a las ranas posadas en el borde de la fuente, la tortuga en el medio y, sobre su lomo, un ganso cabalgando. José Antonio se encoge de hombros.

Hasta el verano pasado, José Antonio y Felipe solían ir al Club Náutico cada domingo con los abuelos. La abuela lleva casi siempre un enorme sombrero de rafia y nunca se mete en

ARCHIPIÉLAGO

el agua, para cuidar su pelo. Tampoco se echa en las tumbonas, se sienta en la terraza, arriba, y lee. Ada no hace preguntas, no quiere saber cómo les ha ido en la escuela.

—Eso es aburrido, querido —le dice a Felipe, interrumpiéndolo, cuando él le cuenta el incidente en la clase de Biología: el maestro no consiguió volver a armar un torso con sus órganos de plástico. José Antonio sintió un poco de lástima por Felipe. Pero él se echó a reír. Las historias que cuenta Felipe son cada vez más tontas.

—Vete a nadar —responde la abuela, sin levantar la vista de su libro, cuando uno de ellos protesta porque se aburre. A veces se va a saludar a alguien un momento, así lo expresa la abuela: «Va a saludar a alguien un momento», y entonces se sienta a otra mesa.

El abuelo Lorenzo, por el contrario, sí que se baña, nada unos veinte largos. El que los cuenta, se gana un duro. Pero no para chicle. El que cuenta le grita a Lorenzo el número de largos cada vez que sus dedos, tras cada vuelta, tocan el bordillo —se encoge, gira, se impulsa—, y lo grita bien alto, porque con cada vuelta el abuelo tiene más agua en los oídos. El que cuenta corre por el bordillo mientras el abuelo nada, corre a su lado. El modo de nadar del abuelo es muy cómico: en lugar de nadar estilo libre, como todos los demás, traza un semicírculo con los brazos, mueve las piernas como una rana. Su cabeza y sus hombros se alzan del agua a cada brazada, como una boya emerge el gorro ceñido al cabello, da un tirón hacia atrás, avanza un tramo y vuelve a desaparecer. El que cuenta corre de un extremo al otro de la piscina, presta atención a no resbalarse en los charcos que se forman sobre los azulejos, a no pisar las manos apoyadas en el borde, a no chocar con los que toman impulso en la zona de los trampolines, a no atropellar a ninguna de las señoras indecisas paradas en el borde o a algún niño

327

pequeño, para que una madre no lo lleve de la oreja hasta la mesa donde están la abuela y Felipe.

El que cuenta corre con el cronómetro en la mano. Lo más importante es no pulsar la corona principal en la parte superior mientras el que cuenta corre y casi choca con los cuerpos mojados. Solo cuando Lorenzo canta el último número, justo en ese instante en que las yemas de sus dedos, para entonces blancas como la nieve, tocan el borde de la piscina, el que cuenta pulsa la corona del cronómetro. Lo sostiene en la mano, va hasta la escalerilla con paso lento, sin aliento, sin mirar, sin volver a pulsar la corona, porque entonces el cronómetro saltaría de nuevo a cero y todo habría sido en vano, como dice el abuelo.

El que cuenta le muestra al abuelo el cronómetro apenas Lorenzo separa la mano del pasamanos de la escalerilla, apenas su torso se yergue. Las gotas caen del gorro que se ha vuelto casi invisible, caen de la nariz del abuelo sobre el cristal del reloj, en la camiseta del que cuenta. Solo entonces Lorenzo agarra la toalla, casi siempre insatisfecho con el tiempo logrado, que más tarde, cuando tenga el pelo seco, cuando vuelvan a estar sentados arriba, en la terraza, anotará en un cuadernito, en una tabla que tiene en las últimas páginas. Zumo de naranja con trozos de papaya pide el abuelo para todos, y Felipe y José Antonio se pelean por ver quién se queda con el azucarillo del abuelo.

Siempre es José Antonio el que cuenta, hasta que Lorenzo, un domingo, pregunta:

—¿Quién se ocupa del cronómetro?

—Yo —responde Felipe en voz alta, antes de que José Antonio se dé cuenta de que ese día toca dar una rápida respuesta. Lorenzo le entrega a Felipe el cronómetro y José Antonio ha de quedarse sentado junto a Ada. Lorenzo insiste en esto último, tiene que hacerle compañía a la abuela.

Desde ese día, antes de que lleguen a la entrada del balneario, antes de que hayan sacado los bolsos del maletero, antes incluso de doblar hacia el aparcamiento y de bajar por la avenida de la Salle, antes incluso de haber salido de la calle Viera y Clavijo, cuando todavía están junto a sus padres en el recibidor, mientras Francisca y Eliseo se despiden, José Antonio, siempre adelantándose, grita:

—¡Yo me ocupo del cronómetro!

Y si Ada no hubiera estado aquel otro día en la plaza de los Patos, despidiéndose de una vecina, si al hacerlo no hubiera dado un paso en falso hacia un lado, José Antonio habría gritado lo mismo desde La Laguna, antes de partir hacia Santa Cruz.

—De todos modos, también podemos ir solos con el abuelo —objetó Felipe el día en que Francisca les dijo que ya no irían más los sábados al Club Náutico.

Ada, que se despedía de una vecina en la plaza de los Patos, dio un paso en falso fuera de la acera. En la calle hay una piedrecita, y Ada la pisa con el tacón del zapato, y entonces cae hacia un lado. Los tendones de la articulación del tobillo no soportaron su peso. Pero nada de esto habría sido especialmente grave si en ese preciso instante no estuviese pasando por allí un taxi solicitado por el Banco de España, y José Antonio no tiene ganas de seguir pensando en lo que sucedió después.

A la abuela la velaron en la extraña iglesia situada frente a la casa de la plaza de los Patos. Una iglesia de techo bajo y piedra gris, en la que el cura no era un verdadero cura, sino un hombre casado.

—Anglicana —le susurra Francisca a José Antonio cuando él pregunta.

El abuelo ha llamado a casa, Felipe y José Antonio acaban de llegar de la escuela y están comiendo croquetas. Papá conduce el coche hasta Santa Cruz, mamá todavía no llora. Sentada en el asiento del copiloto, mira hacia abajo, a sus dedos enfundados en guantes negros.

—Debería poder llorar —ha dicho Francisca en casa, todavía al lado del teléfono, sobre el regazo el auricular, en el que se oye de nuevo el tono de llamada. Lo repite más tarde, tras haberse cambiado de ropa, cuando espera a Eliseo abajo, en el recibidor, junto con José Antonio y Felipe. Eliseo ha venido a casa desde la Capitanía e insiste en darse una ducha rápida.

—¿Por la tarde? —ha preguntado ella al quitarse el velo, un trozo de tela cuadrado de encaje negro que dobla y coloca con sumo cuidado en una bolsa de papel. Se ha puesto el sombrero mientras Eliseo sube corriendo las escaleras. Un ceñido gorro de fieltro gris oscuro, cuya posición comprueba en el espejo situado junto al guardarropa, al tiempo que lo fija y repite—: Debería poder llorar.

Cuando doblan hacia la calle Viera y Clavijo, Francisca saca de la bolsa el trozo cuadrado de tela de encaje negro y se lo pone sobre el sombrero, prestando atención a que los extremos caigan justo sobre la nariz, la nuca y las orejas. Junto a la frente, el velo está todavía vuelto hacia atrás. Antes de bajar del coche, Francisca tira hacia abajo de la punta, que ahora le cuelga hasta los hombros.

—Para que no me vean las lágrimas —les explica a Felipe y a José Antonio.

La abuela murió en la plaza de los Patos, en uno de los bancos del otro extremo del parque. Allí la acostaron después del accidente.

José Antonio ha visto el lugar donde ocurrió, se lo suplicó a Francisca mucho tiempo, hasta que ella accedió a ir con él hasta allí. Francisca le explicó entonces lo que son los tendones, lo que sostiene a uno por dentro y mantiene los huesos en su sitio. Ha trazado en el aire la curva que describió el taxi. Se ha colocado una mano sobre la tela azul de su chaqueta, junto el hombro izquierdo, y la otra un poco más abajo, sobre el borde de la falda, en el lado izquierdo de su talle, para mostrarle a José Antonio dónde chocó el guardabarros del coche contra la abuela. Y en algún momento empieza a llorar.

—Como tu madre —le susurró una vez al pasar el abuelo a Ada, un sábado en que han ido a recoger a José Antonio y a Felipe. Francisca está acostada arriba, en el dormitorio, tiene las cortinas corridas. Ese «tu» ha sonado más intensamente, con suma claridad.

Las rosas tienen algunas magulladuras en los pétalos exteriores, Francisca debió eliminarlos. Pero nadie presta atención a los centros de mesa.

—Nada de esto es oficial, que no salga ni una palabra de esta habitación —ha advertido Eliseo apenas todos han ocupado sus puestos en la mesa, despertando entre los asistentes un cúmulo de insinuaciones y preguntas. No obstante, Francisca necesita algún tiempo para entender qué palabras sí podían salir de la habitación. Frases a medias, despojadas de su mitad más interesante, por lo visto con doble sentido, ya que en ciertos raros momentos resuenan carcajadas entre los caballeros. «Alguna indecencia», piensa ella al principio, así que mejor ni prestar atención.

Las otras señoras guardan silencio. Ya han terminado de degustar el cóctel de camarones —demasiada mayonesa, Francisca tendrá que hablar con la asistenta—, cuando Francisca, gracias a que uno de ellos habla con claridad, comprende que hablan del Sáhara Occidental.

—Pensé que el problema estaba resuelto, ¿no?

—Lo está. Se ha producido la descolonización, y las Naciones Unidas no pueden pedir nada más. El Sáhara Occidental es una provincia española como otra cualquiera.

—¿Como Galicia?

Los señores asienten, algo vacilantes.

—¿Qué ocurre? —pregunta Francisca, y por un momento reina el silencio, los señores miran hacia la cabecera de la mesa.

—Hace un par de días, en el acto solemne en El Aaiún con motivo del levantamiento de la provincia, aparecieron un par de revoltosos —responde Eliseo por fin.

—Querían leer una petición o, mejor dicho, se les permitió leer una petición —continúa el señor Rivera, director de la refinería. Algunos ríen.

La esposa de Rivera se inclina hacia Francisca:

—Al final se produjeron algunas escenas muy feas —le susurra.

—¿Hubo heridos? —pregunta Francisca, intentando recordar las noticias del día anterior en la televisión.

—Entre los nuestros, ninguno —responde Rivera—. La legión es la legión.

—Del otro bando, once muertos —añade su mujer, otra vez a media voz.

—¿Entre quiénes?

—Bueno, entre los del otro lado.

—Pensaba que ahora ellos eran españoles —objeta otra señora.

Por suerte, en ese momento aparece la asistenta y pregunta si alguien quiere más vino.

—¿Hay planes de grandes desplazamientos de tropas en las semanas siguientes? —pregunta por último uno de los señores, su voz parece raramente tensa, como si fuera importante. Todas las miradas se vuelven de nuevo hacia la cabecera de la mesa.

Pero Eliseo le hace una señal a la asistenta para que recoja y traiga el pescado. En realidad, esa sería una tarea de Francisca.

Él se lo reprochará más tarde. «De nuevo un fiasco», dirá, sin duda. Ella es la única que no mira hacia Eliseo, sino al centro de mesa —debió eliminar los pétalos magullados—, mientras su marido deja que los invitados pregunten y elucubren un rato más, antes de recostarse en su asiento y negar con la cabeza.

—Hemos arrestado a los supervivientes. No creo que vuelvan a aparecer por ninguna parte. Ahora todo está en calma.

A la hora de las despedidas, Francisca recibe abundantes cumplidos por la merluza.

1963

EN OLEADAS

El olor de los plátanos maduros —en una bandeja sobre el suelo de la despensa, donde están más frescos— aparece de inmediato, antes de que Merche abra los párpados y vea las manchas oscuras. Está acostada de lado, con la espalda vuelta hacia la cocina. La humedad desprende en láminas la pintura blanca de la pared. Ayer por la noche se hizo tarde, al final de las transmisiones, el «Triple Himno» había llegado ya al «Cara al sol» cuando Merche apagó la radio.

Decide ahorrar gas y tomarse frío el café de ayer; remueve en la taza dos cucharadas de azúcar que tardan algo en disolverse. Al final, en el fondo queda todavía una borra de claros granos que ella raspa con la cuchara.

Fuera todo está húmedo a causa del rocío: el suelo de cemento del patio delantero, con pequeños charcos en las partes no llanas; las hojas de las plantas que brillan verdes y limpias, con gotas aisladas cayendo de sus puntas. El calor ya acecha, hará que todo se evapore a gran velocidad.

Merche abre el grifo junto al lavadero. Se lava las manos, la cara y las axilas. Se sienta en la pequeña palangana y se lava el resto. Piensa en las flores, en antes. Todas sus predecesoras se han lavado así. «Lo más importante, si quieres que se queden contigo, es que seas limpia, no tener mal olor», le dijo el primer día Consuelo, la otra asistenta. Consuelo lleva mucho tiempo trabajando para los Bernadotte.

Después de vestirse, Merche llama a la puerta de Eulalia y de Mercedes. Saca la botella de vino Sansón de la despensa. En la pared, una mancha pequeña y oscura: excrementos —tal vez de algún lagarto que ha olido los plátanos—. Merche no tiene tiempo para buscarlo y darle caza antes de partir. En la cocina, parte dos huevos, deja caer una yema en cada uno de los vasos de agua. Mercedes, detrás de ella, ya tiene arcadas.

Hace poco que Merche despierta a las niñas antes de salir. No les tiene confianza. Ha encontrado manchas en el fregadero, en el punto donde la pileta se ha abierto y la cerámica cobra un color marrón. Si de verdad se beben el vino Sansón y no lo tiran, se lo beben sin la yema de huevo. De eso está segura Merche. No sabe qué hacen con los huevos, ha buscado en el cubo de la basura, porque en la cesta de la despensa siempre faltan dos cuando va a echar una ojeada por la tarde, después del trabajo. «Para fortalecerlas», le ha dicho el médico. Todas las mañanas, vino dulce con una yema de huevo. Antes ella lo había intentado con aceite de bacalao, pero les hacía vomitar.

Mercedes y Eulalia se lavan solas, se visten solas y desayunan mientras Merche ya está sentada en la guagua y oye el tañido de las campanas de Santa Gracia cuando pasa a las siete en punto y ve salir a las Hermanas Oblatas en dos filas de la capilla. Las monjas marchan por el patio, desaparecen en el reformatorio de niñas que se encuentra justo al lado.

Desde hace dos años Merche baja cada mañana la cuesta a las seis y media, pasa por delante de la finca de don Fernando, donde compra huevos a su regreso, camina a lo largo de los muros de piedra volcánica. Examina las ramas que cuelgan, los higos todavía verdes, pero ya del grueso de un dedo pulgar. En mayo, cuando empiecen a ponerse amarillos, cogerá los que hayan madurado durante la noche, se los meterá a toda prisa, al pasar, en los bolsillos de la rebeca, cuando don Fernando no esté mirando. Detrás de la finca está el barranco, un pequeño brazo lateral del barranco de Santos. El mal tiempo que anunciaron ayer en la radio se ha quedado en el mar. Hace viento, pero en el borde del barranco siempre hace viento.

Merche sube el empinado sendero con los pies de lado. Detrás de un pequeño puente que se extiende sobre el fondo del valle, que lleva meses seco, se alzan unos postes clavados en el suelo a intervalos regulares que le sirven de apoyo en el ascenso.

La casa pertenece al señor, y el alquiler se lo descuentan del sueldo. Fue antes un granero de la pequeña finca que lleva varios años sin producir. Dos habitaciones con el muro pegado a la roca, cocina y una recámara en la que duermen las niñas. Electricidad y fuente de agua propia.

—Soy viuda —dijo Merche cuando se presentó ante la familia Bernadotte. Para su asombro, se presentó al señor, no a la señora. Que dónde había trabajado antes. Aquí y allá, siempre limpiando. De niña, en las labores del campo—. Desde que el Señor tuvo a bien llevarse a mi marido a su lado.

Le gusta la expresión, fue la que empleó el sepulturero antes de poner la cruz y de meter en el nicho al viejo, envuelto ya en un sudario y rociado con bastante cal. Ella no había querido pagar a un cura. Para qué. «Amado esposo y padre», reza la placa encima de su nombre. Es mejor asegurarse.

—Mire usted: tengo dos hijas —dijo Merche—. Unas hijas que no son ninguna ayuda para mí, solo una carga. Sin un trabajo, no podré sacarlas adelante.

Don Emilio, el de la calle de Miraflores, había estado preguntando en su nombre, a un cliente y a otro, hasta que, un buen día, apareció el amigo de un amigo que necesitaba una empleada doméstica.

Lo de buscarse a otro borrachín después de que el viejo muriera era demasiado para ella.

No resulta fácil, y Julio lo sabe. Depende de él. Eso lo sabe también.

—Quédate —le dice Bernarda cada domingo. A veces es un ruego; otras, una frase halagüeña. En ocasiones es una decisión firme, airada incluso. Pone sus manos sobre las suyas, sus manos enrojecidas y cubiertas por los restos de espuma del agua de fregar. A veces lo mira desde abajo, a través de unas pestañas oscuras, y sonríe. Otras, cruza los brazos sobre el delantal, con la piel entre las cejas convertida en arrugas. Desde hace unas semanas, y eso es lo peor, se pone la mano derecha sobre la barriga. No hace nada más, solo coloca la mano sobre la tela del delantal, entre el ombligo y el pubis.

—Pero si no voy a marcharme a ninguna parte —responde Julio cada domingo, y aparta la mano de ella con una sonrisa. Los párpados de ella, sus pestañas, hacia abajo, la mirada clavada en el suelo. Separa los brazos cruzados con una sonrisa, los dedos vuelven al agua espumosa del fregadero. Solo la mano entre la barriga y el ombligo permanece donde está.

—A fin de cuentas, esto es una isla, todo se mueve en círculos —dice Julio y sale al pasillo, se acerca al ropero, coge los guantes de la repisa para los sombreros. La bicicleta está abajo, en la entrada del edificio. A veces, antes de cerrar a sus espaldas la puerta de la calle, oye todavía el entrechocar de los platos, el del cristal contra el escurridor situado junto al fregadero nuevo, las panzas de aluminio de las ollas contra la pileta. Pero desde hace unas semanas: silencio.

Ya no se oye nada detrás de la madera, mientras baja la escalera, tarareando una melodía, canturreando: «Dos gardenias para ti, con ellas quiero decir, te quiero, te adoro, mi vida». Qué poco apropiado, piensa Julio, y estira un poco el cuero de los guantes antes de ponérselos. Como cada domingo, recorre el primer tramo a pie, por la acera. Antes de montar, llega hasta la esquina en la que empieza la calle Herradores, donde antes estaban la fuente de agua y la bodega de Teófilo. La bodega de Teófilo lleva años cerrada; Berta, entretanto, vive en el asilo de la plaza del Cristo.

Hay varias posibilidades, varios tramos por recorrer. Cuando las cosas van muy mal, solo le ayuda ir por el Monte de las Mercedes hasta Taganana y regresar por San Andrés. Solo veintisiete kilómetros en el viaje de ida, alrededor de 1020 metros de altura. Magulladuras en las manos a pesar de los guantes, gritos de dolor en los muslos. Cuando vuelve a doblar hacia La Trinidad, los músculos le tiemblan tanto que ya ni los siente. Sus piernas son como dos palos sueltos fijados a las rodillas que apenas pueden llevarlo hasta la tercera planta del edificio. Más tarde, bajo la ducha, siente cómo todo se ablanda de nuevo. Demasiado cansado para comer y demasiado cansado también para permanecer toda la noche en vela, esperando todavía por tu nombre. No resulta fácil, y Julio lo sabe. Depende de él, y eso lo sabe también.

Cuando no puede ir en bicicleta, porque llueve, se sienta en el salón con la radio. Y cuando no puede dormir, porque a su lado la tierra podría abrirse de un momento a otro, un cráter tras otro, justo en los lugares en los que acaba de estar, se sienta en el salón con la radio. Cuando salen juntos a la Fiesta del Cristo, Bernarda se balancea, se pone a aplaudir al compás de «El baile del vivo no lo sé bailar, que si lo supiera, ya estuviera allá». Bernarda canta la palabra «vivo», el listillo, y Julio entiende «vivo», con vida. Bernarda saluda a conocidos, amigas, besa mejillas y ríe, deja que otras manos le acaricien la barriga. «Dentro de once semanas», responde, y Julio está al lado. Bernarda se santigua cuando el Cristo les pasa por delante, más tarde enciende un cirio para los muertos, reza de rodillas por el alma de su padre. Echa otra moneda en la ranura, enciende otra vela: «Para tu madre», dice, y reza de nuevo de rodillas, y Julio está a su lado.

Bernarda se apoya contra él cuando, al final, empiezan los fuegos artificiales y en la plaza del Cristo se disparan los cohetes hacia el cielo. Chisporroteos por doquier, estampidos ensordecedores, y Julio se queda sin habla, hunde la cabeza. Reducir superficie, ofrecer el menor blanco posible. Le cuesta esfuerzo enderezarse, permanecer de pie al lado de ella. Abrir su abrigo, dejar que Bernarda se deslice bajo la tela, su pelo sobre su hombro. Le cuesta, sencillamente, permanecer ahí de pie, a su lado. Sin embargo, no sale de su asombro. Y se siente feliz. Muy feliz cada mañana. También cada vez que la ve, pasado algún tiempo.

No resulta fácil, y Julio lo sabe. Depende de él. Eso lo sabe también.

Dulce es el olor que lo absorbe todo cuando él llega a casa ese domingo; un olor que colma su nariz, que inunda su cavidad bucal y que Julio siente en la lengua como si el aire se hubiera vuelto más espeso, viscoso. Un olor sin esa vaguedad de fondo que acompañaba a todo lo dulce.

—Llévatelas —pide él señalando las flores. Le sobreviene una arcada y se tapa la cara con la otra mano, como si eso sirviera de algo. Un aire le sube del estómago, una inmensa y compacta burbuja en su esófago que asciende con fuerza sin que su garganta pueda detenerla. Más tarde se disipa en un eructo. Julio retrocede cuando Bernarda pasa delante de él con el florero. Blancas, de un blanco crema impecable son las puntas de los pétalos, de un amarillo intenso sus prolongaciones. Bernarda niega con la cabeza. Julio se tropezará con la otra mitad de ese olor cuando monte en bicicleta, y un zumbido de moscas en los cantos de la cuneta lo acompaña.

—Llévatelas bien lejos —dice Julio cuando Bernarda pone las flores sobre la mesa de la cocina—. Tíralas —insiste, y se queda parado en la puerta, a la espera de que ella coja la bolsa, vierta el agua, ponga las plantas dentro y haga un nudo con las asas.

—¿Puedo dejar la bolsa aquí hasta que baje más tarde la basura? —pregunta Bernarda señalando el armario de debajo del fregadero, mientras la otra mano permanece apoyada entre el ombligo y la pelvis. Julio asiente, se da la vuelta, tiene intención de ir al salón, por fin al salón, tumbarse en su sofá, quitarse los zapatos.

—Huelen a muerte —explica Julio por encima del hombro—. A mí me huelen a muerte.

En el salón le vienen las arcadas otra vez, abre la ventana, las dos, las cortinas se hinchan blancas en el interior. La puerta del baño se cierra con brusquedad. El golpe de viento, decide Julio, no Bernarda. Se sienta en su sofá, por fin en su sofá.

—¿Flores de cera? —pregunta Bernarda a sus espaldas.

Julio no se ha dado cuenta de que ella lo ha seguido. Se inclina hacia adelante y se desata el cordón del zapato derecho, luego el del izquierdo.

—¿Flores de cera? —pregunta Bernarda de nuevo, y como Julio, que se está quitando los zapatos, no responde, dice—: El romero huele a muerte, crece en el cementerio. —Suelta una carcajada—. Para tapar el hedor de los cadáveres, supongo. Por eso plantan romero entre las tumbas.

Julio no responde. Estira el brazo y alza los zapatos delante de Bernarda. Y Bernarda los coge y los lleva primero a la cocina y los rellena con periódicos arrugados y los deja en el baño.

Antes de irse a dormir fumigan todas las habitaciones con DDT. Por las moscas. Dejan que fumigue Mercedes, y Eulalia sostiene el fumigador mientras Merche vierte el veneno dentro, en posición recta y sin moverse, de lo contrario se derrama.

Cuando lavan, cuando la tela ha hervido y Merche y Eulalia la sacan del lavadero con unas cucharas de madera y la tienden sobre el estriado restregador, dejan que Mercedes haga la muñeca de añil: extender el pequeño trapo cuadrado en su mano abierta, colocar las pastillas de añil en el centro, coger los extremos y atarlos con un nudo por encima de las pastillas del tinte. Eulalia vierte agua hirviendo de la cazuela en la palangana, la mezcla con la fría del grifo. Entonces Mercedes pone a la muñeca a caminar por el borde de la palangana, al tiempo que canta: «Caracol, caracol, saca tus cuernos al sol», y la deja caer luego de cabeza en el recipiente. Tirando de los extremos de la tela, desliza la muñeca por el agua, y las dos niñas contemplan en silencio las vetas azules que va dejando detrás. Un azul brillante primero, cada nubecita de añil contrasta con el blanco del esmalte. Con cada círculo que Mercedes describe con la muñeca, el agua va cobrando un color más oscuro. La ropa humea en el lavadero cuando Merche y Eulalia la sacan con cuidado con las cucharas de madera, la meten en la palangana y apartan con la tela el oscuro azul marino del fondo.

«Es mía», dice Mercedes. Ella es la primera en escoger, cambia de parecer una o dos veces, y en cada ocasión comprueba lo satisfecha que pueda estar Eulalia con lo que queda para ella. Eulalia aprende a mirar con timidez, casi siempre al suelo, dando unas gracias sordas; aprende a extender la mano sin entusiasmo para aceptar el regalo. El más grande es para Mercedes, siempre para Mercedes, y cuando algo aún no se ha decidido de antemano, de forma automática, por sí solo, Mercedes exclama: «Es mío». Está tan acostumbrada a hacerlo que se queda atónita cuando Eulalia se enfurece. O cuando se pone triste, llora, primero con un puchero, luego a voz en grito, porque nadie la oye, por alguna enigmática razón, nadie la oye nunca.

Francisca necesita hilo, de seda, dos colores, el amarillo verdoso con el que borda desde hace días la barriga de la rana, y marrón, para las espadañas. La bolsa para las tablitas de madera, el alfabeto, desde *Araña* hasta *Zorrino*. La caja de cartón se ha deteriorado, se ha roto por un costado, y desde entonces José Antonio apila las fichas, después de jugar, en dos perfectas torres sobre su escritorio, en el cuarto de los niños. Las coloca de tal modo que caigan unas encimas de las otras, y ajusta los bordes empujando con las palmitas de sus manos. Llora cuando, al chocar contra la mesa, las torres se vienen abajo. Vuelve a acercar la silla, se sienta, se sorbe los mocos, y las coloca otra vez. Y cuando Francisca o alguna de las chicas le dicen que lo deje ya, responde: «Lo hago por ti», y las aparta con la mano derecha, mientras aprieta la otra contra la pila. «Ustedes no saben».

«Una pequeña bolsa», ha pensado Francisca. «No es demasiado trabajo, lograrás hacer una pequeña bolsa». Todas las tardes. Después de la merienda, que debe dejar de llamar «hora del té». Se lo ha dicho Eliseo. Todas las tardes un poquito, entonces José Antonio podrá meter las tablitas en la bolsa, donde da igual si están o no colocadas unas sobre las otras. Una rana no es gran cosa, las espadañas, un par de hierbas y los charcos en tonos azules y grises. Puede descartar el sol y las nubes, y las gotas de lluvia. Una rana no es gran cosa, las demás mujeres pueden hacerla también.

Francisca necesita hilo. Medias claras. Agua de colonia de la farmacia. No más, solo esas tres cosas. «Hilo, medias, agua de colonia», repite Francisca en voz alta, y sigue bajando por el Camino Largo: «Hilo, medias, agua de colonia». Hace bochorno: el cielo, a lo largo del día, de un gris claro invariable; el aire, como si no fuera un elemento gaseoso, sino una masa húmeda que se pega a la piel y se le cuela por la boca, despide un calor suave y desagradable.

«Hilo, medias, agua de colonia». Ir hasta Las Tres Teresitas, a la farmacia, ambas cercanas a la iglesia de la Concepción; luego bajar un trecho por la calle Herradores hasta La Rosa y regresar a la casa. No vale la pena que la lleven en coche. «Hilo, medias, agua de colonia». Pero al llegar a la altura de la plaza de la Junta Suprema, Francisca sabe ya que no bajará por Herradores. «Hilo, medias, agua de colonia». Irá hasta La Concepción, mañana mandará a una de las asistentas a buscar las medias a La Rosa. O llamará antes, eso también. Tiene que terminar la rana, lleva dos semanas haciéndola, cada tarde. Y todavía, cuando una puntada no ha de darse automáticamente al lado de la otra, Francisca no está del todo segura de dónde dar la siguiente. Para probar, clava la aguja en la tela sin pasar el hilo, contempla el intervalo con la anterior puntada, mira al dibujo de base, compara. Saca de nuevo la aguja, lo intenta una vez más. No más que pequeños agujeros, los hilos extrañamente sueltos y corredizos; una rana no es mucho, las otras mujeres también pueden hacerla.

La lluvia llega tan de repente que Francisca se detiene, se queda allí parada, sin más, en la acera. Unos goterones, no fríos. Francisca no siente el frío, las gotas son del grosor de una uña, tan densas que todo se empapa de inmediato, la rebeca, la blusa que lleva debajo, la falda, las medias de nailon. Un chorro constante cae de su sombrero, golpea haciendo ruido en su hombro izquierdo, el agua se acumula en el hoyo que la aguja del sombrero crea en el ala de fieltro y corre como por un canalón sobre las tres plumas verdes junto a su sien izquierda. Los pies se le salen de los zapatos, sus tacones embalsan el arroyuelo que se forma de inmediato entre la calle y el bordillo y hacen que el agua se arremoline. Allí se detiene Francisca hasta que una mano le roza el hombro.

—¿No prefiere entrar? —El hombre sonríe, lleva una bata blanca. Francisca se ha detenido delante de una barbería, y el hombre señala hacia la puerta abierta.

—No, gracias —contesta ella, que quiere continuar y no sabe bien cómo. Los tacones de sus zapatos no son demasiado altos, pero de repente parecen más empinados, las suelas interiores están resbaladizas. Es como si a cada paso fuera a deslizarse por una cuesta. Pero sus pies no pueden ir a ninguna parte. Las ceñidas correas sobre el empeine los retienen.

—¿Qué tal por lo menos una toalla? —pregunta el hombre, y Francisca niega con la cabeza. El agua que cae de su sombrero describe un arco.

Silencio en el salón de música. Ni las duras suelas de cuero de José Antonio, el tac-tac-tac en el pasillo, moviéndose durante todo el día de un lado a otro; tampoco los lloriqueos de Felipe, y ni siquiera los ruidos de la cocina que dan fe de incontables y precisas maniobras.

Un cuarto cautivo, así lo ha descrito el arquitecto. Solo paredes interiores acolchadas, de color azul claro, sin ventanas; un cuarto situado entre el salón y el de costura, que Francisca jamás utiliza. Dos sillones tapizados con una tela del mismo color, una mesita negra. El tocadiscos en un armario: encima, unos compartimentos para los discos; debajo, dos puertas. El piano oculto bajo una funda de tela, Francisca no sabe tocar. Demasiado francés, o inglés; en todo caso, no lo suficientemente español, opinaba su padre. Durante un tiempo él quiso obligarla a que aprendiera a tocar la guitarra.

—¡Como una hija de campesinos! —dijo su madre.

El salón ya estaba decorado así cuando se mudaron tras la boda. El piano, nogal con incrustaciones de nácar, encerado y afinado, pero todavía sin la funda.

—¿Te gusta la música de piano? —ha preguntado Francisca.

Eliseo se encogió de hombros.

—A decir verdad, no.

El piano había pertenecido a su madre.

Al nuevo aparato hay que cambiarlo de sitio todavía. Eliseo lo ha enviado desde la península, el día en que lo cargaron en un camión en el puerto de Santa Cruz, telefoneó varias veces para saber si ya había llegado.

«El aparato queda muy bonito en el salón de música», le había escrito Francisca la semana siguiente, solo para llenar la página que, en todo caso, ya estaba llena en tres cuartas partes con los avances de José Antonio. Felipe todavía no está en la edad en la que ella pueda contar cosas sobre él, salvo que sigue creciendo.

Cada vez más blando y pesado cuando la chica se lo sienta sobre las piernas. Un saco de cinco kilos de gofio recién molido, todavía caliente, recién tostado. La chica le trae a Felipe casi siempre después del desayuno, casi nunca por la tarde, antes del té. Felipe no patalea, no llora, no da la lata, no juega ni mascula. Solo se babea un poco. Se queda allí sentado, sin moverse, un bulto cálido recostado en la barriga de Francisca. Cuando ella, por las mañanas, se inclina hacia delante con el pelo suelto y las puntas acarician la cabecita de Felipe, cubierta de pelusa, Francisca nota cómo el niño se eriza.

Nada de eso puede escribirlo. De modo que Francisca le cuenta a Eliseo lo del aparato que él le había anunciado por lo menos en seis cartas, le dice que queda muy bonito en el salón de música. No hay nada más que decir, porque el aparato no sirve para nada, no se puede usar, el cable negro pulcramente enrollado en varios anillos, ella se ocupó de hacerlo y de colgarlo en un gancho en la parte trasera. Falta la señal. «Las ondas», le ha dicho Eliseo, y ha descrito con la mano unas curvas en el aire mientras intentaba explicárselo. La Pascua pasada, antes de la hora de la merienda. No la del té.

«¡Un aparato así debería estar en el salón principal!». El signo de exclamación equivale a la mirada bajo el ceño fruncido que él le dirige de vez en cuando, al tiempo que se da la vuelta.

Tendrá que buscarle un sitio en el salón y trasladar al cuarto de música el pequeño secreter. En el salón no hay enchufes, solo el que se usa para conectar la lámpara de pie. Tendrá que llamar al electricista.

Eliseo viene la semana próxima, se ha tomado unas vacaciones, para la inauguración. Irán juntos. Eso lo hace todo más fácil. Lorenzo, su padre, también ha participado en el proyecto. Un complejo hotelero en el sur, varios apartamentos y, en medio de todo, las azules piscinas, rodeadas de piedras, cactus y palmeras. En la Costa del Silencio, pegado a la playa, donde antes estaba la finca en la que creció Eliseo. Los señores belgas que hicieron la inversión son amigos de sus padres.

1957-1958

AMOR SECO

Cuando su padre le habla por primera vez de Eliseo Bernadotte, Francisca no consigue recordarlo. Está sentada en la terraza acristalada, son poco más de las cuatro, prepara unas tarjetas, termina la lista de benefactores para la reunión de otoño y espera a las dos voluntarias. Todo está listo, ha liberado la mesa, retirado el mantel de punto, que ahora cuelga doblado en el respaldo de una silla. Tiene listos en una bandeja los platillos y los tenedores para la tarta, la azucarera, las jarritas de leche todavía vacías y la fuente con el milhojas que ha comprado esa mañana en Echeto. Cuando terminen con todo, tomarán café. No durante el trabajo, ha decidido Francisca, la última vez acabaron poco antes de la cena. A Francisca le preocupó tener que invitarlas a cenar, para disgusto de su madre.

Preparadas, sobre el carrito de servir, hay diez cajas de cartón grandes y achatadas; en cada una, un póster distinto de la campaña «Ponte en sus zapatos»; al lado, sobres, listas de direcciones, la pila de cartas adjuntas que han llegado firmadas de Madrid junto con las cajas. Hace calor en la terraza. Francisca coge la lista de benefactores y se abanica con ella. Hace dos años que asumió las tareas de Ada en la Sección Femenina, después de que su madre, una mañana, se plantara al lado de su cama.

«Creo que ya tienes edad para encargarte de ese embrollo», dijo Ada, y ese mismo día hizo que llevaran las revistas, los papeles y los sellos a la habitación que hasta la partida de Nanny Brown había servido como aula de clases. Desde entonces es Francisca la que, en sustitución de su madre, acude dos noches por semana a las reuniones del Comité de Fiestas y Actos. Las campañas de educación de la mujer española no figuran entre sus tareas, pero ella se ha ofrecido de manera voluntaria. Es preciso ordenar los pósteres, cada pueblo, cada comité de barrio debe contar con un juego completo. Los eslóganes están en las cajas.

Francisca no nota la presencia de su padre hasta que este entra en la terraza en calcetines y pijama. Presurosa, deja sobre la mesa la lista de patrocinadores, ahora algo arrugada en el extremo por el que ella la sostenía al abanicarse. Baja la vista hacia la tarjeta casi terminada: «En nombre de la Patria y de la Sección Femenina del Movimiento Nacional en Santa Cruz quisiera agradecerle...», dice allí, «las doce cajas de vino. Los festejos por el Día del Caudillo no hubieran sido los mismos sin su contribución», se disponía a escribir.

«Eliseo Bernadotte es un hombre de actitud intachable —le dice su padre, en calcetines, vestido únicamente con el pijama azul claro—. ¿No te parece?».

Francisca está demasiado sorprendida para responder. Porque, en primer lugar, a lo largo de ese último año su padre ha salido muy raras veces de su dormitorio; en segundo, porque nunca le ha preguntado su opinión. Ella asiente, y acto seguido Lorenzo se da la vuelta y se marcha. Francisca intenta recordar quién es Eliseo Bernadotte, pero en eso le anuncian la llegada de las dos voluntarias.

Todo empezó hace un año, una noche de febrero de 1957, cuando Lorenzo baja de su coche con una larga tira de papel en la mano. No hace ningún gesto de aprobación al chófer que le sostiene la puerta, pasa de largo junto a la empleada doméstica —que espera en la entrada para recibir el sombrero y el abrigo—, y atraviesa el recibidor. Se detiene luego un breve instante en el cuarto de fumar, se acerca al carrito del bar para servirse tres dedos de Carlos I y, mientras tanto, sostiene aún en una mano el papel. A continuación, atraviesa el comedor sin prestar atención a la mesa, que está puesta —unas velas encendidas, las copas ya servidas—, tampoco a Ada ni a Francisca, ni a los señores belgas (o, mejor dicho, al señor y la señora Wiese), al doctor Álvarez, que esperan su llegada junto a la puerta lateral que da al salón. Lorenzo enfila hacia la puerta abierta de la terraza y sale a la oscuridad.

«Creo que eso indica que podemos empezar», ríe Ada, y mira hacia el jardín. Lorenzo permanece allí casi toda la noche, dos o tres veces se oye en el comedor cómo el tapón de la garrafa de cristal rechina al ser colocado de nuevo en el cuello del recipiente.

Los días siguientes no son menos extraños. Lorenzo no se muestra furioso, no grita ni vocifera. No se le escapa ni un solo gallo, no se oyen nerviosas llamadas telefónicas ni hay encuentros furtivos, ni susurros o tanteos en busca de una callada conformidad. Por las mañanas, no parte rumbo a la redacción, pasa el día y la noche en la terraza, sentado en una butaca de mimbre, con tres dedos de Carlos I. Y llora. Cuando llueve, bajo la sombrilla abierta, con una manta azul cubriéndole las piernas.

—Por lo menos lo hace en voz baja —comenta Ada al mediodía, cuando ella y Francisca se sientan a almorzar. Desde dentro se oye de vez en cuando cómo Lorenzo se sorbe los mocos. Cada dos horas se levanta para servirse otro vaso de *brandy*, o sube a la planta de arriba, y sin pedir ayuda a nadie, él mismo saca un pañuelo limpio de la gaveta de la cómoda, sobre cuya superficie pulida se van acumulando los usados, los sucios.

—¿Qué tiene papá? —pregunta Francisca a la hora de los postres.

—Franco le ha roto el corazón —responde Ada.

El Opus Dei: católicos acérrimos, monárquicos, los tecnócratas que Franco ha nombrado en su gabinete. Y aunque *La Mañana* lo anuncia en la isla con un día de retraso —el cable correspondiente desapareció por la noche junto con el redactor jefe—, han cesado a todos los ministros de las filas de Falange.

Durante los días siguientes, Ada y Francisca comen solas, Lorenzo no toca la bandeja que una de las asistentas le lleva a la terraza. Ada no se atreve a invitar a nadie.

Por el día, cuando hay sol, Lorenzo se cubre los ojos con la mano. Cuando oscurece, contempla los alargados cuerpos de los lagartos, que, inmóviles, con los triángulos de las patas a ambos lados, prolongan sus días sobre las cálidas baldosas de la terraza.

El jardinero no se atreve a hacer sus labores. No quiere molestar al señor, dice. Todos asienten. ¿A quién se le ocurre doblar la espalda delante de un hombre que llora y ponerse a arrancar la mala hierba?

Y, mientras tanto, el amor seco florece en el jardín. *Bidens pilosa*, ese es el nombre recogido en el *Curti's Botanical Magazine* de la planta que está en la terraza acristalada: cinco delicados pétalos blancos, distribuidos con un poco de torpeza en torno a un centro coronado por colores negros y amarillos. Cuando florece, es inofensiva. Pero las oscuras semillas se prenden a los calcetines, al dobladillo de pantalones y faldas, te dejan arañazos en los tobillos, apelmazan la piel de los animales y hacen imposible todo intento de mantener siquiera el buen aspecto de un *cocker spaniel*.

Cuando la garrafa de Carlos I se vacía, Lorenzo se pasa al ron, y más tarde al jerez. La piel de sus mejillas se cubre de escamosas manchas rojizas. Resecas por las lágrimas que se enjuga con el pañuelo.

¿No preferiría ir a hablar con él?, le pregunta Francisca a su madre un día, durante el almuerzo. Ada niega con la cabeza. Mientras Lorenzo permanezca en la terraza y lleve puesta la bata de seda —no el albornoz de felpa, Lorenzo guarda luto con un fino batín de color antracita, con un triángulo en el bolsillo del pecho para guardar el pañuelo—, no irá a ver a esa pelandusca de El Toscal, ha comprobado Ada, satisfecha.

Una noche, Francisca y Ada tienen que retirarse a cenar al cuarto de música, porque Lorenzo se ha instalado en el comedor. Ha colocado su silla en la cabecera de la mesa, vuelta hacia la pared, pero no mira hacia arriba, sino a sus manos, ya que desde arriba, desde la pared, lo observa José Antonio Primo de Rivera. Un cuadro al óleo, un poco ausente y con imperitos reflejos de luz en las pupilas, lo que hace que él, el fundador de Falange, bizquee un poco.

—Te hemos fallado, Señor, somos indignos de ti.

Ada entorna los ojos cuando se detiene en la puerta. Una de las chicas ha ido a buscarla.

—No podemos poner la mesa —le ha dicho, pero sin mencionar el porqué. Tal vez la señora querría venir un momento.

A la mañana siguiente, cuando Francisca baja a desayunar, el retrato del recibidor cuelga del clavo en el que debería estar el espejo, que ahora yace en el suelo junto a la escalera, apoyado contra la pared. Durante un tiempo, circula por Santa Cruz el rumor de que Lorenzo saluda al cuadro con el brazo derecho extendido cada vez que entra al recibidor. Algunos susurran nombres de posibles sustitutos en la redacción de *La Mañana*. Pero no ocurre nada.

El fin del «gran amor de Lorenzo» —como lo llama Ada— es un proceso largo y complicado. Cuando ella quiere cabrearlo, le lee en voz alta los titulares de su propio periódico. Durante el desayuno, no delante de nadie, en todo caso delante de Francisca, y casi siempre después de que Lorenzo haya pasado la noche en El Toscal. Ada se ha vuelto una experta en detectar el ruido de la puerta de su dormitorio cuando se cierra lenta y cautelosamente. Lo percibe medio dormida, pero a la mañana siguiente sabe con exactitud lo que ha oído y a qué hora. Lorenzo puede lubricar los goznes todo lo que quiera, abrirla solo unos milímetros. Ada lo oye.

A principios de marzo todo parece volver a la normalidad por un breve periodo de tiempo. Lorenzo parte cada mañana, está listo cuando el chófer llama al timbre. Pasa la mitad del día en el Café Atlántico; la otra mitad, en la redacción. Logran organizar en el Teatro Guimerá dos recepciones y una noche de gala para las familias de los caídos del bando adecuado en la Guerra Civil. Todo sin incidentes.

Pero, en los meses siguientes, Lorenzo ya no sale de su habitación ni siquiera para comer. En las bandejas que las chicas le suben al dormitorio, a las ocho, las dos y las nueve de la noche, hay cada vez menos cosas, y por las mañanas, al mediodía y por las noches siempre es lo mismo, cada vez combinaciones más extrañas: tortilla untada con miel y trozos de papaya durante los meses de julio y agosto, higos y huevos duros en septiembre, aceitunas con uvas en octubre. Que está reflexionando sobre el nuevo modelo de español, responde Lorenzo cuando Ada va a preguntarle si se está volviendo loco. Tan loco como para acercar la hora de un posible divorcio.

Lorenzo medita en torno al futuro, y por tal motivo se entregan paquetes de libros y se envían listas entre su dormitorio y la librería El Águila. Los libros hablan todos de la Edad

Media, porque lo nuevo, lo revolucionario, lo nunca visto solo puede estar, según su convicción, en esa época. Se ocupa del Siglo de Oro, cuando Dios creó el Imperio español a fin de divulgar su palabra en la Tierra. Se ocupa de la colonización de las islas y de los nobles castellanos y normandos que la conquistaron: los Lugo, los Bethencourt, los Bernadotte.

El nuevo español no come carne, sino un huevo mañana, tarde y noche. A mediodía y de cena, cocido; en el desayuno, batidos con dos cucharadas de agua tibia y azúcar. Come naranjas, limones, mangos, plátanos, papayas, aguacates, lentejas y millo. Nada que provenga del suelo, nada de cebollas ni papas, ni zanahorias o remolachas. Tampoco calabaza, que yacen sobre la tierra y se cubren de babosas, y lo mismo vale para el bubango. Tampoco come tomates ni ajíes, porque uno nunca sabe si las plantas estaban bien atadas por arriba, sostiene él. Los árboles y las gallinas, dice Ada, esas fuentes alimenticias de Lorenzo, no son más que árboles y gallinas. En cuanto a lo potable, se limita a los zumos recién exprimidos, agua y Carlos I.

Casi un año transcurre hasta que Lorenzo empieza a ir al Café Atlántico.

La primera vez que Francisca toma nota consciente de la presencia de Eliseo es un sábado, apenas dos días después de que su padre se le apareciera en la terraza acristalada en calcetines y pijama. Ada ha tenido invitados, Lorenzo se ha puesto un esmoquin. Desde hace unos días sale de nuevo de la casa con cierta regularidad. Es la primera noche cálida del año, el viento ha dejado de bajar como un bólido por las cuestas y ya no peina los arbustos y las copas de los árboles en dirección al mar. Una brisa bailotea con garbo por el jardín cuando Eliseo Bernadotte se detiene bajo el fluctuante cono de luz de las coloridas farolas de papel que Ada ha hecho colgar alrededor de la terraza, donde todos disfrutan del aperitivo.

No hablan. Si Lorenzo no lo hubiese mencionado, Francisca ni siquiera habría notado su presencia. Es cierto, Eliseo Bernadotte se mantiene erguido, tan erguido que Francisca, después de observarlo un rato, se pregunta si tiene algún problema con la columna vertebral que no le permite doblar el torso. Su espalda forma una perfecta línea recta cuando no se inclina un poco para saludar a las damas o se gira hacia alguien. Lo hace con todo el torso.

«Un joven muy inseguro», dice Ada a la mañana siguiente, durante el desayuno, y Francisca, de pronto, se siente feliz, aunque su madre lo ha dicho con tono despectivo. Ella sabe lo que es eso: quedarse rígido, inmóvil como una piedra, solo que no lo ha notado de forma consciente en ninguna otra persona.

Se ha acostumbrado a las miradas fijas de su madre, a la perplejidad callada de su padre. Francisca tiene veintidós años, y todos aseguran —porque Ada se lo pregunta— que es una de las mujeres más guapas que han visto jamás. No obstante: nada de flores, ni tarjetas postales, ni invitaciones; nada de charlas ni de desapariciones en los rincones más oscuros del jardín. Francisca conoce eso, esa complacencia sorprendida de la mayoría de los hombres cuando alguien la presenta. Una gran sonrisa, preguntas interesadas, tensa expectación por su respuesta. Pupilas al acecho de las suyas. Algunos, incluso, intentan tocarla imperceptiblemente: el brazo, los hombros, la espalda. Pero milímetro a milímetro las comisuras de sus labios vuelven a torcerse hacia abajo, los dientes quedan a cubierto otra vez. Algunos se inclinan hacia ella, porque Francisca mira al suelo, responde, tal vez, con monosílabos («Sí», «No») o, en todo caso, con un lacónico «No sé». Pretende decir lo preciso, hacer justicia al fulgor, a las sonrisas, a la cacería de los ojos. Pero, al mismo tiempo, desea que todo eso acabe. Ante cualquier chiste, su risa se prolonga demasiado tiempo, es demasiado banal, demasiado aguda, extrañamente torpe, y es casi siempre demasiado estridente para sus propios oídos. Entonces se avergüenza y mira al suelo. El esfuerzo se instala en los rostros, casi todos hacen un gesto de asentimiento para despedirse y dirigirse a otro invitado, alejándose sin llamar demasiado la atención.

—No tienes que hacerlo —le dice su madre cuando Eliseo le pide su mano primero a su padre y luego a Francisca.

—Pero quiero —responde Francisca—. Creo que con él tengo de qué hablar.

Los sábados Julio va en bicicleta al trabajo, sube toda la cuesta hasta La Laguna, y desde que se mudó a Taco, hace dos años, solo la mitad. Cada sábado, ve a la pequeña de Marrero ante la puerta del taller, porque los sábados al viejo Marrero no se le ve el pelo. Ella se gira en cuanto Julio se acerca, le dedica un gesto con la cabeza cuando él la saluda, pero nunca lo mira. Como si no lo hubiese estado velando. Entonces mete la llave en el candado —casi siempre necesita un rato para que entre— y, sin girarse una vez más hacia él, entra y enciende la luz.

Bernarda Marrero pasa toda la mañana con la cabeza sobre los libros de la tienda, apunta disciplinadamente cada número y, al cabo de un rato, él oye el chirrido de su silla, cuando el peso de su cuerpo cambia de posición. A partir de cierto momento, solo coge el lápiz cuando Julio mira hacia ella. Hace diez años, cuando él empezó a trabajar con el viejo Marrero, Bernarda tenía catorce años, entonces necesitaba a lo sumo una hora y media para la contabilidad. Y aunque desde hace algún tiempo cuelga fuera, sobre el portón de entrada, un cartel con el nombre de EDESA, y a la derecha, junto a la puerta, hay una cocina eléctrica y un termo como modelos de demostración, no son tantos los aparatos que venden como para que la pequeña de Marrero necesite casi cinco horas —desde las ocho y pico hasta poco antes de la una— para copiar en su lista los importes de todas las facturas.

«Ya se le pasará en algún momento», piensa Julio. Durante un tiempo se ha mostrado bastante lacónico, siempre con la esperanza de acelerar un poco las cosas, porque no quería tener problemas con el viejo.

Cada sábado, cuando él, poco después de las dos, cierra el portón del taller y Bernarda se despide con su gesto de la cabeza, Julio alza su bicicleta por encima de la franja de hortensias blancas y de hortensias azules que crecen en la mediana de la avenida de La Trinidad y se pone en marcha. Se pone en marcha y monta su bicicleta hasta que oscurece, cuando regresa a su casa, a Taco.

Desde hace varios días, cada mañana, cada vez que se acerca al portón cerrado del taller, Julio teme encontrarse un papelito en la ranura abierta entre los dos batientes. Ellos se lo harán saber, está seguro. A más tardar, cuando toque pagar el entierro. Que la hija de Teófilo mande a un mensajero hasta Taco no es algo que quepa imaginar. Pero sí que le dejen un papel en el portón de entrada, en caso de que haya ocurrido algo durante la noche.

«Hoy no, por favor», piensa cuando levanta la bicicleta, el sábado, por encima de las hortensias, al ver a Bernarda Marrero, que espera por él con el rostro vuelto hacia el otro lado y los brazos cruzados sobre el pecho. «Por favor, que el papelito no esté hoy».

Hace diez días que visitó a Olga por última vez. La hija de Teófilo, Berta, le puso una mano en el hombro cuando él abrió la puerta de la habitación.

—Qué se va a hacer...

Partes oscuras, *beige*, mezcladas con mucho gris. Distingue partes más oscuras y claras en el cuerpo de Olga. En las pantorrillas y los brazos, en los bultitos redondos del cuello, ramificaciones lila oscuro bajo la piel, cuando él se acerca. Una sábana cubre la mitad de su cuerpo, tapa el pecho y el torso, su barriga debajo forma un bulto. Olga tiene los párpados cerrados, y no los abre hasta que Berta le toca el pie desnudo con el dedo.

—Tienes visita.

Por un instante, sus ojos escudriñan la penumbra antes de identificar a Julio.

—Vete —dice Olga. Sus dientes están en un platillo en la mesita de noche—. Vete —repite—. No veas esto. Ya has visto suficiente.

Berta vuelve a ponerle la mano en el hombro.

—Date la vuelta y márchate.

Olga alza los dedos unos pocos centímetros por encima de la sábana, señala al rectángulo de luz detrás de él.

—Por favor —suplica Olga—. Es más fácil para mí si te marchas. Vete —insiste—. Por favor.

Es tarde, bien pasada la medianoche, cuando Julio llega a casa. Por el camino temió tener que pedalear hasta el Teide, hasta donde llegue la carretera, para congelarse allí antes de marcharse de nuevo.

Bernarda Marrero, como siempre, le hace un gesto con la cabeza al volverse, no ha sacado ningún papelito de la ranura, ningún recado para él. Las primeras horas son tranquilas, una lamparita de noche y un secador de pelo, alguien viene a recoger uno de los aparatos de radio. La voz amable de Bernarda se alterna al fondo con la de los clientes. A las once y media se dispone a tomar un cortado en el bar de la esquina. Cuando le pregunta a Bernarda si puede dejarla sola un momento, ella asiente en silencio, su mirada lo roza sin tocarlo, se centra de tal modo en la siempre sucia ventana que está a sus espaldas que él incluso se gira para ver qué hay allí.

En el mostrador, piensa que a lo mejor el papelito se ha quedado atascado en la rendija del portón y que Bernarda no sabe cómo decírselo. Él no le ha contado al viejo Marrero lo de Olga. Julio no tiene familia. Podría ir a ver un momento a Teófilo y preguntarle a Berta. Pero percibe de inmediato, otra vez, ese olor húmedo y pesado que emana de la recámara de Olga. Se toma el café, deja un par de monedas sobre la barra y regresa al taller.

Bernarda parece haber estado paseándose de un lado a otro, porque, cuando Julio se adentra en la penumbra del taller, percibe el vestigio de un movimiento detrás, junto a la pared. Ella se sienta tan deprisa que la silla se inclina, dos de las patas quedan suspendidas en el aire un instante, antes de volver a caer, con un tac, sobre el suelo del taller. Bernarda se sonroja, la piel de sus sienes, sus pómulos se oscurecen, y Julio lo nota, aunque ella tiene la mirada clavada en la pared, encima del escritorio, como si lo que antes había acaparado su atención en la sucia ventana se encontrara ahora allí. Está sentada muy tiesa, responde a su saludo con un movimiento de la cabeza, y el corte recto de su cabello oscuro delante del cuello delgado y claro sube y baja unos pocos milímetros.

Cuando por fin ella formula la pregunta —parada justo detrás de él, mientras Julio inclina la espalda sobre la lámpara de su banco de trabajo—, él, en un primer momento, no sabe hacer otra cosa que fijar el contacto con más alambre de soldadura del necesario.

Las primeras sílabas las pronuncia torpemente, el resto le sale con suma rapidez, como pedruscos que caen.

—¿Te gustaría ir al cine? En el Leal ponen *Un tesoro en el cielo*.

—¿Con quién? —pregunta él, y el recinto se vuelve pesado. Reina el silencio, y el propio Julio se sorprende al comprobar que no puede moverse, ni siquiera las manos, tampoco mirar a Bernarda. Solo quedarse a la espera, inmóvil.

—Conmigo —responde ella en voz muy baja. Tan baja que Julio asiente—. La función empieza a las siete y media. —La frase suena todavía a pregunta.

Por eso Julio, poco después de las dos, en lugar de subir ese día aquellos montes, baja por la cuesta hasta Taco y medita sobre un modo de cancelar la cita. No se atreve a llamarla. Está seguro de que el viejo Marrero cogerá el teléfono. ¿Darle un par de monedas a algún chico para que le lleve el mensaje? Existe, en ese caso, un gran riesgo de que el chico se largue con el dinero y que Bernarda se quede plantada esperando en la plaza del Adelantado, y entonces el lunes, en el taller... El lunes, en el taller... Habrá otro silencio y otro modo de girar el rostro. Además, ¿qué podría escribirle? ¿Que le ha surgido algo? ¿Que se ha puesto enfermo? ¿En ese lapso de cuatro horas y media hasta las siete? ¿Un accidente? ¿Y el lunes? ¿De nuevo sano?

«Olga», podría escribirle. Pero, apenas lo piensa, Julio se avergüenza. Tiene que procurar no perder el control de la bicicleta sobre el peñasco suelto. Por una fracción de segundo cree que va a volcar. Sus problemas, entonces, quedarían todos resueltos. Se pregunta, perplejo, a qué se debe ese infinito alivio que siente al comprobar que todo continúa.

Para regresar a La Laguna, Julio coge el tranvía. Piensa que no debió de cambiarse de ropa. Sería más apropiado ir al cine como se va con un viejo conocido, con el mismo pantalón y la misma camisa que llevaba esa mañana en el taller. Además, su pantalón de trabajo no se le cae, y ese otro oscuro, desde que ha vuelto a montar en bicicleta, le queda demasiado holgado.

También Bernarda se ha cambiado de ropa. Él se percata, mientras sube los últimos metros por la calle Carrera, de cuánto le cuesta a ella no apartar la vista, mirarlo de frente, no bajar los párpados cuando él cruza la calle. Bernarda se enjuga la mano derecha en la falda y se la tiende. Sus dedos, sin embargo, están sudorosos y fríos.

Cuando, para saludarla, pretende darle un beso en cada mejilla, ella aparta tanto la cara hacia un lado que la boca de Julio se le pega a la oreja, siente en los labios su pendiente negro, frío y liso. A continuación, permanecen un momento en silencio, sin mirarse a la cara, hasta que no les queda más remedio que reír.

—Vamos, entonces —dice Bernarda, y ambos suben uno junto al otro por la calle Carrera en dirección al Leal. En un primer momento, solo oyen los tambores, y Julio medita sobre lo que puede estar ocurriendo allí. Pero entonces los ven venir a su encuentro. Paso largo al frente, pierna recogida; paso largo al frente con la otra pierna, pierna recogida. Paso al frente con el redoble de tambor, pierna recogida cuando el tambor se acalla. El ritmo es sereno. Trajes grises, bandas de color violeta oscuro, las filas se mueven con lentitud, paso largo al frente, pierna recogida, siempre avanzando de manera uniforme hacia ellos, al compás. Delante, a hombros, la tambaleante estatua del Cristo, el cuerpo desnudo, oscuro, un *beige* mezclado con mucho gris, con partes más claras y otras más oscuras, un paño tapa la parte baja del cuerpo.

Antes, hace mucho tiempo, Julio solía desfilar cada año. Delante de él, su padre con la banda, el distintivo del tamaño de una moneda en la solapa. A su lado, Jorge. Más tarde hay alguna discusión por eso, pero Olga insiste en que Jorge desfile también.

—Contaré hasta tres —dice y, para llevar la cuenta, golpea el suelo con la punta del zapato.

Bernarda le toca el brazo.

—¿Desfilamos con ellos?

Julio niega con la cabeza. Y a continuación, sin más, dice:

—Mi madre está agonizando.

El enemigo está sentado detrás del ojo izquierdo de Eliseo. Primero es algo alargado y filoso, como una astilla, una astilla de madera enorme que crece y crece hasta formar una cuña. El dolor es más intenso allí donde parece clavarse la punta. Se expande, y pronto le rodeará el cráneo como un casco, un pesado casco de hierro, piensa Eliseo, al que le cuesta bastante esfuerzo mantener la cabeza erguida. Tiene los músculos de la nuca tensos cuando pasa revista a las escuadras, con una astilla de madera detrás del ojo, delante del cuarto escuadrón, veinteañeros de rostro pálido mirando al frente con las muelas apretadas bajo las gorras verde oliva.

Eliseo no pone reparos, el casco es demasiado pesado para objetar nada, le oprime desde arriba, como si quisiera meterle el cuello dentro del torso hasta que el mentón toque el esternón. Después del gorro viene el vómito. Eliseo ya lo sabe, es como si la presión le revolviese el contenido del estómago y se lo sacara. Para entonces ya estará sentado, seguramente, entre las paredes sin ojos, pintadas de un agradable tono azul claro, de su despacho. O acostado en el sofá del rincón con un paño húmedo sobre la frente, un paño frío y bien escurrido. Le encargará a Hernández, su ayudante, que ponga más paños húmedos en la nevera en cuanto el cuarto escuadrón deje de seguir todos sus movimientos con el rabillo del ojo.

En la televisión: los toros, la corrida de San Sebastián. Eliseo cierra los ojos, no han escurrido el paño como es debido, una gota le corre cerca de la oreja. Está demasiado agotado como para pegar un grito, como para soltar una reprimenda y que lo oigan en la habitación contigua. Las trompetas suenan en sordina, la entrada en el ruedo, el comentarista presenta a los matadores.

No es que le interese. Eliseo no había nacido todavía cuando las corridas de toros quedaron de facto suspendidas en las islas. Uno tiene que crecer con eso, admite a veces. Pero esa noche, y mañana por la noche, cada noche, más tarde o más temprano, en el club de oficiales solo se hablará del torero que, por su desempeño, haya sido premiado con más orejas.

En realidad, todo está bien, menos por lo de paño mal escurrido. Pronto se casará. Está construyendo una casa. Todavía es capitán. Pero eso último no cambiará tan pronto. En Ifni no aguantó ni una semana, apenas cinco días. El enemigo detrás de su ojo izquierdo. Eliseo no recuerda el viaje de regreso. Lo sacaron en avión, le dijo el médico sentado al borde de su cama en el hospital militar de Madrid. Como si él fuera una caja, un objeto. El médico muy amable y atento, su mano sobre el hombro de Eliseo ejerce una suave presión, pero, si por él fuera, se la apartaría de un manotazo. Se siente obligado preguntar cuándo podrá regresar a Ifni. El médico se encoge de hombros.

«Esperemos, quizá todo pase pronto».

Y Eliseo no puede decir si se refiere a los dolores de cabeza o a los enfrentamientos en el Sáhara Occidental.

En primer lugar, porque las dos cosas se revelan como ciertas. Con la ayuda de tropas francesas, el levantamiento será aplastado hacia la primavera, aunque recientemente se haya informado de algunas escaramuzas. Y, entretanto, desde que lo trasladaron a las unidades de avituallamiento en Sevilla, el casco del dolor no se ha posado de nuevo en torno a sus sienes.

Los dolores han vuelto en las últimas semanas, y Eliseo sabe por qué. Tiene que decidir lo de la finca. Desde la muerte de su madre ya nadie vive allí, solo él, y eso cuando pasa las vacaciones en su tierra. Ha tenido que pensarlo durante mucho tiempo hasta aceptar que, en su caso, «su tierra» son las islas.

El general Hernaro Bernadotte, su padre, creció en Castilla, en una propiedad cerca de Toledo. Por ser el hijo más joven, Eliseo heredó sus tierras en la isla, una isla que los demás reunidos aquella helada mañana de enero en Madrid para la ejecución testamentaria solo conocían por algunas historias. La última vez que el abuelo de Eliseo pasó un invierno allí tenía dieciséis años, estaba pálido y tenía mucha tos para ser un hombre tan joven. Los médicos le recomendaron esa estancia con urgencia, para fortalecer los pulmones.

Allí los conejos no se cazaban solo con perros, sino también con martas, se cuenta desde entonces en la familia. En los campos crecen tuneras en lugar de trigo, y de ellas se obtiene un tinte rojo. Aunque el abuelo de Eliseo nunca entendió del todo cómo se obtenía. Eso es todo lo que se sabe de la isla. También que esas propiedades causan cada año de más pérdidas, por lo cual nadie puso objeción a la parte del testamento que las adjudicaba al padre de Eliseo.

A la isla regresaron los Bernadotte muchos años más tarde, cuando el golpe de Primo de Rivera toma por sorpresa al padre de Eliseo y a este le parece el momento adecuado para retirarse del servicio activo. Pocos meses después, cuando comprueba que la situación en Madrid no es tan complicada como temía, le llama la atención que también sus actividades privadas en la capital resulten menos fatigosas sin la familia, por lo que decide que esta disfrute del aire benéfico de la finca.

Eliseo, por supuesto, no recuerda nada de eso, solo se acuerda de las castañas con hinojo en noviembre, de las prácticas de tiro con escopetas de aire contra los brazos carnosos del cardonal, detrás de la cochiquera, de sus pájaros.

A Lorenzo González, su futuro suegro, lo conoció Eliseo en una de sus últimas visitas a la terraza del Café Atlántico. Un conocido común los presentó después de que Eliseo le hablara de las pérdidas de la finca. «El hombre mejor informado de la isla», así llamó el conocido a Lorenzo. Lo cual no tenía que ver con la actividad de Lorenzo como dueño de un periódico, *La Mañana*, sino con el hecho de que no había nada que ocurriese en la isla que no se comentase con pelos y señales en la terraza del Atlántico.

Lorenzo no solo invitó a Eliseo a su casa, sino que, en un siguiente encuentro, también le propuso una solución para su problema con las tierras. Una solución radical: vender. A unos señores de Bélgica que quieren construir unos hoteles.

«Pero si ahí no hay nada», objetó Eliseo. Solo piedras y arena desde arriba hasta el mar, y lo que no tiene ya color hueso el sol de la Costa del Silencio lo pone amarillo en el menor tiempo posible. Recuerda unas señoritas inglesas que pasaban el invierno en el norte de la isla antes de la guerra, vestidas de blanco, que sacaban a pasear sus padecimientos pulmonares o nerviosos por el verde intenso del Jardín Botánico, por la orilla de la playa, y que siempre estaban en el camino delante de unos caballetes para pintar el Teide. Se cambiaban de ropa en la playa, en unas coloridas carpas de las que sobresalían las cabezas con el pelo chorreante.

Los belgas tienen interés también en la tierra y en los derechos del agua. El precio de compra propuesto es exorbitante. Al futuro suegro de Eliseo le pertenece la red de distribución del sur, su futura suegra la heredó de su padre. Los hoteles necesitan más agua que las plantas o los animales, más incluso que las plataneras, le dice Lorenzo.

El paño, entretanto, está caliente, el respaldo del sofá bajo su nuca está frío y húmedo. Cada vez que intenta imaginarse a Francisca en la finca, la ve sentada más tarde o más temprano al piano, aburrida, inundando la casa de sonatas de Schumann. Su suegro ha propuesto que haga una concesión: que vivan en La Laguna, entre Santa Cruz y el páramo, como llama al sur su futura suegra.

1950

LAS FLORES

La Mañana **se publica con una frecuencia diaria,** mientras que su dueño aparece con mucha menor frecuencia por los locales de la redacción, situada en la segunda planta del edificio Olympus, en la plaza de la Candelaria. Su mesa en la terraza del Atlántico es la segunda por la izquierda, y, cuando no está allí sentado, un cartel apoyado contra el cenicero anuncia que la mesa está reservada. En realidad, el cartel es superfluo: todos saben que la mesa pertenece a Lorenzo González, al que llaman «Viva España».

El 23 de octubre Lorenzo está tomando un cortado sin nada, solo leche caliente y un azucarillo y medio. Su brazo derecho está apoyado, como siempre, en la barandilla de la terraza. Desde aquí se disfruta de una buena vista sobre el puerto y la multitud que espera con las banderas todavía bajas, las bocas todavía cerradas.

Los artículos de la edición matutina ya están escritos, aunque dejan cierto espacio para cualquier acontecimiento especial, para el caso de que el Caudillo, por ejemplo, quiera desentenderse del discurso escrito. O con margen para otros detalles: el color y el corte del vestido de Carmen Polo de Franco, por ejemplo. Lorenzo dio el visto bueno a los textos ayer por la noche, también el Estado Mayor en Madrid. En

realidad solo faltan las fotos. No obstante, todos los reporteros de *La Mañana* están en el puerto, la redacción gráfica y
todos los fotógrafos independientes de la isla esperan desde
horas tempranas en los muelles. Antes de que amaneciera,
varios camiones y guaguas especiales habían recogido en los
pueblos a los «flechas», los viejos militantes de Falange, a los
miembros de la juventud católica, a las unidades de la Sección
Femenina, a clérigos y funcionarios, a los miembros del sindicato nacional, y también a todo el que estuviera dispuesto a
acudir y no quiera buscar problemas.

Aunque él es uno de los pocos supervivientes de Falange en
la isla, uno de los primeros en apoyar el movimiento nacional
(«¡Ahora resulta fácil aclamarlo, antes no recibíamos más que
burlas y sarcasmos!», los parroquianos del Atlántico se conocen
bien el discursito), Lorenzo no recibirá a Franco en el puerto
como miembro de la comitiva oficial. Tampoco le han asigna-
do ningún papel en la ceremonia posterior en La Concepción,
allí les toca el turno a los dignatarios católicos, y luego, en Los
Llanos, a la refinería y su directorio. Presentarán a Lorenzo a
Franco más tarde, en la Capitanía General de la plaza Weyler.
Su hija podrá entregarle unas flores, pero no ha conseguido sacar nada más. Además, otras dos chicas le entregarán ramos de
flores cuando el Caudillo visite más tarde la universidad.

Pero Lorenzo ya ha visto a Franco antes, como recalca con
verosimilitud: en las celebraciones del quinto aniversario de
la República en Santa Cruz, en abril de 1936. No era asunto
como para abordar a Franco al respecto. El Caudillo no guarda
buenos recuerdos de su última estancia en la isla, cuando era
capitán general. La situación para la caza, difícil, no había más
que conejos, pero a cambio se vio confrontado con más frecuencia de lo habitual con los anarquistas locales. Cinco intentos de atentado se conocen con certeza, en otros incidentes no

ha quedado nunca claro quién disparó qué cosa exactamente ni por qué.

En el Café Atlántico cada uno de los habituales lo sabe: si Lorenzo quiere que alguien se siente a su mesa, le hace una seña. Por eso se dan codazos en los costados cuando el extranjero, después de haber buscado en vano un sitio vacío en la terraza, se dirige a la segunda mesa de la primera fila.

—Disculpe, ¿me permite? —pregunta, y al hacerlo trata de imitar cada sonido redondo del español.

Quizá porque no está seguro de cómo calibrar al forastero, o porque hoy solo ha tomado un cortado —leche, café y azúcar— y nada más, lo cierto es que Lorenzo asiente con amabilidad y le dice: «Por favor», y, una vez que el otro ha tomado asiento y se pone a examinar el menú que está encima de la mesa, inseguro sobre si debe o no ofrecerle la mano para estrechársela, añade:

—¿Usted de dónde es?

—De Hamburgo. Me llamo Wiese —responde el hombre, que agarra el menú con cuidado.

—*German* —dice Lorenzo en un inglés que, a su vez, redondea cada borde filoso de ese idioma—. Estupendo. ¿Se dedica al periodismo? —pregunta Lorenzo señalando con la cabeza hacia el puerto.

—No —contesta Heinrich Wiese, riendo—. A las flores.

—¿Las flores?

—Estoy a punto de abrir una empresa de jardinería. El capital de esta isla es su luz —dice el alemán.

Lorenzo asiente, indeciso.

—La distancia justa en relación con el ecuador. No importa la época del año, primavera, verano, otoño o invierno, hay suficientes horas de luz como para estimular el crecimiento de cualquier semilla. Aquí germina cualquier planta de la Tierra.

Que sobreviva es ya otra cosa —dice—. Las flores son el futuro —añade, cuando nota el mutismo escéptico de Lorenzo.

—¿Por qué entonces no se dedican todos a eso?

—Porque a nadie se le ha ocurrido —responde Heinrich Wiese, sonriendo con satisfacción—. Uno de nuestros jardineros, Fitze Neumann, estuvo en el 39 con un vapor en la isla. Más tarde murió en la guerra. Siempre dijo que aquí uno debía dedicarse a cultivar plantas. En lugar de hacerlo en Hamburgo, en invierno, con esas estufas gigantes encendidas toda la noche, con horas de luz artificial...

—¿En 1939? ¿Con el Robert Ley?

En el periódico habían hecho varios reportajes sobre esa visita y sobre el programa del *KdF*. Dos de sus redactores habían acompañado a los visitantes durante esas dos semanas. Él mismo estuvo presente en la gala en la plaza de toros. Hubo mucha música, recuerda Lorenzo, algunos discursos. La mirada torcida de Ada, sus pellizcos y cuchicheos. «Espera a que estemos en casa».

El alemán asiente.

—Los últimos años fueron difíciles. La guerra, y luego la falta de combustible. Primero no había mano de obra, y después había demasiada.

De repente, se alza un bullicio en el puerto, disparos de bienvenida, exclamaciones de júbilo.

Por las mañanas, cuando Julio llega al trabajo, el batiente izquierdo de la puerta de latón está abierto, y el viejo Marrero está sentado, fumando, en un banco situado en el cuadrado de luz que entra por la ventana. Su camisa tiene ya el mismo color azul claro que el del jazmín del cielo que brota entre las piedras a la entrada del taller. Marrero levanta un poco el cigarrillo, a modo de saludo. Una vez cruzado el umbral, hay que bajar unos escalones: el suelo de cemento del taller se halla a casi medio metro por debajo del nivel de la calle. El viejo Marrero cierra los ojos en cuanto Julio le pasa por el lado, sigue fumando con la cabeza echada hacia atrás, hasta que la llama del cigarrillo casi le roza los dedos. Las ventanas son estrechas y están a una altura considerable. Y el viejo Marrero finge no saber que Julio se encuentra detrás de él y que, apenas sus pupilas se han adaptado a la penumbra, examina los aparatos que se han acumulado durante la noche en su banco de trabajo.

El viejo Marrero es el amo de los trapos. Los tiene de tres colores, o mejor, con tres tipos distintos de manchas: marrón claro, gris o negro. No existe nada que no pueda repararse con un poco de lubricante, dice. Y solo cuando ningún trapo consigue poner otra vez en marcha el mecanismo, los aparatos van a parar al banco de trabajo, embadurnados de grasa, provistos de oscuras huellas dactilares.

El taller consta de un solo local. Pegados a la pared hay varios armarios en los que yacen, cubiertos de polvo, los aparatos que nadie vino nunca a recoger o cuya reparación no pudieron pagar sus propietarios. O los que no quisieron entender que la sulfatadora está reparada, aunque un anillo de polvo naranja salga de la válvula del pistón en cuanto se le pone la manguera.

El viejo Marrero no pregunta. El viejo Marrero fuma y dormita o se ocupa de sus billetes de lotería. Compra cuatro números cada semana, los clava con chinchetas en la pared junto al calendario y le explica a todo el mundo por qué son los números correctos.

La calle Miraflores empieza abajo, en el puerto de Santa Cruz, detrás de la antigua nave del mercado, en la que desde hace algunos años el único movimiento es el de las palomas en el techo y el de las ratas por el suelo. La calle Miraflores sube sin interrupción hasta Galcerán y, cuando uno baja por ella, la torre de la iglesia de la Concepción descuella como un signo de exclamación entre las hileras de casas.

«Mira las flores», dice la gente, ríe y señala a los pequeños balcones, con sitio justo para que quepan en ellos dos banquetas. Allí se sientan frente a frente «las niñas», aquí a todas las llaman «niñas», no importa la edad que tengan. Las rodillas rozándose, los codos sobre la balaustrada, cigarrillos entre los dedos. Es la calle de las fumadoras, dice la gente.

«Pa'fuera, pa'dentro, pa'alante, pa'atrás». «¡Por cinco pesetas!», gritan los chicos en los portales cuando Merche empieza a trabajar en la calle de Miraflores. «Por cuatro, por tres pesetas». Aquí bajan los precios, mientras que en todas partes se incrementan. En los cuartos se regatea de nuevo, se paga según la cantidad de dientes, cuanto más perfecta sea una sonrisa, más caro. Merche conoce a alguna de las niñas de Santa Gracia. El camino más corto para llegar a la calle Miraflores es el que pasa cerca de las monjas, dice la gente.

Merche limpia el bar Niágara, y solo cuando eso no basta se queda más tiempo. Tampoco vive aquí, sino dos kilómetros más al este, en el callejón Ravina del barrio El Toscal. Tiene una habitación para ella sola, es la primera vez que tiene algo así, tres por dos metros, y en realidad todo está bien como está. A mediodía hay discusión en la cocina común; por las mañanas en el patio, junto al grifo; al atardecer en el lavadero, y a todas horas delante de los retretes. Pero todo está bien como está.

Esa mañana temprano hay más bullicio y más gente de la habitual. Los niños no han ido a la escuela, los hombres no han ido a trabajar, están apoyados contra el muro del patio, mirando y fumando, cuando Merche se dispone a marcharse. El sol no está todavía lo suficientemente alto como para rebasar los tejados de la calle de la Rosa. Hay viento, la mayoría de las tiendas están cerradas, pero en la acera, entre el tumulto, hay empujones, un tupido gentío que se mueve a codazos en dirección al puerto. Todo teñido de rojo y amarillo, banderas rojigualdas en los escaparates, las columnas del cine Royal Victoria envueltas en cintas, en la vía los coches se detienen y tocan la bocina. Los cafés de la plaza del Príncipe aún no han abierto, pero los bancos están todos ocupados. Las mujeres se sostienen los pañuelos y las faldas; los hombres, los sombreros. En los escalones de la glorieta, un grupo de Flechas desayunando.

En realidad, todo está bien como está. Solo que desde hace una o dos semanas la piel de los pechos se le tensa. Merche no está segura de hace cuánto tiempo, intenta calcularlo una y otra vez, intenta recordar cada día por separado. Pero cada noche es una noche más que pasa, y la sangre no baja. Puede examinarse los pechos cada mañana cuanto quiera, las venas azulosas bajo la piel lívida, decidir que no tienen un aspecto distinto del habitual. No siente esos tirones en la pelvis con los que se suele anunciar, en su bajo vientre reina una calma sospechosa. ¿Qué hacer? ¿Hacer que se lo saquen y, tal vez, morir? ¿O no dejar que se lo saquen y, en el peor de los casos, regresar donde las monjas?

Por lo general se pone en camino al mediodía, baja a eso de las dos y media por la calle Miraflores y entra en el Niágara por la puerta recién abierta por don Emilio. Un reguero de sillas por todas partes, los ceniceros llenos, han quedado nuevas manchas de quemaduras y anillos secos de vino tinto en las mesitas de centro, de las cuales siempre hay una, por lo menos, volcada en el suelo. Y, cuando hay barcos en el puerto, un notorio número de botellas de cerveza vacías. Prendas de ropa en la escalera de madera que lleva hasta la galería de la primera planta: chales y medias, rara vez una blusa.

Merche comienza por los cuartos de arriba. La tarea de despertar a las niñas, que todavía duermen, es un incordio. «Otros cinco minutitos, por favor», le dicen. O: «Ni te imaginas cómo fue ayer la cosa...». Sus morros, sus pedos y sus quejas en la galería, el lugar hacia el que Merche las espanta cuando limpia. Mientras vacía los orinales, limpia los lavabos, vierte los restos de agua y friega las fuentes con vinagre, pocas veces las jarras. Las prendas de ropa dispersas las arroja a un montoncito, cambia las sábanas, según el estado, por lo menos cada tres días. A las cinco tiene que estar todo listo, los cuartos y las chicas, que deben estar sentadas ya en los balcones o abajo, en el bar. Y, en realidad, todo está bien como está.

«Búscate algún borrachín», le recomendó ayer una de las chicas más viejas cuando Merche le habló de la tirantez en los pechos. Desde entonces repasa en la mente una lista de posibles candidatos. No puede parar de pensar en el pescado que hace unos años se movía suavemente en su barriga. Encontrar a un borrachín razonable no es nada fácil. Con la dosis aceptable de picardía, pero no demasiado ávido. Uno que se calle la boca, que no empiece a mascullar cuando el recinto se vuelva cálido y suave a causa del alcohol. Uno al que no se le ocurra aprovecharse de la situación o que le paguen en especies. Estar casado es eso, estar casado: abrir las piernas de gratis. Y cuando has encontrado a uno, empieza todo el teatro del papeleo. Conseguir que llegue sobrio al registro civil, para que diga el «Sí, quiero». Y conseguir luego llevarlo sobrio hasta el registro civil cuando la criatura nazca, para que firme. Y a partir de la segunda mitad del mes, por las noches, los arañazos en la puerta, porque se ha gastado otra vez todo el dinero. Llenar tres barrigas en vez de dos.

Hace cuatro años, Merche estaba parada delante del alto portón en la curva de Santa Gracia; en la mano, uno de los sacos en los que despachaban las papas del reformatorio. Dentro: cepillo de dientes, trapos, un pedazo de jabón del grueso de un pulgar que ella guardó sin preguntar, su segundo sostén, unas segundas bragas, una segunda bata y una biblia. Y también el «No llegarás a nada». Eso fue todo lo que le dieron las monjas. «Llega a tu casa antes de que oscurezca, de lo contrario te van a recoger de nuevo», le dijeron al despedirla, y Merche se vio delante del portón de la entrada, sin saber muy bien dónde estaba su casa. El sol hace vibrar y flamear el aire sobre los rieles del tranvía, y Merche camina a lo largo de la línea. Cuesta arriba, en dirección a La Laguna, hasta que, cerca de La Milagrosa, se terminan las tunas a derecha e izquierda de la carretera, los pedruscos y el correteo de los lagartos. Merche se detiene en la aguada, no se atreve a permanecer sentada mucho tiempo, sigue subiendo por la calle Herradores hasta La Concepción, donde el olor de las papas asadas le humedece los ojos, la hace salivar, y sigue a lo largo de las vías férreas hasta Tacoronte.

Durante un tiempo se queda a vivir con sus abuelos, hasta el otoño de hace dos años, cuando el abuelo apareció tumbado sobre la gran mesa de la cocina. Una manta negra debajo de él, dos velas al lado de los tobillos, otras dos junto a las muñecas y dos a la altura de los ojos. El espejo tapado, las puertas y las ventanas solo entreabiertas, el abuelo lleva puesto su traje oscuro, sus zapatos nuevos. Las suelas de color marrón claro, sin rasguños, sin manchas, apuntan hacia la puerta, de tono muy claro en la fotografía. Las campanas tañen dos veces, el fotógrafo ya está trabajando cuando Merche hace su entrada. Ella le sostiene la lámpara, la deja caer cuando se oye el estampido de la cámara.

—Magnesio —dice él.

—No puedes quedarte aquí —susurra la abuela cuando las velas se han apagado y cuatro muchachones se han llevado al abuelo a la iglesia.

En la calle Miraflores, un ajetreo moderado cuando Merche dobla hacia ella en Galcerán. Las puertas de los balcones están todavía cerradas. En cuanto acabe todo el teatro allí abajo en el puerto, cuando la multitud empiece a desplazarse hacia La Concepción, irrumpirán aquí en torrentes.

Por lo general, la primera oleada llega hacia el final de la siesta, sobre las cinco, solo los sábados ocurre más temprano, pero en abundancia, ya que el sábado es día de paga. A las ocho y media, entre la hora del cierre de los comercios y la cena, cuando el torrente empieza a desplazarse hacia la calle Miraflores, Merche emprende el camino a casa. A esa hora hace más fresco fuera que dentro, y todos ponen sillas en la acera, charlan y comen chochos, con platillos para las cáscaras en las rodillas. Los niños juegan a la rayuela y enmudecen cuando Merche pasa.

Si se queda más tiempo, la calle se vacía de mujeres.

«Estate al loro, de lo contrario tendrás que hacerlo de gratis», le dicen las chicas al despedirse.

Hombres aislados en grupitos a los que Merche evita. En las viejas callejuelas resulta fácil, sus voces resuenan a través de las paredes de los edificios.

A las once llegan las flores. Recién cortadas por la mañana, limpias y atadas en haces. Aves del paraíso —siete ejemplares, una por cada isla— en medio de rosas blancas. Sus tallos, el corte achaflanado preciso, envueltos en paños húmedos. Proceden de La Orotava, no del jardín, sin la luz del sol matutino más allá de las ventanas. A Francisca le había alegrado la perspectiva de cortarlas, recoger los lirios ya florecidos, amarillos con oscuras manchas rojas en la parte interior de los pétalos.

Hace unas semanas, una noche, le pidieron que bajara; ya estaba con el pijama puesto, cuando una de las asistentas le tocó a la puerta. Nanny Brown le echa por encima el batín, la acompaña hasta la escalera. Las señoras han terminado la cena y están sentadas en grupitos en el salón, bebiendo licor. Envían a Francisca a la terraza, donde Lorenzo y los señores agitan sus copas y fuman.

«Tenemos una tarea para ti», le dice su padre a modo de saludo.

Es Ada, no Nanny Brown, la que escoge el vestido, los zapatos, el sombrero. Dos tardes enteras en los acolchados asientos situados delante del probador del Estudio de Moda de doña Pilar. Medias casi transparentes que no deben quedarse enganchadas en ninguna parte, es por eso que hoy Francisca permanece sentada en una de las sillas del comedor, en la habitación que su padre llama «cuarto de costura» y su madre *drawing room*. Nada de rejillas de mimbre, sino madera lisa y bien pulida. A su lado, sobre el acolchado reposabrazos, están los guantes, por fin unos guantes, como toda una señora. Son de fino encaje, blancos, sin dibujos, solo unos delicados rombos. Pero por fin unos guantes.

A las once, las flores; diez minutos después, el coche en el que, a y cuarto, según el protocolo, la llevarán a la Capitanía General en la plaza Weyler. No son ni cinco minutos a pie, pero la llevan en coche. El calor, el vestido, el polvo. Ada ha ordenado a la asistenta que lleve la silla hasta el *drawing room* y ha vuelto a subir. Francisca mantiene los brazos quietos, de lo contrario las mangas se arrugan. No comer, no beber nada, quedarse sentada y esperar.

Su madre se ha acostado, le dice la asistenta cuando Francisca pregunta por Ada. El vestido es amarillo pastel, con un diminuto cuello alzado blanco, con escarpines blancos, el sombrero adornado con unas florecillas de tierno color amarillo que Francisca no ha encontrado en ninguno de los 23 volúmenes del *Curtis' Botanical Magazine* de la terraza acristalada. Los últimos días, ha pasado las horas entre el té y el momento de cambiarse de ropa para la cena buscándolas, hasta que Nanny Brown le dice que, si tanto le gustan, ella puede reproducirlas en un bordado.

Su padre ha salido por la mañana temprano; la acompañará su madre. Francisca baja las escaleras cuando el chófer toca el timbre. Va de azul brillante, no con falda y camisa, sino con vestido y chaquetilla del mismo color que el semicírculo de la Sección Femenina. En la solapa, el broche con las flechas, en número equivocado, pero quién se va a poner a contarlas, sobre todo cuando cada una de ellas está provista de cinco rubíes. El broche de caza, lo ha llamado su madre, se llevaba en diagonal, no a lo largo, le ha contado Ada.

Las flores ya están listas sobre el asiento delantero, junto al chófer. Ada alisa la falda del vestido de Francisca antes de que su hija se siente. La observa de arriba abajo y asiente satisfecha.

La mitad inferior de la cara del hombre con las gafas de sol sonríe cuando Francisca hace una breve reverencia; sonríe cuando ella le entrega las flores y unos guantes claros sobre los dedos rodean el haz de tallos; sonríe de nuevo cuando ella le dice «Bienvenido», insegura de si él la ha entendido o no. Su voz es tan tenue que ella misma apenas se oye. Se dispone a repetir el saludo, pero el hombre de las gafas de sol, con una sonrisa, ya le ha pasado las flores a un ayudante. La señora de Madrid que la recibió a las puertas de la Capitanía posa sus manos sobre los hombros de Francisca, quien empieza a moverse guiada por ellas, como si bailaran, cambia de dirección, aminora el paso y lo acelera con cada presión suave.

La señora la conduce hasta el borde del semicírculo que han formado los invitados en el salón de la Capitanía. Durante el desfile, su padre está junto a otros señores delante del edificio, al pie de la escalera. Las dos garitas de los guardias, a ambos lados de la entrada, han sido adornadas con guirnaldas de flores de color rojo y amarillo. La señora de Madrid pregunta si Francisca quiere presenciar el desfile, la lleva hasta una ventana en uno de los cuartos de servicio antes de desaparecer ella misma en el balcón.

Desde la primera planta lo que se ve, sobre todo, son gorras. Gorras que desfilan bajo la ventana en grandes bloques de perfectas hileras de ocho. Ve a los hombres uniformados de cada primera fila, que giran la cabeza rápidamente hacia arriba, al compás exacto de la música. Más tarde, distingue también las coronas de flores en las cabezas, que giran en círculo sobre los cabellos de los grupos que bailan con trajes típicos.

Francisca se inclina hacia delante, apoya los codos en el alféizar de la ventana para descansar los pies. Los zapatos nuevos le aprietan.

Heinrich Wiese permanece sentado, no nota la presencia del camarero que apoya discretamente contra el cenicero el cartel de reservado con la esperanza de que por fin él se levante y se marche. O de que se levante, pida de una vez algo y vaya a sentarse a otra parte. Aquí todo es soportable: Heinrich Wiese contempla la ruidosa multitud en el puerto, las hileras de coches aparcados, los edificios en cierto modo aceptables en las calles de los alrededores.

Ayer, de regreso de La Laguna, lamentó haber venido a la isla. Lamentó incluso haber adquirido un trocito de esta tierra. La carretera de dos carriles, sin valla protectora, solo la estrecha franja de arena y, detrás de ella, la ladera. La vegetación, amarilla. «Tardó», dicen todos. «Este año la lluvia tardó». Briznas de hierba desvaída, algunas de un color intermedio, entre el azulado y el verde, pero, al mismo tiempo, todo muy gris: los agaves, las hojas carnosas caídas hacia un lado, sobre las rocas, como cadáveres de peces grandes amontonados. Y todo húmedo, empapado.

En La Laguna el viento era tan fuerte que le robaba la respiración, le saca el aire a tirones por la boca abierta, por las fosas nasales, lo obliga a girar la cara cuando baja por la calle Viana. Como si una densa niebla quedase suspendida por encima de los tejados, por lo bajas que están las nubes. Una llovizna que se mezcla con el sudor en la frente, en el labio superior, en el mentón, la nuca y la garganta. Porque —aunque a Heinrich Wiese ese detalle le parece incompatible con toda esa grisura— hace calor. Veintitrés grados centígrados había esa mañana a las siete, lo calculó mientras desayunaba. El termómetro de la recepción del hotel mide la temperatura en grados Fahrenheit.

En la plaza del Cristo acaba el mundo, detrás del cuartel no hay montes y hasta las copas de las altas palmeras desaparecen entre la bruma de nubes. El restaurante que ha propuesto el despacho de abogados para que firmen el contrato está al otro lado de la plaza. La lluvia arrecia, las gotas son diminutas, pero caen en tal tropel que él ha de cubrirse los ojos con el antebrazo para distinguir el camino en medio de unos enormes charcos cuyas superficies parecen tener la piel de gallina. En el restaurante se reirán: el doctor Schwartz, el dueño del local y el hombre del bigotito blanco y la camisa de cuello alto, desgastado, pero bien almidonado, con el borde de la tela comprimido contra su cuello cuando le estrecha la mano a Heinrich Wiese y baja un poco la cabeza al saludar. «Así es aquí», le dirán. «Dentro de diez minutos sale el sol y veremos el arcoíris», añadirán señalando sus paraguas, que sobresalen de un paragüero de hierro situado junto a la entrada. «Nunca salga sin él, no en esta época del año. Ya lo aprenderá».

«No puedo comer tierra», dirá el hombre del bigotito blanco y el cuello alto, lo dirá en español, y el doctor Schwartz le traducirá, y Heinrich Wiese no sabrá qué responder, y asentirá.

Mientras Heinrich Wiese contempla cómo sus zapatos se hunden a cada paso en el fango, entre los charcos, cómo pasan por delante de la pequeña glorieta y siguen caminando a través de la llovizna en dirección al restaurante, los tres hombres permanecen callados. Cuando Heinrich abre la puerta, el dueño del restaurante le pone una mano en el hombro al hombre del bigotito, le da un breve apretón antes de apartarse de la mesa y salir al encuentro del invitado.

Después de firmar el contrato, el arcoíris, tal y como se lo prometieron, encima de la capilla del Cristo; detrás, tres cumbres verdes, el rumor de las copas de las palmas bien visible bajo los reflejos del sol en los charcos. El viento no ha cesado. Le golpea los dobladillos mojados del pantalón en torno a los tobillos, crea un revoloteo en las solapas de su chaqueta, frías por la humedad. Pronto estarán secas, piensa él, y para no cometer el error de antes, baja por la calle hacia la derecha, no atraviesa la plaza del Cristo.

Necesita un teléfono. Por lo menos debería telegrafiar antes de ponerse a buscar un taxi que lo lleve de nuevo hasta Santa Cruz. Debió preguntar cómo llegar a Correos, pero por algún motivo no se atrevió. Tarda un poco en encontrar la Oficina de Telégrafos de la calle Bencomo, entre los muros desiguales y sin ventanas del convento que, a sus ojos, parecen todos iguales.

1944

REFORMATORIO

Cuando Julio, al cabo de siete años, vuelve a poner un pie en la isla, carga una caja de madera cuyo borde filoso le ha dejado una fea marca roja en el hombro. Un borde que le corta la circulación y le provoca un prolongado y agudo pitido en el oído que solo empieza a atenuarse poco a poco cuando ha dejado la caja en el muelle. El puerto casi vacío, las dos grúas en los salientes no se mueven. La carga ha de ser desembarcada otra vez en botes de remos, caja por caja, saco por saco, hombre tras hombre.

Frente a la plaza de la República, una obra en construcción allí donde antes, cuando él era pequeño, estaba el fuerte. Tras su demolición, la superficie de arena que él nunca pudo cruzar sin que Olga tuviera luego que sacudirle el polvo de los pantalones. A continuación, la parada de los taxis, donde por las noches, cansados de la Fiesta de las Cruces, tomaban un coche que los llevara a casa. En algún momento hubo allí, de repente, palmeras y bancos, y ahora están construyendo algo, puede ver Julio cuando baja por la avenida Marítima. Una nube de polvo pende en el aire encima de un cuadrado tapiado.

La Fuente Morales está todavía en su sitio, cuatro chorros de agua regulares brotando incesantemente por las bocas abiertas de las esfinges. Julio tiene la certeza de que han estado vertiendo agua sin cesar desde la última vez que pasó por ahí, hace siete años.

Las gotas ya están frías; al mediodía, con el calor del sol, suelen estar tibias. Julio Baute se lava, aunque no está sucio. Se lavó esa mañana, codo con codo con un colombiano, mientras intentaba acompasar sus movimientos al balanceo del barco que entraba en el puerto.

Julio Baute se lava y, a continuación, se sienta en el borde de la fuente, los pantalones y la camisa se le mojan en la espalda por el agua que salpica. Se echa el pelo hacia atrás, se saca la mugre negra de las uñas. Julio no ha llamado. No lo hizo desde Cádiz, antes de subir a bordo, ni desde Murcia. Tampoco desde Tarragona, Ceuta o Tánger. Tenía miedo de que un desconocido levantara el teléfono, tenía miedo de que no lo levantara nadie.

La plaza de la República ya no se llama plaza de la República, comprueba. Tampoco de la Constitución, como se llamaba antes. Ahora se llama plaza de la Candelaria, por la patrona de la isla que se alza, cada vez más pequeña, sobre una única columna en medio, rodeada de edificios cada vez más altos. La calle Fermín Galán se llama calle Castillo, pero la estación final del tranvía sigue siendo la última estación.

Allí están, apoyadas contra las paredes de los edificios, sentadas en el bordillo, a la espera: lecheras con montones de garrafas de aluminio vacías en las cestas, una madre con dos hijas que juegan a las palmas y cantan «La chata Merengüela». Y Julio Baute no puede evitar mirarlas a todas y a cada una a la cara, pero no reconoce a ninguna. Tampoco antes reconoció nunca a nadie en la estación final del tranvía, pero Julio no puede evitar clavar la vista en todas.

Dos pliegues paralelos, pero bien delimitados, entre las cejas fruncidas, párpados entrecerrados, esto es todo lo que recibe en respuesta. Y un: «Oye, ¿tú qué miras?».

Julio sube por la parte de atrás, en el último vagón, el pintado de gris, que es más barato que los dos anteriores. «El Jardín», así lo llaman, porque en él pueden viajar mercancías y animales. En el jardín gobiernan las lecheras, a ellas pertenecen los puestos próximos a las puertas; cuelgan sus garrafas de aluminio vacías en los ganchos exteriores, dispuestos delante de las ventanas laterales, empujan las cestas debajo de los asientos con fuerza suficiente para magullar los tobillos de quienes ya están sentados.

Hasta el revisor —que en cuanto dejan la estación final en la calle Castillo se acerca tambaleándose y apoyándose con las caderas a los tubos para ir cobrando a través de las hileras— evita sus manos enérgicas.

Todo queda dividido entre el «todavía» y el «ya no está». Todavía el golpeteo de las garrafas de aluminio al chocar unas contra otras delante de las ventanas se mezcla con el apenas perceptible sonido de la campanilla del primer vagón alertando a los peatones.

Cuando pasan por la plaza Weyler, Julio gira la cabeza hacia la derecha y la deja en esa posición hasta que los músculos del cuello se le tensan, gracias a la ráfaga de aire fresco entre la puerta abierta y las ventanillas superiores inclinadas. Ve pasar por delante la Capitanía, el edificio en el que antes estuvo el Radio Club de Tenerife. El cine de la plaza de la Paz está abierto, el bar de al lado se llama, todavía, Hespérides.

También él, el barranco de Santos, está todavía ahí, a su lado, todo el tiempo ha estado ahí, a cien metros de él. Se va volviendo cada vez más profundo cuanto más sube el tranvía en dirección a La Laguna. Abajo, en Santa Cruz, es ancho y llano, en primavera florecen en él las flores de cera. En agosto se seca tanto que los zapatos levantan nubes de polvo rojizo a cada paso.

En la curva de Santa Gracia, las laderas están cubiertas de tuneras, un zigzag escalonado conduce hasta el valle. Al edificio de las monjas le han añadido una nueva sección, un portón que casi cubre la capilla.

Al Tanque de Abajo le falta todavía una esquina; después, blancas mariposas sobre el charco. La estación es todavía la estación, y el tirón con el que el tranvía se detiene sigue lanzándote contra el respaldo de los lisos asientos de madera delanteros. De inmediato, gentío, racimos humanos en las puertas. Las lecheras, todavía triunfantes, están de pie en primera fila.

En la agazapada casita se halla todavía la bodega de Teófilo, delante de la puerta color rojo vino, con los pantalones tendidos, un borracho que tal vez acaba de salir se apoya contra la pared. Junto a los escalones de la capilla crece el hinojo amarillo, y una sola mirada hacia la parte baja de la calle Carrera le revela a Julio que la cola delante de Correos llega todavía, a esa hora de la tarde, hasta la plaza que está enfrente.

Julio no sabe si echar a correr, porque pronto llegará a casa, o si debe detenerse, porque pronto llegará a casa, y en ese momento todos se detienen. Hasta las lecheras se quitan los cestos de las cabezas. Solo hombres. Hombres que hablan en voz baja entre ellos, que reprimen una carcajada vestidos con trajes en todas las gamas de gris, con blancos triángulos en las solapas de las chaquetas, triángulos partidos en el centro por corbatas negras: un entierro.

No reconoce a nadie, observa a todos con detenimiento, espera a que hayan pasado. Un hombre que pasa a su lado lleva en la mano un ramo de flores, le parece a Julio. Solo cuando el ramo se hincha, Julio comprende que son gallinas. Dos, atadas juntas con un cordel, cuelgan de un lazo de su muñeca. Una de ellas no para de agitar las alas, roza el muslo de Julio.

Todavía los viejos, al final de la tarde, se refugian del calor en el fresco vientre de cemento de la catedral. «Cerrada», piensa Julio cuando sube por la calle Herradores, una pared lisa pintada de amarillo y barrotes de hierro en el vano de la puerta. La farmacia está cerrada. ¿A esa hora, poco después de las cinco?

Cada día laborable, a las cuatro, cuando el reloj de pared del salón marca la hora, Augusto Baute se levanta de su sillón azul oscuro en la calle Capitán Brotons. Saca las gafas del bolsillo del pecho de su chaleco —Julio lo ha visto hacerlo incontables veces, cuando ha querido pedirle algo, dinero o su permiso, y ha estado esperando en el umbral a que su padre se despierte— y se las pone. Se sirve un vaso de agua de la jarra que está sobre la mesa auxiliar, y si uno pretende pedirle algo es mejor alcanzar el asa antes que él y servirle el agua con cuidado, sin derramar una gota.

Un cuarto de hora después, Augusto Baute sale de la casa y abre, a más tardar a las 16:25, las rejas que protegen la puerta de la farmacia.

Hay polvo en los travesaños, una delgada capa en el cristal de los escaparates, sobre la cual algunos niños han dibujado rayas, estrellas, corazones y penes. Julio se gira. Habrá, a lo sumo, trescientos pasos desde la calle Herradores hasta el número 14 de la calle Capitán Brotons. Cuando empezó a contarlos, a los siete años, necesitaba casi cuatrocientos.

La puerta tiene el color erróneo. Julio aminora el paso cuando dobla la esquina. La madera oscura que su madre frota una vez al mes con aceite de oliva y limón —en una ocasión tuvo que ayudarla a hacerlo— es ahora marrón claro. El picaporte, como siempre. No se atreve a accionarlo. El reverso de la mano de Fátima, la aldaba, ya no es de latón brillante de tanto manoseo, está cubierta por una opaca pintura negra.

Julio toca, dos veces, aunque tal vez no con la fuerza suficiente, piensa al notar que dentro nada se mueve. Toca otra vez, con más brío.

—¿Podrías ir hasta la puerta? —pregunta la voz de una mujer—. La pequeña se ha despertado.

Silencio.

Julio toca una vez más e intenta orientarse. Tú, la pequeña, una voz de mujer. Una voz clara e irritada, varios años más joven que la de Olga. Cuando la tiene delante de él, en la rendija de la puerta que se abre de manera imprevista, sigue intentando orientarse. Un moño de cabello castaño, un vestido mal abrochado a la altura del pecho, un bebé gimoteando en los brazos, nariz larga, cejas tupidas. No, no la ha visto nunca. Una empleada doméstica, supone, una a la que, asombrosamente, dejan traer a su bebé.

—Soy Julio Baute.

Él había esperado que ella se apartara a un lado, que le abriera el paso. Pero la mujer ni se mueve.

—El hijo de Augusto Baute.

—¿De quién?

—Del propietario de esta casa.

—No lo conozco. Nuestro casero se apellida Fernández.

Existe la guerra de la que Francisca no puede acordarse, pero ya pasó. Sale a relucir a veces, en las conversaciones de los adultos, siempre acompañada de algún «por culpa de...». Existe la guerra ahora distante, relegada a páginas de periódicos y librada en la radio, consistente casi siempre en voces exaltadas. La «Bibicí internacional» y su padre, Lorenzo, que durante la cena lee fragmentos de algunos comentarios. Aunque, desde hace algunas semanas ni siquiera eso, desde hace unas semanas solo son comentarios murmurados en voz cada vez más baja. Ya nadie levanta el brazo, que era lo único divertido de todo ello, cuando después de pasar tanto tiempo de pie, sin moverse durante los discursos, todos levantaban el brazo a la vez. Y gritaban, a voces, incluso estaba permitido gritar hasta desgañitarse. Ahora solo se canta, el «Cara al sol», y después, por fin, helado o tarta.

Pero existe también la guerra que está muy próxima y de la que nadie habla. La casa está dividida en dos bandos. La planta baja, con el cuarto de fumadores y el despacho, pertenece a su padre. El saloncito y la terraza acristalada, a su madre. El comedor y el salón son territorios neutrales, solo frecuentados cuando toca recibir invitados. En la primera planta viven Francisca y Nanny Brown, entre los dormitorios de los padres, los cuartos de baño y sus vestidores, como una especie de amortiguador.

Lorenzo se enfurece porque Ada quiere llevarlo con ella al muelle para despedir al tío Sidney. Ada se enfurece cuando él quiere llevarla a la calle Anchieta, al campo deportivo de los Flechas.

Justo ahora se libra una batalla en el recibidor.

—No voy a servir una sopa de ajos.

Esa es su madre.

—No podemos predicar agua y beber vino.

Ese, su padre.

—Yo no he predicado nada ni he invitado a nadie. No puedes predicar agua e invitar a nueve personas a cenar.

—Mira esto. —Ruido de alguien alisando de pronto unas páginas de periódicos, con tal fuerza que el sonido sube las escaleras y penetra en el cuarto que hace las veces de aula—. Hace semanas que no publicamos otra cosa que no sea «Tu aporte a la Patria» o la campaña del «plato único». Cada día sacamos en portada una nueva receta. No puedo servir un asado en casa.

El ruido de páginas provocado cuando alguien le arranca a Lorenzo el periódico de las manos, tan rápido que él no puede insistir, solo consigue llegar a una cocina paralizada por la tensión.

—«Tortilla sin papas ni huevos. Marinar 200 gramos de las partes blancas de la cáscara de las naranjas como si fueran papas». No tengo ni idea de cómo se marinan las papas. «Mezcle cuatro cucharadas de harina con diez cucharadas de agua y una cucharada de bicarbonato, un poco de aceite de oliva, una pizca de sal, pimienta y, con la punta del cuchillo, añádale una pizca de colorante amarillo, prepare la tortilla como siempre».

Un momento de silencio que Nanny Brown, en el salón de las clases, aprovecha para pasar otra página y señalar en silencio la siguiente tarea, mientras la cocinera deja caer la pila de platos con los restos de gofio en el fregadero, para ablandarlo.

—¿De dónde vamos a sacar la carne, Ada?

—Ya explotamos a algunos campesinos. ¿No hay ninguno que tenga una vaca? O, en caso extremo, ¿un cerdo? ¿Huevos? Todo lo que se necesita para cocinar. Pregúntale a la cocinera.

—¿Qué campesinos? —Lorenzo suena asombrado, su voz se hace más tenue.

—Era lo que siempre me reprochabas antes.

—Así no funcionan las cosas.

—Pues entonces habrá que sacarla de donde todo el mundo saca sus cosas, del estraperlo.

Francisca oye entonces a su madre subiendo las escaleras. A veces, cuando discute, entra en el aula y se sienta en una silla junto a la ventana, hasta que Lorenzo se ha retirado a su territorio, casi siempre el cuarto de fumadores. De vez en cuando sacude la cabeza en silencio. Cuando nota la mirada de Francisca, sonríe.

—No te preocupes, tu padre se ha vuelto demasiado católico últimamente como para pedirme el divorcio.

La isla consume gofio. Los que tienen viñedos, gofio con vino, los que tienen cabras, gofio con leche de cabra, gofio con huevos, gofio con cebollas, gofio con plátanos. El pan, solo los días festivos. «Pepe Álvaro», llaman a Julio en la obra. Julio ha tenido suerte.

Se sentaba al atardecer con la espalda pegada a las piedras todavía calientes de la catedral, comía su última tuna y pensaba que pronto se lamería el jugo de sus dedos con los nudillos marcados con rayas oscuras y las medialunas de las uñas negras. Pensaba en bacterias y en las relucientes bandejas de metal plateado en las que su padre esterilizaba en la farmacia las jeringuillas, las probetas, todo. Nota la presencia de los dos hombres —uno de mayor edad, el otro más joven y con muletas— cuando ambos están casi delante de él. A su alrededor, murmullos y miradas esquivas, alas de sombrero bajadas y miradas dirigidas al suelo.

—Tú —dice el hombre más viejo señalando a Julio—. Ven conmigo.

—¿Adónde? —pregunta Julio, y se gira buscando algo a lo que pueda aferrarse en caso de emergencia, por si acaso intentan llevárselo por la fuerza. Se decide por la reja de hierro fundido delante de la entrada de la catedral, que no está ni a tres pasos. Intenta determinar cuál de los dos tipos que duermen a su lado podría ayudarlo.

—¿Quieres trabajar?

Julio tarda un poco en asentir, despacio.

—¿Tienes papeles?

No moverse, el mentón erguido, no asentir, no volver la cara, mirar de frente y nada más.

—¿Tienes o no?

—¿A ti qué te importa?

—No me importa nada. Ponte al lado de mi hijo —dice el hombre, señalando al más joven. Fue anteayer cuando Julio trabajó por última vez, cosechando tunas en una finca situada entre La Laguna y Santa Gracia, recogiendo de los bordes de las carnosas chumberas las frutas de color naranja con la ayuda de dos alargados listones de madera atados en un extremo con unas correas; retirando luego las espinas de los montones con una escobilla de paja que le pasa una y otra vez por encima. Todavía le quedan espinas clavadas en las pantorrillas, en los pulpejos de las manos.

Entonces Julio se coloca al lado del hombre joven.

—Me vale —dice el hombre—, me vale.

Hasta entonces Julio ha estado yendo cada mañana al llano que está detrás de La Laguna, donde crece, a ambos lados de la carretera, una tupida hilera de piteras, triángulos de color amarillo verdoso y bordes filosos, coronados con una espina negra de varios centímetros de largo destinada a poner freno a todo cuanto pudiera invadir el campo en busca de alimento, de cuatro patas o de dos.

Uno de los primeros días, mientras pasa por la plaza del Cristo, se cruza con un grupo de jóvenes vestidos con unas batas blancas sobre el uniforme gris de las Escuelas Pías. Llevan tablillas de dibujo bajo el brazo, precedidos del maestro, detrás del cual los alumnos avanzan en hileras de a dos. Van camino del Pasillo de la Universidad, probablemente a dibujar árboles. Y, en un primer momento, Julio mira al suelo, acelera, desea pasar rápidamente junto a esos jóvenes, teme que lo reconozcan. Que Anselmo señale hacia los bajos de sus pantalones, que lleva arremangados hasta las rodillas porque los dobladillos están hechos jirones; que señale sus tobillos polvorientos llenos de arañazos, su hambre, su barriga, y también sus mejillas cada vez más hundidas. Teme que se rían, que lo llamen «mago». Pero lo de Julio es una absoluta estupidez: Anselmo, Coco, Pedro el Pequeño y Pedro el Negro, Riquelme, Alfonso... Todos tienen veinticinco años, como él, todos están dispersos. Pero sí, de repente, por algún motivo, es como si todavía caminaran por las calles en filas de a dos, con las tablillas de dibujo bajo el brazo, intentando pisarse los talones a escondidas; observando todavía el polvo que revolotea en la luz crepuscular, sin atender a la clase de Geometría del maestro Agustín. Los otros se preguntan dónde se ha quedado Julio. El primer día en Guano, que es como se llama la nave —ya que la empresa inglesa a la que pertenecía antes almacenaba fertilizantes allí—; en los primeros días en el suelo de Guano, dos rodillas en su espalda, codos a sus costados; en los primeros días en Guano él contaba los minutos y los segundos, intentaba no perder la visión de conjunto: ahora tenemos Química, Literatura Española, Religión. Ha pensado en que Olga o su padre hayan considerado entregar al instituto sus deberes ya hechos.

Pepe Álvaro, así llaman a Julio en la obra, mientras carga bloques allá abajo en Santa Cruz. Están construyendo una nueva nave para el mercado. Los primeros días tiene que estar atento para reaccionar cuando lo llaman por el nombre de Álvaro, cuando le dicen «Pepito».

Una habitación, una cama, una mesa, una silla. Julio no necesita más, no recibe visitas. Un hornillo de butano, un armatoste de hierro fundido sobre el que pone la olla o la sartén, por las mañanas la cafetera, el pan del día anterior, para tostarlo. Cinco minutos necesita el café para llegar, burbujeante, al recipiente de arriba, cinco minutos en los que Julio se lava bajo la manguera del patio.

«¡Te vemos el culo!», gritan los niños, y Julio se ríe y los salpica con la manguera.

Por primera vez Julio está de nuevo solo. No aquella soledad de arrastrarse-entre-los-arbustos-sin-hacer-ruido, ni la de quedarse-de-noche-en-cubierta-con-los-mareados, tampoco la de la espalda-apoyada-contra-una-cochiquera-llena-de-hombres, no: la soledad de estar solo en su propio cuarto, un cuarto relativamente seguro, que se puede cerrar con llave, once metros cuadrados de espacio seguro, desprovisto de seres humanos. No la estrechez de la plataforma de un camión ni de un vagón de ganado. Y por las mañanas, cuando coloca la taza sobre la mesa, la encuentra en el mismo sitio cuando regresa al anochecer.

Están los que preguntan y los que no preguntan. Al anochecer, cuando el aire en las casas es más caliente que el de fuera, cuando todos acomodan las sillas delante de la puerta, esperando a que el fresco del mar suba con paso lento —al barrio de El Toscal llega poco antes de la medianoche—, Julio se sienta a veces en silencio junto a ellos.

Merche yace muy quieta y espera a que la cama vibre, el chilli-do de los frenos fuera, cuando los vagones entran en la curva, detrás de los puntales de la reja de la ventana con los crucifijos de hierro en el centro. Espera los dos últimos tranvías: a las 9:23, el de Santa Cruz, y pocos minutos después, el que viene de arriba, de La Laguna. La campana de Santa María de Gracia acaba de tocar el primer cuarto, el dormitorio está muy ilu-minado. Merche no puede ver la Luna desde la cama, pero la pared del ala lateral brilla, blanca, tras los cristales.

Unas semanas atrás, el tranvía de las 9:23 era el penúltimo tren, el último partía poco después de las diez. Algún acciden-te, estuvieron especulando, entre susurros, la primera noche que se ausenta. Lo han cancelado, demasiados vagones rotos sin piezas de repuesto, es la noticia que trae una de las chicas unos días después. Desde entonces, después de las 9:23 no se oyen más que las campanadas cada cuarto de hora o el chirrido de las patas de acero de las camas, de los oxidados muelles bajo los colchones, cada vez que alguien cambia de posición. Las dos nuevas lloran en voz baja.

El gris claro de las mantas de lana brilla bajo la luz lunar que reflejan los muros. Normalmente tienen el mismo co-lor opaco de las batas, los delantales y los camisones. Es una nueva teoría de los colores: los soldados visten de caqui, de azul desteñido la gente de Falange, grises los policías, de un opaco verde grisáceo la Guardia Civil, los pobres muestran el color del polvo, los curas van de negro, los seminaristas de un blanco de sobrepelliz, y violeta es el del obispo. De rojo ya no viste nadie.

Las monjas, las oblatas del Santísimo Redentor, van de blanco y negro. El convento, Santa María de Gracia, está pintado de amarillo, salpicado de unas manchas pardas donde revienta el encalado y asoman los ladrillos. Santa María de Gracia se ha redondeado con los siglos, sus muros se abomban hacia fuera, el techo se filtra. De él caen gotas sobre las cabezas cantarinas de las chicas, que no alzan la mirada; sobre sus hombros, que tienen prohibido moverse.

En Santa María de Gracia todo se dispone en filas. Filas precisas, rectas como un hilo. Las camas, las sillas al lado, para colgar las batas y los delantales que se pondrán cada mañana; las mesas en el comedor, las chicas. Cuando se hacen los recuentos, en los controles, al coser, al caminar de dos en dos, una al lado de la otra, cuando van a rezar, a trabajar, a lo largo de la curva y luego a la derecha, donde están los campos de cultivo. Cuando atan las tomateras, cuando recogen los tomates, cuando los seleccionan. Cuando excavan, amontonan, escardan, sacan las papas. Cuando toca repetir: «Protegerme, salvarme de la ruina moral y material a la que me condujeron el laicismo republicano, su libertinaje, la debacle marxista».

Las monjas, todas, de negro, con velos blancos, si bien cada una tiene su método: sor María usa una regla; sor Carmen, un cinturón, un estrecho cinturón de cuero con hebilla de latón que se coloca en la palma de la mano mientras enrolla la correa una vez, dos veces, alrededor de sus dedos. «Manos extendidas», dicen las dos. «Palmas hacia arriba».

Sor Mari Luz te agarra por los pelos de manera que no puedas girar la cara. Te mira, no aparta la vista, ni, en su rabia, se mira a sí misma, como hacen casi todas las otras. Sor Mari Luz clava la vista en el sitio, en la porción de piel que su mano, ya alzada, va a golpear de un momento a otro. Se agita una o dos veces en el aire, finge un movimiento, los dedos agarran el pelo con más fuerza. Y te golpea entonces por un lado, en la mejilla, pero también te golpea los labios, las aletas nasales, aunque no con toda la fuerza. No como para que la oscura sangre roja salga por la nariz y ensucie el delantal y el suelo. Cómo grita sor Mari Luz cuando eso pasa.

El tranvía de Santa Cruz se retrasa, sospecha Merche. No tiene reloj para verificarlo. Y, en efecto, pocos minutos después: primero un sordo traqueteo, luego el agudo chirrido de los frenos antes de la curva. El tren de La Laguna viene bajando la cuesta. Las camas vibran, los muelles se estremecen, todo al mismo ritmo trepidante. Merche cuenta los segundos: pasados cuatrocientos sesenta y dos, de nuevo el traqueteo, esta vez más tenue, sin tanto chirrido de frenos, porque en Santa Gracia los rieles se bifurcan, y el tranvía que sube la cuesta pasa traqueteando por una larga recta por el otro lado del reformatorio.

Fue la abuela la primera en notarlo, la que gritó: «Ni una más». Con un solo movimiento, le agarra a Merche las muñecas, se las aprisiona como suele hacer con las patas inquietas de los cabritillos antes de atarlas. Las junta a la fuerza, sosteniéndolas con su mano derecha, así de delgadas son las muñecas de Merche, y camina con ella en dirección a la puerta. Sus dedos son férreas pinzas. Cuando Merche se echa hacia atrás con todo el peso de su cuerpo, «Noporfavornoporfavornoporfavor», la rodilla de la abuela, dura y huesuda, se alza en el aire con toda su fuerza, rápida y certera, acostumbrada como está a patear los costados de las vacas que no se están quietas.

Merche la evita echándose hacia atrás con un golpe de cadera, con la blanda barriga en el medio, pierde el equilibrio y cae sobre el laurel, que, atado en ramilletes, se seca sobre un trozo de lino. La abuela tira de Merche por los brazos, arrastra su trasero por el suelo y, con ella, arrastra el laurel.

Fuera, con la puerta de la cocina cerrada con pestillo y candado, solo queda el umbral. Las rodillas dobladas, los muros anchos del marco, medio metro de lona cortaviento. Merche se pega a la madera, siente el aire tibio proveniente del interior que se cuela por debajo de la puerta, se quita las hojas de laurel de la falda y, en algún momento, sueña con el gato.

Cuando despierta, las tuneras apenas se diferencian de las rocas o del perro que duerme hecho un ovillo en la subida; tampoco las higueras se diferencian de los trillos que alguien dejó olvidados el día anterior. Poco después, la abuela sale y le pasa por encima. Agarra la escoba. «Piérdete». Eso le dice cuando regresa con la olla de leche caliente, tropieza con Merche y tiene que apoyarse en la pared, la mirada clavada en la leche que se derrama. Deja la olla en el suelo, agarra la escoba. «¡Piérdete!».

Merche se levanta, el pelo húmedo por el rocío, el vestido tieso, las piernas entumecidas. Tiene que orinar, la escoba la golpea en el muslo, pero a Merche no le importa.

La noche siguiente, el abuelo abre la puerta de manera tan imprevista que Merche cae hacia dentro. Y la abuela no dice nada, sigue juntando platos y guardándolos en el armario.

Cuando, dos meses después, los tres suben por el sendero —dos flancos de color gris verdoso y algo negro en el medio— Merche ya ha notado su presencia desde mucho antes, pero nada sospecha aún. Un cura flanqueado por dos guardias civiles. Está arrodillada delante de la cocina, delante de sus higos, dos montoncitos sobre paños de lino. Los ha recogido esa mañana, ha retirado las ramas, los ha limpiado de bichos, ha cortado los rabillos, los ha lavado en un cubo, puñado a puñado, y los ha dejado secándose al sol durante toda la mañana. Ha estado espantando las moscas cada dos minutos, con un trapo de cocina o con la escoba, con lo que tuviera a mano. Alrededor de los montoncitos, varias filas con hojas verdes de higuera —también lavadas y vueltas al cabo de dos horas—; con ellas cubre el fondo de la caja. A continuación, viene una capa de higos, una fruta al lado de la otra. Cuando el fondo queda cubierto, Merche coge la tabla, que encaja perfectamente. Se apoya sobre ella con ambas manos, procurando repartir el peso de forma pareja. La comprime durante un rato, hasta que el jugo rojo de los higos empieza a brotar por los bordes. Luego, la siguiente capa de hojas, las frutas, la tabla, el peso repartido de forma pareja, el sudor que le corre por los brazos hasta los codos y gotea sobre la madera. La capa siguiente.

Solo al cabo de un rato puede comprobar si lo ha hecho bien, cuando la tabla queda inclinada, un lado más alto que el otro. En esos casos, no sirve de nada seguir comprimiendo.

Merche está casi dormida cuando la chica de La Esperanza empieza a gritar de nuevo en la sección lateral del edificio. Existen tres tipos: las aliviadas, las mudas y las gritonas: «Vi que estaba vivo. Lo oí llorar».

Merche no gritó. No dobló la rodilla ni abrió la boca, tampoco se tragó la mentira, esa hostia redentora. Ella sabe que estaba vivo, y sabe que no volverá a verlo. Que van a la península, dicen. A los niños los llevan a la península, a vivir con familias cuyos hijos han caído en la Guerra Civil, del bando bueno. Merche no está segura de que eso sea cierto.

Agarra la almohada, pega la mejilla al colchón. En una oreja, las vibraciones de los muelles. Merche comprime la almohada contra la otra oreja. Huele el moho. La chica de La Esperanza casi siempre se tranquiliza al cabo de un rato, desde hace una semana está en la sección lateral. La mayoría de las chicas mejora cuando pueden salir al exterior. Al menos mejoran los gritos.

Con barriga no se puede salir, solo cuando esta desaparezca. Cada mañana a las seis y media, los batientes de la verja se abren hacia dentro. Desde hace dos años Merche la cruza dos veces al día, por las noches vuelve a cruzarla de vuelta, a las ocho. No hablar con nadie, no saludar a nadie, una monja delante, otra detrás, y, en medio, veinte chicas en filas de a dos, con batas grises y sombreros de rafia color arena.

Durante los primeros meses, Santa Gracia no fue más que agua caliente en el fregadero, rodillas amoratadas de tanto restregar los suelos. Fue no pensar en la barriga, que pesa, ya que un tierno pececito nada dentro de ella, un pececito que crece cada vez más, cuyos movimientos va percibiendo con mayor nitidez.

Cuando la barriga desaparece, Santa Gracia no es más que una piel restregada y llena otra vez de callosidades. Vértebras que al enderezarse suenan como los eslabones costrosos de una cadena oxidada que se alisa. Las yemas de los dedos ensangrentadas por la rafia con la que atan los esquejes. Ampollas reventadas por la fricción de la piel con la lisa madera del mango de la pala.

Desde que Merche puede salir de nuevo, todo es mejor. Y peor. En los campos distingue la isla vecina. Allí vive su hermana Amalia con la tía abuela, que también ha acogido a su hermanito. La tía no tiene hijos, la tía tuvo un derrame. Desde entonces no puede mover la mano derecha como es debido, necesita ayuda para limpiar y coser. El abuelo llevó a Amalia hasta el puerto. Que dejara de llorar, le dijo la abuela al despedirse. «Muchas niñas de tu edad se van solas a Cuba a trabajar».

Pero Merche ya está ocupada con otras cosas. Porque Merche ha descubierto, de repente, que es visible. No siempre, solo por breves espacios de tiempo, pero un tiempo en que lo es. Don Alonso, el dueño del bar Tosca, es el primero que empieza a saludarla. Detiene su carreta tirada por el burro cuando ella se dirige al campo para llevarle el almuerzo al abuelo. Lleva la olla delante, sostenida por las asas, en lugar de ponérsela en la cabeza sobre un paño atado como un aro alrededor de la frente y de la nuca. La lleva en las manos a causa de los grandes lagartos que salen de las grietas y siguen el olor de las papas cocidas. Es todo lo que hay para hoy: papas, mojo y gofio. Los lagartos se yerguen sobre sus patas delanteras, mueven de arriba abajo las puntas de sus lenguas bífidas. Algo presienten. Merche teme que uno le salte encima y que ella, al apartarse de un brinco, deje caer la olla. Que la deje caer una vez más. La abuela la cosió a patadas y pellizcos la última vez. A Merche le duelen los brazos, y, cuando don Alonso le pregunta si quiere que la lleve, ella sube a la carreta. Y cuando le pregunta si quiere beber un poco de vino, ella asiente. Y cuando, además, le pregunta si no pretende darle las gracias, ella asiente otra vez. Todo sigue siempre la misma secuencia. Un par de miradas, un par de saludos, unas palabras amables, un pajar vacío.

Hay días en que el aire está tan claro que Merche puede vislumbrar la orla amarillenta de las playas en la isla vecina. Por las mañanas, cuando todo, por un breve instante, cobra un matiz anaranjado, ve puntos de luz moviéndose por los flancos de las montañas: parabrisas de camiones que reflejan la luz del sol naciente. En verano, una clara cinta de nubes pende a menudo entre las dos islas, por encima del mar, y en invierno la isla desaparece a veces detrás de tres franjas azules. La de abajo, de un azul oscuro, el mar; encima, algo más blancuzca, la bruma; y en lo alto del todo, con un claro color azul grisáceo, las nubes. Cuando llueve tanto que el agua arrastra la tierra entre las raíces en el campo, la isla vecina desaparece. Entonces ni siquiera se distingue la costa de la isla propia.

En una de las primeras ocasiones en que Merche puede salir a la calle otra vez y se detiene delante del campo, dice adiós con la mano. Solo un poco, sabe lo ridículo que es el gesto.

«**Muy pegado al borde**», piensa Sidney Fellows. «Estoy sentado muy pegado al borde». Un peñasco que en otro tiempo no estuvo separado de la roca, sino que formó parte de ella, pero que ahora se ha desprendido a causa del frío —o del calor, del agua, de cualquier otra fuerza desconocida— y se ha desplazado hasta el borde. A punto de despeñarse, de ser arrastrado por la fuerza de gravedad.

En realidad, Sidney está sentado en la terraza del Hotel Orotava. Tiene la ciudad de Santa Cruz a sus espaldas, y el mar, aunque no lo nota, está del lado hacia donde ahora mira. Cuando el camarero se detiene junto a él y le pregunta si todo está en orden, Sidney se sobresalta. Luego asiente, coge una rebanada de pan blanco de la cesta y parte un trozo. Los granos de comino horneado le hacen pensar siempre en negros gorgojos.

—¿Quiere que le traiga un periódico?

—No —responde Sidney.

Todo ha terminado. Y de algún modo siente alivio al pensar en el vacío rectángulo verde y cortado muy bajito que tiene ahora delante, suavemente soleado, si es que hay sol. Piensa en calles asfaltadas, en horarios de viaje que se cumplen. En fachadas de casas adosadas en una eficaz combinación de color blanco y negro. En los últimos veinticinco años, tres semanas y cinco días, ha aprendido a producir lo mismo infinidad de veces con precisión natural, sin esfuerzo, ha aprendido a estimarlo como un logro de la civilización. A estimarlo desde lejos.

Y claro: allá hay guerra.

El lagarto de brillo cobrizo —una *Lisa dorada* que ha dibujado ya en su cuaderno— volverá a pasar mañana por la barandilla de la terraza, y volverá hacerlo, en cuanto haga calor, pasado mañana, y una y otra vez, hasta desaparecer luego en uno de los cubos con las palmeras. La oscura franja de nubes frente a la costa, fija, en medio de esta isla y la isla vecina, por los vientos descendentes, estará suspendida en el mismo sitio la semana siguiente. Debajo, la superficie del mar cobrará el tono plateado que le confieren las gotas de lluvia. También el verano siguiente, y el siguiente, y el otro que le siga. Las bayonetas se llenarán de flores blancas, el hinojo de flores amarillas, la bella jardinera irá vestida de azul claro. En el muelle, se oirá de nuevo el chirrido de las grúas: Titán I y Titán II empezarán a girar, desembarcando cargamentos, izando carbón a bordo, cajas de plátanos, tomates y, en algún momento, la fruta milagrosa.

En grupos, al compás de los tranvías, pasarán por delante de la terraza del Hotel Orotava mujeres con sus garrafas de leche, tinas de agua, cestas en las cabezas, y lo harán mañana y pasado mañana, y seguirán pasando. Mujeres con sombreros, guantes y gotas de sudor en el labio superior, con mechones de cabellos oscuros y húmedos pegados a la frente. Hombres peinados hacia atrás, con pantalones impecables, camino del Registro Civil. Monjas como esas dos con el traje de la Orden de las Hermanas de la Caridad que ahora cruzan la avenida Marítima. Vendedores callejeros camino de la calle Castillo, cuyas mercancías —telas, agujas, relojes, tinturas para embellecer la piel y tener dientes más blancos— están todavía en las bolsas. Empleados con trajes oscuros que cruzarán con prisa la plaza de la Constitución —que ya no se llama así, sino plaza de la Candelaria— y desaparecerán en las oficinas de los alrededores. Aunque cada día serán menos. Los bancos, las aseguradoras, las navieras, las sociedades comerciales, los agentes marítimos, los bufetes de abogados, las administraciones de bienes, todos han sido despedidos. Qué otra cosa van a hacer.

En todo caso, a menos de un kilómetro de allí —de la mesa en la terraza del Hotel Orotava, del recién exprimido zumo de naranja que Sidney solo ha bebido hasta la mitad y cuya pulpa se asienta en el fondo del vaso, del revuelto con el beicon requemado—, Miguel, el portero, saluda a los restantes empleados de Elder, Dempster & Company.

Y un poco más allá, subiendo un corto trecho por la cuesta, el sol empieza a desplazar sus claros rayos por las baldosas en torno al jardín, los capiteles de las columnas en la pérgola arrojan sus primeras sombras. Pronto entrarán por la ventana del estudio, caerán sobre la mesita auxiliar con las incrustaciones de nácar, flores de camelias, la mesita que probablemente ya no esté allí, sino dentro de una caja, abajo, en el puerto. El chófer no espera junto a la puerta abierta del coche ni alza la mano para saludar. Mientras Sidney atraviesa el vestíbulo, ninguna de las chicas lleva a la cocina, a sus espaldas, la bandeja con la vajilla tintineante del desayuno. Los muebles restantes están cubiertos por sábanas. El viento arrastra las primeras hojas secas hasta un rincón de la piscina vacía. La porcelana de Wedgwood, con sus fisuras y bordes rotos, está ahora segura, envuelta en papel de periódico y paja, y espera ser guardada en cajas.

Ya no más calima. Ya no tendrá que permanecer despierto en la cama, sin poder dormir por el calor, ni una noche más, y otra, y una más, y la siguiente. Ni que encender la luz para ponerse a leer, mientras delante de la ventana un hervidero de insectos intenta colarse por la malla de la mosquitera. Para el desayuno, tostadas de pan sin comino, jamón ahumado con sabor a hoja de pino, no rancio. Un té que ha reposado el tiempo suficiente. *Clotted cream* y golondrinas de negro brillo que pasan volando sobre céspedes verdes y no habitan en agujeros ni cuevas de cualquier rojiza pared rocosa, con sus constantes y polvorientos chillidos. Largas y persistentes puestas de sol, con transiciones cromáticas que van del tierno amarillo-naranja hasta el rosa oscuro, no las que, apenas desaparece el sol, ofrecen cinco minutos con un poco de rojo y de pronto se oscurecen, como si la tierra, de repente, se hubiera volcado de su eje.

Y *shortbread*. Y piezas de teatro. Conciertos sinfónicos en lugar de la infatigable alegría en las marchas del Orfeón La Paz. Nunca más una misa católica, ni corazones tejidos con flores, alfombras de flores, cruces; ni una Fiesta del Cristo más, ni romerías, procesiones, bamboleantes figuras sagradas cargadas a hombros a su paso por la ciudad. En su lugar: fiesta en el jardín de la parroquia. Con «Sir». Y «Mister». ¡Con críquet! ¡Por fin de nuevo el críquet! Y carreras de caballos.

Pero, claro: allá hay guerra.

Ya ha estrechado todas las manos, ha hecho acopio de todos los buenos deseos. Sidney ha dejado la vivienda la semana pasada y se ha instalado en el Hotel Orotava, allí abajo, en el puerto. Que nada interfiera a la hora de hacer las maletas, se ha dicho. «Soy ajeno a todo sentimentalismo», ha sostenido siempre. El sol empieza a cegarlo, el puerto es una cinta de cemento, sin vida. «Su» puerto. Por lo menos una parte de ese puerto es obra de su mente, partió de su cerebro, se construyó según sus ideas y con el dinero de Elder Dempster. Un solo carguero desembarca su mercancía, Jacob Ahlers & Compagnon, los alemanes siguen en el negocio.

«Un gigantesco centro de tráfico internacional en el que confluyen varias rutas marítimas», así se lo describió a su hermana en una de las primeras cartas. Como una parada de coches de posta, pero solo para barcos, esa era la mejor forma de imaginarse la isla. Le gustaba esa manera de plantearlo, había usado la expresión durante varios años, cada vez que cenaba con compatriotas que estuvieran de visita. Con carbón en lugar de con caballos, el resto era lo mismo. Nosotros abastecemos los barcos de provisiones y agua para su travesía hasta América del Norte, América del Sur, África Occidental. Las mercancías de este mundo se transportan con carbón proveniente de Durham. Nuestro negocio principal es la West African Steamship Company, pero eso es solo uno de los campos de actividad de Elder Dempster. Y entonces empezaba a enumerar, ayudándose con los dedos de las dos manos, todos los ámbitos comerciales de la empresa. Algunos años tuvo que usar las manos dos veces. Ámbitos comerciales que, a día de hoy —y eso puedo decirlo con toda seguridad—, no producen ganancias. Ninguno.

Las ráfagas de viento traen polvo, el rumor de motores de unos camiones. Los obreros de la construcción han iniciado sus labores en los terrenos antes ocupados por la fortificación. Él ya no estará aquí cuando acaben el monumento. No es que fuera a conmoverlo especialmente un Monumento a los Caídos, en memoria de los que murieron por la Patria y por la Iglesia. El capitán general García-Escámez le ha mostrado los croquis y los planos de la obra y Sidney le ha garantizado su apoyo. «Si necesitan algo...», le había dicho, durante una velada musical en el Círculo de Amistad «XII de Enero». Una nave para almacenes y alambradas de espino. Si había alguna objeción, telegrafiaría luego a Manchester. Allá confiaban en su buen criterio, fue la respuesta.

La guerra marítima en el Atlántico puso fin al comercio y al transporte de pasajeros por barco. Ya nadie lleva provisiones o carbón de Durham. Desde que se instauró el Mando Económico, la administración judicial de todos los recursos y demandas de la isla por parte de los militares, nada funciona. En poco tiempo ha surgido tal cantidad de comisiones, consejos y oficinas centrales que Sidney ha perdido la visión de conjunto. Pero ni siquiera la necesita, ya que los recursos agrícolas producidos en la isla solo pueden entrar en circulación a través de almacenes con un permiso estatal, y no tiene perspectiva de éxito alguna solicitar una licencia no siendo español, ni siquiera a través de testaferros. Sidney ha intentado todo lo imaginable. El único mercado en crecimiento es el estraperlo. La única actividad económica son los proyectos de construcción del Estado —el Monumento a los Caídos, el nuevo mercado en Santa Cruz, la Universidad de La Laguna, el Hotel Mencey—, con los cuales el Movimiento Nacional proporciona empleo y sostén a los veteranos de la Guerra Civil.

«La nación elegida por Dios no necesita de nada ni de nadie», escribe Lorenzo en su columna. Bueno, sí: neumáticos. «Todo ciudadano que posea alguno está en el deber, so pena de castigo, de entregarlo en su oficina de recolección local», decía la siguiente edición del periódico bajo el título de «Esfuerzo por la Patria». La semana anterior fueron las medias de nailon. Una semana antes, los bidones de metal y las bombillas.

Sidney se tomó vacaciones en Inglaterra solo en dos ocasiones: la primera vez en la casita de su hermana en Surrey; la segunda, en Londres, en un agradable hotel de Aldgate. Por supuesto que recuerda Benton, la estrechez de la casa rural donde crecieron. Muros gruesos, ventanas torcidas por el peso de las piedras. No muy diferente a las casas viejas de aquí, pero tal vez esté mezclando los recuerdos: las escaleras estrechas y empinadas, los rincones, las escalerillas. También se acuerda del fogón, de bañarse los sábados por la tarde en el agua tibia de la tina. De Manchester recuerda poco. Estuvo allí apenas once meses. Recuerda las primeras noches en la habitación, su casera, la leña racionada en el invierno, un recipiente metálico lleno. Por las noches, antes de irse a dormir, lo dejaba vacío delante de la puerta, y por las mañanas, cuando se levantaba, estaba lleno. Recuerda el no-poder-respirar, el pulmón comprimido contra las costillas, el aire tórrido que no dejaba sitio al nuevo, porque, sencillamente, no encontraba cómo salir. Recuerda los intentos cada vez más desesperados de respirar. «Asma», le diagnosticó el médico, y le recomendó un clima más cálido.

Ada ha traído a su hija, Francisca, que espera a unos metros de distancia junto a Nanny Brown y alza la mano cuando Sidney la saluda. Ada sostiene el cuello de una botella de Moët & Chandon entre los dedos verde oscuro del guante. Nanny Brown, siguiendo sus instrucciones, saca de su bolso dos copas de champán envueltas en unos paños. Ada lleva puesto un pequeño sombrero de ala blanca, arroja confetis sin quitarse las gafas de sol, sopla unas serpentinas, y casi lo consigue.

Una o dos veces, la vista de él queda fija en el fragmento visible del párpado derecho de Ada, entre el cristal oscuro de las gafas y la montura, se fija en sus ojos, en los huesos de la mejilla. En realidad, su mirada apunta hacia otro objetivo, pretende cerciorarse, por encima del hombro de ella, de que nadie sube aún a la embarcación que lleva a los pasajeros hasta el *Victoria*, anclado bastante lejos de la orilla. Pero en cada ocasión la mirada se le queda atascada en ese fragmento de piel que va cobrando ya un color violeta.

Ada lo nota, aprieta los labios pintados de rojo. Con la cara vuelta, bebe un sorbo de la copa de champán. Sidney no sabe bien si está enfadada con él por su mutismo o por su torpeza al no pasar por alto el ojo amoratado.

La primera vez que tomó plena conciencia de la existencia de Ada, ella tenía cuatro años. Se le había escapado a Nanny Brown y había bajado las escaleras de la primera planta gritando «Sidney, Sidney», había atravesado el salón de la entrada, el comedor y la sala y corrido a la terraza, donde él estaba sentado con Theobaldo Moore hablando de tomates, plátanos y agua. De pronto Ada se planta delante de su sillón de mimbre, muy cerca de su pantorrilla, clava los codos en la rodilla superior de sus piernas cruzadas, apoya la cara en las palmas de sus manos y alza la vista hacia él. Radiante.

Un malentendido, como pronto se vería. Una confusión. Nanny Brown, la joven que Moore ha hecho venir desde Manchester y que esa tarde saca a Ada de la terraza, con el pelo suelto y tirándole del brazo, le había leído a Dickens en voz alta. *A Tale of Two Cities.* «Por las noches, cuando yo pensaba que dormía», defiende Nanny Brown la lectura no apropiada para la edad de la pequeña. «Solo seguí leyendo en voz alta para que ella no se despertara».

Sidney, de eso estaba convencida Ada, era el Sidney Carlton de aquella novela. Entonces la niña grita, quiere saber por qué Sidney no está muerto, cómo ha podido sobrevivir a la guillotina, y mientras tanto Nanny Brown la arrastra por el salón. Durante un buen rato, a Ada no hay quien le saque de la cabeza la idea de que él es, en efecto, Sidney Carlton.

Las tres siguen en el muelle. Sidney está ya sentado en la embarcación. Ada de verde botella, la pequeña de azul claro, Nanny Brown con uno de sus vestidos de *tweed* de color gris, un delicado dibujo a cuadros que estaba de moda cuando ella arribó a la isla.

Es raro cómo la vida nos enseña el significado del tiempo. A cada golpe de remo las tres mujeres se vuelven más pequeñas, Sidney no les quita los ojos de encima. Teme que su mirada se desvíe hacia la verde montaña, hacia las blanquísimas casas que se yerguen a sus pies, bajo la luz del sol, y en ese caso ya no estaría en condiciones de garantizar nada. Se le hace un nudo en la garganta, Sidney coge aire. Siente cómo se le hincha el pecho y después baja de nuevo. A sus espaldas aguarda el *Victoria*, un vapor, en realidad, destinado al transporte de frutas. Todo ha terminado.

Cuando Julio encuentra a Olga no puede sino reír. Le ha pasado por el lado infinidad de veces, separado de ella por unos pocos metros y dos anchos muros con la pintura desconchada. Agazapada, baja y gibosa: así es la bodega de Teófilo, un local de una sola pieza, con una barra y vidrieras sucias, con moscas y platillos de chochos en las mesas al final de la avenida de La Trinidad. Durante un tiempo, Augusto Baute solía desaparecer allí. «Jorge, despierta», susurra una voz a través de la pared de la habitación de Julio. «Tienes que ir a buscar a tu padre».

Su hermano le enseñó el edificio de una sola planta, redondeado como un armadillo, agazapado y giboso, cuando regresaban a casa del fútbol. Debió de ser un domingo.

El patio, en forma de L, fue alguna vez más amplio y rectangular. Hasta que alguien le añadió una habitación. Las paredes están pintadas de cal amarilla, el suelo es de baldosas claras, la arena cruje bajo las suelas de Julio. En un boquete rectangular situado en un rincón, a la derecha de la puerta, una palmera. Su tronco se yergue describiendo un elegante arco que se aleja de la pared de la vivienda y se empina luego en línea recta, por lo que Julio, para ver la copa, ha de echar la cabeza muy hacia atrás. Ya conoce esa copa, la ha visto desde la avenida de La Trinidad, por encima de las crestas blancas de los techos de tejas pardas. En torno al boquete del suelo, las raíces han levantado y separado las baldosas. Allí, y también junto al lavadero del rincón, unos hierbajos crecen entre las junturas, amor seco, unos hierbajos que desaparecen solo en el exiguo espacio donde quien lava frota la tela contra la superficie estriada. Los tendederos que atraviesan el patio están vacíos.

A la derecha, una escalera conduce a la primera planta, a una pequeña galería. Allí cuelga el armazón con los filtros de agua, y nubes de algas verde oscuro sobre la piedra.

«No arriba», dice Teófilo detrás de él. «Ahí», añade, señalando la puerta de la pequeña construcción adicional. Julio asiente, ha entendido bien a Teófilo, solo intenta ganar tiempo. Detrás de la puerta, pintada de gris, un gris reciente, ningún ruido. Olga puede oírlos, de eso está seguro Julio, pero ella no tira de la puerta para abrirla, no sale a su encuentro. Y si Teófilo no estuviera detrás de él, en el umbral del bar, Julio se quedaría otro rato observando la puerta o se marcharía sin más. De modo que da un primer paso hacia delante, y luego otro. La pintura lisa bajo sus nudillos, todavía caliente por el sol que cae sobre el jardín al mediodía. Julio toca levemente, sin convicción, no es como para que le duelan los nudillos. Y dentro, todavía, ningún sonido.

—Olguita —llama Teófilo detrás de él—. Olguita, mira. Tienes visita.

Julio observa el picaporte, algo más oscuro en el centro debido al roce, ve cómo traza un semicírculo hacia abajo, despacio, como a regañadientes, como su propia manera de tocar a la puerta, que se abre hacia dentro, hacia la oscura habitación sin ventanas; la lámpara de la pared, protegida por una redecilla de alambre, está apagada. Pero eso Julio no lo ve, solo ve cómo se agranda el triángulo embaldosado que la puerta deja a la vista, y entonces una oleada de aire más fresco sale al exterior, la franja de luz en el marco de la puerta se ensancha, pasa de largo junto a Julio y deja caer su medio metro sobre el suelo delante de la cama. Una manta de color blanco empercudido, alisada sobre las sábanas y las almohadas, el crucifijo en la pared, una mesita de noche y Jorge. Todavía lleva la toga; en la mano, el diploma, ya no en su marco de plata, con manchas de latón bruñido y ramilletes de flores en las esquinas, sino enmarcado en madera pintada de blanco.

No ve a Olga, que está de pie detrás de la puerta abierta, aprieta con sus corvas el borde de la silla situada entre la cama y la pared. Solo cuando Julio entra en la habitación —dando uno o dos pasos lentos, mirando por encima del hombro a Teófilo, que está todavía en el patio— y llega hasta el borde de la cama, Olga cierra la puerta. Julio ve el movimiento reflejado en el cristal delante de Jorge, con su diploma, y no se gira.

—¿Qué haces tú aquí? —pregunta Olga a sus espaldas. La voz plana, con un poso de impaciencia.

Julio no se gira. Mira a Jorge. Jorge, a su vez, mira a la izquierda del cuarto, es como si se pusiera aún más firme e hinchara los carrillos, como si le divirtiera que lo fotografiasen.

—Muy tarde, demasiado tarde.

Ahora las palabras suenan más suaves.

—No puedo —dice Olga—. No puedo ayudarte. Que Dios me perdone.

Durante un breve instante se hace el silencio.

—Esto no alcanza ni para mí.

Cuando Julio se da la vuelta, Olga sostiene en la mano unos pliegos de papel, un pequeño fajo. Cupones de racionamiento, comprende él al cabo de un rato.

—Ustedes nunca vinieron. Ni siquiera escribieron.

—Pensábamos que sería peor.

—A algunas les trajeron comida. Las mujeres entregaban las cestas en la puerta de la entrada. «Esa es la mía», decían, y contaban lo que había dentro cuando los guardias empezaban a revolver su contenido. «Como si uno ya estuviera lleno, así se siente», decían.

—Nosotros pagamos por ti. Quinientas pesetas por tu aparato. Y luego otras mil, cuando te marchaste. Tu padre hipotecó la farmacia, y en la segunda ocasión, la casa. Pero eso no bastó. A mí me llamaron para limpiar. Se plantaron a nuestro alrededor, mientras restregábamos el suelo del puesto de guardia. Con las más jóvenes hicieron cosas muy distintas.

Entonces se hace el silencio otra vez. Julio todavía tiene que asimilar esas últimas palabras.

—¿Y papá? —pregunta por fin, poniendo énfasis en las dos sílabas, con la voz uniforme. Olga aparta la vista de él, ahora el silencio es suyo.

—Apareció por la mañana tendido a mi lado, de espaldas, ya estaba frío. Él, que siempre dormía de costado, con un extremo de la manta entre las rodillas y una mano bajo la almohada.

—¿Y ahora vives aquí? —pregunta Julio, mirando hacia la puerta. Está seguro de que Teófilo sigue fuera, junto a la palmera.

—Me lo debían.

—¿Teófilo?

—Su hija.

Y por un momento vuelve el silencio.

—Hago la colada, recibo mis cupones —añade Olga—. Mis papeles están en regla. Pero no puedo ayudarte.

1936

EL PERÍODO AZUL

El 18 de julio de 1936 el sol se alza sin rodeos, a las 5:19 de la mañana, del mar desplegado ante la ciudad de Santa Cruz. La delicada bruma sobre la plaza de la República, sobre las calles, los parques y los jardines, es barrida por un viento moderado; el cielo está despejado, sin nubes, no hay en él nada a la vista que pueda obstaculizar la luz.

«Tal vez alguno lo mate de una paliza», piensa Ada. «Tal vez tenga suerte y alguien mate a Lorenzo». Ada apoya la mano sobre la maldita mochila que crece bajo su pecho, que cada día se llena más y, desde hace unas horas, le comprime la vejiga. Dos veces se ha hecho traer el orinal; mientras tanto, la asistenta se colocó de espaldas a ella. La primera vez preguntó: «¿Aquí, en el salón?», y ni siquiera hizo ademán de darle la mano a Ada cuando esta se levantó de la *chaise longue* y casi pierde el equilibrio al agacharse. A continuación, solo consigue echar un par de gotas, unas gotas muy amarillas sobre el esmalte blanco que la chica retira luego con un gesto negativo con la cabeza.

Ada espera el sonido de la puerta de entrada, el portazo con el que Lorenzo, con las dos manos y todo su peso en la anilla de hierro, la cierra a sus espaldas. No se marchará sin ese portazo, Ada está segura de eso. Él está todavía en el dormitorio, oye sus pasos arriba, sobre las tablas del suelo, pasos decididos, duros.

Busca la pistola, que está en su mesita de noche, va otra vez hasta el espejo para verificar la caída del pelo, que, desde que el retrato de José Antonio Primo de Rivera cuelga sobre la mesa del comedor, se peina hacia atrás, apartándolo de la frente. No se marchará sin hacer todo eso. También de eso está segura Ada.

Ayer estuvo en La Laguna, donde casi siempre se reúnen, y como suele ocurrir después de esas reuniones, ha vuelto a casa muy crecido, henchido. Por mucho que Ada lo pinche, jamás se desmorona.

«Soy el único allí que ha leído a Ramiro Ledesma», le gusta enfatizar a Lorenzo. Últimamente añade: «Que lo ha leído y entendido».

Hoy está insoportable. Por la mañana, Ada esperó en la cama las gachas del desayuno. *Porridge*. «Con trozos de papaya», le ordenó a la asistenta. El desayuno no llegó, lo que por lo general significa que no hay papaya en la casa y nadie quiere decírselo.

La puerta de su dormitorio se abre con tal ímpetu que el picaporte golpea contra la pared. Ada sabe de inmediato que no se trata de la bandeja con su desayuno. No tiene tiempo para taparse la cara con la manta, así que hunde la cabeza en la almohada y cierra los ojos.

—Ha llegado el día.

Cuando Ada vuelve a abrir los ojos, Lorenzo está delante del banco al pie de la cama y lleva puesta su camisa.

—El día llega a diario —le ha respondido Ada—. Me has despertado.

—Esta mañana, a las cinco, han tomado el Gobierno Civil.

—¿Y?

—¿Los has oído?

Ada niega con la cabeza.

—Yo tampoco. Tienen que haber pasado por aquí, deslizándose en silencio, como los gatos durante la noche.

—O como las ratas —responde Ada.

—Alégrate conmigo.

Lorenzo rodea la cama, extiende las manos hacia la mochila de su vientre.

—No, no, no. Fuera —dice Ada.

—Mi hijo va a nacer en una España nueva.

Ada no consigue evitarlo. Hunde los talones en el colchón, toma impulso para incorporarse y casi logra sentarse, pero las manos de él se apoyan a un lado y otro de la barriga.

—Estoy segura de que será una niña —ha respondido ella. No se le ocurrió otra cosa.

Lorenzo baja las escaleras. Ada oye sus pasos, lo oye detenerse en el recibidor. Se dirige a la puerta, piensa. Pero no, se acerca. Ada se incorpora, intenta alcanzar el cordón de la campanilla en la pared, llamar a la asistenta, tirar del cordón lo suficiente como para reventarles los tímpanos a quienes estén en la cocina. Gira hacia un lado la mochila todo lo rápido que puede, coloca sobre la alfombra los pies, que ya no puede verse cuando está levantada. Aparta a un lado las pantuflas, que no le sirven. Le tiemblan los muslos cuando se levanta.

—Quédate sentada, querida.

Lorenzo está en el umbral de la puerta. No se le ve la pistola. La ha ocultado en la pretina del pantalón, en la parte delantera, como el malo en una película del Oeste, según comprueba Ada cuando Lorenzo le rodea los hombros con los brazos, la atrae hacia él y aprieta su cuerpo contra la mochila. En un primer instante parece excitado, cree Ada, hasta que consigue colocar las manos entre ella y el pecho de Lorenzo y apartarlo.

—No me esperes esta noche.

Efectivamente, quiere jugar con ella al jueguito del «héroe que marcha a la guerra», incluido, de fondo, el centelleo en blanco y negro de un proyector de películas, la dramática música de un cuarteto de cuerdas, con arrodillamientos y promesas, lágrimas y juramentos.

—Nunca lo hago —contesta Ada, y se deja caer en la *chaise longue*, de modo que las patas del mueble arañan un poco el suelo de baldosas y ella siente el empellón en sus vértebras, en la mochila. «Esto no es bueno», piensa.

—Si acaso no regreso, le cuentas a mi hijo que he muerto por España y por él.

—¿En ese orden?

Ada no puede decir nada más, porque de pronto la mochila se endurece, le pega un tirón en el hueso del pubis. Eso, sin embargo, basta para que Lorenzo se dé la vuelta y se marche, cerrando a sus espaldas con un portazo, con ambas manos y con todo el peso de su cuerpo. La mochila, entonces, se ablanda de nuevo. Pronto se abrirá. Y es a eso a lo que Ada más le teme.

Una música, lo más británica posible. Podría poner música, abrir de golpe todas las ventanas, las puertas de la terraza. Enviar esas notas detrás de Lorenzo, subir el volumen de tal modo que se oigan en todo Viera y Clavijo, que inunden los jardines y queden suspendidas entre las palmeras, hasta el ayuntamiento. En un primer momento, le viene a la mente Händel, que es alemán, pero eso crearía un malentendido. Lorenzo nunca reconocería a Purcell. También podría plantarse en la terraza con el batín y la mochila de ocho meses y cantar el «God Save the Queen» cuando Lorenzo pase junto a la valla. Y causar aflicción a su padre, al menos a la mitad que queda de él.

Ada tendría que levantarse. Para poner música, tendría que levantarse. Nunca dejaría en manos de una asistenta, con sus escépticos movimientos de cabeza, la acción de guiar la aguja hasta la negra superficie reluciente de los discos de vinilo.

«Lorenzo está loco, cada día más», concluyó Ada hace ya tres años, y también hace dos. Lo pensó el verano pasado, cuando su marido salió del Círculo de Bellas Artes gritando «Viva España», y no paró de gritar hasta que se puso a forcejear con ella para separarle los brazos, que Ada tenía cruzados sobre el pecho, e intentar arrastrarla con él mientras le tiraba de la muñeca.

A la semana siguiente ella fue a ver al abogado, un conocido de Sidney que lleva un bigote igual al suyo, partido sobre el labio superior, con dos finas puntas dobladas hacia arriba que él se frota a veces con la yema de los dedos, niega con la cabeza y dice: «El asunto está difícil».

Lorenzo no le pega, no la engaña, no bebe, no desatendería sus deberes matrimoniales si Ada lo dejase. La impotencia, por desgracia, no es el problema. Ni siquiera con la nueva ley del divorcio tiene argumentos.

—¿No hay descendencia? —ha preguntado el abogado, y Ada asiente—. Eso sería lo único que hablaría en favor de una autorización. Pero si hay hijos, no hay perspectiva alguna.

Si su marido dispone de algún patrimonio, eso podría ser, quizá, la solución, le ha dicho el abogado al despedirse. Ada negó con la cabeza.

—Recibe un talón que le entrega mi padre todos los lunes después del desayuno. Cuando se presenta puntual en la mesa.

A partir de entonces, Ada dejó de intentarlo, se limitó a trasladarse del dormitorio matrimonial a uno de los cuartos de invitados. O a mirar varias veces a su padre durante la cena y abrir la boca con la intención de preguntarle si tiene tiempo más tarde, si podría hablar con él. Pero siempre acaba cerrándola de nuevo. Ha pospuesto durante demasiado tiempo esa conversación, y en otoño un coágulo de sangre ha partido a su padre en dos mitades: una móvil y otra inmóvil, colgándole hacia abajo.

«¿Con ese?», le había dicho su padre hacía cuatro años, cuando ella le comunicó que quería casarse. El tono de su voz fue incrementándose con cada sílaba. «Pero ¿por qué?».

Y en esa ocasión Ada no respondió «Porque lo amo» ni «Porque él me ama». Ni siquiera pensó en esas dos cosas. Solo dijo: «Porque lo quiero». «Ridículo», había respondido su padre.

El invierno pasado, por fin de año, ella llegó a casa con Lorenzo después de haber estado en el Círculo de Amistad xii de Enero. Ya antes, mientras bailaban, le gustó de repente sentir la barriga y el pecho de Lorenzo pegados a su pecho y su barriga. Pasada la medianoche, cuando él ya se ha quitado la chaqueta del esmoquin, Ada puede sentir al tacto, a través de su vestido de chifón, cada botón de su camisa entre el ombligo y el pecho, su piel tersa, las fibras de los músculos debajo. Él sigue haciendo ejercicio. Ella lo oye todas las mañanas, en el cuarto de invitados; oye el crujido del parqué delante de su cama. Ya en casa, pensó: «¿Por qué no?».

Recibe la respuesta en febrero, cuando se está preparando para la recepción anual de Sidney en vísperas del carnaval. Cuando baja el mentón hasta casi tocar el cuello verde esmeralda del vestido, mira hacia abajo y ve la seda brillar sobre dos abultamientos. Uno de mayor tamaño, sus pechos, comprimidos por el sujetador. El otro, situado algo más abajo, empuja desde dentro y se pega al vestido, que de pronto le queda demasiado estrecho. Debajo se dibuja su ombligo, redondo y oscuro, haciéndole saber a Ada, de manera inequívoca, que ya no hay nada que hacer. Tiene que cambiarse rápidamente de ropa y seguir casada.

Los problemas de Ada empezaron con la camisa. O, más en concreto, cuando Lorenzo le pidió que le hiciera una. Con sus propias manos. Le puso la tela encima de la mesa, mientras

Ada y sus amigas estaban tomando el té, durante las vacaciones semestrales, cuando la mayoría de ellas había regresado de la península por un par de semanas. Sin otros comentarios, dejó la tela encima de la mesa, entre la azucarera, las fuentecitas de cristal con los montoncitos de crema intactos y la bolsa de papel con las rosas del centro de mesa.

Todas permanecieron inmóviles. Con las tazas en las manos —chocolate caliente, no té—, las muñecas dobladas en un elegante arco. Dolores se queda con la suya a la altura del pecho; el fondo de la de Maribel flota encima del platillo sobre su regazo; a Clemencia las dos manos se le paralizan cerca del mentón, con el borde de porcelana a pocos centímetros de sus labios. Otilia, que había pegado un mordisco a una galleta, la deja caer de inmediato cuando Lorenzo entra en el salón y no se atreve ni a masticar. Todas inmóviles. Apoyadas contra el respaldo del sofá, las comisuras de los labios tiesas, las risitas todavía detrás de las hileras cerradas de dientes.

Un regalo, es lo primero que piensa Ada, y extiende la mano para coger el paquete. «Tus modales...», le dice Ada, y señala con la barbilla en dirección al sofá. Lorenzo hace un giro, dirige a las mujeres un gesto de asentimiento, y estas, a un tiempo, bajan los párpados y la cabeza. «Buenos días». Las mujeres sonríen hasta donde se lo permite la risita escondida tras los dientes.

La tela está envuelta en papel de seda. Ninguna caja de cartón, cosa que sorprende a Ada cuando la saca de la bolsa. Unos guantes, supone. Da la vuelta al pliegue que se dobla en sus manos, contempla las hilachas que cuelgan de la línea del corte, hilachas de un color azul brillante. No entiende.

Las tazas descienden. Con un leve clac, el fondo de porcelana de la taza de Maribel cae sobre el platillo en su regazo. Los cuellos se alargan, se inclinan hacia delante.

—Necesito una camisa —dice Lorenzo.

—¿De dónde has sacado esto? —pregunta Ada, desplegando la tela. Intercambio de miradas en el sofá.

—La he comprado —responde él, impaciente—. En las Tres Teresitas, en la calle Herradores. Tienes que hacerme una camisa.

—¿Estás loco?

Ada mira hacia el sofá y suelta una carcajada, pero allí las miradas descienden hasta los restos de chocolate secos entre las florecillas esparcidas en la porcelana de Royal Worcester.

—Vete al sastre.

Lorenzo niega con la cabeza.

—No ese tipo de camisa. Una sencilla, auténtica, confeccionada por una esposa tarde tras tarde, ante la mesa de la cocina.

—¿Tenemos una mesa en la cocina? Hace una eternidad que no entro allí.

Ada mete la tela de nuevo en la bolsa, el papel de seda permanece en su regazo, se la entrega a Lorenzo.

En el sofá, cierta inquietud difusa, el crujido de los cuerpos al cambiar de posición. Lorenzo mete las manos en los bolsillos del pantalón, no se mueve.

—Esa camisa es el uniforme de nuestro futuro, un futuro grande y glorioso.

—Yo no sé coser —replica Ada sin bajar el brazo con la bolsa—. Ve y así te das un paseo con el coche.

—Te he visto coser. El sauce —responde él.

Es cierto. El *willow tree*. El día en que presentó a Lorenzo en casa.

—Ven y siéntate con nosotros, trae tus manualidades —le había dicho su padre después de la comida, para diversión de Sidney. Nanny Brown salió corriendo a buscar un marco a la habitación que hace las veces de aula, un marco de la época en la que todavía podía obligar a Ada a ocuparse, después de la hora del té, en alguna labor artística propia de una dama. Regresó con un estanque de patos, una cestita con tapa y abundantes hilos de seda, y lo colocó todo en el suelo, junto al sillón de Ada.

Si no recuerda mal, Nanny Brown había empezado a bordar el estanque. Su padre había admirado el delicado punto, Sidney había secundado su opinión, y Lorenzo preguntó qué árbol era aquel.

—El sauce lo hizo Nanny Brown, no yo. Tal vez ella te borde uno en la camisa. Pregúntale.

La bolsa sigue suspendida en el aire en la mano de Ada; Lorenzo se gira y camina en dirección a la puerta. Se detiene un instante delante del sofá, hace un gesto. Los párpados descienden, devuelven el gesto.

Finalmente, Nanny Brown se mostró dispuesta a hacer la camisa para Lorenzo. Fue cosiéndola por las noches, sentada en un sillón junto a la ventana del cuarto de Teobaldo Moore. Fue cosiéndola puntada a puntada, mientras escuchaba la respiración del señor Moore, como hacía cada noche después del ataque.

«Ahora por fin habrá calma», pensó Ada un par de semanas después, tras la derrota. O, mejor dicho, tras el fiasco de las elecciones de la primavera de 1933. Ni cien votos obtuvo Falange, a pesar del dinero que le dio a Lorenzo para la campaña. Ahora por lo menos estará ocupado, pensó Ada.

—¿Qué es lo que quieres? —le había preguntado ella un día que él regresó a casa de una de las primeras reuniones.

—Destruir el mundo en pedacitos y reconstruirlo de nuevo —respondió Lorenzo.

Sidney no vendrá hoy, comprueba Ada. Pretenderá disculparse con toda esa estupidez de ahí fuera, las reuniones sobre estrategias, las comunicaciones para informar a Manchester. Desde hace semanas aprovecha cualquier simple alboroto para posponer sus visitas, sus tés de todas las tardes. Es cierto que envía flores, pero siempre vienen acompañadas del mensaje. Las flores permanecen en la entrada, a la sombra, su pesado aroma frutal se le ha vuelto a Ada demasiado insoportable en el salón. Aves del paraíso, rosas, por supuesto, siempre en colores inofensivos —blancas, amarillas, rosa claro—; lirios de agua blancos, lirios amarillos. Los ramos cada vez más grandes, las tarjetitas cada vez más gráciles con cada visita que cancela.

«Por desgracia, el fusilamiento de Castillo me impide acudir hoy a la hora del té. ¡Perdona!». Eso fue anteayer. «¡Maldita sea! ¡Cuánto lo lamento! El asesinato de Calvo Sotelo me impide salir de la oficina». Esa es de ayer.

Un disparate, por supuesto. Sidney cancela las visitas porque le parece indecente verla en ese estado: tumbada en la *chaise longue* con los brazos doblados, las piernas flexionadas. Él pertenece a otra generación, dice de vez en cuando, mirando de reojo a los abultamientos en su pecho, al ombligo prominente bajo la fina tela blanca de su camisón. La primera vez, cuando ella lo recibió con esas pintas, le preguntó a Ada si no le parecía mejor que esperase fuera hasta que se vistiese. Ella negó con la cabeza, señaló a los *shortbread fingers* ya dispuestos sobre una mesita.

Hace calor. 31° indica el termómetro que está junto a la puerta de la terraza acristalada. La semana pasada fue peor. Ella estaría dispuesta a cubrirse con una túnica, le escribiría a Sidney cuando llegase el ramo. Tal vez eso le haga reír.

Julio está cansado el 18 de julio. No le interesan los sellos. Tenía que haberse marchado a casa, dejar que los otros subieran solos al tranvía y se fueran a nadar. Anselmo tiene los mejores sellos, su padre trabaja con una naviera. «Ca-na-dá», dice, señalando a uno que muestra unos osos. Julio tiene solo a Alfonso XIII en varias tonalidades de color, los ha desprendido con sumo cuidado, con vapor, de las cartas que Jorge ha mandado desde la península durante sus estudios universitarios. Coco presume de algunas de Venezuela y de Cuba, los hermanos de su madre viven allí.

Van sentados en la primera fila, de espaldas al conductor. Julio se gira, apoya el codo en el respaldo y la mejilla en el antebrazo. La noche anterior intentó en vano poner a funcionar su aparato, una radio de galena. Ha desatornillado otra vez minuciosamente los alambres de anteayer y ha vuelto a soldarlos. Los ha comparado incontables veces con el croquis de instrucciones que ha copiado en la biblioteca de la escuela. Pero, aun así, nada. Ningún sonido.

El tren ha dejado atrás el casco histórico y acelera en la cuesta. A través de la puerta abierta, ve pasar la arena y las rocas. El estribo está vacío; encima, bien visibles, dos lengüetas impresas sobre la negra pintura de la madera por la fricción con infinidad de zapatos. Sobre ese estribo estaba parado Agustín Bernal, el infortunado estudiante. Nadie menciona su nombre sin añadir después esa acotación. A Julio le resulta tan familiar como si se tratase de uno de sus compañeros de colegio o alguno de un grupo de los mayores. Se puede estar en ese estribo y, sencillamente, estar bien muerto. Eso piensa Julio. Desaparecido sin más. Los frenos empiezan a canturrear, entonan su chirriante canción antes de que el tranvía pegue la sacudida y doble por la curva de Santa Gracia.

En verano, después del atraco, su padre había dibujado esa curva casi cada noche durante la cena. Empezó haciéndolo con el puntiagudo extremo del mango del cuchillo sobre el blanco mantel. Luego, al ver que la línea desaparecía sobre la tela cada vez que alguien colocaba una fuente, apoyó el codo y dijo: «Tráeme una hoja, Julio», y entonces la dibujó con el lápiz sobre un folio.

Un semicírculo con dos rayas paralelas: la curva. En su vértice, un gran rectángulo con un crucifijo: Santa María de Gracia, la iglesia. Dos o tres rectángulos más pequeños, distribuidos de manera irregular, con ventanas: los edificios. Y luego, las flechas y las X. Las flechas son los desplazamientos; las X representan a los muertos. Fueron cuatro atacantes. Bloquearon las vías y amenazaron al conductor con las pistolas. En el *Diario de Avisos* publicaron una foto, no la del arma del crimen, que nunca encontraron, pero una del mismo modelo. El conductor había entregado el depósito con el dinero del pasaje. Solo cuando el otro tranvía entra en la curva de Santa Gracia y frena, ellos disparan. Así lo recalca Jorge cada noche. Mataron al conductor del segundo tranvía y a Agustín Bernal, el infortunado estudiante, que estaba de pie junto a él, en el estribo. «Muerto al instante», decía la leyenda bajo la foto que mostraba su cuerpo cubierto con un abrigo.

—Se aprovechan —dice Jorge cada noche, cuando hablan de las personas detenidas. «Sospechosos», reza bajo sus fotos en el *Diario de Avisos*.

—Nos tienen miedo. De lo contrario no les valdría cualquier pretexto —dice Jorge—. Son todos buenos hombres —dice, señalando a los que conoce de las reuniones del sindicato.

Entonces el padre sacude la cabeza y repite, una y otra vez:

—Ten cuidado.

A Julio le permiten asistir al entierro. Está en medio de la nutrida procesión que cruza el puente Zurita, allá abajo, en Santa Cruz. Los coches aparcados en las calles laterales, los chóferes de pie al lado de las puertas abiertas de los vehículos, con las cabezas gachas y los sombreros en las manos. En primer lugar, el que lleva el ataúd del conductor del tranvía; detrás, el infortunado estudiante Agustín Bernal.

Julio observa el estribo, las lengüetas con forma de zapatos, aclaradas por el roce. Cualquiera puede estar ahí parado y, al mismo tiempo, no estar.

El tranvía dobla lentamente para salir de la curva, se zarandea un poco, enseguida acelerará, antes de que los frenos empiecen a chirriar de nuevo, poco antes de la Vuelta de los Pájaros. Las piedras y el polvo pasan de manera regular, y Julio se estremece, alza la cabeza cuando un hombre salta al estribo.

El hombre jadea, tiene que inclinarse hacia delante mientras el conductor cuenta el cambio, un poco de saliva le gotea de la boca abierta y cae en el suelo polvoriento del tranvía.

Cuando al fin se incorpora, su voz es lo suficientemente fuerte como para opacar el chirrido de los frenos.

«Hoy es un gran día», dice.

Cuando Julio sube esa noche por la calle Herradores, Olga está parada junto a la pequeña ventana, cerca de la puerta, un oscuro semicírculo en el tercio inferior del pequeño cristal. «No es tan tarde, en realidad», piensa Julio mirando el reloj. Olga no le abre la puerta, no dice, para saludarlo, lo que suele decir: «Hoy, papas con carne», o «filo». O: «Hoy solo hay potaje, estuve muy ocupada». Olga le ofrece la mejilla en silencio, no le coge la cartera para sacar el bañador mojado envuelto en una toalla y ponerlo a secar en el tendedero. Dirige otra vez su mirada hacia la calle Herradores, con la frente pegada al cristal, los labios apretados.

—¿Pasa algo? —pregunta Julio.

Su madre mira hacia fuera, solo hacia fuera, no asiente, no niega con la cabeza, ni siquiera alza la mano. Y Julio, mientras camina hacia la escalera, oye el estruendo de sus propios pasos sobre las baldosas, y luego otra vez el estruendo en la madera.

La llama desde abajo, en el recibidor, media hora después: la cena está lista. Normalmente no hace tal cosa. Ha puesto la mesa para cuatro: pan y el resto de los garbanzos que hubo ayer de primer plato.

—Mamá, ¿no vienes? —pregunta Julio en el pasillo. Olga sigue mirando hacia fuera. Julio se sienta, ha traído un libro, *La isla del tesoro*, en ese momento está produciéndose el asalto a la casa de troncos. Sigue leyendo hasta que la gran fuente deja de humear y en la salsa se forma una película opaca. La farmacia está cerrada desde hace rato, el reloj del salón marca las nueve. La asistenta se asoma una vez a la puerta.

—Come —dice, y se marcha.

Cuando el reloj da las 21:15, Julio, al fin, se levanta. Su madre sigue de pie junto a la puerta, no se gira al oír sus sonoros pasos sobre las baldosas.

—¿Dónde está papá?

El cuerpo de Olga —que lleva puesta una blusa *beige* y una falda muy ceñida, zapatos negros y los cabellos recogidos en un moño sobre la nuca, como siempre— no se mueve.

—En Santa Cruz —responde, muy bajito, y con la manga de la blusa frota la mancha de humedad que se ha formado al pronunciar esas palabras.

—¿Y Jorge?

Los hombros de su madre se alzan bajo la tela de color crema y se hunden de nuevo de golpe.

Cuando Augusto Baute entra por la puerta —el reloj acaba de marcar las 21:30; Julio rebaña el resto de salsa en su plato con un trozo de pan—, va directo al salón. Pasa junto a la puerta abierta del comedor y Olga le sigue, camina muy pegada a él, sus dedos aferrados a la manga derecha de su chaqueta, prendida de él con todo su peso:

—¿Qué han dicho? Cuéntame, ¿qué han dicho, qué dijeron? Así a lo largo de todo el pasillo, hasta el salón.

—Ve allí —dice Olga—. Tienes que ir.

—¿Y si también me retienen?

Entonces papá cruza los brazos, se ovilla en su butaca, con los hombros hacia delante, el mentón sobre el pecho, los brazos muy pegados al cuerpo, como si temiera que Olga fuese a levantarlo y a sacarlo del asiento. Como si tuviera que volverse muy pesado; de lo contrario, ella podría cargarlo y llevárselo de allí.

Abajo, en el salón, mamá toca al piano algo de Schumann, y la habitación de Eliseo en la planta superior se llena de notas que llegan a veces en densas oleadas, a veces de forma aislada, que trepan o caen en barrena. El aire se transforma en piececillas diminutas y melifluas que se le cuelan a Eliseo en los oídos, lo quiera o no.

No puede sino pensar en las hileras de *petit fours* de color pastel en las vidrieras de Echeto. Es como si alguien le echase los dulces en su boca abierta de par en par, una boca que no puede cerrar. Porque, aunque se escabulla sin hacer ruido hasta la planta baja y cierre las puertas del salón —la más estrecha entre el corredor y el recibidor, la más pesada de la escalera—; aunque, una vez arriba, cierre la de su cuarto, aunque se meta algodón en los oídos y, en un primer momento, por no prestar atención, esa bola fibrosa se le quede trabada en la oreja y su madre tenga que sacársela luego con unas pinzas, aunque se cubra la cabeza con la manta... con Schumann no hay escapatoria.

En la pajarera se está mejor. En medio de los arañazos de las garras, del batir de alas con sonido de papel que entrechoca cada vez que uno de los animales levanta el vuelo y tropieza contra la rejilla. Allí se está mejor. No se oye el mar, no se oye a nadie. Mamá no está histérica, sus hermanas tampoco.

Agarrándolas por el borde de madera, Eliseo va sacando de las jaulas una escudilla metálica tras otra, vierte la arena, las vainas de granos vaciadas a picotazos y los excrementos sueltos en un cubo que va empujando con el pie de una jaula a la otra. Ablanda en el lavadero la suciedad seca de las escudillas, raspa los restos bajo el chorro de agua y coloca los recipientes de pie contra la pared, con los bordes de madera hacia arriba, para que se escurran.

Su padre llamará, ha anunciado su ayudante ayer al teléfono. Llamará mañana temprano, dijo, y ha vuelto a preguntar si Eliseo va a estar en casa.

«Claro que sí», ha asegurado él, y ha pasado toda la mañana en la pequeña habitación con el escritorio en el que mamá, a veces, «hace las cuentas», como suele decir ella. El teléfono se encuentra bien a mano sobre un pequeño aparador. Cuando su madre enciende la radio en el salón, mientras los preparativos del almuerzo ya les llegan a través del pasillo, cuando las palabras del locutor empiezan a cobrar algún sentido, Eliseo comprende: ya no hace falta que siga esperando. Desde entonces están todos excitados; sus hermanas, indignadas. Que cómo pueden quedarle ganas de comer, le dicen, sopa y filo.

Eliseo mete las escudillas otra vez en las jaulas, verifica que ninguno de los pájaros esté posado en el suelo. En una ocasión, el año antepasado, tuvo que hacerlo todo con prisa y no se fijó bien. Ese día había estado tumbado en la alfombra del cuarto de música, esperando un programa, cuando su madre se plantó de repente a su lado, muy cerca de él, con la negra punta de sus zapatos rozándole el codo.

Las jaulas —que entonces colgaban todavía en su habitación— apestaban, le dijo, el hedor llegaba hasta el pasillo. Su madre le había apagado la radio e insistió en que antes limpiara las jaulas.

Fue uno de los canarios salvajes de color verde. Eliseo le había desmembrado las garras de la izquierda con un corte limpio. Hernández, el administrador, acabó retorciéndole el pescuezo y le devolvió el pequeño cuerpo a Eliseo, pero, en lugar de cogerlo, le dijo: «Ahí lo tienes», y extendió la mano.

Eliseo cogió el pájaro muerto todavía caliente. La cabeza le colgaba hacia abajo, y él se apresuró a sostenérsela con los dedos de la otra mano para evitar que siguiera balanceándose de aquella forma tan horrible, como un péndulo, con cada movimiento suyo, con cada profundo suspiro, porque Eliseo está llorando.

En la cocina se cuece el caldo. Hace mucho calor en agosto de 1936. El caldo de gallina lleva horas hirviendo a fuego lento, y Julio abre la ventana de arriba, en el rellano. Huele a papel quemado, una densa columna de humo negro se levanta cada vez que Olga abre la portezuela del fogón para añadir más combustible. Lo ha llenado mucho, demasiado. Julio se detiene junto a la ventana abierta, saca la cabeza al viento cálido. Oye el rumor de la palmera en el patio trasero.

Los encuadernados en rústica —delgadas cubiertas con las letras mal impresas— arden con facilidad. Abren sus hojas una última vez, se inflaman en colores naranja, se hinchan y decaen hasta convertirse en jirones negruzcos arremolinados. Los de tapa dura necesitan más tiempo, en algunos se queman primero las hojas, las tapas vacías permanecen intactas un rato más. Los últimos que Olga echa son los encuadernados en piel.

«Creo que con Platón o con Ortega y Gasset no hay problemas», objeta Augusto. Pero Olga niega con la cabeza.

Julio mira hacia la habitación de Jorge. La puerta está abierta; el armario con su ropa, bien cerrado; el diminuto escritorio, que Julio divisa desde el rellano, vacío. Julio puede verse en el espejo del armario: lleva un pantalón corto con la camisa colgando por fuera. Su madre está demasiado atareada como para que eso le importe ahora. Una hoja de la puerta tapa la cama de Jorge, todavía hecha; también las estanterías de libros. Julio tendría que entrar para comprobar el aspecto que tienen ahora.

Las primeras noches, después de que Jorge se ausentara, Julio permanece acostado en la cama con las manos cruzadas sobre la barriga. Piensa en el aparato de radio que, todavía mudo, aunque él lo ha armado siguiendo las instrucciones exactas del croquis —de eso está Julio convencido—, guarda en una caja de madera en el armario. Ha pensado en levantarse, revisar todas las conexiones, soltar otra vez los cables —eso ante todo—, pero no. Julio no puede levantarse.

Jorge estaba en la calle San Agustín, en la biblioteca de la diócesis, sentado en su silla junto a la ventana, a menos de quinientos metros de la cama de Julio cuando lo detuvieron.

Que eso no puede ser cierto, dice Olga cuando Augusto le trae la noticia. La biblioteca del obispado. ¿Qué ha ido a buscar allí?

Ha ido a leer, pero eso Julio no lo dice. «El rincón más solitario y silencioso de la isla», así lo ha llamado Jorge, ubicado en una sección lateral del obispado. Esa silla en la primera planta es desde hace años el escondite de Jorge. Allí se oculta cuando Olga lo manda a limpiar los desagües, cuando le pide que vaya a echar una ojeada a su tía o les haga una visita a las personas que han comprado algo a crédito en la farmacia y figuran en la lista de Augusto Baute. Pretende que vaya y les toque a la puerta, que les pregunte por el dinero, porque su padre, en todo caso, les enviará una carta, y si se tropieza con alguno por la calle, se levanta el sombrero y saluda cordialmente.

Jorge ha colado los libros de contrabando, ocultos bajo su chaqueta, cuando pasa por delante del seminarista en el mostrador de la entrada. Ocultos bajo su chaqueta ha vuelto a sacarlos.

Cuando Augusto menciona la biblioteca, Julio está seguro de que Jorge se ha marchado. Desde entonces ya no puede permanecer acostado en su cama, solo quisiera echar a correr, cada vez a mayor velocidad, con el crujido de las piedras bajo sus pies, bajar corriendo una cuesta, desaparecer en el mar que se vierte sobre él, que lo colma, coronado por una espuma blanca. Quisiera gritar y correr, o levantarse y empezar de nuevo: sacar el aparato del armario, separar el cristal semiconductor de los alambres.

La tapa de la caja de puros se rompe cuando él mete el destornillador entre los remaches e intenta arrancarlos de un tirón. Tiene otra con los lápices de colores.

Su madre reza. Cada noche en el pasillo, entre el dormitorio de los padres y la puerta de Jorge, con las manos juntas, la cabeza gacha y los ojos cerrados bajo el pequeño anaquel. Allí están la Virgen de la Candelaria, un crucifijo, la madre de Dios con Jesús en brazos, cada figura sobre su tapetito de encaje.

«Padre nuestro que estás en los cielos, santificado sea tu nombre. Venga a nosotros tu reino. Hágase tu voluntad así en la Tierra como en el cielo».

Julio solía esperar antes de atreverse a seguir trabajando en su aparato, esperaba a que ella terminara.

«Haz que mi hijo Julio se convierta en un chico mejor y más honesto. Cura a mi hermano, que deje de toser y salga del sanatorio. Papá lo necesita».

«Haz que mi marido sepa otra vez dónde meter los dedos. O que al menos se los lave después, para que no huela a coño todo el día».

«Haz que esos dos dejen de reñir: mi marido y mi hijo mayor. Que acaben las huelgas y no se pasen las noches gritándose. Haz, por favor, que...».

Pero esa noche no hay nada de eso. Julio permanece sentado en silencio delante de la caja de puros sin tocar el aparato.

Lo sabe muy bien: la habitación contigua está vacía, nadie espera allí a que mamá, por fin, acabe de rezar.

«Haz que esté vivo. Haz que esté vivo. Haz que esté vivo. Haz que esté vivo. Haz que esté vivo».

Mamá llora. La oye por las mañanas, al levantarse, y por las tardes, cuando él llega de la escuela, durante la cena; la oye cuando está a punto de quedarse dormido, tumbado en la cama, y se tapa los oídos con los dedos. Sonidos intensos y prolongados que inundan de noche la casa a oscuras, que salen del dormitorio de sus padres y cruzan el pasillo, se cuelan bajo las puertas. A veces se vuelven tan tenues que Julio cree que han cesado y se saca un poco los dedos de los oídos, pero al momento vuelve a introducirlos, cuando una nueva oleada se vierte sobre todas las habitaciones, a través de todas las rendijas y grietas.

Hace seis semanas Ada se despertó porque la barriga se le había puesto dura. Tomó impulso con los talones y empezó a deslizarse hacia arriba en la cama hasta que la nuca le chocó contra el cabecero. Pero de nada le sirve, no le sirve de nada contra el dolor, de modo que se pone a gritar hasta que Nanny Brown aparece en su habitación.

Al hospital inglés, así lo han planeado y acordado. Nanny Brown, que ha llamado ya al hospital, desiste de vestir a Ada con algo más que su bata de casa azul.

Lorenzo la espera abajo, en el recibidor.

—¿Me permiten ir sola? —Ada no lo mira a él, está mirando hacia la calle.

—No, yo voy contigo. —Lorenzo tira de la puerta y la cierra a sus espaldas.

—¿Por qué entonces un taxi?

Nanny Brown le ofrece su brazo a Ada.

—Respire —murmura—. Respire.

—He vendido el coche. —Lorenzo está ya en el portón de la entrada—. Vamos —dice, cuando Ada se detiene en los escalones.

—¿Por qué?

—Quería comprar otra cosa. —Lorenzo abre la puerta trasera del lado del copiloto—, pero tu padre no quiso darme dinero. Sube.

—¿Puedes hacer tal cosa?

—El coche fue un regalo. Sube.

—Pudiste preguntarme. ¿Qué querías comprar?

—Una prensa tipográfica y un par de máquinas más. Y ahora sube al coche.

—Deja de decirme que suba.

Lorenzo se dirige al taxista, que está de pie, en silencio, junto a la puerta abierta del copiloto.

—Al hospital militar de la calle Galcerán.

—Qué estupideces dices... Al hospital inglés.

—Al hospital militar —repite Lorenzo.

—¡Anda, piérdete! —grita Ada, y golpea con el codo a Nanny Brown para que deje de decirle que respire.

—Voy con ustedes. Al hospital militar.

—Quiero ir a ver a mi padre. Aunque esto se me salga en la escalera y reviente... Debo ir al hospital inglés. Le diré que tú...

Pero entonces Ada no puede seguir hablando.

—Solo si lo bautizamos en honor a José Antonio —reclama Lorenzo, y en eso queda todo.

Después del parto nada mejora.

—No voy a ponerle Josefa a mi hija. En todo caso, si no queda más remedio, Antonia. Suena a que va a ser gorda. Pero en ningún caso Josefa Antonia. Eso suena a demacrada.

Nanny Brown le trae a la pequeña cada día, quiera mamar o no. Y la niña no mama. Se la coloca sobre el pecho cada mañana, aunque Ada señale hacia el colchón, a algún sitio junto a ella. Y entonces la niña se queda allí acostada, se mete a veces el pequeño puño en la boca y chupa.

La comadrona está sentada en la cocina, a la espera, por si la necesitan, y la necesitan. Porque lo que es deshacer el lazo delantero en la bata de Ada, meter la mano en el triángulo formado por la tela que cubre sus pechos ahora cada vez más planos, tirar de las cintas blancas, azul claro y rosadas, a eso no se atreve Nanny Brown. Lo ha intentado, poco después del parto, pero Ada la ha apartado de un manotazo, con un movimiento breve y firme.

—De todos modos, hay que intentarlo —insiste Nanny Brown, y le lleva a la niña cada mañana a las ocho.

Fue Lorenzo quien trajo a la comadrona, una mujer del pueblo en el que se crio. La mujer coge el tranvía todas las mañanas en Tacoronte y permanece luego sentada en la cocina, comiendo gofio a cucharadas, con leche caliente y azúcar, estorbando a la cocinera. En cuanto escucha los tacones bajos de Nanny Brown en la escalera de madera, acompañados de tenues refunfuños —al principio cada dos horas, después cinco veces al día—, los pechos de la mujer empiezan a gotear, unos círculos oscuros se hinchan bajo la tela gastada de la blusa.

Que si no querría conocer a la comadrona, le ha preguntado Nanny a Ada.

No. Ada niega con la cabeza.

Nanny Brown llama a la pequeña «Elizabeth». Ada la llama «Isabel». O «Antonia», cuando Lorenzo está presente. Fue él quien hizo que bordasen ese nombre en la cintita que la enfermera le ha puesto a la niña alrededor de la muñeca.

La salvación, como la llama Lorenzo, llega de la península, de Salamanca, a finales de septiembre. Los generales rebeldes se ponen allí de acuerdo en relación con un comandante en jefe que sea, al mismo tiempo, jefe del Estado.

—¿*Nuestro* Franco? —ha de preguntar Ada, y tarda un tiempo en recordar su cara—. ¿Ese hombrecillo insignificante?

En abril lo habían nombrado capitán general de las islas. Ada se lo cruzó en una ocasión, con motivo de los actos conmemorativos por la creación de la República, el 30 de abril, el único banquete en el que, por lo que ella sabía, Franco participó en las islas. Lo del «traslado disciplinario» bastante visible en sus rasgos. Y en cada gesto, cada sonrisa, cada inclinación hacia delante, en el movimiento de las orejas para atender a las palabras de un interlocutor, la expresión de interés debida. Estar sentado en el salón comedor del Casino, en la plaza de la República, ocupando la cabecera de la mesa a 1750 kilómetros de Madrid. Eso es un traslado disciplinario. Un castigo.

Se había quejado de que en las islas solo hubiera conejos para cazar. Eso cuentan más tarde sus compañeros de mesa. Muy poco interesante, decidió Ada después. Y su mujer no organiza veladas ni recibe invitados, ni siquiera se deja ver, salvo en la iglesia.

—Mañana saldrá en el periódico —dice Lorenzo, que llama «periódico» a las cuatro o seis páginas de tono rojizo que saca, al principio cada semana, luego cada día.

Ada acepta cuando Lorenzo propone el nombre de Francisca. Y así figura la niña en el certificado de nacimiento que él trae un mes después del Registro Civil: Francisca María Antonia Josefa González Moore.

Julio se estremece cuando llaman. No se levanta, permanece sentado al escritorio, de espaldas a la puerta. Sabe lo que viene ahora.

—¿Qué estás construyendo? —le ha preguntado Olga durante la cena.

—El aparato —responde Augusto Baute a sus espaldas—. Tráeme acá ese aparato, por favor —repite. Y cuando Julio se da la vuelta, ve que su padre sostiene en su mano clara un martillo cuyo mango, lleno de manchas, es de madera basta.

Delante de Julio, en la mesa. O más exactamente: en el viejo cajón en el que guarda las piezas de repuesto y algunos restos, entre bobinas y alambres. Ahí guarda su primer intento. Y también en una caja de puros de la marca La Lucha. No ha emitido un solo sonido, pero, así y todo, Julio no ha sido capaz de tirarlo a la basura. Empuja el aparato bueno bajo el croquis con las instrucciones, coge la caja de La Lucha y se la entrega a Augusto.

Cuando su padre la agarra, Julio ve cómo le tiemblan los dedos. La caja cae al suelo. Golpea por una esquina contra la baldosa y se hace pedazos. Las paredes laterales se desprenden y caen hacia un lado, solo las sostienen unos alambres. Alambres torcidos, doblados, con el estaño de la soldadura pegado a los extremos salientes.

Augusto Baute se agacha, recoge las delgadas tablillas y arranca de un tirón los cables restantes.

«Lo siento, Julio», dice antes de salir y, como si se avergonzara, ni siquiera lo mira. Julio se vuelve hacia el escritorio, el croquis sobresale un poco de la caja de puros. Ha estado a punto de responder: «No pasa nada».

Cuando van a hacer el primer registro nadie se sorprende. Hace una hora que buscan a tientas y avanzan, puerta por puerta, casa por casa a lo largo de toda la calle, hasta la iglesia. Cuando alguien abre, voces aisladas y subidas de tono traídas por el viento. En las ranuras que quedan entre los marcos de las ventanas y las persianas cerradas a cal y canto que dan a la calle, el brillo, desde hace una hora, de unas delgadas líneas de luz. Las de los faros de los camiones. Aparcados en medio de la vía, en ambos extremos de la calle.

El pulido tablero de la mesa de comedor en el salón grande brilla en la penumbra; en el pequeño dormitorio reluce el blanco de las sábanas de lino. Todos están acostados, pero despiertos. Nadie se mueve. El abuelo y la abuela en el dormitorio más grande; Merche y Amalia, en el otro. Hasta el hermanito pequeño, en su caja al pie de la cama, permanece en silencio. Solo cuando oyen el crepitar de la grava bajo unas botas que suben el sendero, y un puño que golpea primero la puerta de la cocina y luego, cambiando de opinión, la puerta de entrada al gran salón, el abuelo se levanta. Primero él. Merche lo oye buscar a tientas su chaqueta, choca con algo metálico y provoca un traqueteo.

«El orinal», piensa Merche. «Ojalá que no esté demasiado lleno». Le tocaría limpiarlo a ella.

La abuela se levanta solo cuando el abuelo está atravesando la habitación grande y el puño vuelve a golpear la madera.

—¡Ya voy! —grita el abuelo—. Ya voy.

La abuela se muestra más sigilosa, el colchón cruje cuando se incorpora. Le sigue un instante de leves ruidos y, a continuación, sus primeros pasos, silenciosos, muy pegados a los del abuelo en la habitación grande. El hermanito guarda silencio. Merche se desliza fuera de la cama, pero no se atreve a abrir la puerta del dormitorio, ni siquiera un poco. En su lugar, se arrodilla, pega el oído a la rendija entre la puerta y el marco.

—¿Es usted el cabeza de familia?

—Sí.

—¿Cuántas personas viven con usted?

Por un momento no se oye nada, como si el abuelo tuviera que contar con los dedos.

—Cinco. Pero, a decir verdad, somos seis.

—Qué chorrada... —lo interrumpe la abuela—. Somos cinco.

Todo se aquieta a partir de ese momento, y Merche teme que de un momento a otro se desate el griterío, de modo que se encoje, pega las rodillas al pecho, al mentón.

—En realidad, aquí viven seis personas —repite el abuelo—. Pero mi hija se marchó y no ha vuelto a casa desde hace tiempo.

—¿Desde cuándo?

—Desde hace dos meses, quizá.

—¿Tenía su hija contacto con personas que desempeñaran alguna actividad política?

—¿Esa? Qué va... —La abuela suelta una risotada.

—¿Y el padre de los niños?

—No lo conocemos. Al de ninguno de los dos. Porque ni siquiera creo que haya sido el mismo las dos veces.

Merche mira hacia Amalia, la luz de los faros en las rendijas resalta todo lo blanco en la penumbra, pero aún no distingue su rostro. Tal vez haya girado la cara hacia el otro lado.

Lo que dice el abuelo es cierto. La gata se ha marchado. No sería la primera vez que desaparece dos o tres días sin decir nada. Hace unas semanas se ausentó a la hora de la cena. Tampoco apareció para el desayuno al día siguiente, ni al mediodía, tampoco en la cena, y mientras todos están sentados todavía a la mesa, el abuelo, la abuela, Amalia, Merche —el hermanito daba berridos desde su caja— llega un mensajero de don Fernando Vázquez, el capataz de la planta envasadora de tomates, y les comunica que la gata puede irse al diablo. Quien se ausenta dos días de su turno de trabajo no hace falta que vuelva.

Y todo sin que fuera festivo. No era enero ni Reyes Magos, tampoco septiembre ni la procesión del Cristo de La Laguna. No hay alfombras de flores en La Orotava, ni desfiles de gente de rodillas hasta el templo de la Virgen de la Candelaria. Estamos en octubre, sin festivos por ningún lado. La gata no está en ninguna de las casas grandes, en ninguna cocina, en medio de nubes de vapor y de diminutas salpicaduras de grasa que le apelmazan el pelo, de moscas a las que les importan un bledo las mitades de unos limones mechados de clavo de olor. No, la gata se ha marchado.

La abuela grita y le pone la mano en la barriga al hermanito, con suavidad, para que se tranquilice, como si su mano no tuviera nada que ver con su rostro, cuyo color lila es el mismo que el del pulpo recién cocido, una cara casi toda formada por dientes y una lengua en el medio que bailotea frenéticamente de arriba abajo, mientras que el resto lo componen otros elementos juntados al azar: las mejillas, una frente, pero sin ojos ya, la abuela ya no tiene ojos.

«¡Se acabó!», grita. «Esta vez tendrá que buscar dónde quedarse».

El abuelo no dice nada, y eso es peor. Sigue sentado a la cabecera de la mesa con los codos apoyados en el tablero, las palmas de las manos en la frente, sosteniendo la cabeza, como si el cuello no tuviera fuerzas suficientes.

Merche y Amalia se cogen de las manos, están muy juntas al lado de la puerta de la despensa. Han terminado de recoger la mesa, el pan está a resguardo en su bolsa, colgada de un clavo en la pared; el resto del embutido, en el gancho; el queso envuelto en un paño húmedo; los platos secos, el botijo de vino tapado con el corcho, las migas recogidas. Todo está listo. Solo falta una cosa: asearse, ponerse el camisón, rezar y a la cama. Es la segunda noche consecutiva que duermen solas. Hasta mañana, si Dios quiere.

Por las tardes Ada va con Sidney a pasear al parque García Sanabria, que eso es lo que suelen hacer ahora. No a beber champán ni a observar a otros comensales para reírse de ellos. Nada ya de cócteles en las terrazas, con vino blanco y cena, ni siquiera té y sándwiches o un jerez a escondidas. No, ahora salen a pasear. Hace tanto viento que apenas se nota el sol, no hay nubes en el cielo, pero tampoco hace calor, todo está inmerso en una claridad demasiado intensa. Nanny Brown se da la vuelta con el cochecito al cabo de pocos metros, teme que una ráfaga lo alcance y lo vuelque. Los delgados troncos de las acacias se doblan, las copas están en posición horizontal, las hojas entrechocan. Cuando doblan hacia el camino del parque, Sidney se agarra el sombrero y mira hacia atrás, hacia los dibujos de *tweed* inclinados sobre el cochecito.

«Si se hubiera especulado con la demanda de lino azul, podría haberse hecho una fortuna», dice, cuando ven venir a su encuentro a dos hombres con camisas de color azul brillante. Las dependientas de la calle Castillo, en Santa Cruz, las de Herradores en La Laguna o en La Orotava, Garachico y Güímar, ya saludan con un «Se nos ha terminado», antes de que les pregunten. Los que tienen su camisa nueva la usan todo el tiempo.

Las semillas en las vainas marrones que cuelgan de las ramas de los flamboyanes a ambos lados del camino resuenan movidas por el viento. Ada no está segura de que sea ese el motivo por el que ellos dos caminan pegados, en silencio. La cara de Sidney parece concentrada cuando ella le echa un breve vistazo de reojo. Eso confirma sus temores de que él solo está buscando la táctica más hábil, que sopesa cómo empezar para no irritarla, sobre qué temas e hilos de conversaciones prefiere avanzar a tientas. Él, sin embargo, solo quiere saber qué ha dicho Lorenzo. Qué ha dicho exactamente, o mejor: literalmente.

Ada se detiene en la glorieta. Ambos contemplan en silencio el bajo parasol de hojas de las higueras del Himalaya. Desde hace unas semanas, cada vez que la asistenta le abre la puerta, Sidney le pregunta si Lorenzo está en casa y le envía saludos. Saludos a media voz, casi susurrados, para que Ada no lo oiga desde el salón. Cuando Lorenzo está allí y no arriba, en su dormitorio, pasa a saludarlo. Entonces, cuando por fin entra, finge venir de fuera, hace comentarios sobre la llovizna, el viento, la calima, como si se hubiera librado de todo ello por unos segundos. Con flores, dulces, guantes o agua de colonia francesa envuelta en papel de seda, intenta hacer desaparecer los brazos cruzados de Ada, sus cejas enarcadas, la nariz fruncida.

Cuando Ada se burla de Lorenzo, él desvía rápidamente la mirada hacia el pasillo, comprueba a hurtadillas si hay alguien allí que pueda escucharlos. Ada no debería notarlo, pero lo nota, claro. «El pavo real», así solía él llamar antes a Lorenzo, «el señorito», «el mago engominado», el «Mussolini insular». Y si algo ella le reprocha ahora a Sidney no es otra cosa que aquel «Para nosotros la situación es difícil».

Solo cuando han arribado al otro extremo del parque, junto a la gran araucaria, se presenta la ocasión adecuada. «Cuidado», advierte Sidney, señalando las piñas que han caído sobre el camino, pero en lugar de cerrar de nuevo la boca, pregunta a bocajarro, para sorpresa de Ada:

—¿Ha comentado algo Lorenzo de la situación política?

—¿Qué parte te interesa más? —le responde Ada, riendo—. ¿Los Reyes Católicos y el Siglo de Oro? ¿El encargo de Dios, tal vez no de erigir *Su* Reino, pero al menos *un* reino? ¿La nueva Cruzada? ¿El Cid y los moros? ¿Aunque ahora los enemigos sean españoles y luchen junto con los moros?

—Ten cuidado. En cuanto tu padre muera, Lorenzo tendrá poder para disponer de tu patrimonio. No podrás hacer nada para impedirlo, olvídate de la nueva ley del divorcio. La República está muerta, tal vez no en la península, pero aquí, sin duda.

—¿De qué manera podría tener cuidado? No puedo divorciarme. ¿Matarlo? Esperaba que lo llamaran a filas, para que pudiera morir por su Nueva España. Pero debe de tener un amigo en alguna parte.

—Les resulta útil para la propaganda —le explica Sidney—. Sé más amable con él —añade a continuación, en voz más baja.

Ada ríe. Para cambiar de tema, le pregunta:

—¿Has estado últimamente en el Círculo de Bellas Artes?

Sidney niega con la cabeza, en silencio y algo cohibido, y es justo en ese momento cuando Ada se da cuenta de que en realidad no ha conseguido cambiar de tema.

—¿Todavía hay alguien que vaya al Círculo?

Sidney se encoge de hombros, y entonces los dos callan de nuevo bajo las hileras de flamboyanes que rumorean a causa del viento.

—Clemencia tiene problemas —dice Sidney por fin, cuando casi han alcanzado la salida. Ada asiente, aunque en realidad no tiene gran simpatía por Clemencia. Bien mirado, ella ocupa el tercer puesto en la lista de Ada de las mujeres más impresentables—. Creen que su novio, el italiano, al que conoces —dice Sidney—, el ingeniero que hizo los proyectos para la administración portuaria, es un socialista.

—**Quédate acostado** —dice Olga cuando se encuentran arriba, en la escalera—. Quédate acostado.

La puerta que da al dormitorio está abierta, y papá está sentado en la cama. Despliega las patillas de sus gafas despacio, con cuidado. Abajo, de nuevo, los toques en la puerta. El eco en el pasillo vacío se mezcla con el ruido de las pantuflas de Olga, que baja rápido los peldaños, muy resuelta.

Furiosa. Olga está furiosa. Imbuida de esa furia de hombros hacia atrás y mentón erguido. Sostiene sobre el pecho, con la mano izquierda, el paño de lana triangular, la llave en su diestra no tiembla, encuentra de inmediato la cerradura. Olga no tiene miedo, ya no jadea ni está desesperada. Ya no dice: «Dime, por favor, qué le ha ocurrido, tengo que saberlo». Por las noches cierra con llave, cada noche antes de rezar vuelve a cerrar con llave. Y ahora está furiosa.

—¿Qué ocurre? —vocifera cuando abre de un tirón la puerta—. ¿Qué quieren?

—¿Es usted la cabeza de familia? ¿Cuántas personas se encuentran ahora...?

—Tres —lo interrumpe Olga.

—¿Tiene en su domicilio algún tipo de escrito prohibido? ¿Objetos? Es decir: armas de fuego de cualquier tipo, todo aquello que no haya sido reportado a...

—No. —Como un disparo, el «no» de Olga atraviesa breve y duramente las palabras—. Nada por el estilo —añade a continuación, más calmada.

—Tendremos que cerciorarnos —dice el guardia civil dando un paso adelante. Olga permanece en el pasillo. Los guardias tienen que pasar, uno tras otro, frente a su mentón erguido.

—No se preocupen —sonríe ella—. Los señores se marcharán en un momento. —Y entonces, en voz más alta, dirigida a las espaldas de aquellos hombres uniformados—: Porque aquí no encontrarán nada.

De pie en el rellano, Julio ni siquiera piensa en el aparato, en el segundo aparato, el radio detector que guarda en el armario, en una caja de madera.

En noviembre Lorenzo compra un coche. Un Fiat 1500, usado. No consiguió reunir más dinero.

—Bájate —dice.

Ada mira hacia delante, contempla en la madera pulida del salpicadero el reflejo de los destellos de las farolas que se bambolean a causa del viento a ambos lados de la entrada. Una de sus manos cubre la otra, reposan la dos, tranquilas, sobre el bolso apoyado en su regazo. No las oculta bajo los codos, no tiene los brazos cruzados.

—Baja —repite Lorenzo. Están en plena calle San Francisco, junto al bordillo. Al ver que Ada no se mueve, Lorenzo apaga el motor, que trastabilla un poco antes de aquietarse del todo, y el cuerpo de Ada se estremece con su última sacudida, sabe que poco a poco la situación se va volviendo peligrosa.

—No creas... Te meteré a rastras.

Ada sabe que él la está observando, y de repente le resulta difícil mirar solo a los reflejos sobre el salpicadero.

—Ni lo sueñes —añade Lorenzo.

Es demasiado, y él lo sabe. Las palabras que siguen al «Ni» se van volviendo más tenues.

Ada ve la mano por el rabillo del ojo antes de que el nudillo de un dedo corazón enguantado de blanco dé unos golpecitos contra el cristal. Retrocede, asustada. Otilia sostiene su sombrero en una mano y apoya la otra sobre el techo del coche. Hace unas semanas que ha regresado de la península, como casi todas las demás. Las universidades cerradas, los estudios concluidos. «Temporalmente», recalcan, a pesar de las noticias que llegan cada noche a través de la radio.

Ada no abre la puerta del copiloto, baja la pequeña ventanilla de cristal, aliviada de poder salir del vehículo sin tener que ceder a las órdenes de Lorenzo. Sin tener que oponer resistencia, pase lo que pase.

Transcurre todavía un rato hasta que Otilia se inclina y mira hacia el interior del coche, hace un gesto de saludo a Lorenzo y acerca su cara a la ventanilla abierta.

—¿Vienes? —pregunta la boca de Otilia, tan pegada a Ada que esta ve suspendida una clara duna de polvo entre los tupidos y oscuros vellos. El límite entre lo blanco y lo rojo no se halla sobre la línea que separa los labios de la piel, sino unos milímetros más allá.

—Irá —responde Lorenzo antes de girar la llave del motor de arranque.

Ada se enfurece de nuevo. No obstante, baja del coche y cierra con un portazo. No se vuelve hacia Lorenzo, que toca la bocina detrás de ella, dispuesto a partir. Besa a Otilia en las dos mejillas, y un poco del pintalabios rojo deja una mancha en la suya.

Ada conoce a la mayoría de las mujeres. Sonríe, asiente, coloca con gracia su mano sobre la de doña Mari cuando esta se la tiende a modo de saludo. El salón está completamente iluminado, han encendido las farolas de gas, en cada mesita y en el centro de la mesa grande hay velas cuya luz se refleja en las ordenadas hileras de copas aún intactas dispuestas en las bandejas de plata.

En las jarras hay limonada, comprueba Ada tras olisquear uno de los recipientes. Las sillas, dispuestas a lo largo de la pared, están vacías todavía, los invitados permanecen de pie, en grupitos, charlando por lo bajo, examinando a todo el que llega. Aquello es té de la tarde, recepción con cena y club de lectura, todo en uno: es la velada para celebrar a la Nueva Mujer.

Con algunas de las presentes Ada lleva asistiendo casi un año al Círculo de Bellas Artes, sentadas a la misma mesa, reunidas en torno a la radio de la barra, sin aliento, unidas codo con codo. Más tarde: el júbilo por el triunfo del Frente Popular, los abrazos, los besos en las mejillas, otra vez los pintalabios que es preciso limpiar. Lo mejor de todo fue la expresión contraída y decepcionada de Lorenzo, que estaba al fondo. Dos de las mujeres son pintoras, la otra escribe; en cuanto a la cuarta, Ada nunca ha entendido a qué se dedica. Hoy no están juntas, sino cada una por su lado, repartidas por todo el salón, buscando conectar en medio del torbellino de las charlas que las rodean con una naturalidad difícil de romper. No se miran, no saludan cuando notan la mirada de Ada, ni siquiera un gesto con la cabeza. A eso lo llaman «darse un tinte de azul», olvidar el pasado.

«Mira, una azucena roja», dice Otilia. En un primer momento, Ada no entiende, hasta que Otilia aclara: «Claridad Feminista». Ada asiente. Hace dos o tres años hubo mucho revuelo en torno a ellas, un par de chicas que se reunían para leer.

En la lista de Ada de las mujeres más impresentables, Isabel González, a la que llaman Azucena Roja, ocupa el segundo puesto. Muy cerquita de la primera, Jacqueline Lamba, con pantalones cortos. El padre de Isabel es médico, uno al que Ada jamás acudiría. Tiene una pequeña consulta en Tegueste. También Isabel ha regresado de Madrid, fue una de las primeras que, hace unos años, se encaprichó de ir a estudiar a la capital.

Cuando cierran las puertas del salón y doña Mari se planta al lado de la limonada y dice «Queridos míos», todos buscan enseguida un sitio donde sentarse. A la mujer delgada que está a su lado, que a continuación hablará del formidable papel que les tocará a todas ellas en la salvación de España, Ada no la ha visto antes.

Desde entonces, Lorenzo la lleva a las reuniones una vez por semana, quiera Ada o no.

«Jorge Baute, Jorge Baute, Jorge Baute», se oye tenuemente el nombre, recorriendo las filas. «Jorge Baute, Jorge Baute», cada vez alejándose más de Julio, una ola concéntrica que se expande por Guano. Fyffes se llama el campo, como la firma irlandesa a la que pertenecieron antes aquellas naves que la gente llama «salones».

Al anochecer uno se le acerca. Le pide al prisionero que está sentado delante de él que haga sitio. Se arrodilla.

—¿Eres Baute? —pregunta, y Julio asiente—. Conocí a tu hermano —dice, y añade—: Lo siento.

—¿Dónde está?

—En Las Cañadas, en el barranco de Santos, en el mar. No lo sé. Lo siento.

—¿También estuvo aquí?

—No. Pero tampoco en otra parte —responde, y le pone la mano a Julio en la rodilla antes de incorporarse.

Para algunos, en Guano, hay condenas; para otros, cursos; a otros solo les queda la voz. No todas las noches son las mismas: una viene de Cataluña, otra de Andalucía, pero la mayoría son de aquí. La voz lee lenta y regularmente, como si quisiera hacer justicia a cada nombre, en voz baja, pero, aun así, inteligible en el último rincón. Los que rezan lo hacen en

silencio, solo los suaves sonidos de unos labios que entrechocan con prisa.

Julio escribe.

—Tus manos —ha dicho el hombre. Es oriundo de una
de las islas vecinas, es todo lo que Julio sabe acerca de él—.
Enséñamelas.

Y Julio mira entonces hacia abajo, hacia el puño polvoriento, ocre, de la camisa, que se vuelve más blanca a partir del
antebrazo. Mira sus manos, bronceadas por el sol, con líneas
más oscuras en ambos lados de los nudillos, en torno al color todavía rosa de sus uñas. Inseguro de qué hacer con ellas,
vuelve las palmas hacia arriba.

—No, así no —le dice el hombre, y extiende las suyas, en
posición horizontal, delante de Julio. Julio las ve temblar.

—Bien. —El hombre asiente cuando la mano de Julio queda suspendida en el aire, inmóvil, delante de él—. Escribe.

El papel se lo entregan a los condenados un día antes.

«Camaradas», escribe Julio, «voy a morir como mueren los
hombres que vivieron para defender sus ideales, la justicia, la
libertad y la igualdad, aquellos que lucharon por una sociedad
nueva. Moriré de pie, sin venda en los ojos, para mirar a la cara
a los enemigos de la justicia y de la paz de los pueblos. Moriré con la convicción de que la luz de una nueva era brillará
para todos los que hoy sufren en medio de esta noche oscura.
Camaradas. ¡Venceremos! ¡El futuro nos pertenece! ¡Larga vida
a la República!».

Entonces llega la carta difícil.

«Carmen», escribe Julio, «coge mis cosas y quémalas. No
conserves nada. Es mejor así. No les digas nada a los niños, tú
sabrás cuidar de ellos. Has sido para mí todo lo que un hombre puede desear. Búscate un nuevo compañero que se ocupe
de ti como es debido. Ya conoces el dicho: "Las lágrimas que

derramas por el viejo burro no le sirven al animal para llevar su carga"».

«Hemorragia interna», escribe el médico al día siguiente. Antes ha limpiado la tinta sobrante de la pluma. No dejar manchas en el formulario. Lo hace con pulcritud y minuciosidad. «Causa de la muerte: hemorragia interna».

1935

LA CONFERENCIA DE LOS SURREALISTAS

Ya hace calor, pero las calles aún no están tan secas como para llenarse de polvo ni endurecerse, como para que Sidney perciba cualquier bache abierto por la lluvia del invierno como una estocada en su espalda. Las puntas de las hojas de las plataneras sobre los muros a derecha e izquierda muestran un verde claro; los tanques de agua, pardos rectángulos en la cuesta, están bien llenos todavía.

Cuando mira en dirección al mar, solo las delicadas y uniformes hileras de las plantaciones, los elegantes arcos que dibujan las ensenadas y salientes de la ladera. No hay demasiada distancia hasta abajo, donde se encuentra el puerto de Santa Cruz, un par de kilómetros y ya puede verse la torre de La Concepción.

Sidney conduce despacio, pero son tantos los baches de la calle que las pastillas de freno del Morgan crujen cuando se pegan a las paredes del tambor. Unos frenos que funcionen es de lo más importante en la isla, Sidney los somete a revisión con regularidad, cada tres meses. Ha tenido ya malas experiencias. En cuanto lo recuerda, un escalofrío paralizador le recorre el pecho. El coche que pierde el control y sale a toda velocidad cuesta abajo, dando sacudidas, sin que nada pueda parar las ruedas.

Fue todo un proceso de aprendizaje, lo de los coches. El primero, un Panhard & Levassor 2 —nunca hubo otro más elegante, según le parece a Sidney—, se vio de repente envuelto en llamas en los montes de La Cañada. Sidney sintió ganas de orinar y aparcaron sobre una gruesa alfombra de agujas de pino canario. Mientras él buscaba un sitio a resguardo, Ramos, su cochero entonces recién ascendido a chófer, intentaba repostar gasolina con el motor encendido. Desde lejos se ve todavía la franja carbonizada entre la verde vegetación que creció después, una franja que baja de la carretera y se extiende como una cuña sobre la cuesta.

Ya se distingue bien la clara orla de casas en la costa; a derecha e izquierda de la carretera crecen las tomateras, líneas de un verde oscuro, más oscuras y tupidas que las plataneras. Desde la conferencia de La Orotava la situación de las exportaciones se ha vuelto difícil, o mejor dicho: imposible. *Empire first* es la consigna, a pesar de todas las protestas. Hay preferencia por los productos de las colonias británicas, son los únicos que pueden ser importados sin aranceles de aduana. El rey español llamó una vez a la isla «la colonia británica sin bandera», pero eso no basta. *Empire first* significa que los plátanos y los tomates que Elder Dempser exporta al Reino Unido en cooperación con Fyffes experimentan de un día para otro un exorbitante incremento de aranceles. Da igual cuántos anuncios inserte la oficina de Manchester destacando la superior calidad de los plátanos de la isla. Los frutos han perdido su valor en el mercado. En el Canary Wharf londinense, construido para los buques de las islas, se desembarcan ahora mismo cargas llegadas de todos los rincones del mundo. Pero la exportación de plátanos y tomates nunca ha sido su negocio principal. Ese siempre ha sido, y seguirá siendo, el abastecimiento de las líneas comerciales. Y tal vez el problema de las ventas pueda resolverse con intermediarios. Por el momento lo intentan en el mercado alemán.

Los círculos negros allá abajo, en la costa, poco antes del horizonte, cerca del barrio de Los Llanos, parecen ahora mucho más amenazantes. La refinería, construida hace cinco años por una empresa americana, la Bethlehem Steel Co. En realidad es muy pequeña, media docena de oscuros cilindros en las terrazas de la ladera, una torre de agua blanca y patas largas, un par de cobertizos para herramientas y edificios administrativos, y la palmera al lado, tan alta, que Sidney puede verla desde aquí sin esfuerzo. Hay planes para ampliarla, pero da igual si crece más o no, la refinería significa sobre todo una cosa: los españoles, de repente, ganan presencia en la isla, y la seguirán teniendo, independientemente del desenlace de sus intentos coloniales en el Sáhara Occidental. Los buenos tiempos han llegado a su fin.

El café de la cafetera de plata está tibio, la lamparilla bajo el calientaplatos se ha apagado. Sidney se retrasa. Y una capa de nata flota en la leche, comprueba Ada cuando inclina la jarrita para ver si su contenido está lo suficientemente caliente como para hacer digerible el café. No tiene ganas de llamar, se lo dirá a la asistenta cuando entre acompañando a Sidney.

Ada levanta la tapa plateada de las dos bandejas dispuestas en el centro de la mesa. Huevos revueltos bajo la primera. Beicon y salchichitas en la segunda. Ada vuelve a cubrir las bandejas, y una saliva muy licuada le inunda la boca de repente. El crujido del entramado de mimbre cuando se recuesta en la silla le hace apretar los dientes. Ada está resacosa. Hasta el jardín representa hoy una auténtica tortura. Cada mañana se abren más flores con una obviedad resplandeciente. Aún no devorado por el sol, pasto para los insectos, los dedos de Ada, impacientes, intentan agarrar el hibisco naranja claro. Es como si todo floreciera con el fin de ofrecerles a los franceses nuevos objetos para su interés siempre insaciable.

El zumo de naranja, agradablemente aguado por los cubitos de hielo que se derriten, lava el sabor apelmazado en su paladar, aunque vuelve a aflorar enseguida. Se ha sentido halagada cuando el jefe de redacción de la *Gaceta de Arte* le preguntó si podía participar en las excursiones y ayudar con sus valiosos conocimientos de idiomas. En teoría, Ada habla francés. Al menos no se le puede reprochar a Nanny Brown no haber intentado enseñárselo.

A uno de los surrealistas lo acompañaba su mujer, le había dicho también el jefe de redacción, y Ada tenía esa manera de ser tan simpática y jovial.

Tres años antes, cuando Lorenzo habla todavía de Bloomsbury y no de la Nueva España, cuando ella ni siquiera está comprometida todavía y se muestra receptiva a las sugerencias de Lorenzo, Ada se inscribió en un curso de dibujo en el Círculo de Bellas Artes. Con un horrible delantal blanco encima del vestido, ha estado parada delante de un caballete tres veces por semana durante dos horas exactas, todos los martes por la tarde, junto con una docena de colegiales que no hacen otra cosa que tirarse de los pelos o embadurnarse la cara de grafito a espaldas del profesor. Aparte de Teófila, a la que Ada ha comprometido para que la acompañe, al curso solo asisten dos señoritas inglesas que pasan los inviernos en la isla. Ada ha intentado dibujar el busto de yeso de una mujer, una bombonera de porcelana y un vaso de agua junto a un hibisco rojo que empieza a marchitarse. Y todos sienten alivio cuando ella deja de ir al curso y, en su lugar, empieza a posar para el profesor.

Cuando el retrato queda terminado —un retrato cuyo título es *La lavandera* y que muestra a Ada de rodillas junto a una cesta colocada sobre las piedras de una antigua lavandería en La Orotava—, no tiene motivo alguno para seguir visitando el Círculo de Bellas Artes. Sin embargo, ha descubierto que el bar está abierto hasta después de la medianoche y que en él sirven *Blood & Sand*, una mezcla de zumo de naranja, licor de cereza, *whisky* escocés y vermut.

Además, Lorenzo ocupa con regularidad una de las banquetas frente a la barra e intenta involucrar a los redactores de *Gaceta de Arte* en conversaciones sobre *Arts & Crafts*, a fin de leerles en voz alta pasajes de los artículos que ha escrito y que apoyan sus tesis de que en la isla resulta inevitable un movimiento opuesto a la galopante modernización del mundo, aun sin la industrialización.

Cuando conducen a Sidney hasta la terraza, Ada sostiene junto a la sien el vaso vacío de zumo. Sidney señala la bata que ella lleva puesta y ríe.

—El arte siempre viene acompañado de dolores de cabeza —saluda recogiendo la servilleta de tela que Ada le ha lanzado—. ¿Qué tal los surrealistas?

Sidney levanta las dos tapas de las bandejas y, con una parsimonia irritante —Ada está convencida de que lo hace para incordiarla con el olor—, opta por dos salchichas y un poco de beicon.

—Un horror.

—Como era de esperar —asiente Sidney.

Por desgracia, los franceses están alojados en el Hotel Atlantic, a menos de cien metros, en el número 16 de la calle Méndez Núñez, esquina con Viera y Clavijo. Cuando el viento tibio cambia un poco de dirección, Ada cree escuchar sus risotadas. Mucho antes de que los surrealistas entraran en el puerto de Santa Cruz a bordo del *San Carlos*, ya Ada se sentía hastiada de ellos. Llevaban casi un año de preparativos, de cartas y cables, y cada vez que algún conocido subía hasta el café situado en la primera planta del Círculo de Bellas Artes y se sentaba a su mesa, debía leerlo todo una vez más en voz alta, con fecha, lugar, saludo y despedida final. Y así una y otra vez.

«Menudo teatro», piensa Ada. «Menudo teatro». Han encendido las farolas de gas; los ventanales, que llegan hasta el suelo, se han abierto de par en par; se oyen risas y gritos entre las paredes del edificio que se yergue en la calle desierta por las noches. Todo estaría como debe estar si no fuera por esas cartas. Cuando va camino de casa, siente siempre alivio de que el flujo de correspondencia se calme por lo menos durante un par de semanas, si es que no llega ningún cable en los próximos días. Lo vive desde hace casi un año, cada vez que algún redactor de la *Gaceta de Arte* se sienta a su mesa: carraspeos incómodos, introducciones molestas, peroratas sobre el significado de la vanguardia en general o el de André Breton en particular. Miradas que se van desviando centímetro a centímetro hacia un lado, evitando sus ojos, o que descienden cada vez más hacia el tablero de la mesa, cada vez más cohibidas en tanto se van aproximando al tema que de verdad les interesa: si ha pensado en brindarles su apoyo, al menos un poco.

En casi todas las ocasiones, Ada ha encontrado en su bolso lo que necesita: lleva el cheque a medio cubrir.

«¿Cuánto?», pregunta, impaciente, pensando en lo que le hubiera gustado poder prescindir de todos esos rodeos preliminares.

Y entonces los surrealistas llegan por fin y se comportan de un modo terriblemente ridículo. El tal André Breton, al que todos han estado esperando, no tiene nada de especial. Ada se lo había imaginado con extremidades más delicadas y bigotito, sus cabellos peinados hacia atrás son demasiado largos y rizados. El otro, Benjamin Péret, es más bajito y tiene papada. Pero la peor es Jacqueline Lamba, de casada Jacqueline Breton, pues ha contraído matrimonio poco antes del viaje en barco. «Está embarazada», murmura alguien mientras esperan en el muelle a que los visitantes desembarquen. Un chico de Tacoronte los acompaña, Óscar Domínguez, también pintor residente en París.

A la mañana siguiente, cuando Ada, poco después de las diez, llega al Hotel Atlantic, está en su apogeo una terrible puja por eclipsarse mutuamente para ver quién lleva razón, algo que *La Prensa*, al día siguiente, llamará «un intercambio intelectual al más alto nivel».

Lo peor para Ada son sus preguntas. El primer día, cuando viajaban del puerto al hotel, ella aún las considera una muestra de amable interés. Los flamboyanes delante de La Concepción y a lo largo de la Rambla le hacen honor a su nombre, el rojo manto de flores es tan denso que casi tapa por completo las finas hojas verdes, las bayonetas estás cubiertas de flores blancas. Pero tampoco en los días siguientes habrá algo más que preguntas: el nombre de cada flor, de cada árbol o arbusto, los de los cactus, el de cualquier escarabajo lo suficientemente tonto como para no ponerse a resguardo de inmediato.

«Bicho negro», responde Ada. O: «Bicho marrón». A veces, también: «Bicho verde con alas transparentes», aunque sabe bien que se trata de una crisopa. Así lo hace hasta que ellos dejan de dirigirse a Ada y prefieren informarse con otra persona, lo cual la irrita todavía más. Con su alboroto espantan a los lagartos, que, apenas asoman de sus cuevas, vuelven a esconderse. Los visitantes no pueden evitar dar la vuelta a cualquier piedra de cierto tamaño, volcar cualquier peñasco, verificar lo que se esconde debajo. A pesar de que cualquiera sabe que debajo de las piedras nunca se oculta nada agradable.

Los franceses recolectan todo lo que encuentran, colman los bolsillos de sus chaquetas de conchas de caracol, saltamontes muertos, lagartos disecados. Uno de ellos cree disiparse en las nubes del monte de Las Mercedes y cita a Baudelaire. Suben, jadeantes, la cuesta empinada a lo largo de toda la tarde y hasta el anochecer, una y otra vez.

La mantis religiosa que uno de ellos encuentra sobre las negras rocas de Las Teresitas les sirve como tema de conversación durante dos días y medio. Reaparece sin cesar, aun cuando ella daba el asunto por agotado.

Al día siguiente, en el puerto, después de haber hablado de decenas de especies de helechos, un nuevo motivo de disgusto en la playa: «La arena es negra, no blanca. ¡Es negra!», exclama Jacqueline Lamba al ver la playa Martiánez, con los brazos extendidos y las dos manos llenas de arena, antes de separar los dedos y contemplar cómo los finos granos se desparraman, hasta que un golpe de viento se los arroja a los ojos. No obstante se tumba de espaldas sobre ella. «¡Es negra!», exclama otra vez, «aquí todo es como el negativo de una foto». Y, con el cuenco de la mano, se echa sobre el pecho paladas de aquella arena negra.

«Una isla surrealista», repite el idiota francés; los idiotas locales prefieren callar, en lugar de explicarles a los visitantes que ese recibimiento frenético en cada pueblo —y frenético quiere decir que todo el mundo abandona las labores que debe hacer, que los niños se transforman en satélites que chillan y rodean a los forasteros en una órbita invariable, mientras las mujeres descuelgan sus torsos desde las ventanas—; en fin, que ese recibimiento frenético no tiene tanto que ver con la asimilación intuitiva que almas auténticas han hecho de la idea surrealista como con unos muslos bronceados y afeitados, enfundados en unos pantalones cortos de color blanco.

Mujeres que usan pantalones, de eso han oído hablar. Pero de mujeres con pantalones cortos como los que lleva Jacqueline Lamba, de eso no.

Son todos unos idiotas. En ese punto Ada y Sidney están plenamente de acuerdo. Salvo en lo que atañe a Jacqueline, que es «fenomenal». En ese punto no coinciden.

La gata está echada sobre el muro, cerca de la puerta de la cocina, y fuma. La radio le susurra al oído la novela. La radio está reservada para guerras y reyes que abdican. «Las pilas», se queja el abuelo, y casi siempre le esconde el aparato.

La gata cierra los ojos cuando Merche pasa por su lado y se adentra en la penumbra de la cocina. Merche se quita el vestido, se pone la bata. En la caja dispuesta al pie de la cama duerme su hermanito. Sus puños son tan rojos que casi deberían estar en el interior del cuerpo y no sobre la manta de color azul claro. El hermanito no se quedará, lo acogerá una tía abuela que no tiene hijos propios y que vive en una de las islas vecinas. Antes del otoño, su marido vendrá en su embarcación a recoger al hermanito, ha dicho la abuela.

La gata regresó anoche. Merche la olió, olió el aroma de anís y comino antes de oír sus pasos. Luego, cuando la gata colgó la blusa y la falda en el respaldo de la silla, canela y limón. El colchón se ha hundido, primero una grasa cálida y un olor dulce se han extendido por la almohada junto con sus cabellos. En sus dedos, un persistente olor a lejía.

La gata viene de una de las casas grandes donde ha estado llenando bandejas con unas empanadillas en forma de rombos. Ha cortado almendras y las ha extendido en la harina con el cuchillo, ha batido claras de huevo, calentado el azúcar. No ha rezado antes de quedarse dormida.

Merche se pone la bata por la cabeza, y la abuela le entrega, envuelta en unos paños, la olla que Merche lleva cada día hasta el campo. «Cabrito», le dice la abuela.

El abuelo trabaja en los campos para que Merche tenga qué comer, y una cama, para que pueda acudir cada mañana a las clases que imparte la señorita. Y para que los tres Reyes Magos le traigan nuevos vestidos, para que la leña arda en el fogón y puedan asar castañas. De lo contrario, en invierno los dedos se le pudrirían a causa de la lluvia, dice la abuela.

A los conejos el abuelo los golpea en la nuca con el canto de la mano. A los cabritos los agarra por las patas traseras y los lanza contra la pared hasta que el cráneo se les parte y Merche puede apartar las astillas de hueso con la punta de los dedos. A los gatitos recién nacidos, esos que nadie quiere, de modo que la gata puede deslizarse dentro de la casa con la panza llena e intentar ocultar las sacudidas en sus flancos, a esos no.

Por la noche, durante la cena, todos rezan. Merche espera a que los demás se hayan servido. La gata no se sienta, se recuesta a la pared, su largo brazo atrapa una papa. La abuela le lanza una estocada con el tenedor, pero la gata es más rápida y para entonces se encuentra cerca de la puerta.

Adónde piensa ir, pregunta el abuelo.

«Mañana sale un barco», responde la gata.

Cuando no hay celebraciones en las casas grandes, la gata trabaja en la nave del muelle donde envasan los tomates, uno a uno, en papel crujiente, a través del cual puede verse el rosa de los dedos, y luego colocados uno a uno en una caja en la que puede leerse: Moore & Cía. En la nave cuelga una larga hilera de lámparas debajo de las cuales se hallan las mesas de embalaje, sobre las que se vacían las cestas. Después de que naciera su hermanito, Merche empezó a acompañarla.

«Así tendrás que comportarte», ha dicho la abuela a la gata.

Y al amanecer, cuando llegan a casa, le pregunta a Merche si la gata ha hablado con alguien.

Cuando era niña, la gata no recibió clases de ninguna señorita, pero la gata sabe medir. No necesita la tablilla, la sostiene en la mano de vez en cuando, cuando el supervisor está mirando; para preservar la paz, desliza un tomate a través del borde recortado de una de las seis aberturas redondas. Siempre acierta con el agujero, nunca una fruta es más grande o más pequeña. A la gata le basta con un vistazo para saber la categoría.

La gata es una viuda gris.

—Mi padre está en Cuba —dice Merche.

—El mío también —dice Amalia, y se estira.

—Sí, claro —dice la dama inglesa con la que se encuentran de regreso de los campos. Ríe—. El tuyo también, ustedes son hermanas.

—Mi padre me ha mandado una pulsera. —Amalia toma impulso con las puntas de los pies y le tiende a la dama la muñeca—. Y el suyo no le ha mandado nada.

En realidad no es gran cosa. Todas tienen el mismo aspecto: rodillas como puños, piernas delgadas cuando recorren las calles del pueblo en manadas, cuando ríen y se separan con algarabía, cuando cantan «La pelota salta y bota» y forman un círculo, señalando a algo que esté en el medio. Todas vestidas con las mismas batas cortas, y por la tarde las llevan todas con el mismo color pardo del polvo. Las callosidades en la planta de sus pies tienen el grosor para aplastar cigarrillos cuando ya ninguna de ellas quiere dar una calada.

Tienen todas el mismo aspecto cuando corren por la roca allí abajo, a orillas del mar, y los pequeños escarabajos negros huyen del tamborileo de sus pies hacia las burbujas que el agua, con sus lamidos, levanta en la lava. Son filosos los bordes si uno les pasa la yema del dedo, pero lisos bajo las suelas.

El mismo aspecto cuando recolectan lapas, cuando las desprenden de la roca con unos pequeños cuchillos y las dejan caer en los cubos. Cuando se agachan en las charcas de baja profundidad y observan cómo el polvo se desprende lentamente de sus batas y forma nubecitas que se extienden por el agua tibia.

Acercarse a los charcos más grandes, donde el mar rebota con estruendo, a eso solo se atreven las de mayor edad. Mucho menos se atreven a sumergirse bajo la superficie y a abrir los ojos, ver las algas de color pardo-rojizo meciéndose de un lado a otro, como largas cabelleras.

Tienen todas el mismo aspecto en misa, con sus vestidos dominicales de tonos pastel restregados contra la piedra del lavadero, con los casquetes de sus cabellos recién peinados en las cabezas gachas.

Viuda negra, viuda blanca, no viuda, pero da igual. Los niños son niños, los niños tienen hambre cuando se dejan caer gota a gota por las cocinas, al mediodía y por las noches, demasiado tarde y con las manos sin lavar. Todos desean que haya lluvia en el verano y sol en el invierno. Apenas hay diferencia entre si papá está en Cuba o «está en Cuba». Al principio, todavía, mandan dinero, unas pocas pesetas. «También aquí hay hambre», escriben. Lo hacen tal vez a lo largo de todo un año, pero luego ya no. Malaria, difteria, fiebre amarilla o bigamia.

Por qué la gata es *la gata*, por qué todos la llaman así, eso Merche no lo sabe. Se pasa el día sentada por ahí, acicalándose, dice la abuela. Desaparece sin hacer ruido, ágilmente, en cuanto hay trabajo. Eso dice el abuelo. Porque tiene un pelaje tan bonito, los chicos ríen y se azuzan a codazos.

«Cinco lobitos», canta la gata. «Cinco lobitos tiene la loba, blancos y negros detrás de la escoba. Cinco crio, cinco cuidó y a todos los cinco tetita les dio».

No es correcto preguntar, dice la abuela, que lo sabe todo, lo puede todo. La abuela puede sacarte el sol de dentro, proteger del mal de ojo. Hunde un viejo corcho en las cenizas y pinta una cruz oscura en la rabadilla del recién nacido. Conjura los espasmos en la barriga, la frota con la palma de la mano y reza. Enciende velas a cada santo, y ella los conoce a todos. La abuela escribe —a Cuba, a Venezuela, a Argentina—, mientras, junto a su escritorio, se sientan las mujeres, algunas de las cuales lloran y susurran palabras que la abuela resume luego en rayas y arcos.

Cuando la abuela le saca a alguien el sol que lleva dentro —casi siempre acuden de noche, si vienen de día la abuela rompe en improperios, porque han estado esperando toda la noche—, Merche trae un vaso de agua y un paño, un pañuelo blanco, siempre hay dos listos en la gaveta del aparador en la cocina. Merche llena el vaso y saca al patio la silla. Él o ella, cualquiera que sea el portador del sol en su cabeza, ha de sentarse en esa silla y dejarse colocar sobre el cabello el pañuelo doblado dos veces, de modo que una de las esquinas caiga en medio de la frente, apuntando hacia la nariz. La abuela coloca con sumo cuidado el vaso de agua en el pañuelo y repite tres veces: «Sol, sol, vete al sol, deja a María su resplandor. Hombre santo, quita el sol y el aire si hay. Así como el mar no está sin agua, ni el monte sin leña, ni el cielo sin ti, rosa de Cristo, coge tus rayos y vete de aquí».

Todos miran fijamente el vaso de agua, esperando que haga burbujas, porque entonces habrá surtido su efecto.

Lo mejor, para Merche, es la Fiesta del Cristo de La Laguna. En septiembre. La gata la ha llevado consigo en la época en que cocinaba para una de las casas grandes situadas en la plaza del Cristo. La ha llevado para que cuide de Amalia, que todavía toma pecho. Lo segundo mejor es sentarse en el trillo y girar, girar y girar todo el día. El abuelo está al borde de la era, fuma su cachimba y echa pestes por los precios del agua, sin perder de vista a las vacas. Si alguna levanta la cola, él grita: «¡Eh, mi niña, rápido, el cubo!». Porque es para eso que Merche y Amalia están sentadas en el trillo, para sostener el cubo y que el estiércol no estropee el cereal.

Lo importante es usar el peso adecuado, para que el trillo no aplaste el grano, sino que lo prense y lo saque de las espigas, separando lo más leve de lo más pesado. Más tarde contemplarán cómo los rastrillos lanzan la paja por los aires y el viento se lleva las vainas, desplegando un fino velo amarillo.

Al final, cuando la era ha quedado barrida y han cribado los restos, el abuelo dice: «Miren para acá, tengo aquí un pajarito», y les tiende las manos colocadas de tal modo que una tapa a la otra. Entre ellas nunca hay pajaritos, sino dos higos, maduros, higos amarillos que ha recogido para ellas.

Abajo, en las calles junto al puerto, se sigue construyendo, la ciudad sigue creciendo. Sidney aparca el coche sobre el claro terreno arenoso en el que hace dos años solo se alzaba la fortaleza. El Ateneo de Santa Cruz se ha trasladado hace unos meses al número 9 de la plaza de la República. Al edificio situado junto al Palacio de Carta, sede del Gobierno Civil, a los recintos antes ocupados por el Club Inglés.

Cuando Sidney cruza la plaza, el francés está asomado a la ventana de la primera planta, con los brazos apoyados sobre la balaustrada del balcón francés. Fuma. Observa las palomas que picotean alrededor de los bancos, cada vez en mayor número y más alborotadas. Sidney conoce bien las vistas desde ese punto. Un poco por encima de todos, pero no tan lejos como para dejar de sentirse parte del conjunto. Como para identificar bien los rostros, descubrir su alegría sorprendida. Una alegría sorprendida y agradable, como comprueba, luminosa e inocente, mientras se apoya en la barandilla, a la espera, esperando ver si da un vuelco, si empieza a correr frenéticamente, dando traspiés y cayéndose hacia delante, sin nada que pueda detenerla al caer por la cuesta.

En esa ventana estaba Sidney hace cuatro años, con los brazos apoyados en la barandilla, el 14 de abril de 1931. Había ido al club para jugar al billar, a pesar de las elecciones. Manchester se enterará del resultado antes que él, mucho antes de que el cable enviado por Sidney salga del teletipo. No hay motivo para quedarse sentado en la oficina, esperando a que la radio dé los resultados.

Los grupitos de personas en la plaza, aquel día tan iluminada, sombreros de paja con cintas oscuras, mujeres solas vestidas de blanco. El calor había arribado temprano ese año. Marineros con uniformes blancos caminan en grupos de tres o de cuatro, con los brazos echados por encima de los hombros.

Cuando los comercios de los alrededores empiezan a cerrar, uno tras otro, la Plaza de la Constitución se llena. Ese será su nombre oficial hasta esa noche. Alguien escribirá más tarde el nombre sobre un trozo de madera y lo atará con alambres encima del viejo cartel: «plaza de la República».

Cuando Sidney ve la escalera, no entiende, en un primer momento, para qué la necesitan. Hasta que la multitud empieza a pasar las herramientas hacia delante: destornillador, cincel, martillo, una pata de cabra. Sobre las ventanas del Gobierno Civil cuelga el escudo de los Borbones. Bastante desgastado. Si uno cruza la plaza, se da cuenta de que apenas se diferencia de las piedras de color gris oscuro con las que construyeron el Palacio de Carta. Dos hombres trepan hasta allí, se agarran de los barrotes de la ventana y tardan bastante en aflojar los remaches que lo sujetan. La monarquía se muestra pertinaz.

Detrás de Sidney, en la barra, entonan el «God Save the Queen», en voz baja y por si acaso. Sidney no puede decir que sienta lástima por Alfonso XIII. Los reyes tienen casi siempre algo de ridículo.

La caravana baja por la calle Alfonso XIII, los primeros vehículos con el techo descubierto y banderas de la CNT y de los partidos republicanos. La orquesta municipal se reúne en la plaza. Durante un tiempo se discute qué pieza deben tocar. A falta de un himno de los partidos republicanos, acaban tocando *La Marsellesa*. Una y otra vez, durante toda la noche. Incluso de madrugada, cuando va camino de casa, como retazos en el viento, partes de *La Marsellesa*.

Desde entonces el nivel de multitudes en las calles ha ido convirtiéndose en un barómetro de la fragilidad o la estabilidad de las circunstancias en la isla. No ver a nadie es síntoma de peligro. Eso, entretanto, Sidney lo sabe. Durante la huelga general de hace tres años, Santa Cruz se quedó vacía, ni un alma en las calles, ni siquiera los aguadores o las lecheras.

Ada y Lorenzo están juntos cuando Sidney entra al gran salón de la primera planta. En silencio, pero juntos y en armonía, sin brazos cruzados ni caras vueltas hacia un lado. Los imaginaba enfadados, cada uno en algún rincón del salón, lo más alejado posible del otro.

«Uno de sus caprichos», pensó Sidney en un primer instante. Suele escucharla, divertido, cuando Ada despliega ante él cualquier descubrimiento, por ínfimo que sea: costumbres de Lorenzo, sus preferencias, su pasado. Sidney también se ha reído de su ceguera ingenua, absoluta y desbordante. Ha calificado de «pequeña obsesión» su manía de hablar de él, al ver que, pasado un año, Ada no cambia de tema. Le dice que no cuando Ada le pide que influya en su padre; que no cuando el viejo Moore le pide que influya en su hija Ada. El asunto era molesto, pero las cosas se irían arreglando por sí solas. Esa fue la actitud de Sidney, que no esperaba que Theobaldo Moore acabara cediendo.

Tres semanas y media había permanecido Ada en cama, con las cortinas cerradas, sin libros ni trabajos manuales, sin ninguna ocupación aparente salvo estar acostada de lado, con la manta tapándole las orejas. Rechazando casi todo alimento, sin importarle lo bien que estuviera dispuesta la comida en la bandeja, indiferente a la flor que Nanny Brown solía traerle en un florero entre el café con leche y las tostadas, indiferente a que el desayuno incluyese o no trozos de papaya. No recibió a ninguna de sus amigas, se limitaba a negar en silencio, con la cabeza bajo la manta y de espaldas a ellas cuando, a pesar de todo, Nanny las dejaba entrar en la habitación.

Tres semanas y media, infinitamente largas y aburridas. Así las define Ada más tarde, cuando habla de ello. Como única distracción, las peroratas de Nanny Brown para que dejase ya todo aquel teatro. Nadie tenía nervios más fuertes que Ada, le decía. Vaya modo de asustar a su padre, después de tantos años de penas por su madre.

Todo está en orden mientras las amigas de Ada están sentadas con ella, con té y tarta, inclinadas sobre los catálogos de *Sears* en busca de ajuares de novia; mientras hacen la lista de los regalos de boda o discuten sobre lamparitas de noche y barras para las cortinas. Lorenzo era el hombre más atractivo que habían visto nunca, le confirman todas las amigas acomodadas en los cojines azul claro de las sillas que imitan el estilo Luis XV, delante del vestidor donde aguardan, mientras dentro se marca la longitud adecuada de los dobladillos. Repiten lo mismo cuando están apoyadas contra las vitrinas del joyero Agustín y Cía., mientras sus dedos hojean las muestras de telas en las Tres Teresitas.

En realidad, Ada no necesita demasiado, ella y Lorenzo se quedarán a vivir con su padre en la calle Viera y Clavijo. Fue la condición de Theobaldo Moore cuando por fin dio su consentimiento. No obstante, tendrán su propia casa y sus propios muebles, todo será llevado a Viera y Clavijo en cajas y bolsas, con camiones y mensajeros.

Triunfo en cada movimiento, en cada paso, el torso bien
erguido, los hombros hacia atrás, el mentón alzado cuando
Ada recorre el pasillo entre los bancos de la iglesia anglicana
en la plaza de los Patos. Como si fuera la primera en cruzar
la meta, en ganar la carrera. Todo parece una victoria, no otra
cosa, cuando se detiene delante del párroco.

Durante los primeros meses siguientes, resulta conveniente hacerse notar antes de entrar a una habitación en la que hayan estado Ada y Lorenzo a solas. Verla sin él ocurre solo en
casos excepcionales, resulta muy difícil. Lorenzo no tiene ocupación conocida, salvo la de acompañar a Ada a todas partes.
Todo esto fue antes de su manía por la política, pero sus dificultades no tienen nada que ver con eso.

La buena época dura unos seis meses. Hasta que empiezan a llegar las cartas de la península, una tras otra, cartas de
Madrid ordenadas alfabéticamente por apellidos, como comprueban al cabo de unas semanas. «La Complutense», dice el
remitente; o: «Universidad de Barcelona», o «Universidad de
Salamanca». Y de nuevo se ven sentadas en el estudio de moda
de doña Pilar, bebiendo limonada y esperando mientras, detrás de la cortina, se marcan dobladillos según la longitud adecuada, a media pierna, última moda en Madrid, según asegura
la dependienta. Y de ninguna otra cosa se habla tanto como
de la compra de los vestidos para llevarse a la península. O de
sacar los billetes para el viaje en barco, de informarse acerca
de habitaciones amuebladas, alquileres o del talante severo de
la casera. Se leen telegramas en voz alta, se redactan cartas, se
esperan llamadas. Y Ada solo está ahí sentada, a un lado.

Clemencia y Otilia son las primeras en ser despedidas junto al muelle, en el puerto de Santa Cruz, con confetis y serpentinas. «¡Nos vemos en un par de semanas!», gritan las otras.
Cada día que pasa son menos las que acuden al puerto. En

algún momento todas se habrán ido, solo Ada estará allí, estará casada.

Ada tiene tiempo cada vez que Sidney le pregunta. Lorenzo la lleva, y Ada baja del coche sin girarse ni una sola vez. Cuando salen —y ambos salen mucho— se les ve, normalmente, en salones diferentes. Cuando la separación no es posible, se les ve en rincones distintos de un mismo salón. Y bien que así sea, comprueba Sidney. Los músculos en el maxilar inferior de Ada se tensan, impulsan el mentón hacia delante en cuanto Lorenzo toma la palabra. Basta con que se dirija a Sidney con los brazos en alto, que lo salude con gestos más exaltados que de costumbre. La velada acaba siempre como Sidney había esperado.

La noche que Julio pasará alrededor de un año calificando, para sus adentros, como «la peor de su vida», se inicia de un modo poco llamativo. Está acostado en su cama con los pies colgando encima del borde, de modo que entre la manta y sus talones se interpone un centímetro de aire. Su madre tiene la costumbre de presentarse de repente en la habitación. Julio está leyendo *Sandokan*; le gustaría leer otra cosa, pero no se atreve, por esa dichosa costumbre de su madre.

Cuando Olga llama desde el pie de la escalera, «¡A comer!», el tono de su voz no es diferente al de cada día. Por el olor, Julio sabe que hay potaje y conejo. Su padre y Jorge ya están sentados a la mesa, la mano derecha de Julio se apoya en el respaldo de la silla. Está a punto de retirarla para sentarse cuando todo el cuerpo se le paraliza, se queda rígido en pleno movimiento, su respiración busca refugio tras las costillas. No consigue apartar la mirada del abismo que se abre en el mantel, junto a su plato. Bajo su cuchara, allí donde debería estar su servilleta, pulcra y dos veces plegada, hay un cuaderno o, mejor dicho, *el* cuaderno.

La cuchara oculta la U roja de la palabra «educación» y, debajo, la X de «sexual». El mango divide las dos manos cogidas sobre la portada.

—Pensé que quizá querrías leernos hoy algo en voz alta, durante la cena —dice Olga. Julio sigue petrificado.

—Buena idea —dice Jorge, cruzando los brazos delante del pecho.

Papá extiende la mano —espera, por lo visto, que Julio rodee el abismo con sus dedos y se lo entregue, pero él sigue parado detrás de la silla con una mano en el respaldo—. Cuando el brazo de Olga se adelanta para agarrar el cuaderno, Julio retrocede como si esa mano le hubiese pegado.

—Todavía no —dice Olga sin dejar de mirarle, mientras Augusto hojea el cuaderno hasta llegar a los dibujos con las diferencias. Con cada página que pasa, Julio siente más calor.

—¿Y bien? —pregunta Jorge cuando su padre deja de examinar al vuelo una página tras otra y le entrega el cuaderno.

—Supongo que, en realidad, esto es tuyo —dice Augusto Baute.

En ese instante, Julio siente que puede moverse otra vez, aprovecha la ocasión para sentarse sin hacer ruido. Reducirse al mínimo, desaparecer de algún modo tras la mesa, así se lo ha imaginado, pero de pronto se golpea la cadera con la silla, que araña el suelo. Olga da un paso hacia él haciendo un gesto negativo con la cabeza.

—No irás a decirme que no tiene sentido —protesta Jorge, arrojando el cuaderno en el centro de la mesa—. Siempre has hablado del exceso de niños en los pueblos, de los cuerpos de las mujeres como cuero en colgajos. Y después todos mueren. Por la gripe, por una pedrada, por la falta de lluvia. O por el exceso de lluvia. O por las plagas de langostas.

—En los pueblos es importante ese tipo de instrucción, sin duda. Pero no puedes dejarle esos cuadernos a tu hermano pequeño.

—Mírale... Si las mujeres no empiezan de pronto a parir circuitos y alambres, jamás averiguará cómo funcionan las cosas.

Los dos ríen, y Jorge coge el cuaderno y se lo entrega a Julio. Pero Julio no es tan tonto como para cogerlo, lo deja allí flotando en el aire, sin moverse. Olga sigue de pie junto a la silla de su hijo, cuyas orejas le quedan a mano, esas orejas de las que tanto le gusta tirar cuando se enfada mucho, y ahora lo está. Julio mantiene la cabeza gacha, su rabia se concentra en Jorge.

—Ustedes van muy rápido —dice Augusto Baute—. Demasiado rápido. Tienen razón en muchas cosas. No en todo, pero bien. Pero sí que van demasiado rápido.

Jorge trae a casa con frecuencia esos cuadernos y folletos y, para enfadar a Olga, los coloca sobre los viejos ejemplares de *Blanco y Negro* desplegados en abanico sobre la mesita que está al lado del sofá. Encima del todo, cuando las amigas de Olga vienen el sábado a jugar a la canasta, está *La no existencia de Dios: una observación científica*. El cura Norberto, cuando les visita, se sienta al lado de una edición de *Estudios sobre la reforma agraria*. En septiembre, cuando la familia de Olga llega desde el norte para las Fiestas del Cristo y sus ropas recién almidonadas crujen en los sillones: *Introducción a la higiene personal*, un libro de la colección Generación Consciente. Olga se ha acostumbrado a echar una breve ojeada a la mesita antes de abrir la puerta a cualquier visitante.

Julio ha leído tantas veces ese cuaderno —las páginas introductorias sobre Ana y Roberto, sobre el momento de conocerse, de besarse, sobre el respeto— que ya se lo conoce de memoria. Y, casi al final, los dibujos que reproducen de forma exacta las diferencias anatómicas. Como el propio Jorge le confirma, ese es el verdadero aspecto, aunque de color carne, no en blanco y negro. Y con pelos oscuros alrededor.

Julio está otra vez acostado en la cama. Los moratones en el brazo, causados por los pellizcos de Olga, van dejando de doler cuando empieza el pitido. Julio se incorpora, mira hacia el escritorio para comprobar que no se ha dejado nada, algún relé quizá, porque es así como suena: como un relé con el voltaje desregulado.

Niega con la cabeza, se aprieta con fuerza las palmas de las manos contra las orejas, introduce los dedos, mueve un poco las yemas. El sonido no aumenta ni disminuye, no se vuelve más agudo ni más grave.

Julio conoce ese pitido. Lo oyó una vez hace dos años, no de manera tan constante, pero sí repetidas veces. Y cada vez que piensa en ello, ve de nuevo las sillas en el suelo.

Aceite caliente, fue en aquella ocasión la recomendación del doctor Cabrera. Pero el problema con el aceite es estarse quieto mientras Olga le va aplicando las gotas y estas fluyen dentro del oído, provocando un cosquilleo. Al ver que el pitido no cesaba, Julio se pasó una semana durmiendo con bolsas de tela llenas de rodajas de cebolla en cada oreja. Prescripción del doctor Delgado.

«No sirve de nada, y la ropa de cama apesta», fue la conclusión de Olga.

Entonces su madre se entera por el periódico de la presencia de un especialista del oído llegado de Venezuela que recibe pacientes durante dos semanas en el hotel Pino de Oro, en Santa Cruz. A pesar de las protestas de Julio, escribe al hotel. Julio teme que le pongan algún tipo de vendaje en la cabeza que tenga que llevar en horario de escuela.

—Yo no bajaría mañana a Santa Cruz —les advierte Jorge la víspera.

—El hotel está abierto, y el médico estará allí. Nosotros no somos inquilinos —responde Olga.

De los inquilinos se habla desde hace mucho tiempo, han fundado un sindicato.

—Los *slums* —dice Jorge, una palabra que Julio no conoce—. Esas ciudadelas de Santa Cruz, con cuartos en torno a un patio interior, un sitio donde siempre apesta. Los propietarios nunca reparan nada y los alquileres son exorbitantes.

—Existen vías legales —objeta Augusto en cada ocasión.

—Los juzgados retrasan las denuncias o las rechazan con argumentos inverosímiles.

Jorge se va poniendo cada vez más furioso.

—No pagar no es la solución —repite Augusto hasta que Jorge se calma.

El tranvía no está más lleno que de costumbre. Cuando bajan, mucho guardia civil en la calle. Hace tres semanas que los inquilinos decidieron ir a la huelga y no pagar los alquileres que vencían el primero de abril. Los desahucios son inminentes.

El doctor no tiene pelo en la cabeza, pero sí una barba y gafas. Le ilumina las orejas a Julio.

—Es solo suciedad —dictamina, y Olga le pellizca el hombro a su hijo.

—Le digo cada noche que debe lavarse las orejas.

—A veces eso no basta, señora.

El médico se inclina sobre la mesita del sofá, cubierta con un paño blanco que llega hasta el suelo, en la que reposa el instrumental ya listo. Para alivio de Julio, el médico opta por un embudo con un pitorro muy pequeño. Cuando estira la mano para coger un instrumento de metal largo y puntiagudo, Julio se tapa las orejas con fuerza.

Una buena decisión, comprueba, porque Olga intenta tirar de ellas. Solo cuando el médico le pone delante el instrumento y puede cerciorarse varias veces de que no se trata de un bisturí ni de una jeringuilla, sino de una pinza muy pequeña, Julio retira las manos. El embudo es frío y duro, pero no del todo desagradable. «No es para tanto», piensa cuando el mundo empieza a retumbar en sus oídos. Las cortinas doradas, la cama de hotel pegada a la pared —que tal vez sirva ahora como camilla—, la mesa tras la que estaba sentado el médico cuando ellos entraron, una mesa vacía salvo por un par de pliegos de papel, las dos lámparas de pie situadas a izquierda y derecha, con pantallas de color *beige*, los sonidos salidos de la boca de Olga, que se abre y se cierra. Los raspados y traqueteos en su cabeza se lo tragan todo.

—Es la pinza, que ha chocado con el embudo, no pasa nada —explica el médico.

Olga sostiene la cabeza de Julio mientras el médico va sacando un trocito tras otro y los va poniendo en una bandejita con forma de riñón.

Cuando salen a la calle delante del hotel, los oídos de Julio ya no pitan. Aunque parecen extrañamente sordos. El humo es lo primero que le llama la atención. El humo que impregna el aire al respirar. La calle en la que se encuentran, por la que caminan hacia la parada del tranvía, está bloqueada. Olga lo empuja hacia una de las calles laterales, y allí están. Allí están las sillas volcadas. Su aspecto es algo ridículo, como burros que duermen con las patas delanteras dobladas hacia atrás, los respaldos intactos, descollando inclinados hacia arriba, como unos cuellos. Unos libros dispersos por la acera, rodeados de unos charcos amarillos, con huellas de pisadas en algunas de sus páginas. Dos sillones volcados, con los cuatro pies de madera torneada hacia arriba. Los muelles oxidados quedan a la vista. Armarios, tablas por todas partes, un aparador vacío, astillas de porcelana con bordes filosos delante de las puertecillas abiertas. Dos jóvenes sacan los últimos platos de los compartimentos y los rompen contra el pavimento.

Esa mañana empezaron los desahucios. En cuanto el agente judicial y la policía se marcharon, la gente rompe los sellos de las puertas y mete de nuevo los muebles. Se trasladan a las casas de los propietarios y cargan con todo lo que puedan llevarse. Algunas se ven envueltas en llamas, también la fábrica de salazones Naveira y el almacén de paja de Romero. Asaltan los juzgados, y dos días después el gobernador civil, a fin de restablecer el orden, tiene que disponer el traslado a Santa Cruz de la Guardia Civil de todas las islas vecinas.

Desde el triunfo de la derecha en las elecciones de hace dos años, que solo contentó a su madre, todo está más tranquilo. Papá y Jorge están cada vez más de acuerdo, ya no basta un simple «¿Me pasas el pan?» durante la cena para desatar una discusión en torno a la reforma agraria, con las bruscas levantadas en medio de la comida y las salidas impetuosas, con Olga corriendo detrás y acabando tan enfurecida como papá y Jorge. Apenas hay huelgas. Es la calma de la desesperación, dice Jorge.

1929

MIL NOVECIENTOS VEINTINUEVE

La cara estrecha, los ojos rasgados y pardos; las cejas, dos rayas rectas y oscuras que se dibujan con nitidez en contraste con la piel insólitamente clara y tersa. Los cabellos, a ambos lados, le llegan hasta las sienes, la raya partida a la altura del rabillo del ojo. Él se lo examina cada mañana con ayuda de una regla, antes de alisárselo con gomina y peinarlo hacia atrás, bien parejo. Pero eso Ada no lo sabe todavía.

La nariz larga —no ancha, pero larga—, el tabique un poco cóncavo, a lo largo de un ínfimo trecho la línea discurre hacia el interior, antes de desembocar en la punta. Es fácil identificarlo en cualquier foto, lleva una poblada barba, el único que la lleva, las patillas un poco recortadas, cepillada con esmero en el mentón, detenida con la tijera a la altura de la nuez de Adán.

Es alto. Ada no conoce su nombre, lo acaba de ver por primera vez. Él se mantiene muy erguido, los hombros hacia atrás, las manos cruzadas sobre el regazo. Tiene las piernas algo separadas, apenas se ha movido desde que Ada lo observa. Su porte es el de alguien que escucha un discurso o está a punto de prestar juramento. Su boca se mueve, varias veces, pero su voz queda sepultada bajo un manto de ruidos, bajo un barullo de retazos de frases mientras avanza hacia el lugar donde ella se esconde. Porque Ada está sentada en un rincón del salón, entre la pared y la puerta abierta de la terraza, hundida en un sillón, con la rodilla alzada. Bajo el cono de luz crepuscular de la lámpara con los papagayos, en la mesa que está a su lado, el vaso de limonada vacío. Ada se ve eclipsada por las brillantes cascadas de cadenas y colgantes, bien iluminadas por la araña del techo, por las orlas de encaje, el humo de los cigarrillos y el relampagueo de los gemelos en los puños de los invitados reunidos en grupitos.

Espera a que él se mueva. En una ocasión él se balancea un poco, pasa el peso del cuerpo de una pierna a la otra, luego a la inversa, sin separar las manos. Ada tiene que cambiar varias veces de posición para poder verlo entre aquel mar de espaldas cubiertas de lentejuelas, brazos y caderas. Por fin sus manos se separan, las coloca entonces en el brazo y los hombros de la persona que tiene delante, muestra una sonrisa de dientes blanquísimos, y Ada cree distinguir unos labios carnosos y rojos, unos labios que tienen algo que ella todavía no sabe definir. Es algo vinculado a un punto en lo más bajo de su vientre, si es que a esa parte puede llamársela vientre todavía. Algo relacionado con la calidez. Él se pasea y sonríe, asiente, se detiene un momento y toca una espalda, besa una mejilla a modo de saludo.

Ada se apoya sobre el lado derecho del asiento, sobre el izquierdo, se agacha un poco o estira la cabeza, todo con tal de no perderlo de vista. El traje es oscuro, no blanco como el de la mayoría, ni de color marfil o *beige*, sino gris, felizmente. Se le reconoce con facilidad en medio del gentío, coge una copa al pasar junto a una bandeja, se la lleva a la boca, bebe un sorbo y gira con lentitud sobre su propio eje, al tiempo que deja la copa de nuevo. Recorre el salón con su mirada, busca, ordena. Ada se echa rápidamente hacia atrás, desaparece otra vez detrás de unas espaldas envueltas en tafetán. Al menos eso espera. O no, tal vez sea hora de que él también la descubra.

Justo en el momento en que piensa inclinarse hacia delante para ver si él mira todavía hacia donde está ella, un brazo con mangas blancas se extiende ante Ada, un brazo con puños almidonados y abotonados con sumo cuidado. Nanny Brown ha intentado retenerla, pero no esperaba que se moviera tan de repente. Las puntas de sus dedos golpean los pómulos, la delicada piel bajo el ojo derecho de Ada. En circunstancias normales, Ada habría soltado un alarido quejumbroso: «Mi ojo, mi ojo». Habría gritado hasta que Nanny Brown se hubiese disculpado bajo las severas miradas de los presentes. Pero, en su lugar, Ada se palpa la mejilla, y, aunque le propina un codazo a la gobernanta cuando esta vuelve a intentar agarrarle el brazo, no lo hace con fuerza, sino solo, más bien, por principio.

«Sí, ya voy», le dice en voz baja.

Él ahora le da la espalda, su espalda ancha y recta. Si en ese instante dejase caer algo al suelo, ella podría recogerlo y devolvérselo.

Más tarde, ya aseada, con la bata de dormir puesta y la luz apagada, Ada se acomoda delante de la ventana abierta con los codos apoyados en el alféizar. Siente el leve roce de las hormigas voladoras que pasan por su lado y tratan de entrar a la habitación. Impaciente, las aparta con la mano cuando se posan y vagan por su frente y sus mejillas. Nanny Brown las encontrará a la mañana siguiente, con alas de color gris claro, muy livianas, formando un semicírculo en el suelo, delante de la ventana.

Ada intenta determinar cuál es la voz de él en medio del barullo que llega a la oscuridad del jardín a través de las puertas abiertas del salón.

De vez en cuando se inclina hacia delante, saca un poco el cuerpo para disfrutar de una mejor vista de la parte de la terraza situada al otro lado de la casa, del camino del jardín. Tiene que verlo, tiene que verlo una vez más, pero no sabe por qué.

En la calle que va al Taoro, en el acceso a la carretera general, hay dos policías locales. Fuman y se apartan a un lado tras mirar un buen rato a través del parabrisas. Lo hacen en silencio, con parsimonia, de modo que Sidney tiene que girar casi en primera, pero no lo detienen.

Toma aire profundamente cuando el coche sube por la breve pendiente de la entrada, nota el olor a eucalipto, el de los pinos que crecen junto a la carretera, pero no el humo ni el enervante olor a quemado. Los niños, que por lo general están sentados en el pequeño muro de la curva y se levantan de un salto, con las manos extendidas, al encuentro del coche —cualquiera temería golpearlos con los faros— no están hoy allí. Tampoco las vendedoras de encaje junto al portón, que, al ver el auto, suelen sacudir el polvo de los tapetes y los frisos de bordes blancos.

Entre las puertas entornadas, de nuevo dos policías locales, otra vez fumando, otra vez sus largas miradas a través del parabrisas, la parsimonia al apartarse. Pero ninguno pone peros cuando Sidney continúa avanzando por el camino de grava.

La fachada del Taoro tiene el aspecto de siempre: blanca, los ventanales cerrados. Hoy, en cambio, hay dos coches de color oscuro aparcados en el césped, uno de ellos con la rueda trasera dentro de la rotonda de flores, las petunias aplastadas pegadas al neumático. Son de la Guardia Civil, comprueba Sidney al apearse. Los agentes le preguntan su nombre. Lo hacen con educación, intentando establecer un vínculo. Que si viene a visitar a alguien, a los huéspedes del hotel los han trasladado al Martiánez. Si tiene algún asunto de negocios, puede dirigirse a la dirección del hotel por medio de su abogado, ellos le proporcionarán sus datos.

Sidney hace un gesto de rechazo. Curiosidad, no otra cosa, es lo que le ha hecho regresar a Santa Cruz después del almuerzo con Alfonso Cologan, no por la vía más directa.

Antenoche le sonó el teléfono, abajo, en el recibidor, poco después de las doce. Sidney estaba ya la en cama y con el pijama puesto, reafirmándose en que Yeats le parecía un escritor insoportable, por mucho que le hubieran dado el Premio Nobel. Nadie se mueve en la planta baja, pero él está seguro de que la asistenta ha oído el chirrido del teléfono. Descalzo, con el batín en la mano, bajó las escaleras. A esas horas solo podía ser una llamada de Manchester, y cuando la gerencia de la empresa lo llama a su casa es que algo ha ocurrido. No confía en las Bolsas de ultramar. Los cambios de la cotización en las últimas semanas, con un descenso breve, pero controlado y sin grandes consecuencias, algo que no da más que pensar, pues permanecen algo por encima del veinticinco por ciento al alza en comparación con el otoño anterior. Sin embargo, en lugar de Manchester, la centralita le anuncia a Theobaldo Moore, que acaba de hablar con su administrador en el norte, el Taoro está ardiendo.

Un cortocircuito, quizá. No hay señales de incendio provocado o de motivos políticos, le ha asegurado ese mismo día Alfonso Cologan durante el almuerzo. La cita con el alcalde de La Orotava estaba pactada desde hacía tiempo, pretendían hablar de las cuotas a pagar el año próximo por las sociedades sobre el agua. Pero después del incendio Sidney no puede evitar hacerse preguntas.

—Por si acaso, hemos arrestado a los de siempre —le repite Cologan varias veces—, aunque estamos seguros de que ha sido un cortocircuito.

—¿Me permiten? —pregunta Sidney a los dos guardias civiles señalando el camino de arena que rodea la casa. El césped a un lado y al otro, pisoteado, removido, marcas de neumático en una y otra dirección.

Los guardias asienten.

Sidney se despide llevándose dos dedos a la frente, sabe que los agentes lo siguen con la mirada. Había pasado sus primeros días en la isla allí, en el Taoro, en una habitación con ventanas estrechas, al final de un largo pasillo en el ala occidental del edificio.

Últimamente, en otoño, había pasado allí temporadas más largas, durante la visita oficial de Primo de Rivera en octubre, por ejemplo. También cuando el hotel se encuentra bajo la dirección de los alemanes, lo mismo si cambia su nombre por el de British Grand Hotel o el de Balneario Humboldt. En el salón de lectura reina siempre el silencio. Ocupaba un sillón junto al ventanal que da a la terraza, con las páginas del recién llegado *London Times* (el de dos semanas atrás) en el regazo. A su lado, sobre la mesa, una taza de té hace tiempo reposado, las puntas de los helechos junto a la puerta se balancean con la racha de viento; en un rincón, un grupo de atriles vacíos. En medio del salón, los cuatro asientos del banco acolchado circular, separados por unos brazos, apuntando como siempre hacia los cuatro puntos cardinales. En las mesas junto a la chimenea y en las estanterías del otro extremo de la habitación, los mismos tapetes de rosas bordadas, como veinte años atrás, durante su primera visita. En las estanterías, la misma mezcla de guías Baedeker, novelas de amor, volúmenes encuadernados de *Punch*, Henry James y Somerset Maugham. En el vestíbulo, el quieto rebaño de mecedoras Thonet. Ya habían partido las últimas familias con niños, los salones, el cuarto de dibujo, las salas de fumadores y los comedores estaban vacíos. Sin embargo, Sidney estaba seguro de que detrás de los dibujos *bluebell* del empapelado verde marino, tras las hileras de puertas en los corredores de la primera y segunda planta, en la cocina, en los laberintos de setos y rotondas de flores del jardín, la lucha acababa de comenzar.

Sidney se felicita todavía hoy por su decisión de no haber participado entonces en el recibimiento en Santa Cruz y, en su lugar, haberse quedado a la espera en Taoro. En el puerto —ese puerto que, en realidad, es el de Sidney, porque si bien es consciente de la necedad de tales sentimientos, lo cierto es que no hay allí una sola sección, ningún edificio o maquinaria en cuya planificación, construcción y funcionamiento él no haya participado—; en ese puerto han estado esperándolo en vano. Entre los pocos elegidos para ser presentados al dictador después de desembarcar no hay un solo extranjero. Más tarde, en el banquete —dispuestas en un rincón tan apartado que luego nadie tuvo necesidad de justificarse—, había una o dos mesas con el inevitable cartel de BRITÁNICOS. Los Hamilton, que habían llegado a la isla un año después de que el almirante Nelson se pusiera en ridículo ante las costas de Santa Cruz. Provienen de Escocia, pero aquí todos son británicos, incluso los irlandeses: los Moore, los Blandy, los Murphy.

Al dictador lo conoció la noche siguiente en el comedor del Taoro, un hombre cansado y agobiado que solo deseaba que lo dejaran en paz. Sin el menor interés por las propuestas que Sidney intentó introducir con elegancia en la conversación.

Una mala señal. No otra cosa fue la visita de Primo de Rivera.

Corren rumores de que los españoles querían construir una refinería en la isla. Sidney confió en que se retiraran. Que, tras las dificultades con Abd al-Karim y la extenuante guerra del Rif, estuvieran hartos de su aventura en el Sáhara Occidental. Pero las cosas pudieron ser peores. También las derrotas necesitan de un transporte. Primero es preciso introducir el material y, más tarde, sacar lo que queda. Con carbón de Durham.

Un Estado libre asociado, así se ha imaginado siempre Sidney el futuro de la isla, aunque no fuese una colonia británica, al menos un Estado libre asociado. Sin aranceles aduaneros, sin impuestos. De las carreteras entre las conserveras y los muelles de carga, de la ampliación del puerto se ocuparían las empresas, por interés propio. Los nativos tendrían asegurada su ración diaria de gofio.

El viento viene de atrás, de modo que Sidney lo siente en la nuca húmeda de sudor, entre el sombrero y el cuello de la camisa. El olor punzante de lo chamuscado se vuelve más acre a cada paso.

La fachada que da a la calle parece tan intacta, Sidney se vio casi tentado a creer que las descripciones infernales en los titulares de la *Gaceta* esa mañana no eran más que las típicas exageraciones de la isla. Por eso tal vez se queda paralizado ante la imagen del patio interior. El brazo que oscila levemente hacia delante al andar se detiene en el aire, la otra mano deja de palpar en los bolsillos de la chaqueta en busca de un pañuelo para su nuca.

En el césped —todavía verde e intacto, con algunos puntos en los que se distinguen aún las franjas exactas de la segadora—; en el césped, mesitas de noche, mesas auxiliares, todo lo que puede cargarse con facilidad, las pequeñas consolas de los pasillos, en algunas de las cuales se apoyan los espejos que les pertenecieron. El banco redondo está en la terraza, con manchas blancas del extintor en el brocado color burdeos. Y, en medio de todo eso, los policías locales que se pasean entre los muebles, temerosos, quizá, de que haya actos de pillaje. Encima de los huecos de las ventanas, en la planta baja, unos triángulos ennegrecidos; algunas tienen los cristales rotos; las que no, están abiertas. En otros huecos se abomban todavía las cortinas.

Cuando Sidney está sentado de nuevo en el coche, mirando la espalda del hombre uniformado que hace girar la palanca del motor de arranque delante del radiador, agarra el volante con ambas manos para que deje de vibrar. El motor arranca dando sacudidas, un estremecimiento recorre sus dedos, y él ha de prestar atención al girar, prestar atención, con todas sus fuerzas, para no embestir a ninguno de los coches de la Guardia Civil.

Es un año raro. En realidad, todo marcha bien. Trabajan en estrecha colaboración con la Capitanía y con el Gobierno Civil, con los alcaldes y los concejales de los ayuntamientos. Su elección tiene lugar sin esfuerzo, es fiable. Pocas veces Sidney ha experimentado alguna sorpresa y no ha logrado que pase uno de los candidatos de Elder Dempster. Y cuando ha ocurrido, siempre han podido llegar a un arreglo, Sidney se ha topado con oídos prestos a escuchar. Desde hace años no se toma en la isla ninguna decisión importante, no se aprueba ninguna ley a la que él no haya dado el visto bueno. El mercado británico del plátano se ha recuperado, la baja durante la guerra ha desaparecido de los índices de ventas. También la navegación civil. En el último año ha proporcionado más barcos que en 1913, y Sidney está convencido de que el diésel jamás conseguirá desplazar al carbón del transporte por mar. Todo funciona. Casi demasiado bien.

A la derecha de la carretera, de un verde tan delicado y denso como el de Devon, crecen los helechos en la cuesta. El Teide quedó libre de nieve hace un par de días. Pero Sidney tiene que pensar en los invitados que dentro de pocas horas llegarán en coche al portal de la Casa Salamanca. Ahora mismo preferiría llevar el coche hasta la cuneta y detenerlo allí. Tal vez incluso apearse y tumbarse sobre los helechos.

Pero lo que en realidad preferiría sería desinvitarlos a todos. Presentar sus disculpas: un repentino y violento inconveniente. Las jarras de limonada con zumo de melón y menta estarán de nuevo demasiado temprano en la terraza, en medio de charquitos con agua de condensación, ya tibias cuando lleguen los invitados. Y el té. En realidad, la invitación oficial es para tomar el té. Un té que nadie va a beber, salvo él, té helado, en todo caso, con limas, ron y azúcar prieta. Hay sándwiches, con pepino. Si no es posible conseguir pepinos en el bazar inglés, Sidney no sirve sándwiches. Hay *scones*, achatados, del tamaño de la palma de una mano. La cocinera los corta con un vaso de agua, él lo ha comprobado. No obstante, por su aspecto recuerdan más bien a bollos alemanes. Dos tipos de *chutney* bastante aceptables, de mango y de cebolla, recién puestos en conserva, y también él será el único que los pruebe, mientras los demás devoran los *petit fours* glaseados, los milhojas de Echeto. Así es siempre, no hay motivo para inquietarse de repente por ello.

Las nubes se desplazan cuesta arriba, inundan el valle. No se alcanza a ver el puerto, los pasos de montaña que sobresalen del manto blanco parecen las orillas de un lago. Sus dedos han dejado de temblar, comprueba Sidney, aliviado.

1919

LA MAR PEQUEÑA

Los patos de la plaza de los Patos abandonan, entretanto, la fuente en forma de escudo en cuanto se dobla por la calle O'Donnell. Se cuelan por debajo de la verja y, con los cuellos estirados, las alas hacia atrás, enfilan recto hacia uno, y uno empieza a mirar fijamente sus picos abiertos para asegurarse una y otra vez de que no tienen dientes, pues se lanzan directos a las perneras del pantalón.

Cuando Sidney se desvía de la Rambla, los animales se ocupan de dar caza a tres señoritas con faldas de color claro que bajan por la calle O'Donnell; sus cabezas proyectadas hacia delante se acercan a las orlas de las faldas que se baten al viento. Una de las chicas intenta espantarlos con la sombrilla, pero ellos la eluden con agilidad y atacan por el flanco. Sidney aprieta el paso, tendrá que intervenir. Agarra el mango de su bastón con firmeza, en la otra mano sostiene el sombrero. Pero antes de que llegue a donde están las jóvenes, estas han desaparecido tras un portón que se cierra con presteza. Los patos graznan delante de la verja, estiran los pescuezos a través de los barrotes, intentan entrar.

Sidney se gira otra vez en silencio, pretende volver rápidamente sobre sus pasos mientras los animales estén distraídos. Palpa el bolsillo de su *blazer*, el paquete de *toffees* está en su sitio, ahí, no se ha caído con las prisas. Sin embargo, no está seguro de que tenga hoy oportunidad de entregárselos.

Le gusta el lugar, es cierto que las calles no están pavimentadas, pero las riegan cada día, no se cubren de polvo, y una frialdad húmeda y agradable asciende de ellas. Hace quince años, cuando estuvo pensando en un sitio donde establecerse, después de tener claro que no abandonaría aquella isla tan rápidamente, allí no había nada más que rocas, ni siquiera campos de cultivo.

Un coche se detiene delante de una de las mansiones de los hermanos Dehesa. Ellos fueron los primeros en construir allí. Sidney sigue teniendo dificultades para diferenciarlas: los dos son banqueros, los dos edificios son barrocos por fuera, por dentro de un estilo morisco. La Embajada Americana tiene izada la bandera, lo han invitado esa noche. En circunstancias normales, habría asistido.

Los patos han abandonado el asedio a la verja y caminan de regreso a la plaza; él puede oírlos a sus espaldas y acelera el paso, sin llamar la atención. Al menos eso espera. Los patos son un regalo que uno de sus concejales hizo a la ciudad cuando, hace unos años, se construyó la fuente. En los últimos meses nadie se ha atrevido a sentarse en los bancos que la rodean, cubiertos casi por entero de manchas de excrementos.

El palacete de Theobaldo Moore en la esquina de Viera y Clavijo parece, visto de frente, el portón de un castillo del sur de Inglaterra en el siglo XVII. La ventana de voladizo es de estilo victoriano; la del ala del jardín, gregoriano, y el resto es un *revival* del estilo Tudor. Hay quienes afirman que Theobaldo Moore le estampó en la mano al arquitecto el dibujo de una casa señorial arrancado de un saco de cemento inglés, y el arquitecto hizo lo posible por incorporar todos los elementos. Hace seis años que Moore trasladó su domicilio a Santa Cruz.

Nadie hubiera creído que los Moore abandonarían algún día La Orotava, el antiguo centro de la isla.

No pueden esperar de ella que pase todo el tiempo respirando nubes, parece haber dicho la joven Mrs. Moore. Un error traer de Inglaterra a una esposa en lugar de casarse con la hija de alguna familia británica local. De eso está convencido Sidney. No hay suficiente espacio entre el cielo y la tierra, afirmó la mujer, La Orotava es una «cárcel blanca», así la llamó, ya que la mayor parte del tiempo uno no puede ver lo que ocurre a un metro de distancia.

Ella padecía de apnea, dijo, tenía que batallar todo el día para coger aire y estaba esperando un hijo. Fueron los motivos con los que Theobaldo justificó su decisión. ¿Qué se podía hacer?

Pero la joven Mrs. Moore no sobrevivió demasiado tiempo a la mudanza, murió hace dos años en la plaza de los Patos, durante una epidemia de gripe.

El camino más corto hasta la casa te obliga a atravesar la plaza y a pasar junto a la fuente. En su lugar, Sidney cambia de acera a la altura de la iglesia anglicana. «Debería frecuentarla más», le escribe su hermana en cada carta. Teme que se le vuelva papista. Sidney no tiene más remedio que sonreír.

Los patos que caminan detrás de él han llegado al final de la calle General O'Donnell. Él confía, sencillamente, en que se metan otra vez en el agua y mira con cautela por encima del hombro. La única ave que se ve es la nueva garza que escupe agua en medio de la alberca y que ha venido a sustituir al ángel, retirado, según se comenta, por deseo de la iglesia anglicana, a la que el angelito mostraba sus nalgas desnudas y regordetas.

En un principio debía llamarse plaza O'Donnell, en honor al general español de origen escocés. La primera piedra

del monumento desvelado en acto solemne por Alfonso XIII
en su visita de 1906 fue retirada hace dos años en favor de la
fuente con el pato. Para descontento de Sidney. «Un símbolo
de la política colonial española», le gustaba llamarla ante algunos visitantes. Los planos de construcción del monumento
habían desaparecido en alguna gaveta. En el menor tiempo
imaginable, el poste de una farola apareció plantado en el si-
llar, sin entusiasmo ni fortuna, como la aventura española en
el Sáhara Occidental. Él entiende bien el dilema español. ¿Qué
van a hacer con el gigantesco ejército colonial que, desde la
derrota en la llamada Guerra Hispano-Americana, ya no tiene
lugar donde estacionarse, como amo del mundo, en las colonias del ultramar, con soldados mal pagados que se aburren
en los atiborrados cuarteles de alguna localidad de provin-
cias, donde fueron repartidos todos los puestecitos e ingresos
adicionales? Tras la pérdida de Cuba y Filipinas, y según la
Doctrina Monroe, que les prohíbe la reconquista de antiguas
colonias en América del Sur y América Central, apenas les
queda otra posibilidad que intentarlo en el Norte y el Oeste de
África. «Una colonia británica sin bandera», así se refería antes el rey Alfonso XIII a la isla. El mismo que pospuso su visita
todo lo que pudo, hasta que en 1906 fue ya inevitable: debido a
la situación favorable de la isla. En días claros casi puede verse
el Sáhara Occidental a simple vista, de modo que la isla es la
cabeza de puente ideal. Solo puede confiar en que la situación
se estabilice de tal modo que España se retire de allí e ignore el
archipiélago como hasta ahora.

«Santa Cruz de la Mar Pequeña», se llamó el primer asen-
tamiento colonial español en el Sáhara Occidental, fundado en
el siglo XV y desaparecido al cabo de pocas décadas. A Sidney le
gusta la expresión, «la mar pequeña». La ha adoptado cuando
habla de sus actividades comerciales. «Hemos hecho la mar

pequeña», suele decir. «Todo ahora está más cerca». La ampliación del mercado libre a lo largo de las rutas del carbón tiene lugar casi por generación espontánea.

Los patos no han vuelto a chapotear en la alberca. Los oye graznar y sabe que no están lejos. Mientras cierra la verja a sus espaldas, Sidney intenta calcular la separación entre los barrotes de hierro fundido. Importados de Alemania, no son rectos, sino ondulados, se separan en la zona inferior, en los soportes laterales, y vuelven a unirse en la parte superior. Los huecos son lo suficientemente grandes como para que pasen los patos, comprueba Sidney. Con la rapidez que le permite su dignidad, sube a toda prisa los cuatro escalones que lo separan de la puerta. No se atreve a dar la vuelta para ver dónde se encuentran los animales cuando levanta la aldaba. Como se temía, oye a la hija de los Moore detrás de la puerta apenas los toques se acallan.

Esa pequeña es un pelmazo, se ha encaprichado con él y no lo deja en paz. Lo cree un personaje de novela. De Dickens, en concreto. Un mero error. Todo por su nombre de pila. Sidney Carlton, de *Tales of Two Cities*. En un principio pensó que se le pasaría. Pero Adela baja corriendo las escaleras cada vez que oye su voz en el vestíbulo. Antes de marcharse, lo acecha en el saloncito situado delante del despacho de su padre.

En realidad, el apego de la pequeña debería encajar con sus intereses. Pero en sus dos últimos intentos por entregarle los *toffees*, la pequeña de los Moore, en cuanto él ha sacado la caja del bolsillo, ya los estaba señalando. Y antes de que Sidney pueda objetar algo, los sostiene entre sus dedos regordetes.

—¿Qué se dice? —pregunta la señorita Brown, a la que Sidney, en sus pensamientos, desde hace unos meses, le ha puesto el nombre de Esther.

—Muchas gracias, tío Sidney —responde la pequeña, alargando las palabras, al tiempo que inclina el torso hacia un lado y sonríe. Tal vez le parezca un gesto coqueto.

La puerta aún no se ha abierto del todo y ella asoma la cabeza por la rendija.

—¡Tío Sidney, tío Sidney! —exclama, tendiéndole los brazos.

Se abraza a la pernera derecha de su pantalón al ver que Sidney no se inclina hacia ella. Por un breve instante él teme perder el equilibrio. No está seguro de tener fuerzas suficientes para alzar la pierna hasta el último escalón con la pequeña colgando. La asistenta está junto a la puerta y se muestra impasible, mira estúpidamente hacia la calle, sin reparar en él, mientras la niña intenta hallar sostén para su claro calzado de cordones sobre el bruñido cuero negro de su zapato derecho. Todo el peso de la niña recae sobre los dedos de sus pies, le hace daño. Las suelas de sus zapatitos se resbalan y dejan unas rayas de color pardo en las claras polainas de botones que ha decidido ponerse en casa, tras mucho ir y venir. En algún momento en que no lo estén viendo, se las quitará y las hará desaparecer en el bolsillo.

Por suerte, la pequeña encuentra otra distracción, señala a los patos que, formando una larga fila, se han detenido en la acera y graznan. Sidney desliza las manos con cuidado bajo las axilas de la niña, levanta a Adela de su zapato y la coloca junto a él en la escalera.

—¡Voy a buscar pan! —grita la niña—. Así podemos darles de comer.

A continuación, se da la vuelta y corre dentro de la casa rumbo a la cocina. Sidney lo comprueba, aliviado, cuando entra al recibidor. La criada le coge el sombrero y el bastón. No se ve a Esther Brown por ninguna parte.

Dónde está Nanny, pregunta Sidney por fin, con la vista fija en la dirección por la que ha desaparecido la niña, como si le preocupara quién la esté cuidando.

—Está donde los americanos, ahí enfrente, en la Embajada. La han invitado —contesta la asistenta, de camino al invernadero—. Le diré al señor que ha llegado.

Sidney no se mueve, no va detrás de la niña.

—¿Toda la noche? —Nota que ha elevado demasiado la voz. La criada se gira. Está perpleja, sin duda.

—¿Perdón?

Sidney carraspea. Intenta ganar tiempo, pero no se le ocurre nada más que repetir su pregunta.

—La gobernanta... ¿Estará toda la noche en la Embajada?

Ahora intenta imaginar un escenario en el que él, sin enfadar a Theobaldo Moore, rechaza esta invitación más reciente y se presenta en el otro lado de la plaza con la explicación de que su cancelación la semana anterior fue solo un descuido y ver si lo reciben. En vano.

—Debería estar de vuelta a las ocho, por si la niña quiere irse a la cama —le dice la criada señalando el sillón de ratán del invernadero—. Si es tan amable de esperar aquí...

Sidney ha decidido ocupar un asiento casi medio tapado por una palmera cuando oye en el recibidor el tac-tac-tac de unas pequeñas suelas de cuero.

—Tengo el pan, tío Sidney, tengo el pan...

Dos horas para las ocho. Sidney se inclina hacia delante, pretende quitarse las polainas, deshace los lazos de los cordones. Theobaldo Moore necesitará todavía unos minutos para recibirlo.

Sidney está sacándose el otro zapato del talón en el momento en que una pregunta («¿Qué haces?») le obliga a incorporarse de nuevo.

Junto a uno de los sillones de ratán está la pequeña de los Moore, que lo observa con los codos apoyados en los brazos del asiento y el mentón en la palma de una mano. En la otra sostiene una corteza de pan seco.

—Sacarme una piedra del zapato —le explica Sidney—. Ve tú delante. Los patos tienen hambre y te están esperando. Enseguida te sigo.

Para su sorpresa, el ardid funciona. Adela Moore se da la vuelta al instante. Mientras él termina de quitarse los zapatos, oye cerrarse la puerta de la entrada. Cuando Theobaldo Moore entra al invernadero, las polainas están en su bolsillo y casi ha terminado de atarse los cordones.

A diferencia de la mayoría de las familias irlandesas de la isla —primero establecidas en Madeira, hasta que el mildiu y la filoxera paralizaron la exportación de vino—, los Moore no tardaron en abandonar Dublín durante la Gran Hambruna rumbo a la isla. Pocos años después fundaron la casa comercial en La Orotava: primero para comerciar con caña de azúcar y tabaco, más tarde con cochinillas y tabaco. Hasta que llegó la gran crisis de la década de 1880, cuando se inventó el colorante rojo de producción industrial y las cochinillas se quedaron obsoletas. Rebeliones por hambre, epidemias. En el club se cuentan historias descabelladas. Eso fue antes de la época de Sidney. Desde que él está aquí, los Moore exportan lo mismo que Elder Dempster: tomates y plátanos. En realidad, los Moore son la competencia, pero son unos competidores con los mismos intereses.

Hay dos tipos de agua en la isla, la buena y la mala. De la mala, la que se traga a los pescadores y arranca de cuajo los muelles, la que arrasa con casas y con los más lentos cuando se precipita sobre tierra, frenética y espumeante, hay más cantidad que isla. Solo las salinas de Los Silos le sacan algún beneficio.

El agua buena hay que buscarla, extraerla de los montes, depositarla en cisternas cavadas peñasco a peñasco. Theobaldo Moore fue el primero en entender que la clave estaba en el agua, que quien controlara el agua controlaba la isla. En las décadas de la cochinilla no era algo tan obvio. Las chumberas en las que viven las cochinillas no necesitan riego.

Augusto Baute podría ingerir toda la farmacia, el contenido de cada frasco, de cada tubo o bolsita, el de cualquier tarro de reserva, pero nada de eso lo curaría. Tal vez lo mate, pero no lo curaría. Augusto Baute se ha vuelto adicto a Berta. Tendría que estar hace rato de vuelta, camino de casa, no solo porque hoy es Nochevieja, sino porque Olga está de parto. Lo está ya desde la mañana, durante las primeras horas del día la comadrona ha estado enviándole con regularidad a algún chico que, a cambio de una moneda, le informa de cómo van las cosas.

Augusto Baute tiene la cara tan pegada al cristal del escaparate de la farmacia que se ve obligado a limpiar varias veces el vaho de su aliento con la manga de la camisa. Espera que Berta pase por allí otra vez, al menos otra vez, apresurada, con la mirada fija hacia delante, una mirada solo presta a valorar los obstáculos que puedan salirle al paso. Berta tiene un ojo azul y otro verde, y cuando él, al hablar con ella, cambia con demasiada frecuencia de uno a otro —porque le da la sensación de que ha de decidirse por uno de los dos y no sabe por cuál—, Berta le dice: «Quédate con el izquierdo, bobo».

Augusto Baute se ha vuelto adicto a Berta. Y Olga está de parto.

Todo empezó con un brazo, hace casi diez años. Berta estaba sentada junto a la ventana, una antigua ventana con travesaños —cuatro hileras de cuatro cristales cada una, un total de dieciséis—, a través de la cual puede intuir su falda. A veces, cuando ha ayudado a poner la mesa, lleva todavía el delantal. Es su brazo lo primero que ve siempre cuando baja por la calle del Agua, un brazo largo y ágil que señala y gesticula; que emerge y desaparece sin previo aviso. Ella extiende la palma de la mano hacia delante para saludar a los que pasan, hace un gesto, intenta agarrar, con sus largos dedos, los cabellos de unos niños que chillan. En días ventosos, los estira hacia la ráfaga de aire, y Berta sonríe, pero eso Augusto no lo sabe todavía. La manga de su blusa es casi siempre blanca, a veces aparece enfundada en un mangote azul, cuando Augusto tarda y se acerca la hora de la comida, cuando la cola de gente delante de la puerta de la panadería crece y Berta ha ayudado a recoger la mesa. Entonces Augusto tira un poco de la punta de los lazos que fijan los mangotes a su brazo. Hace como si quisiera tirar con fuerza, deshacer los nudos. Ella ríe y le lanza un manotazo al sombrero, intentando quitárselo, pero Augusto retrocede de un salto, procurando no chocar con la cola de gente impaciente que cambia de un pie a otro el peso del cuerpo, con las bolsas del pan y una moneda en la mano.

A veces ella coloca el antebrazo en el alféizar de la ventana y apoya la barbilla. A veces su cabeza se hunde hacia un lado y su mejilla aplasta el borde de encaje del puño de la blusa. Casi siempre cuando todos ya tienen su pan y ellos están a solas. A veces sostiene la aguja de coser entre el pulgar y el índice, cuya yema está cubierta por un sombrerito metálico. Porque en realidad Berta cose, se sienta en el banco de la ventana a coser, remienda la ropa blanca, las camisas. Pero más tarde o más temprano su brazo queda fuera, sus axilas se comprimen contra el alféizar y sus manos se sacuden en el aire.

Él puede oírla cuando todavía está aproximadamente a una esquina de distancia, dependiendo de cuánta gente esté esperando en la cola delante de la panadería, de la fuerza con la que Berta alce la voz para superar el bullicio. El brazo apareció allí por primera vez después de que la lluvia cesara en febrero. Augusto iba camino de casa.

—¿Y tú? —le gritó ella, como si él fuese uno de sus chicos descalzos que salen siempre disparados por la puerta abierta de la casucha de enfrente en grupos de cinco o de seis.

—¿Yo? —respondió Augusto, en una reacción no muy espabilada que digamos, según le parece a él mismo media hora después, tras continuar su camino de vuelta a casa, con dos panes de comino en una bolsa de papel—. ¿Qué pasa conmigo?

—¿De dónde sales tú? —le pregunta ella señalando a un chico de la cola—. Ese de ahí viene de Correos. Y esos dos —añade, refiriéndose a dos niños, una chica y un chico cogidos de la mano—. Ellos viven al doblar la esquina. La madre los ha enviado porque el bacalao hoy necesita más tiempo para entriparse. Y ella... —El mentón de Berta se mueve en dirección a una señora de pelo canoso que hace un gesto de rechazo con la mano y aparta la cara—. Esa viene todos los días, y me dice que no sea tan fresca. Pero ¿y tú?

Augusto señala un lugar a sus espaldas, en la dirección equivocada, según le llama la atención media hora después, ya con los panes de comino en la mano. Después de la última clase, se ha quedado sentado un rato con otros dos compañeros de colegio, fumando y gritándoles cosas a las chicas.

—Del instituto.

—Ah, eres estudiante... Un estudiante con retraso. Los demás pasaron por aquí hace rato.

Berta ha retirado el brazo y ha agarrado, detrás de la doble ventana, los utensilios de coser. Augusto puede intuirlo, más que ver el movimiento. Su nariz es demasiado ancha, se dice, no demasiado larga ni grande, pero un poco ancha en la punta. Su pelo no es moreno, sino de un color entre castaño y rubio, con destellos cobrizos al sol. Pero de todo eso se da cuenta más tarde. Esa tarde de febrero, cuando ve por primera vez el brazo, el cielo está encapotado, la humedad impregna todavía las paredes.

—¿Y tú? —pregunta, a su vez, Augusto, con voz severa, como si quisiera reprenderla.

—De visita.

El resto no fue más que un juego de paciencia. Él solo tuvo que controlarse.

—Augusto Baute —se presentó, quitándose el sombrero y con la cabeza algo baja—. ¿Con quién tengo el honor?

—Berta Figueroa.

—Señorita Figueroa... —Augusto ha vuelto a inclinar la cabeza.

Berta ríe y se pone el dedal en el índice, ríe y coge la aguja.

—¿Y a quién honra usted con su visita?

Berta ríe todavía más y le entra un ataque de hipo. El dedal cae sobre el banco de madera con un tintineo.

—A mi tía abuela —responde Berta—. ¿Eres siempre así?

Y de ese modo continúa la charla, hasta que la tía abuela sale de la penumbra de la cocina. De repente se planta junto al banco y le pregunta si piensa comprar pan. Si no, le recomienda seguir su camino.

Por eso Augusto compra los dos panes y asiente, inexplicablemente, cuando la tía abuela le pregunta: «¿Matalahúva?». Ya en su casa, se lleva a su habitación la bolsa de papel, la esconde en la gaveta del escritorio. Allí quedan los panes, que se endurecen, pero no les sale moho, como comprueba Augusto varias veces, hasta que su madre, varias semanas después, le habla durante la cena del olor a anís. Anís del Mono, supone ella.

Augusto aprende que la familia de un panadero es la primera en comer en una ciudad. Por las mañanas, cuando todo está oscuro todavía, antes de que las amas de casa más concienzudas, las que vienen a buscar el pan recién hecho para el desayuno y no recalientan el del día anterior, se apretujen en la tienda con sus pañuelos sobre la cabeza y los lagrimales hinchados. Al final de la mañana, el almuerzo. Es pasada esa hora que Berta se sienta en la ventana. Mientras Augusto está sentado en el instituto. No lejos de ella, a lo sumo quinientos metros en línea recta, entre setecientos nueve y setecientos treinta y cuatro pasos. Augusto los ha contado varias veces. No obstante, cuando está en clase, se halla de Berta a una distancia que incluye todas las fórmulas de distribución binomial, todos los elementos de la tabla periódica, todas las preposiciones latinas del ablativo, se halla a *a, ab, cum, sine, pro* y *prae* de Berta y de su brazo juguetón. Y a saber con quién está hablando en ese momento, a quién habrá detenido a su paso. «¡Oye, tú!». «¿Yo?».

Poco antes de la cena de los panaderos, a las cinco y media de la tarde —o mejor dicho, bastante antes, desde que la tía empieza a inclinarse sobre las cazuelas de tapas saltarinas con el agua hirviente de las papas—, Berta se retira del banco junto a la ventana. Y Augusto ha de esperar hasta el día siguiente para verla, indeciso entre su ojo derecho y el izquierdo.

Cuando ella se le planta delante por primera vez, cuando por primera vez no la ve sentada en el banco, a Augusto le asombra lo bajita que es. Apenas le llega al pecho. Seis semanas pasa Berta con su tía abuela, y durante el invierno otras seis semanas, y cuando él está estudiando en Madrid, Augusto le escribe cada domingo, pero Berta nunca le responde.

Durante las primeras vacaciones semestrales, su brazo reaparece de pronto en la ventana, bailotea con gracia moviéndose de arriba abajo cuando él camina por la calle Viana rumbo al café. Augusto le cuenta cada día cosas de Madrid, hasta que ella lo interrumpe.

En las vacaciones siguientes, la tía abuela de Berta se ha mudado a Candelaria, el tío de Berta ha muerto y han cerrado la panadería. Una mañana temprano, Augusto parte rumbo al puerto, busca la dirección que ella le ha escrito, calle del Caracho, 7. Esa noche por fin comprende que no existe ninguna calle del Caracho en el puerto.

Cuando llegan las siguientes vacaciones de verano, la sonrisa expectante de sus padres al presentarle a Olga. El padre de ella, médico como el suyo, dentista. Olga ríe con cada uno de sus chistes y se deja besar en la oscuridad. Le permite desabrocharle un botón de la blusa y meter la mano bajo la tela. No se resiste el día en que él la agarra con firmeza, la pega de espaldas contra la pared y le levanta la falda.

El telegrama que le llega a Madrid cuatro meses después contiene solo cuatro palabras: «Ven a casa urgente».

Seis meses más tarde Augusto está casado. Pasados otros cuatro meses, es padre. El examen final lo hace el verano siguiente. Y todo habría ido bien, quizá, si Teófilo, el padre de Berta, no hubiera abierto la bodega allí abajo, al principio de la calle Herradores. Desde entonces, por lo menos dos veces al día, Berta pasa frente a su escaparate, y en cada ocasión un trocito de Augusto Baute se desprende de su cuerpo y se marcha con ella. Cada día un nuevo trocito. Y Olga está de parto.

Solo puede mirar el reloj cuando está seguro de que ha transcurrido un cuarto de hora, decide Sidney. El cónsul alemán ya le ha preguntado si tiene otra cita esa tarde.

La última vez que pudieron charlar unos minutos, él le habló a Miss Brown, Esther, del libro que quiere escribir. En realidad, hasta entonces no habían sido más que reflexiones difusas que se fueron consolidando con las preguntas interesadas de la señorita Brown. Sobre la fauna y la flora de la isla, descripciones de la naturaleza, todo mezclado con algunas de las mejores leyendas y sagas. Hace unos años pintó unas acuarelas bastante aceptables de los lagartos endémicos. Para el resto de las ilustraciones, el profesor Bonin debería recomendarle a alguno de sus talentosos alumnos. Sidney ha quedado con él la semana próxima, y de eso le gustaría hablarle a ella esa noche. Lo mejor sería, por supuesto, convencer al propio profesor para que participe en la edición. Los costes de impresión y los honorarios podrían asumirlos los hoteles, en favor de los cuales se haría publicidad en la península.

Pero cuando el reloj del salón marca las ocho y media y Sidney se ha cerciorado de que funciona bien, tampoco ha regresado Miss Brown. Se disculpa con el doctor Hardisson, se mueve lentamente en dirección a la entrada. Va avanzando metro a metro, saludando a conocidos, intercambiando algunas palabras al pasar, hasta llegar al salón donde Theobaldo Moore da la bienvenida a unos recién llegados.

«¿Todo en orden?», le pregunta.

Sidney asiente, alza su vaso de *whisky* y brinda en su honor. Le gustaría preguntarle a Theobaldo dónde está Nanny, pero teme aludir a la impuntualidad de la gobernanta delante del hombre que le da empleo, con lo cual no conseguirá que ella se muestre más dócil con él.

Cuando vuelve al salón, comprende que tal vez ella use la puerta de atrás, que supone en la cocina. Pero no se le ocurre ningún motivo que justifique su ausencia.

No es que la pequeña no necesite de alguien que vele por ella. Gritando y con las mejillas rojas, la niña corretea entre los invitados, a veces con azucenas de los centros de mesa en los cabellos, otras veces con lirios que va perdiendo a medida que corre. Las flores pisoteadas en la alfombra y el parqué por los tacones dejan manchas horribles, comprueba Sidney. Desde hace un rato, Adela lleva una larga cadena de ámbar en torno al cuello. Se la ha quitado a la fuerza a alguna dama, con lágrimas y pataletas y cara compungida.

De vez en cuando la pequeña se detiene ante el bufé para comer ensaladilla con las manos. A veces, se hurga en la nariz o se lame la mayonesa de los dedos. Le hace señas a Sidney de un extremo al otro de la habitación. Y si él la mira durante demasiado rato —y no puede hacer otra cosa, no le quita la vista de encima—, ella se acerca hasta donde está él. Cruza las manos sobre la rodilla de Sidney y apoya en ellas el mentón. Por suerte se aburre pronto. A veces él la manda a por servilletas.

Pero lo peor llega cuando se cruza con ella y él está de pie. La niña, entonces, se le abraza a la pierna, trepa a su zapato y la cabeza le queda a la altura del regazo. En vano intenta apartarla, no quiere ejercer demasiada presión sobre su hombro, teme que empiece a llorar y los presentes le miren con reprobación, porque la pobre Adela, una niña sin madre, les parece a todos encantadora. Cada vez transcurre más tiempo hasta que uno de los criados libera a Sidney de la pequeña.

Por último, a las diez menos veinte, Sidney decide que es su deber comentarle a Theobaldo Moore la situación. Pero no lo encuentra ni en la entrada ni en el salón. No está junto a la mesa del bufé, tampoco en el invernadero. Sidney no se atreve a llamar a la puerta cerrada del despacho, interrumpir una conversación íntima por tal insignificancia. Aun cuando esa insignificancia, mientras tanto, está ahora mismo dando vueltas en la pista de baile del salón, levanta los brazos hasta perder el equilibrio, se tambalea entre los invitados, que la recogen entre risas.

Sidney decide averiguar si el señor Moore se ha retirado a su despacho y con quién, y parte en la dirección donde supone que está la cocina. Se lo tropieza antes de lo esperado, porque Theobaldo se encuentra en la escalera de servicio de la primera planta, y delante de él, sobre el primer peldaño, está Nanny Brown, sin abrigo. Por desgracia, ella se gira y se marcha sin darse la vuelta, sube las escaleras, en tanto que Theobaldo Moore sale al encuentro de Sidney con los brazos abiertos. ¿También a él le apetece un *whisky*?

Sidney asiente.

—Yace ante nosotros, infinito, como el mar —dice Theobaldo Moore poco antes de la medianoche, y los invitados reunidos en el salón de la calle Viera y Clavijo alzan sus copas. Ada lo hace de un modo tan exagerado que la limonada se derrama. Sidney mira a Nanny Brown, que, arrodillada delante de la niña, limpia las gotas que han caído al suelo.

Un par de kilómetros más arriba, en el monte, Olga amamanta al bebé todavía sin nombre que será bautizado una semana después, en la iglesia de la Concepción, con el nombre de Julio.

Augusto Baute la besa en la frente, Jorge pega brincos cogido de su mano, porque quiere salir a ver los cohetes, y todos gritan al unísono:

—¡Por el futuro!

Nota del traductor

Recibí la confirmación de que iba a traducir este libro en 2019, durante una estancia en el Colegio Europeo de Traductores de Straelen. Unos meses después, trabajé aquí en una de las fases del arduo y largo proceso de traducción. Y hoy puedo concluir entre sus anaqueles de libros la revisión final del magnífico trabajo de edición realizado por la editorial Vegueta.

Tenerife, 30 de mayo de 2022

Otros títulos de la colección

EL HIJO DEL DOCTOR

Ildefonso García-Serena

CORAZONES VACÍOS

Juli Zeh

EL FINAL DEL QUE PARTIMOS

Megan Hunter

KRAFT

Jonas Lüscher

LA BALADA DE MARÍA TIFOIDEA

Jürg Federspiel

CAMPO DE PERAS

Nana Ekvtimishvili

LA ARPÍA

Megan Hunter

AÑO NUEVO

Juli Zeh

Vegueta simboliza el oasis cultural que florece en el cruce de caminos. Con el pie en África, la cabeza en Europa y el corazón en Latinoamérica, el barrio fundacional de Las Palmas de Gran Canaria ha sido un punto de llegada y partida y muestra una diversidad atípica por la influencia de tres continentes, el intercambio de conocimiento, la tolerancia y la riqueza cultural de las ciudades que miran hacia el horizonte. Desde la editorial deseamos ahondar en los valores del barrio que nos da el nombre, impulsar el conocimiento, la tolerancia y la diversidad poniendo una pequeña gota en el océano de la literatura y del saber.

Estamos eternamente agradecidos a nuestros lectores y esperamos que disfruten de este libro tanto como nosotros con su edición.

Eva Moll de Alba